Pitkin County Library

D0341077

120 North Mill Street
Aspen, Colorado 81611

SPANISH FICTION V1364ca
Valdes, Zoe, 1959-   25 95
Cafe Nostalgia

WITHDRAWN

DATE DUE			
FEB 2 3 2001			
JAN - 5 2002			
SEP 1 0 2002			

201-9500   PRINTED IN U.S.A.

Café Nostalgia

Colección Autores Españoles
e Hispanoamericanos

Zoé Valdés

Café Nostalgia

PLANETA

SPANISH
VALDES
CAF
1/00

Este libro no podrá ser reproducido, ni total ni parcialmente, sin el previo permiso escrito del editor. Todos los derechos reservados

© Zoé Valdés, 1997

© Actes Sud, 1997

© Editorial Planeta, S. A., 1997
  Córcega, 273-279, 08008 Barcelona (España)

Realización de la sobrecubierta: Departamento de Diseño de Editorial Planeta

Primera edición: setiembre de 1997
Segunda edición: octubre de 1997
Tercera edición: diciembre de 1997

Depósito Legal: B. 46.931-1997

ISBN 84-08-02177-X

Composición: Fotocomposición Gama, S. L.

Impresión y encuadernación: Printer Industria Gráfica, S. A.

Printed in Spain - Impreso en España

A Ricardo.
A Pepe Horta y su Café Nostalgia.
A Ena, Rami, Lilith Rentería,
Yamile, Filiberto y tantos otros
desperdigados por el mundo.

Et je tremble, voyant les amis de mon âge,
Car les jeunes, les beaux, les joyeux passeront,
Et moi-même avec eux. Hélas, le temps ravage.
Les générations! La jeunesse est un rêve.

Théognis. Siglo VI a.n.e.

Capítulo primero

EL OLFATO, DESASOSIEGO

AYER. ¿CUÁNDO FUE AYER? Ayer se me olvidó mi nombre. A los doce minutos exactos de hallarme en el *vernissage* de la exposición de un escultor colombiano, un hombre vino directo hacia mí; antes de que llegara encuadré al personaje (manía de fotógrafa); daría un buen retrato, pensé, con las arrugas tan marcadas en la frente, los ojos gachos, las cejas copiosas entre canosas y castañas, el pelo también moteado, y una sonrisa confianzuda, como de conocerme de toda la vida, que a medida que avanzaba se fue transformando en mueca de duda. Los hoyuelos formados por la sonrisa o la mueca le acentuaban los pómulos. Supuse que iría a preguntar cualquier información de interés profesional sobre la obra del artista y, en cambio, lo que le interesaba era mi nombre, así de sencillo. Entonces quedé en blanco unos segundos; frente a mí una escultura en la cual predominaba como sugestión el tema marino ayudó a que recuperara mi cicatriz de nacimiento, la identidad. El encrespamiento del bronce trajo a mi memoria el olor del mar como referencia: letargo perfumado a guayaba, brisa sosegada debajo de la nariz como cuando sube la espuma del mamey en el vaso de cristal de la batidora eléctrica, eco sudado del mango acabado de transformarse en deliciosa tajada, candor del guarapo exprimido de la caña, jaibas saltarinas en el interior de las redes del pescador, uvas caletas vaciadas dentro de una jícara, café hirviente colado en una teta de yute, caracoles recogidos en la arena y a mis tobillos vendrían en busca de refugio cientos de alocados peces... ¡Ah, ya recuerdo!, exclamé retando a las neuronas; las tres letras de esta palabra son las mismas que las tres primeras de mi nombre. Mar... Me llamo Marcela, respondí titubeando. El hombre, que olía a vainilla, se excusó añadiendo que me había confundido con una conocida a la que no veía desde hacía tantísimos años; su rostro ensombrecido dio amplia muestra de desaliento ante la vacilación que yo demostré; en una palabra, no creyó que estuviera diciéndole mi verdadero nombre. Quedé más desconcertada aún ante tal autoagresión de amnesia. Pero pasada una hora, inconsciente y despreocupada, eché mano otra vez a la desmemoria y borré el incidente. Me despedí de cada uno de los invitados después de investigar sus respectivos olores, incluso de los que ni siquiera conocía, y me largué harta de escuchar las mismas frivolidades en las habituales bocas de siempre.

Antes de llegar a la casa di una vuelta por los Campos Elíseos, entré en la nave que es la perfumería Sephora, unté en los dorsos de mis manos y en los lóbulos de las orejas una acertada variedad de perfumes y de creyones labiales. Lo cual me obligó a evocar el perfume búlgaro de mi juventud, Profecía; apestaba a rayo encendido. Terminé conectada a Internet en los ordenadores laqueados en metal plateado que han colocado al final del descomunal aposento. Revisé los sucesos actuales del mundo. Nada que elogiar, sólo flamantes catástrofes. La aglomeración de olientes curiosos acabó por sacarme de quicio, aunque no niego que quedé embobecida con la belleza y la elegancia de los vendedores y vendedoras, pero al rato escapé a la frescura de la noche. Tomé el metro en George V. El viaje hasta Saint-Paul se me hizo corto observando a una pareja de jóvenes que ofrecieron una tanda de marionetas alternando con tangos. Una vez reinstalada en casa bebí un té de jazmín, limpié mi rostro con una toallita húmeda y antes de disponerme a dormir comprobé, escuchando a través de la delgada pared, que mi nuevo vecino aún veía la televisión. Anoche se cumplieron tres meses de la partida de Samuel, mi vecino anterior; más que vecino, mi amigo, mi amante platónico. Samuel, ay, mi misterio.

Hoy, ya bien entrada la mañana, los balcones permanecen cerrados pese a que por fin hay luz en este espacio tan sombrío del planeta. Qué fácil pareciera la comunicación en la actualidad, pero no es así; si quisiera hablar a cualquiera de los coinmobiliarios tendría que avisarle por teléfono antes de tocar a su puerta. La prevención atenta contra el intercambio amistoso. Antes el acceso a la amistad era menos ceremonioso. Ahora es aconsejable solucionar los problemas por teléfono, por fax, incluso por Internet. Entorpecida con tanto adelanto, apenas escribo proyectos epistolares que casi nunca recorren el trayecto de mi buró a la oficina de correos y que se consumen en un duradero e interminable letargo dentro de un archivo plástico que he colocado a propósito junto a la ranura de la ventana por donde se cuelan la lluvia, el frío y todo tipo de accidente natural. Uno sufre un exceso de prevenciones. Prevenir es no tener que lamentar, el viejo refrán se ha convertido en el lema de la humanidad. El teléfono, sin embargo, sigue siendo el gran entretenimiento, mejor dicho, la gran invención, de una utilidad incomparable, y aunque gastas dinero también ganas tiempo. ¿Qué nos sucedería si de pronto nos quitaran el teléfono? ¿Nos ajustaríamos al cambio? ¿Qué hacer si nos impiden escuchar desasosegados la voz del ser amado del otro lado del cable, cuando ella es el único consuelo que nos queda? Pero el teléfono falla en su efecto de aproximarnos al otro, nos frustra al impedirnos oler.

Amar es lo que me impide amar con rutina. Porque cuando amo me doy demasiada cuenta de lo que estoy sintiendo, ya que siempre vuelvo a enamorarme con aquella intensidad profética de la adolescencia. ¿Samuel habrá sido la última prueba? Vivir es lo que me inhibe vivir con despreocupación, porque yo vivo todo con un exceso de sensaciones. Me agrada que el sol penetre en mi piel hasta que los poros se abran en condenadas ampollas, disfruto que el mar arrugue mi carne con sus olas como navajas saladas, que el aire produzca infección en mis lagrimales y el pus se endurezca en legañas o postillas, disfruto tragar polvo, sentir en mi garganta el cosquilleo del alto nivel de polución. Y claro, vivir de esa manera tan física, tan trascendental, me aniquila; entonces me refugio en los libros. Leer me impulsa a leer. La lectura es la señal de que aún poseo inocencia, de que todavía puedo preguntar. Preguntar, ¿a quién? Cuando voy por la mitad de un libro por fin dejo de ser yo. Porque leyendo sueño. Pero leer, soñar y besar en los labios es vivir con mi yo, dentro de mi yo. Aprecio la melancolía del yo. Existe una extraña seducción entre tu yo y el mío, entre el yo de aquel que por convencionalismos morales o traumas sociales restará importancia al yo íntimo del otro. Leer es lo único que puede hacer coincidir las soledades sin que nuestro ego predomine por encima de las épocas, los sitios, las costumbres del otro. Aceptar al prójimo no es lo mismo que tolerarlo, es una verdad de Perogrullo que hemos desdeñado demasiado aprisa. En el verbo tolerar está implícita la censura. Todavía el hecho de leer permite, aunque a duras penas, a causa de constituir una vivencia cultural, la aceptación del otro, y en el más afortunado e inteligente de los casos admitimos mezclarlo con el nuestro. Aceptamos el miedo a la muerte, el cual asumimos como un suceso culto.

Estoy leyendo y sueño que estoy leyendo y que quiero escribir una carta a Samuel y no puedo. Dentro de la lectura veo claro que cuando estoy despierta y me he desembarazado de la piel del personaje del libro no se me ocurre ni una sola idea que valga un quilo prieto partido por la mitad, pero en cuanto leo me invade la inteligencia de golpe, con una belleza erizadora, palabras como aguaceros, como flores olorosas y desconocidas de un jardín duradero, infinito, u oraciones como olas de ese vasto océano con el que sueño mientras leo un libro grueso. La etimología de mi nombre me lastima. Sí, porque la mayoría de las veces que leo sueño con el mar, con su bramido oscuro, y no puedo abrir la ventana y husmear su proximidad, porque, pareciera sencillo, pero estoy soñando y leyendo, y más tarde, despierto en el interior de la lectura, o sea en el libro, y me veo en mi cuarto de La Habana; en la habitación contigua conversa y trajina mi madre, le digo *mami, soñé con el mar,* ella responde no sé qué cosa de un número del chino de la charada, y de que habría que jugar a la lotería, si hubiera lotería, y cuando tengo la sensación de que voy a ver a mi madre, siempre dentro de la lectura original, no la que hago en semivigilia, cuando creo que entrará en mi cuarto, es entonces que me despabilo y emerjo de las páginas donde sueño con el océano, con mi madre, con mi cuarto. Y es entonces cuando estoy de verdad con los ojos abiertos, vacía la mente, sin una sola idea para poder escribir una sencilla carta; o si no dejándome poseer por los recuerdos, por las voces de los amigos, por aquellas fiestas tan lejanas, por todo ese pasado que me aliena, que me obliga al cómodo presente. Cuando aquel pasado era presente me arrellanaba en él como sobre un tibio sofá, dejando caer mi cuerpo delgado con toda la ligereza de mis veinte años. Claro, ya no tengo veinte años y en el presente, este de hoy, he perdido agilidad. Mis padres tampoco viven más en La Habana. Me abandonaron en el año ochenta para irse a Miami. No aceptaron la peligrosa alternativa de esperar a que yo saliera de la beca, ni tuvieron tiempo de avisarme. Fue todo demasiado rápido, una guagua pintada de blanco con letras azules en inglés vino a por ellos:

—Ahora o nunca —informaron las autoridades—; tienen ustedes a su yerno con un yate esperándoles en el puerto de Mariel.

—¿Y la niña? ¡Tenemos que buscar a la niña! —de seguro alarmó mi madre, exhalando mandarina. A lo que mi padre, plátano maduro, replicó ni corto ni perezoso:

—La niña vendremos a buscarla tú y yo en otro

barco y en otro momento; ella se las arreglará, es más fuerte, más decidida que nosotros. Además, ¿y nuestra otra niña, no piensas en ésa; en tu hija mayor? Su marido se ha arriesgado viniendo. No podemos perder el chance, Lala, piensa en Hilda, en los nietos, mira que llevamos añales tratando de largarnos de este cabrón país. —Y el espacio se impregnó de humo de tabaco malo de bodega.

La otra niña es mi hermana, hoy toda una señora casada con el mismo energúmeno, pero ésa es una historia más vieja que Matusalén. Mi hermana Hilda, cocimiento de verbena, la que ellos habían enviado muy pequeña a los Estados Unidos para salvarla del comunismo, en lo que se llamó la operación Peter Pan. Al nacer yo mi madre cogió pavor al viaje, los años pasaron y ellos se fueron acostumbrando a quedarse por culpa de las supersticiones de ella con el mar o el avión. Por suerte Hilda no permaneció sola en Miami tanto tiempo. Mis tíos del lado materno se ocuparon de mimarla, de que estudiara con decencia en una escuela de monjas. Imagino que a mi madre le costó un resignado sufrimiento tomar la decisión de abandonarme, pero la verdad es que desde que me había becado por iniciativa propia no paraba en la casa, salvo los fines de semana; nuestra separación la había herido muy hondo y comenzó a pensar cada vez con más nostalgia en la primogénita. Mi madre entonces, aquel día de la partida definitiva, escribió rápido y con las manos temblorosas, embarradas de ajo, una nota que dejó pinchada con la ensaladera que hacía de centro de mesa: *Marcela, hija, nos fuimos por Mariel.* Eso ocurrió un viernes. El sábado, al llegar de la beca, ya mis padres estaban en el Norte, el mitin de repudio cayó sobre mí. Yo, que era una esperanza del ajedrez cubano, de hecho estaba internada en una escuela para promesas. Ningún vecino tuvo en cuenta ese detalle; a esa hora fui para todos aquellos que me habían visto crecer, plana y llanamente, la hija de unos vendidos al imperio y, por consiguiente, yo era una apestada también. Al año de vivir en Miami mis padres se separaron. Ella es camarera en la cafetería del aeropuerto, él es sereno en un parqueo. Ellos se acabaron para mí, ¡desterrados de mi capullo familiar!, y no fui yo quien lo decidió; nunca más se han atrevido a mirarme fijo a los ojos, no les reprocho nada, nuestros encuentros son sólo cosa de permanecer unidos por Navidades u otra fecha circunstancial, juntos pero no revueltos; claro que me ocupo, les llamo por teléfono, envío dinero, de ahí no pasa. Esa hermana, esa Hilda que apenas conozco, y que nunca desvelará su verdadera personalidad, a causa de su machista marido, ocupó mi lugar, o tal vez esté equivocada, y mi lugar siga ahí, intacto, quizás congelado. Hilda también sufrió lo suficiente como para odiar mi nacimiento y mi existencia, pues por mi culpa había vivido, cual huérfana de lujo, en residencias con alarma directa conectada a la policía.

Cada vez duermo menos y leo más. Leyendo es como consigo tumbarme cuan larga soy en el embelesamiento. Es verdad que reposo al borde del peligro, muy poco, pero sueño más leyendo. Nadie ha dicho que leer es salud, no tengo conocimiento de que la lectura sea un analgésico o anti-alguna-enfermedad. No sé por qué leo tanto —para olvidar a Samuel, esparciendo su olor a canela, pero es que siempre he leído antes que Samuel constituyera un pretexto—; tampoco he analizado por qué sueño tanto mientras leo y siempre con lo mismo, con arena y playa, con Samuel, con mis amigos, con mi madre, con ciertos lugares de la ciudad que ni siquiera existen más en la ciudad original. Tal vez por eso sea mejor leerla y soñarla que vivirla, que olfatearla. En las lecturas soy más activa que en la vida. Ya dije antes que cuando vuelvo en mí me domina el pasado, cuando leo puedo soñar con lo que quiero, es decir, con lo que me aterroriza, el futuro. Incluso cierro los ojos y puedo pedir el sabor de la anécdota venidera, como si de una receta culinaria se tratara. Mientras leo envalentonada, la fuerza del autor se apodera de mí y es así como imagino que escribo largas cartas. Al interrumpir la lectura borro el intertexto de mi mente, semejante a una máquina, similar a una computadora a la cual nadie ha dado la orden de salvar la información. A veces la correspondencia fantasma que concibo durante páginas y páginas de un libro no se acaba en una noche, sino que tiene continuidad fuera de ese libro, fuera de la madrugada. Puedo estar con Cavafis e imaginar una carta perfilada con su estilo; una vez terminado el poemario del griego tomo una novela actual y la carta imaginada cambia al tono desenfadado del novel autor. Así he estado soñando epístolas durante libros y meses. Cada lectura es una expedición diferente por el Leteo, mis viajes nocturnales se producen en su mayoría embarcada en libros, y mis mensajes son los sueños que se desprenden de ellos, los cuales sólo puedo remendar y rematar cuando a la ocasión siguiente vuelvo a cerrar los ojos y caigo rendida. Entonces me tumbo muerta, como si me quedara sin ojos, sin vista para seguir frase a frase el porvenir.

Mis accesos epistolares inventados con relación a las publicaciones nada tienen que ver con la memoria. Son olvidos o historias escuchadas de labios de otros, pero que en semivigilia toman una dimensión desorbitante, como si las viviera de nuevo, o las reanimara en la comunicación con el destinatario, o fueran simples trastornos cerebrales excesivos, cuidados y aprehendidos. El destinatario de mis cartas, o de mis sueños, lo mismo podría ser la persona conocida por mí o el autor del libro. Por ejemplo, Samuel o Swann.

Nunca presiento películas en los libros que leo, adivino cartas, y ellas se convierten en sabrosas experiencias oníricas, en un regocijo sensual con el pensamiento. Mucho menos visualizo el libro como tal, no concientizo el acto intelectual. Vivo con él otra vida. Y transgredo esa vida con capítulos añadidos por mí, a modo de numerosos pliegos nunca escritos, siempre inventados en el regodeo del hechizo. Delante de mis ojos hay hojas y hojas de *querido tal, querida mascual,* y de ellas surgen las imágenes, todas secuencias narrativas en primera persona. Son palabras que me describen los rostros de los personajes. Son conversaciones truncas; cuando al amanecer quiero recordarlas no puedo, por más que me lave la cara con agua helada, o haga un tremendo esfuerzo mental y tome fitina (una pastilla para reforzar la memoria), no recupero la más mínima frase. Sé que escuché el oleaje, así, tan seco y de *papier mâché* como lo digo ahora, y que estuve a punto de acariciar a mi madre, o de acunar a Samuel como si fuera mi hijo, su cabeza plena de rizos en mi regazo; pero nada más, y que casi doblo una esquina y tropiezo con un amigo, pero de ahí no me saquen, mi cerebro no vale un céntimo. Es por eso que estoy siempre intentando leer en cualquier sitio, en el metro, en el bus, en los parques, para burlar dos sentimientos tan opuestos como son el recuerdo y el olvido; pero a veces no puedo concentrarme. Ay, si cayera una cerrada y limpia lluvia, un temporal oloroso a colchón de yerba empapada, a asfalto estropeado, y que el vapor del ahuecado pavimento ascendiera y el olor a humedad me obligara a cerrar los párpados y a concentrarme; ay, si pudiera leer con la sensación de que reaprendo, de que tropiezo con esa otra que fui tan dependiente de mi grupo de amigos (porque yo dependo de la amistad como la araña de su hilo), y así de esta manera poder sacar adelante la correspondencia. Lo malo de aquí es que llueve recto y sin olor. Allá, en Aquella Isla llueve para los lados, llueve curvo y en ambas direcciones, la lluvia se azota a sí misma, el remolino de agua flagela el horizonte, y huele salado. No hay una persona que no se queje porque no doy señales vitales. El asunto es que cuando me siento frente a una página en blanco, tengo la carta pensada, con un contenido banal; al final siempre aparece el adiós, que por lógica de la supervivencia tendrá que ser alegre, deberá dar ánimos al destinatario, desear lo mejor de lo mejor con la esperanza de que pronto nos veremos. Algún día nos veremos, falta poco. Ahí es que me quitan los deseos de responder; apresurada cojo un libro del estante, o busco la librería más cercana. ¿Alguien habrá dicho ya que el librero es como un médico de cabecera del alma?

Pasan años y ese algún día del reencuentro con el amante, con la madre, con el amigo o la amiga nunca llega, y aquellos que dejamos de ver cuando contábamos veinte años, ¿nos verán ahora igual con casi cuarenta? Acabo de cumplir treinta y siete, Silvia debe tener cuarenta y cinco, ¡Dios mío, Silvia, violeta salvaje, con cuarenta y cinco años; cuando la dejé de ver era una bellísima mujer de treinta! Ana, la enigmática Ana, por fin tiene una hija que le nació en Buenos Aires, era lo que más deseaba, estuvo a punto de hacer como Madonna, pagar un anuncio en el periódico: SE BUSCA ESPERMATOZOIDE CON BUENA PUNTERÍA. ¡Ana con un bebé argentino, increíble! Era la actriz más galardonada del momento, una bestia del teatro, una muchacha que supo hacer de la violación sufrida en la infancia una extraordinaria carrera teatral. Cuando la cosa empezó a ponerse gris con pespuntes negros tuvo que marcharse a hacer televisión en Venezuela, y aunque fue la actriz más cotizada en unitarios, quiero decir telefilmes, ya no fue lo mismo. El triunfo no se mide así; cuando te han quitado la capacidad de elegir, cuando has probado el amargo trago de no ser libre, nunca más podrás saborear la libertad sin que te destroce los labios la mordida de la memoria. Ahora somos ilusoriamente libres, no sabemos qué hacer con el peligro de la libertad. Ana es una de mis mejores amigas: quiero que lo sepas, Ana, te amo, airado jazmín. Ya sé que luce feo, o sospechoso, decir «te amo» a alguien del mismo sexo. Pero es que yo te amo, Ana, no existen otras palabras para demostrarte mi sentimiento y ésas son las que son. Hace dos días me llamó; se dedica a la astrología y a la energía positiva para reubicar su lugar en el mundo, hasta me dio unas claves en sumo secreto para atraer la buena suerte y los estados de felicidad. Ay, Ana, espero con ardiente añoranza volver a verte interpretar tu personaje simbólico, *Yerma*, en el teatro Mella, allá en el Vedado. Quiero conocer a tu hija, Ana, pero ahora sería imposible, no tendría fuerzas para viajar en avión hasta Buenos Aires. Tu lugar en el mundo es el escenario.

Andro, coco espeso y trenzada picuala, ha triunfado allá donde casi todos triunfan, en Miami; sin embargo él triunfó en lo que casi nadie triunfa en Miami, promoviendo y vendiendo lectura. Es librero. (Aunque lo que le rompía el coco en Aquella Isla era ser pintor.) Primero fue muy criticado, lo acusaron de espía de cualquier bando, le hicieron la vida un purgante. Pero hace poco salió el hombre del año en los periódicos más leídos. En cada carta me repite: «Esto es un cabrón potrero, quédate donde estás, no vengas, no te muevas de Europa. Y frijoles negros se puede comer en todas partes, menos en Aquella Isla.» Andro es mi alma gemela. Mi parte masculina. Estamos conectados por telepatía, por magia, por el un no sé qué de san Juan de la Cruz. Todo lo que él recibe lo recibo también yo al instante. Andro, incluso, fue otro de mis estelares amores imposibles. Curarme de él no fue un juego, fue todo un aprendizaje sobre la conducta de la sexualidad y el dominio extremo de mis tormentos paranoicos. Algo así como aprender a nadar y guardar la ropa, hacerse el chivo loco, o más romántico aún, volverme una gatica de maría-ramos. Andro es mi titán.

Enma, naranja satinada, vive soleándose en Tenerife; ella nunca ha dejado de estar bronceada, le ha dado por los bronceadores, orobronceadores y las cremas Thalgo, por suerte hemos recuperado aquella hermosísima amistad de la primera juventud, por teléfono, por telepatía, o vía Internet nos reímos de los peces de colores. Randy, compota de mango, dibuja para niños, también en Tenerife; él es uno de los que con mayor ardor me escribe y envía recortes de prensa sobre desmanes ecológicos. A ellos los vi en unas cortas vacaciones. César, mermelada de toronja, pinta en los bajos de mi estudio, su obra ha ganado en síntesis, ya no escucha a todo meter a Freddy Mercury, *we are the champions, my friends*. Pachy, bejuco uví, se ha mudado hacia un estudio con más espacio que le consiguió el adjunto del alcalde y allí sigue grabando sus cuchillos calientes en telas azucaradas y en mujeres gélidas. Julio, piña colada, intenta hacer cine en Caracas. Óscar, refresco de melón, escribe poemas en prosa, en México, con la idéntica timidez de la adolescencia. Winna, mermelada de ciruela, también redacta extensos y delicados tratados eróticos en Miami; no sé cuántas veces vimos juntas *La máquina del tiempo*; el personaje femenino se llamaba como ella. Félix, su marido, es camarógrafo en un canal importante. En fin, Monguy El Gago-guanábana, José Ignacio-tulipán, Yocandra-potaje-de-frijoles-negros o azúcar-prieta-quemada, Daniela-sangre-de-paloma, Saúl-cundeamor, Isamargarita japonesa, Carlos-amapola, Igor-banana-flambé, Kiqui-limón, Dania-acacia, Lucio-romerillo, Roxana-gardenia, Cary-buganvilla, Viviana-orégano, Maritza-lirio, Nieves-comino, Luly-cedro, El Lachy-galán-de-noche, Papito-guásima... Y por último Samuel, mezcla de anís con canela, aunque debiera ser él quien encabece esta lista por orden de olores y de preferencia. Mi buró se desborda de cartas elocuentes, fieles, desesperadas, amorosas, o envidiosas, y no logro contestarlas, sólo porque me entra un dolor aquí en el pecho, una falta de aire, y se me paraliza la comisura izquierda de la boca. Llegar al final, despedirme es morir. ¿Cómo decir adiós a quienes no puedo oler?

Detesto decir adiós. No soporto cortar, cambiar

de palo para rumba. Odio mudarme. Pero desaparecer sin decir ni un hasta luego agobia demasiado. No me gusta hacer lo que no deseo que me hagan a mí. Sin embargo cuántas veces no he querido esfumarme, partir a un sitio donde ningún conocido pudiera fichar mis ansiedades. Al menos he logrado borrar toda huella de mi existencia, o las imprescindibles. Vivo en París. Es tan imprevisible, tan chic, tan lujoso, tan mortalítico y pestífero (dos adjetivos que en el argot habanero definen el *nec plus ultra*), tan exuberante decir así *vivo en París*, que da asco; y es que yo vivo en París porque no puedo vivir en mi ciudad. Yo vivo en París, pero nunca veo París con los ojos que veía a La Habana. Aunque desde chiquitica siempre tuve obsesión con venir a París, como se suponía que era una sociedad donde cada ciudadano era un bebé o una cigüeña...

Por suerte me curé rápido de dos estupideces, la de creer en los Reyes Magos y de que los niños vienen de ¡París! Una ciudad donde en la década del ochenta hubo que hacer publicidad para que las mujeres decidieran tener hijos. Siempre quise afincarme donde pudiera pasar anónima, y París sigue siendo París, con sus intrigas, sus bellezas, *bellecerías y bellaquerías* diría Andro, incluso con sus miserias y un por ciento establecido de bandolerismo, según cuentan los telediarios que, dicho sea de paso, nunca dan una buena noticia. Aquí nadie se mete en nada, a ningún vecino le importa un carajo con quién te encerraste en tu casa (mientras no hagas ruidos no hay líos), y las excentricidades no duran más de cinco minutos: siempre habrá una excentricidad mayor que apague el escándalo de la precedente. Por eso elegí esta ciudad, porque todavía una puede esconderse con cierta naturalidad. El

PITKIN COUNTY LIBRARY
120 NORTH MILL
ASPEN, CO 81611

cielo no es el mío, pero hay un cielo. El sol no dura, el invierno es largo y demasiado preciso, eso es imperdonable; la ventaja es su elegancia, el olor a densidad de siglos que despide. He aprendido a adaptarme a un verano que es la estampa del invierno cubano. Tampoco, lo confieso, soy una fan del calor y del sol, pero los prefiero. No ha sido coser y cantar ganar la tranquilidad de esta ciudad. Al llegar aquí, no importa cómo llegué, es un cuento sin trascendencia alguna, el cual contaré más tarde cuando no pueda pasarme de él, pues cuando vine estuve unos meses estudiando francés en la Alianza, después otro tiempo largo sin hacer nada, vagabundeando, aunque debo admitir que fui una huésped de lujo, pero en un sitio donde a cada instante me sacaban que esa casa no me pertenecía, que yo era una prestada, donde me preguntaban veinticuatro por segundo cuándo arreglaría los papeles para poder trabajar, donde reprochaban sin ambages el que no me incorporara a la sociedad como un ser normal, y no como una vaga, una punk, o una especie de SDF, es decir *sans domicile fixe,* pero con domicilio ocupado; era una suerte de okupa con título nobiliario. Las quejas llovían producto de la impotencia, del despecho amoroso; a veces pensaba que podían provenir de los síntomas de una arteriosclerosis avanzada. Al cabo de tanto reproche, los regaños me la tenían tan pelada que decidí tomar un tren y desaparecer. Ya mencioné antes que odio desaparecer, pero me encantan los trenes. Descendí en el primer nombre de ciudad que trastocó mi turbulencia interior en seducción: Narbonne. Pasé hambre, frío, dolores de muela, se dice rápido, pero cuando hay que dormir abrigada con cartones a menos tres grados no es juego. Me puse amarilla de comer zanahorias robadas. Por fin conseguí un trabajo de recogedora de maíz de semilla. Trabajé al negro medio año, en el campo, sin seguridad social, con un nombre falso, mi dirección era un saco de maíz de semilla. Hasta que gané lo suficiente para alquilar un cuartucho sin baño y puse un anuncio de *baby-sitter* en las lavanderías, camuflado, por supuesto. Algunas madres vinieron, primero recelosas; pasado cierto tiempo confirmaron que nunca habían contratado niñera tan perfecta. Por fin reuní dinero suficiente para volver sin vergüenza, pero con venganza, con la cabeza muy alta, a la residencia donde tanto habían denigrado mi honra. Eso tengo yo, la dignidad es lo primero. Es mi cabrón orgullo.

Él me esperaba recién bañado y entalcado con polvos de lavanda inglesa, yo le había prevenido de mi visita por carta, estaba sentado en el sofá de terciopelo dorado, reinaba apoltronado en el doble salón, él siempre tomaba posiciones ventajosas con respecto a mí. Pero después de mi partida nunca más se vería altanero; había sufrido un ataque de paraplejia, quedó inválido de toda la mitad derecha del cuerpo. Aun así, enjuto, las canas amarillentas, las pupilas vidriosas de fiebre y de un tono azul pálido, de las comisuras labiales pendía espuma de saliva compacta; aun así, en ese instante supremo había decidido abandonar el sillón de ruedas para mudarse de asiento y dominar desde el canapé dorado, pidió ayuda física a la criada portuguesa para que acomodara un cojín detrás de su encorvada y gibosa espalda. Hice ademán para que se apoyara en mi brazo y pudiera echarse hacia delante, pero rugió una negativa. Sin decir palabra extraje de mi bolso un cartucho del Franprix y extendí un fajo de cincuenta billetes de a quinientos francos; con eso devolvía el pasaje de avión, un cálculo de los gastos que había tenido que hacer conmigo durante mi corta estancia en su mansión, y, por supuesto, los mil doscientos dólares que le exigieron que pagara por mi persona al casarnos en La Habana. Trata autorizada. Con un segundo ronquido protestó al tiempo que escondía sus manos como un niño para no aceptar el dinero. Tiré el fajo sobre el sofá.

¿Quién era él? Aún me lo pregunto; sin embargo la respuesta, en apariencia, más sencilla no puede ser. Al año del abandono de mis padres conocí no por casualidad a un turista, pues era la época en que empezaban a pulular los viajeros en la isla después de tantos años de ley seca con el turismo capitalista, prohibido por diversionismo ideológico según los que hacen y deshacen las leyes. Fue en una botella, yo esperaba la guagua con trascendental paciencia, él pasó muy orondo en su Nissan con chapa extranjera. Se ofreció a llevarme de regreso a casa. Contaba casi setenta años y yo diecinueve. Despedía un vapor de pomada doradora, venía de la playa; yo emanaba colonia Fiesta mezclada con *cold cream* de latica. Nuestros poros, sin embargo, se repelían, no simpatizaron. Nos casamos porque yo necesitaba largarme y reencontrar a mis padres y porque él se sentía viejo y abandonado. Decidimos ir a un bufete de abogados de inmediato; pero, en lo que el papeleo estuvo listo para conceder mi autorización de viaje a Francia acompañada de mi marido, cumplí veintitrés años. A esa edad viajé por primera vez, me puedo dar con un canto en el pecho, porque además caí aquí, nada más y nada menos que en París. Mi trayectoria había sido la siguiente, de La Habana Vieja a un pueblo de buceadores: Santa Cruz del Norte, de ahí otra vez a

La Habana Vieja y de allí a la Ciudad Luz. En todo ese tiempo, de mis diecinueve a los veintitrés, sucedieron innumerables historias traumatizantes y trascendentales en mi vida. Mi esposo pasaba la mayor parte del tiempo en Francia, aunque se trasladaba a la isla con religiosidad una semana cada dos meses con el objetivo de agilizar los trámites. Los documentos marchaban a máxima lentitud porque en realidad lo que pretendía la oficina de emigración cubana era desfalcar al senil francés. Por fin pude partir. Nuestra vida en común fue un infierno, como ya he contado más o menos. Desaparecí y reaparecí cuando pude devolver quilo a quilo el más mínimo gasto. Reaparecí para divorciarme por incompatibilidad porosa, aunque ya era un poco tarde. No lo culpo. Era bueno, pero viejo.

Estaba nervioso y babeado. De pronto tuve la certeza de que el tal temblor en sus manos pecosas no era más que mal de Parkinson. Fue el día de su aniversario, y él, que nunca quiso ponerse triste los días de celebraciones, no pudo evitar una lágrima, me dio la impresión que de tinte achampañado. Cumplía ochenta y dos años. Abrió la boca, esparció aliento a ajo, ese gesto y el olor se ganaron la exclusividad de mi atención, pues me hicieron recordar las manos de mi madre, susurró un discurso para tranquilizarme sobre mi situación legal en Francia. Dijo fingiendo seguridad:

—Aquí tienes los papeles listos, debes ir a firmarlos, tienes derecho a la nacionalidad por estar casada conmigo...

Negué moviendo el rabo de mula que recogía mi pelo encima de la nuca de un lado a otro y él comprendió. Decidí arriesgarme en la Prefectura de Policía por mi cuenta, sólo para iniciar un proceso de permiso de estancia, el que yo merecía por ser yo y no la esposa de alguien. Tampoco pediría asilo político, no me lo darían ya que nosotros los aquellos-isleños apenas tenemos derecho a nada en cualquier parte del planeta, pues ¿cómo demostrar una persecución, un abuso, un maltrato? La política es la misma exquisita porquería aquí, allá y acullá, y los políticos se desarreglan y arreglan entre ellos. Escribió Bioy Casares que lord Byron declaró a unos periodistas que él había simplificado su idea de la política: ignoraba a todos los políticos. Yo también; a mí lo que me interesa es demostrar mis capacidades como ser humano, mi honestidad, ejercer el derecho a mi libertad individual; es el mínimo lujo, o riesgo, que deseo correr por mi cuenta. Había sido contestataria en la escuela, en mi círculo de amigos, en el trabajo, allá en la isla significa mucho, aquí no pasa del estado de ánimo perenne del parisino. Mi esposo y yo nos despedimos sin mayores traumas novelescos, al menos para mí. Nunca más me preocupé de su existencia hasta el día en que falleció. Me hallé con una herencia descomunal a la cual renuncié para satisfacción de sus hermanas, sobrinas, sobrinos, primos, y cuanta familia apareció en ese último minuto. Juro que mientras habité aquella mansión nunca antes había visto yo a ninguno de ellos, ni siquiera lo llamaban por teléfono para preocuparse de su salud. De hecho, si habíamos firmado el acta matrimonial era porque él se moría de soledad, encerrado en sus cuatro paredes versallescas calentadas con gas; necesitaba una compañía, y yo un pasaporte. Aquella tarde en la residencia de los Campos Elíseos, frente al notario y el féretro, había convocada más familia que si hubiéramos reunido los Principados de España, el de Inglaterra, el de Mónaco, el de Liechtenstein y cuanto reinado existiera. Me reviraban los ojos, y cuando no, era como transparente: para nada deseaban constatar mi presencia. Pero en el testamento la única que figuraba era yo como heredera absoluta. Cuando el abogado dio a conocer mi decisión de rechazar las cuentas de ahorro y los apartamentos y residencias campestres, por no decir castillos, recibí un infernal aluvión de besos, y a los franceses que cuando les da por besar besan cuatro veces, dos en cada mejilla, se convierten en vulgar melaza de caña brava. Por el contrario en el salón fluía hosca humareda de inhalación mentolada, como a Pavosán.

Todavía vivo arrepintiéndome de ese arranque de orgullo. Permanecer en este país se pone cada vez más difícil, y aunque ya poseo la carta de residencia de diez años resistí y perseveré, casi de pupila, en la Prefectura de Lutecia, primero cada tres meses, después todos los años, en un atacante círculo vicioso, declaración de impuestos, seguridad social, domicilio, carta del banco, entradas económicas, porque, a fin de cuentas, de lo que se trata es de mantener con el dinero ganado a los vagos engendrados en el seno de la burocracia. Sufrí una barbaridad porque no contaba con la mayoría de estas exigencias, vejaciones, insultos, peloteos de un ministerio a otro, cartas que nada podían probar. Gasté una enormidad de plata en documentos que no tenían en absoluto ningún valor, seguridad social extranjera, seguridad social estudiante, sellos de esto, notarios para lo otro... Una verdadera pesadilla postexistencialista. Al menos sabía leer y escribir en francés y podía enterarme de lo que planteaban los formularios. Cuántas veces tuve que ayudar a árabes analfabetos a llenar sus planillas. Entretanto trabajaba en distintos lugares a riesgo y cuenta porque aún no poseía el permiso de trabajo y además me pagaban en especie.

Así, dando tumbos, conocí a Charline en el Mercado de las Pulgas de la Porte de Clignancourt; ella fue la única después del viejo que me adoptó en serio. Charline es una mujer de inteligente y elegante mirada, aromatizada lo mismo a albahaca que a yerbabuena, nunca podré adivinar su edad, no sé si se ha hecho cirugía estética, pero ha quedado estancada en los cuarenta y cinco; tal vez tenga más, pero no se nota para nada. Charline vendía sombreros de los años veinte en un bajareque cundido de ladillas y de piojos. Con todo y eso le compraban un carajal, al fin y al cabo lo primero que brindaba era su alegría, su ingenio, su ánimo. Si iba a vender un sombrero años veinte contaba a la cliente que éste había pertenecido a Djuna Barnes, y así inventaba lo que la otra necesitaba escuchar. Era una saldista de sueños. Aquí la gente es muy triste, muy apagada; aquí necesitan cariño, toneladas de ilusiones.

Un domingo en que sucumbía de desconsuelo debido a mi dichosa situación, Charline propuso que hiciéramos un viaje en auto; advirtió que no olvidara el pasaporte. Nos fuimos a España, en específico a Andorra. Allí se perdió unas horas con mis documentos. De regreso trajo una visa de entrada en Francia por motivos profesionales; la que me habían expedido hasta entonces era primero en calidad de turista, y después permisos temporales como visitante, porque aunque había estado casada con el anciano galo debía aguardar tranquila, por no decir pasiva, en mi país de origen el permiso de entrada por la vía de reagrupamiento familiar. Lo cual él no quiso aceptar, y yo había tenido que viajar como turista con un salvoconducto de tres meses. Lo del salvoconducto para mí era de lo más gracioso, pues sólo había visto algo parecido en la película *El tulipán negro*, interpretada por Alain Delon, o en *Cartouche*, con Belmondo y la Cardinale. A la vuelta, Charline inventó un contrato de trabajo y comencé de comerciante de bastones en su tienda. Así pude regularizar mi situación al menos por un año.

Un mediodía, en el que no había mucha venta, aunque allí nunca hubo mucha venta de bastones, sí de sombreros, pues el público pagaba más por oírle la muela a ella que por interesarse en los bombines o chaneles modelo tibores; que me perdone Charline, pero ¿quién iba a antojarse de sombreros gastadísimos de los años veinte en plenos ochenta? Pues ese mediodía de un lunes (el Mercado de las Pulgas funciona sábado, domingo y lunes) abandoné al argelino que alternaba horarios conmigo y escapé a la tienda de cámaras fotográficas de segunda mano. Quedé hechizada por una requeteusada Canon y le eché el guante por cien francos. Ahí empezó mi perdición. Al atardecer compré un rollo en blanco y negro, en los *bouquinistes* del Sena conseguí un libro de Doisneau, otro carísimo de Henri Cartier-Bresson, y por cinco francos un tercero de Tina Modotti. Tomé un RER, un tren hacia las afueras, en el vagón devoré los libros. Nunca he aprendido tanto en tan pocas horas.

El martes, mi día de descanso, zapateé cuanto quise, y di con el peor barrio de los suburbios parisinos. Fotografié desde los habitantes, las casas, los solares yermos, los animales, las plantas, los árboles, hasta los charcos de agua podrida. Regresé al cuarto medio muerta; cuando aquello yo vivía en el último piso, un sexto de la calle de Martyrs. Desde que entraba tenía que tirarme en la cama, el espacio era la reducción misma, los noventa por cincuenta que medía y ocupaba la cama. Sentada en el colchón abría una tabla y aquello era la mesa, luego bajaba con una roldana otra tabla más pequeña y ahí estaba la cocina, el baño era colectivo, y estaba situado en el descanso de la escalera, el tufo a meados y a caca era el hedor de rutina, para llamarlo con finura y delicadeza. En invierno el frío que traspasaba el zinc del techo me quebraba los huesos, en verano me achicharraba igual que un plátano tostón. Me vanagloriaba de poseer dos mudas de ropa que invariablemente apestaban a merguez y a papas fritas. Ese martes regresé extenuada, abrí la puerta, me lancé en el colchón y dormí hasta el anochecer del miércoles con los pies estirados, por lo tanto tuve que dejar la puerta abierta y sacar las canillas al pasillo. La noche del miércoles desperté con tanta hambre que hasta el insoportable olor a comida india de los vecinos hizo que se me aguara la boca, olvidé las fotos, la cámara, y salí al primer McDonald's, al que hace esquina con Barbés Rochechouart. Devoré hasta que me atraganté, hasta que me subió una saliva agria a la garganta, la cual volví a tragar por temor a vomitar. Estaba harta de comer el menú de los viajeros pobres, una maxihamburguesa, papas fritas con sabor a periódicos, coca-cola a granel... Quise volver por la calle de los pip-chous y por primera vez después de tanto tiempo sentí la voracidad de acostarme con alguien, de acariciar un cuerpo desnudo, de decir *te quiero, me gustas, no te vayas, por favor, mírame, no me abandones*. Necesitaba rogar, suplicar, y que me rogaran y me suplicaran con ternura. Al rato me fingí a mí misma como que todo me daba igual, hice como que no necesitaba para nada de ninguna cosa ni remotamente parecida al cariño. Ese paisaje anunciado en neón no describía la idea que concibo del amor. Regresé a mi hueco. Al día siguiente debía madrugar para ir a la Oficina de Ayuda a los Emigrantes de la Alcaldía; allí a veces encontraba trabajitos circunstanciales.

No sé por qué madrugué ese jueves, por gusto espontáneo, me dije, si aquí nadie llega a las oficinas antes de las diez, pero yo soy así de quisquillosa, o masinguillosa con la puntualidad. Esperé una hora afuera a que abrieran. No más hice atravesar el umbral de la alcaldía, tuve que dar dos pasos hacia atrás pues había reparado en un aviso sobre algo referente a fotos escrito en el mural de novedades. Volví sobre mis pasos, ya junto al buró de informaciones, al lado se encontraba el panel, pude leer: Concurso para fotógrafos aficionados. Y todo un sinnúmero de explicaciones. Claro, era un certamen para idiotas, pero eso era yo, una idiota aficionada a las fotos porque no hallaba otra cosa más interesante en qué entretenerme. En aquella época mataba el aburrimiento leyendo, sin la conciencia de lectura que poseo hoy, es decir era una lectora hembra, penetrada y dominada por las historias. Para no cansar a nadie con el cuento, presenté las fotos de los barrios requetejodidos a causa de la pobreza y gané de milagro. La miseria es fotogénica, vende bien, y para colmo se galardona.

El premio fue una beca en Nueva York. No me lo podía creer. No deseaba despedirme de Charline, nunca quiero decir adiós a nadie, menos a los que me han demostrado confianza, digo, amistad; pensé que ella entendería si de veras me apreciaba. No podía abandonar así como así a la persona que había fundido su soledad con la mía; como soy supersticiosa intuí que portarme de esa manera tan poco agradecida acarrearía mala suerte. Finalmente fui a verla. Como de costumbre estaba bajándole tremenda baba a un cliente, en esta ocasión intentaba vender un bastón según ella perteneciente a Verlaine en la época en que éste mantenía una revoltosa relación amorosa con Rimbaud, cuando lo del famoso disparo en la plaza de Bruselas. Al verme dejó al comprador con la palabra en la boca y el bastón lo tiró en una esquina. Fue sencillo, lloramos, claro, presagiando la próxima soledad. Ella me regaló un sombrero, el cual aseguró había pertenecido a Anaïs Nin, tal vez no sea cierto, pero su frase y el sombrero me levantaron la moral.

—Este sombrero cubrió la traviesa cabecita de Anaïs Nin; espero te traiga dulces sueños y cientos de aventuras sexuales —dijo acariciando mi mejilla como si se tratara de la piel de la turbulenta escritora. Tararéé la canción de Silvio:

> *Una mujer con sombrero*
> *como un cuadro del viejo Chagall,*
> *corrompiéndose al centro del miedo*
> *y yo que no soy bueno me puse a llorar,*
> *pero entonces lloraba por mí*
> *y ahora lloro por verla morir.*

Entré a Nueva York por el puente de Brooklyn, se me erizó el huesito de la alegría, un calambre recorrió mi esófago cuando vi las dos torres y el Empire State. ¡Cristo, qué emoción, estaba como en una película sobre judíos! La beca en Nueva York fue sólo interesante, más técnica que poética, pero pude empaparme de Nueva York y esta ciudad fue como la práctica del curso teórico délfico lezamiano. Allí encontré a amigos de otros amigos. Allí conocí a Lucio, que por aquel entonces supuraba laurel, íntimo de mi amigo Andro. Nos citamos en un café del Village, luego pateamos las torres de música y compramos discos compactos de Los Zafiros y de Maria Bethania, donde la brasileña canta *Qué ojos tus ojos* con Jeanne Moreau. Tuve la impresión de que Lucio y yo compartíamos de toda la vida un intenso enigma: el del abandono. De mí se había desembarazado mi familia, a él lo plantaban los amantes, aunque tampoco he tenido suerte con estos últimos. Compró libros en español, de inmediato me regaló uno de ellos, *El Monte*, de Lydia Cabrera. Nos contamos los respectivos pasados en un restaurante chinocubano llamado La Palma Oriental. No nos aburríamos de milagro, ya que hablábamos de lo mismo, del tiempo que duraba la lejanía de Aquella Isla, de los proyectos para el regreso, del odio, del perdón, de la muerte. En un bar de Hoboken lloramos Lucio y yo por ganas de volver a sentarnos en el muro del Malecón. Como en una mala película al instante nos compusimos cambiando el tema de conversación, avergonzados uno del otro de nuestras frívolas fragilidades. Un tiempo considerable después volví a la isla, cuatro días acompañando en calidad de fotógrafa a un negociante francés. No pude ver a casi nadie. Monguy estaba preso, a Nieves había que localizarla en los hoteles, no fue fácil. A Mina no quise verla. Los otros ya no vivían allí. Mi tiempo dependía de la agenda del comerciante, así y todo visité mi casa de Santa Cruz del Norte, obsequié una caja de huevos a la presidenta del comité, para resarcirla de aquellos que me había tirado. No salía de un ministerio para entrar en otro. Así y todo tuve tiempo de deleitarme una noche en el muro del Malecón, sólo para hacerle un homenaje a Andro y a Lucio. Regresé no para desquitarme, sino por joder a los franceses que van a Aquella Isla y reaparecen como turistas jactanciosos recién venidos a contarme sobre un país inexistente, o existente sólo en sus decrépitos sueños. No hay de nada, Marcela, pero la gente se divierte. Coño, ¿y qué quieren, que se suiciden en conglomerado? ¿O no les bastan nuestros oceánicos desaparecidos?

Lucio y yo huíamos a Chinatown cada vez que podíamos, o a Little Italy, donde devoré unos helados como esculturas. En Soho visitamos una exposición de Yoko Ono, en la galería Mary Boone, en el 393 West Broadway entre las calles Spring y Broome. Ahora ahí han puesto el DIA Center for the Arts, un espacio perrísimo. Me han dicho que Mary Boone se mudó a un nuevo distrito de galerías en lo que antes era —y sigue siendo— el Meat District, o Distrito de la Carne, es decir, mataderos y distribuidores de reses. Este nuevo barrio está al oeste de Chelsea, el actual barrio de las locas. La exposición de Yoko Ono consistía en una instalación formada por unos troncos cortados con ojos de vidrio incrustados; los troncos estaban regados por el piso de granito, apenas se podía caminar por entre esos troncos de mirada casi humana, los cuales parecían derramar gruesas lágrimas por haber sido arrancados de cuajo. Un poco más adelante se llegaba a otra sala con esculturas blancas de yeso, también firmadas Yoko Ono. Por primera vez sentí el deseo de ser célebre, ¡qué horror!

Visité una infinidad de galerías, de discotecas

homosexuales: La Escuelita, que continúa ubicada en el mismo sitio, pero la entrada la cambiaron para la calle lateral, aunque el sótano sigue igual, repleto de dominicanos. Es el tipo de club con chou de *drag queens*, y broncas y piñaseras en cantidades industriales. Hartos del mal ambiente y de la desproporción, los cuales necesito pero en dosis bien suministradas, nos mudamos al club Excalibur en New Jersey. Los martes tocaban «la noche de las *ladys*», los demás días de la semana venían muchas mariquitas caprichosas reventando de músculos. Lucio me presentó a sus amigos entendidos, para que más tarde yo le contara a Andro de sus peripecias nocturnas. Nueva York, sin confusión alguna, rezumaba esperma.

Una noche nos invitaron a una recepción en honor de no recuerdo qué carajo, yo no me desprendía de la cámara. Después de pedir permiso para hacer fotos, dada la extravagancia de ciertos personajes pasé el tiempo retratando raros y rarezas. En mi objetivo siempre se colaba el abrumador rostro pálido de un camarero de pelo largo lacio color azabache y de grandes ojos verdes, el cual no cesaba de pedir disculpas por echar a perder mi trabajo. *Sorry* p'aquí y *sorry* p'allá. Mi inglés era macabro, sigue siéndolo. Él conjugaba a la perfección, pero con acento insufrible; era evidente que hacía poco vivía en Nueva York. Intenté hablar en castellano con él, ni modo. Al rato se perdió y yo seguí fotografiando bulímicos, anoréxicas, punkys y yonquis. Calculé que había transcurrido alrededor de una hora cuando Lucio apareció nada más y nada menos que con Andro, quien acababa, como quien dice, de descender del avión; llegaba directo de los carnavales de Venecia y por tanto su piel despedía el sopor de la antigüedad. Cuesta trabajo admitir la banalidad de la duración de los viajes en la actualidad.

A Andro le fascina verme enamorada de camareros y policías. Aunque disentimos en cuanto a entretenimientos y caprichos sensuales, por ejemplo, él va al grano, al duro y sin guante, directico a la cuestión; yo gozo dilatando el tiempo de la entrega. Tal vez por eso nunca he tenido un orgasmo, soy frígida. Mi goce se nutre de los preámbulos, después se acabó todo.

—Es camarero y francés —susurró conteniendo el alborozo y tanteando la posibilidad de convertir en mi amante al joven sirviente.

El muchacho de fragancia a Vetiver de 1874 ligada con cebollinos, preguntó en tono meloso si yo era hermana de Lucio y de Andro. Este último no pudo ocultar su hechizo y dejó el terreno libre, esa misma madrugada siguió viaje a Berlín. Sin duda le caí en gracia al barman de Montpellier. Al punto averigüé que de día trabajaba de maestro de cocina en Priscilla Delicatessen, restaurante antes situado en la calle Jane con la Sexta Avenida o Avenida de las Américas; ya no existe: en su lugar han abierto una dulcería fina. De noche lo contrataban para servir en fiestas. Terminé de tirar los rollos, los invitados fueron esfumándose por el pórtico, o por las puertas de las habitaciones. El camarero y yo nos escabullimos a la parte trasera de la residencia. Nos perdimos a través de una ventana en la madrugada olorosa, no sé por qué, a jazmines quemados. Nos arrebujamos en la escalera exterior del edificio, igualita a la que aparece al final de la película *Pretty woman*, por donde sube Richard Gere a rescatar a Julia Roberts de los malos vicios, mejor dicho, de la putería; una de esas escaleras de servicio que hay en Nueva York hasta para hacer pudines, nos pusimos a matearnos el camarero y yo. Apretamos nada más, porque cuando aquello yo tenía tremendo miedo del sida de Nueva York, viejas supersticiones políticas y un artículo del periódico *Granma* que anunciaba el primer caso de sida en Cuba, un escenógrafo que había contraído la enfermedad nada más y nada menos que en Nueva York, me habían metido en la cabeza que tal vez allí sería más contagiosa, más agresiva la enfermedad. Él me acompañó al hotel, un Holiday Inn, hoy un Days Inn, muy cercano a Times Square, en la Octava Avenida entre la Cuarenta y Ocho y la Cuarenta y Nueve, en el West Side, en el corazón de Broadway para abreviar. El escritor Reinaldo Arenas vivía en la calle Cuarenta y Tres, entre la Octava y la Novena Avenida, pero eso lo supe más tarde, cuando leí sus memorias. Unas cuadras antes fumamos mariguana, frente a lo que es el Cineplex Odeon Encore Worldwide Cinema; lo de «encore» es porque pasan cintas que ya se han ido de cartelera de estreno y pueden ser vistas por tres dólares en lugar de ocho que es lo que cuesta el cine en estos momentos, en la Cincuenta West entre la Octava y la Novena Avenida. La calle estaba a oscuras, me encantaba temblar de terror como las protagonistas de películas de asesinadera, esta zona se llama Hell's Kitchen, La cocina del infierno. No podía existir nombre más apropiado para mi situación y la de mi pareja. Nos besamos acaramelados, sentados en la escalera de uno de esos edificios también muy propios de películas neoyorquinas, nos toqueteamos con esmerado erotismo. En medio de tanto derroche romanticón sobreplaneó nuestras cabezas una cucaracha voladora. Nos entró un ataque de carcajadas, ¡una cucaracha voladora a esa hora de la madrugada en pleno Manhattan! No lo podía creer. Me dio por reírme de cualquier idiotez, hasta de un chiclet pisoteado en la acera. El trayecto al hotel lo hicimos despatarrados de la risa bajo los efectos de la yerba.

En el umbral ni siquiera nos dijimos el *chao* que se ha convertido en el adiós del distanciamiento efímero; lo dejé plantado en la puerta automática, en un abre y cierra demasiado escandaloso para la hora que era. Recogí la llave-tarjeta en la carpeta y desaparecí dentro del ascensor. Sé que caí en la cama y en coma, me fui del aire, semejante a un canal de televisión. Esa noche no me despertaron las ambulancias, ni las alarmas de la policía, ni las humaredas emanantes de los alcantarillados, ni las luces de neón de clubes cercanos. Resucité a las doce del día siguiente. El bombillito rojo del teléfono pestañeaba anunciando que tenía recados en el mensajero automático, tomé el auricular y marqué el número del buzón.

—*Je t'aime. C'est Paul.*

Es increíble con la ligereza y naturalidad que declaran su enamoramiento los franceses. En el recadero había registrada una segunda llamada en inglés.

—Miss Roch. Esta madrugada he obtenido sus coordenadas por parte de sus amigos Andro y Lucio, estoy interesado en las fotos que tomó usted anoche en la fiesta, sólo para comprobar si son publicables... Bueno, evidentemente no se encuentra usted... Intentaré localizarle más tarde, de todas formas puede encontrarme en el 213 11 77... Soy Mr. Sullivan... Espero poder hablarle pronto...

El tipo hacía pausas como si no creyera en mi ausencia. En verdad no había estado ausente, sino rendida como uno de los troncos de Yoko Ono. Bueno, los troncos de Yoko Ono estaban más despiertos que yo. Disqué el número de Lucio. Acababa de ducharse y estaba fuera de sí, tan alegre que no le cabía un alpiste en el culo, cosa en extremo rara en él, ¡sí, ya sabía que Mr. Sullivan me había llamado, él mismo le había dado mi teléfono! El socio era un magnatón, seguro que me compraría las fotos, de todas todas. Pensé que a lo mejor iría a proponerme cinco dólares por el rollo, los millonarios no son millonarios precisamente por ser manisueltos. Me la jugaba al canelo invirtiendo energías positivas en ilusionarme. Seguro que lo que Mr. Sullivan estaba queriendo evitar era perjudicar a alguna pegatarros, querida suya quizás, que aparecería por simple accidente en los negativos, en realidad lo que estaba tratando era de borrar una prueba más de adulterio.

Saber que Lucio estaba acabado de bañar me dio deseos de ducharme. Lo hice esperando de un momento a otro a Anthony Perkins disfrazado de mujer con el cuchillo en la mano dispuesto a hacerme picadillo en la bañera. Mientras me maquillaba seguía con mi película de destripadores y masacres en serie. El vestido escogido no tuvo, por cierto, nada que ver con las secuencias imaginadas; una vez arreglada comprobé que no había pensado demasiado en lo que me había puesto, unas medias negras con lunares blancos, una batica hippie, unos tennis negros cortebajos con puntera estilete de metal, el sombrerito diz que perteneciente a Anaïs Nin. Bajé fumando dentro del elevador, lo cual me valió una multa de cien dólares, claro que jamás la pagué, ¡que me coja yo pagando una multa por fumar en el país de tantas películas de fumadores!

En la recepción del hotel se debatía un botones con un gigantesco cesto repleto de todo tipo de gardenias, orquídeas, claveles, girasoles y cuanta flor existe en el planeta. Me encantan las flores, pero no resisto los ramos. ¿A qué desgraciada le habrá enviado un desventurado ese ramo tan desproporcionado? Cuando lo reciba tendrá que mudarse a otro hotel donde quepan fenómenos semejantes en las habitaciones, o deberá repartir trozos del ramo entre los demás huéspedes. Así pensaba cuando el empleado, a punto de caerse de bruces, sonrió en mi dirección e imaginándose ya liberado, sin disimular en lo más mínimo su alivio, exclamó:

—¡Oh, Miss tal cosa... —Nunca dijo mi verdadero apellido; siempre me confundía con cualquier Rocco, o Rodríguez, o Rossiter, tan fácil que es memorizar Roch—. Mire, han dejado este hermoso manojo para usted!

Puse cara de ¿a mí? Con el Marlboro *light* entre los dientes, pensé en el millonario, ¿sería idea suya? El cesto me cayó encima cuando el botones lo soltó y por un tin no me ampollé la boca con la punta encendida de la colilla. Pude divisar una tarjeta presillada en el celofán, de un halón la arranqué, leí, era de Paul, el maestro de cocina diurno y camarero nocturno. Estaba sin un quilo prieto partido por la mitad pero se gastaba la plata en una galantería que no bajaba de los ciento cincuenta dólares, además lo había enviado con mensajero, una exageración digna de La Francia. Los franchutes cuando aman son así de exquisitos o extravagantes. Cuando no, son unos auténticos papás Goriot, unos tacaños de armas tomar.

—Subiremos el *bouquet* a su habitación, señorita —anunció el carpetero; al ver mi angustiada cara, aclaró—: No se preocupe, haremos una selección de las flores más bellas. ¿Desea usted conservar las otras? Podemos acotejarlas en diversos jarrones y colocarlas en diferentes sitios de la habitación.

Me vino a la mente la sala mortuoria de una funeraria; al parecer él pudo adivinar mi evocación:

—Entonces, ¿hacemos algo en especial con el *bouquet*?

Encogí los hombros, aburrida ya del guión impuesto por la realidad; al instante reparé en que daba la impresión de que no agradecía sus gestos y arranqué una sudorosa catleya, es decir, una orquídea chorreando fumigación:

—Disculpe, pero no creo que tenga espacio, ni manos, para conservar semejante jardín botánico; repártalas entre los huéspedes, o haga lo que quiera, lo que menos nos perturbe a usted y a mí desde el punto de vista psicológico...

No me atreví a ordenar que acabara de botarlas de una vez a la basura, que me importaba un bledo su decisión, tanta jodienda por una cortesía pantagruélica. Sentí que estaba insensibilizándome: después de todo era un detalle muy poético por parte de Paul. Lo último que faltaba, un Paul en mi vida. Me dispuse a asaltar la calle cuando entre el exterior y la puerta giratoria se interpuso un americano bien criado, gigantesco, rollizo, rosado. Extendió su mano, era Mr. Sullivan.

No venía a chantajearme con el rollo, mucho menos a solucionar el problema botánico creado por Paul, más bien se interesaba en que yo trabajara en uno de sus estudios fotográficos, es decir que revelara mis fotos allí; trató de convencerme para que hiciera algunos trabajos con él. Andro le había contado por teléfono algo de mi frustración lírica con la beca de fotografía, y él había decidido ayudar, abrirme las puertas del éxito. De veras que no puedo quejarme, la suerte, la Virgen de Regla, la Caridad y san Lázaro me acompañan. Cuando estoy al borde del abismo siempre aparece una prueba mayor. Justo en el instante en que debo superar mis estados anímico y creativo, un detonante externo obliga a que ponga todo mi esfuerzo y a que sobrepase mi carta astrológica. Después caigo en otro hueco, y así, y así... Hundida en lo más bajo inicio el impulso para el próximo salto.

Lo que iba a ser una estancia de tres meses se convirtió en seis. Inicié una apasionada historia de amor con el príncipe-mendigo Paul. Él compartía un apartamento inmenso en el Harlem hispano, el hit del pánico, con un americano *gay*, vendedor de perfumes en Macy's. En realidad le pagaban por rociar con espreys a los clientes que visitaban la tienda. Me instalé con ellos en el 635 West de la 142 entre Broadway y Riverside Drive, en el Alto Manhattan; también se conoce como Quisqueya Heights por la afluencia de dominicanos; antes se conocía como la Little Havana, pero los cubanos se fueron echando ante la invasión dominicana. La parada del metro era la de City College, próxima a la universidad de la 137 y Broadway. El edificio semejaba una ruina ática. La puerta del apartamento cerraba con cinco yales y además con una cadena del gordo de una boa. Todo eso para nada: el inmueble se encontraba en tal mal estado que cada vecino podía comunicar con otro por irreparables huracos en las paredes. Tal parecía que habían bombardeado. En verdad yo no paraba mucho tiempo con ellos, iba a dormir de cuando en cuando. Pasaba los días en los estudios o laboratorios de fotografía de Mr. Sullivan, en el 170 de la Quinta Avenida, quien se convirtió en una suerte de padre-maestro para mí. Un hombre formidable, goloso, comilón y tímido; recuerdo que mientras masticaba con lentitud sicodélica los alimentos rumiaba quejidos de delicia, sudaba a chorros y los cachetes y la nariz se le cubrían de un salpullido colorado. Al inicio de tanta generosidad esperé cualquier tipo de negocio sucio, de intercambio depravado. Nada de aquello, sólo le apetecía apoyarme, que yo saliera de allí siendo una auténtica fotógrafa. Así descubrí mi verdadera vocación. Aprendí de todo con las mejores cámaras, con los quimicales y el papel más caro, con los lentes, los zoomes, las ampliadoras más sofisticados. Asistía a las pasarelas donde desfilaban las modelos mejor cotizadas, a los eventos más célebres, tanto deportivos como artísticos, conciertos de todo tipo, y hasta cumbres, congresos y reuniones de jefes de estado; siempre en calidad de auxiliar de los fotógrafos estrellas, y sobre todo aprendiendo de ellos. En una ocasión, la que todos esperábamos que un día llegaría, se ausentó por enfermedad incurable uno de los divos del lente. Mr. Sullivan apuntó con sus pupilas y apostó sobre mí; yo sabía que estaba inquiriendo con su mirada de pillo si me sentía capaz de sustituir al estelar captador de presencias. Asentí. Su voz sonó como de costumbre, prepotente, pero muy por detrás de su timbre habitual presentí un ligero tintinear travieso:

—Bien, preparen credencial y cuanto documento sea necesario para la señorita Marcela Roch.

Sonrió con la comisura derecha de sus labios, ordenó los mejores equipos, mandó a sacar billetes de avión en primera clase para dos, pues había agregado a un asistente. Avanzó risueño y cariñoso a mi encuentro, me estrechó entre sus regordetes brazos y dijo:

—No estoy seguro de que debas conservar ese nombre; no suena a firma de gran artista, tal vez algo más ligero. Ese Roch es muy duro, demasiado pesado.

Respondí que los mejores artistas cubanos del lente se identificaban con nombres anodinos, Néstor Almendros, Jessie Fernández, Livio Delgado, Raúl Pérez Ureta, Orlando Jiménez Leal, que no era el apellido lo que hacía la calidad de la obra, ya el público consumidor se acostumbraría. Y él volvió a apelluncarme contra su pecho que yo adivinaba velludo, esponjoso, cubierto de pecas y de verrugas benignas bajo la camisa azul pastel de poliéster brilloso. Posó un beso instantáneo en mi frente y recuerdo que aprobó con la voz entrecortada:

—Okey, *honey*, si eso te da seguridad.

Fue la última frase. No se despidió pronunciando *bye*, por suerte. Esa palabra en inglés me recuerda la película *Casablanca*, y se me enchumban los lagrimales de sólo pensar en Ingrid Bergman y Humphrey Bogart en la escena de la separación. Si Mr. Sullivan hubiera emitido esa palabrita yo habría berreado a moco tendido metida de lleno en el personaje de la Bergman. Además adoraba a Mr. Sullivan, sonrosado y carnoso cual una manzana de Carranza, como al padre que me quitaron. O que se quitó él solo.

Por el contrario, lo tremendo sucedió con el Maestro de Cocina; constituyó una auténtica complicación separarme de Paul, aquello era lo más parecido a un dramón a lo pareja Jean-Pierre Léaud y Chantal

Goya en una película de Godard; no permitía que me ausentara por miedo a perderme para siempre, me culpaba de desamor, de egoísta sólo interesada en el éxito. Tuve que mentir afirmando que volvería en una semana, que lo amaba con locura (en realidad lo había amado a mi manera) y que nos casaríamos y tendríamos una hija a la cual le pondríamos Elsa, por su película preferida *Elsa, Elsa*. Cuando logré sacar mi equipaje de su amplio pero desvencijado apartamento respiré con alivio, me sentí liberada, no sólo de él, sino también de la niña dominicana que cada noche esperaba a cualquier salvador en la escalera, jeremiquiando porque su madre otra vez estaba sonada como una cafetera y la había golpeado con salvajismo. Me sentí además al amparo del falso océano de plastiquitos color violeta que alfombraban la acera y los peldaños del edificio, los sobres vacíos de crack; me vi a salvo de los posibles asaltos y asesinatos. Unos meses después de mi partida a Paul le apuñalaron la cabeza para robarle la mochila y los botines Jean-Paul Gaultier que yo le había regalado por su cumpleaños. En serio, al tomar el taxi respiré profundo y creí renacer, bienvenida a un mundo sin compromisos. Otra vez era yo anhelando con locura el aislamiento y la libertad, la compañía de un libro. Pero Nueva York ya había operado en mí transformaciones imborrables; recurrir al sucedáneo de leer una novela neoyorquina no sustituiría, sin embargo, el afán de recorrer sus calles con la fatiga de haberlas descubierto y vivido con intensidad. Algo que solamente sucede con ciudades tan literarias como París y La Habana, y es que Nueva York es sobre todo cinematográfica. Tal parecía que París aguardaba tentadora, brindando en bandeja de plata el peso de su madurez.

Por fin Lucio decidió confiarme la verdadera razón por la cual Mr. Sullivan se había portado tan paternal conmigo. Sólo que lo hizo por carta cuando ya yo reconquistaba Europa. Los motivos eran trágicos: mi físico coincidía en parecido con la menor de sus hijas, fallecida en un accidente automovilístico; para colmo la muchacha veneraba el arte de la fotografía, y sin duda alguna prometía, pues, aparte de que gozaba de un talento sin igual, gustaba de pasar aprendiendo horas y horas en los museos y en viajes a países pobres y exóticos. Ella fue la hija mimada, la elegida, en quien Mr. Sullivan puso todas sus esperanzas. De ella esperó la consagración, intuyó en ella al genio fotográfico que nunca él había logrado ser. Entonces comprendí mucho mejor su vehemencia y me reproché haber desconfiado una vez más de todas aquellas pruebas de generosidad y de paternal cariño. Es que yo estoy en constancia cuidándome del amor y de sus excesos, tal vez porque pienso que el amor debe ser un estado único, y que una no puede estar creyendo a cada momento que se desasosiega enamorada a punto de perder los estribos. Además amar me vuelve inconsistente, fláccida, bruta, porque amar me impide reflexionar de manera sencilla y consciente de las sensaciones que me produce. Pero la prueba de todo esto no fue Paul, sino Samuel, mi experiencia más reciente. Paul fue el peldaño que me preparó para la ruptura con Samuel. Pero, como siempre ocurre, la experiencia que extraje de Paul no valió de mucho cuando apareció Samuel.

Mr. Sullivan me enviaba a París para representar a su agencia por la duración de un semestre. ¿Era un riesgo? Sí, sobre todo para él, un peligro económico. Lamenté haberme enterado tarde de que sufrió nuestra separación con desgarramiento, yo significaba la hija que resbalaba de sus manos, que se descarrilaba por la cuneta en una segunda ocasión. Haberlo sabido antes y no lo habría abandonado. Sin embargo, en todo ese tiempo llamó poco y escribió bastante. Cartas repletas de órdenes, de planes de trabajo, de reportajes, y al final ni siquiera un *chao*; por superstición jamás quiso despedirse. Yo obedecía al pie de la letra sus obsesiones que eran más desvaríos, ¡lograr una foto de Chirac besando a Madonna, Dios! Para colmo, la suerte es loca y a cualquiera le toca, como dice el refrán. La oportunidad se dio sola: Chirac aún no era presidente y la cantante ofreció un concierto en el parque de Sceaux. La foto existe. Cumplí cuanta orden me fue impuesta, a fin de cuentas para eso había regresado a París. París ha sido mi cuartel. La Habana, mi idilio.

Ganaba una barbaridad y eso me daba terror, todavía no me acostumbro al dinero. Él me envió una escueta felicitación cuando se enteró de que mi firma empezaba a tomar relieve, pero yo adiviné una alegría contenida en su aparente e insignificante apunte: «Bravo, lo mereces, *honey*.» En un trimestre ya me había convertido en una fotógrafa de renombre y entraba en los más encumbrados salones de lo *chic* del *Tout-Paris*. Mis fotos hacían un tabaco; hallo sublime esta traducción literal del éxito, como acostumbran a decir los franceses. Viajaba de manera desmedida y sin poder apreciar los lugares a los que iba. Por la mañana desayunaba en Madrid, por la tarde almorzaba en Barcelona, al atardecer del día siguiente tomaba el té en Londres, luego cenaba en Berlín. En Londres conocí durante una de mis exposiciones personales a Daniela, fresa salvaje, la hija del embajador de Aquella Isla.

Daniela era una muchacha ida del mundo, rodeada de choferes segurosos; un verdadero conejillo de Indias; tan falta de cariño estaba que cualquier cosa se hubiera podido hacer con ella. Incluso en cierta ocasión cayó en manos de una secta, la de los Mormones, o la del Templo Solar, o tal vez la de la mano de Fátima, ¡qué sé yo! Después de esta fatal experiencia nos hicimos muy amigas. Ella odiaba la Embajada, despreciaba a sus padres, no tenía ánimos para emprender nada, su comportamiento era similar al de los zombies, su único anhelo consistía en llegar a cantar como Boy George, de hecho lo imitaba muy bien. Luego regresó a Aquella Isla; antes de irse nos prometimos reencontrarnos en esta ciudad. Así fue: cinco años más tarde aterrizó en París; sus padres habían sido designados embajadores, qué raro, para variar. A los pocos días de su llegada nos dimos cita en la sección de ropa interior de Galerías Lafayette. Fue emocionante volver a abrazarla, aunque noté que hablaba de carrerilla, con un nerviosismo contagioso, con inconsciente terror a ser escuchada. Contó que en el avión había conocido a un ladrón muy extravagante que le había regalado una piedra preciosa, un diamante de inigualable valor. Atemorizada y tratando de esconder el tesoro no se le ocurrió mejor idea que introducirlo en su boca y del susto fue a parar a sus tripas; había tragado el diamante con un sorbo de vino rosado, en fin... el mar. Por aparente casualidad nos topamos con el tipo en el café de Flore en Saint-Germain, allí la dejé, alucinada con el Barón Mauve, quien al tiempo resultó ser el loco enmascarado y cerrado en negro de pies a cabeza que sobrevolaba el cielo nocturno parisino. Salió embarazada de él, abortó en mi casa, por nada canta *El manisero* en mis brazos. La salvamos de milagro Yocandra y yo. El loco (nos enteramos por la tele) era un aristócrata más fundido de su cabeza que un bombillo de un solar de Luyanó. Yocandra olía a potaje de frijoles negros mezclado con Habanita, perfume de Molinard; era la esposa del primer secretario, otra demente peor que el Barón Mauve, e incluso que nosotras. Esa noche yo regresaba de Toulouse y desde que abrí la puerta aspiré el vaho a coágulo caliente de paloma moribunda, descubrí a Daniela desangrándose en la bañadera con una agujeta de tejer hundida en el sexo, método abortivo aprendido de una película mexicana. Llamé urgente a Charline y a Yocandra. Yocandra llegó antes que Charline y dio los primeros auxilios, es decir, intentó contener la hemorragia taponándole la raja con puñados de azúcar blanca. En cuanto apareció Charline en el auto corrimos con Daniela al Hôtel Dieu; entre Charline y yo pagamos los gastos de hospital. Por suerte nadie se enteró del accidente, ni el aristócrata, ni los padres diplomáticos. Pero Daniela quedó hecha trizas, era la primera vez que abortaba. Yo ya había pasado por esa experiencia y de ella nadie escapa indemne. Estoy a favor del aborto, sin duda alguna. El problema es la situación moral y sentimental en la que éste se produce, además de que el raspado clínico es un riesgo de ninguna manera desdeñable; de hecho dicen los que saben que cada interrupción de embarazo equivale a la resta de tres años de vida. Daniela tuvo ese chance único, el de ser rescatada de la Parca, aunque siempre he sospechado que deseaba morir. La mayor parte del tiempo rememoraba destrozada el accidente de su hermano pequeño: estaban los dos en una azotea, él sentado en un columpio pidió que ella lo impulsara, las cadenas se partieron y el niño se perdió en el abismo de los edificios. Además de que no se sentía cómoda con su conciencia, había desenmascarado trampas sucias por parte de la Embajada. En una fiesta de cumpleaños colectivo de hijos de diplomáticos aquellos-isleños, había descubierto en el refrigerador, junto a las pintas de helado Coppelia que enviaban expresamente desde la isla para la residencia del embajador, unos raros recipientes etiquetados; cuando ella preguntó de qué se trataban, hicieron señal de que se callara de inmediato. Ya en la calle, una de las muchachas becadas en el Instituto Pasteur le contó que eran experimentos sobre el sida robados de los laboratorios del mismo instituto para enviarlos a Aquella Isla. El intento de suicidio por aborto de Daniela provocó que me hundiera en una reflexión y depresión sin precedentes con respecto al nacimiento y a la muerte.

En aquella época ya yo había contratado a Charline como vestuarista, y, aunque se iniciaba en el oficio, lo hacía de maravillas; en definitivas cuentas yo no necesitaba ni exigía a una especialista, sino a un ojo sensible, a alguien que supiera cómo caminaba la gente tipo visitante Mercado de las Pulgas. Lo que me proponía era retratar lo cotidiano, esa mezcla de dejadez, de abandono, de fragilidad y de desfachatez. Kate Moss pareciera la mujer más desprotegida y al mismo tiempo la más desvergonzada que pisa la tierra. El dolor de Daniela, la debilidad que mostraba cuando sorprendí su cuerpo amarillento cubierto de espuma sanguinolenta, el patético encanto de la vida colgando de un hilo, constituyeron incomparable fuente de inspiración para mi trabajo fotográfico. Lo cual, no puedo negarlo, llegó a asquearme; comencé a sentir en lo más profundo un autodesprecio inconmensurable. Recuerdo una imagen superlograda, una foto por la que me pagaron miles de francos. Lo que destacaba eran los ojos brillantes y tristísimos y la boca en un rictus entre la amargura y la sonrisa de una modelo inglesa de catorce años; su rostro se difuminaba en blanco, sólo resaltaban las muecas más que los órganos que la producían. Fue monstruoso cómo la logró la asistenta que la acompañaba, detallándole al oído una terrible violación reciente que había sufrido la joven. Cuando lo supe pedí mil perdones a la chiquilla, pero ya el daño estaba hecho, es decir, la foto.

En estas circunstancias retraté a lo más *snob* de este fin de siglo, los sitios más inimaginables del planeta, logré lo humano y lo divino que se puede conseguir en esta profesión de robar el alma de la gente y de las cosas. Mi eficiencia duró hasta que no pude más conmigo misma, hasta que me harté de no poder contener mi avaricia ante un bello rostro, o frente a una pose andrógina y desgarbada de portada de revista. Incluso la celebridad comenzó a perjudicar mi libertad de movimiento; ya no pasaba inadvertida, no estaba a mi alcance evitar que reconocieran mi presencia en los hoteles, en los cafés, en los teatros, en las librerías, en las discotecas, en los cines. Sitio que pisaba se convertía en un auténtico infierno. Sufrí en carne propia el martirio al que se exponen los famosos y sentí una gran compasión por Marilyn, Los Beatles, Madonna, Michael Jackson, el Dalai Lama, el Papa, Claudia, Naomi, Linda, Sharon, Lady Di, Stephanie y Caroline de Mónaco, Catherine Deneuve, en resumen, los pobres célebres de este mundo. Caí en coma, en estado catatónico, me encerré en el apartamento de ciento veinte metros cuadrados al cual me había mudado en el muelle de Grands Augustins. Distanciada también de mis amigas aquellas-isleñas, Daniela y Yocandra, recluí mi mente y mi cuerpo en posición fetal.

A la semana pude incorporar mi grávida humanidad del suelo, estaba trastornada, no lograba medir las distancias de mi mano a los objetos, el hambre corroía mis tripas y la acidez me obligaba a tragar saliva sin cesar. En siete días sólo me había incorporado para beber una infusión de peyote y no recuerdo si oriné, cagué, maté... No viajé, sucumbí; o sí, viajé al valle de Proserpina, para citar a José Lezama Lima. Y fue nada más que estar cual mueble desvencijado, sonriendo al vacío, a la madera bien encerada y pulida de suelo. Una vez sobre mis pies tomé el teléfono, marqué el número de Mr. Sullivan.

—Perdona, Sully, no puedo más, estoy hecha talco, no se me quitan las ganas de vomitar, no puedo probar bocado, detesto los restaurantes, las recepciones. No soporto los bullicios. Los flashes son como disparos en mi sien, creo que voy a morir ametrallada por la puntería del alto voltaje de las lámparas. Siento mucho decepcionarte, querido Sully.

Del otro lado de la línea él escuchó sin chistar; al finalizar mi descarga noté su larguísima y pesada respiración, en un suspiro acongojado:

—No, *apple pie*, no te preocupes —cuando no me llamaba *azúcar* en inglés me llamaba *pastelito de manzana*, siendo más manzana él que yo—; has trabajado más de la cuenta, tómate unas vacaciones; envío de inmediato a alguien que te sustituya; nunca será como tú, podrás suponerlo. Tienes todo el derecho a descansar, y cuando me necesites ya sabes dónde me tienes.

Colgó sin decir adiós, como era habitual en él. Aunque de sólo pensar que hubiera podido decirlo lloré como una Magdalena. Mientras sollozaba, yo misma me autocritiqué: *Estoy hecha una Magdalena*, y eso me recordó las madeleines, los panqués parisinos. Esta evocación inspiró el deseo de saborear un té de jazmín, el cual bebí a punto de achicharrar mi estómago, y mordisqueé unas cuantas madeleines de mantequilla; así homenajeaba a Proust. (Me revienta que ahora vuelva la moda Proust porque esto invalida mi afición a refugiarme en secreto en su obra.) Al rato tomé un baño, debajo de la ducha una puede jeremiquiar sin complejos de sensiblera. Por fin llené la bañadera, estuve tres horas sumergida hasta el cuello en el agua espumosa, las palmas de las manos y las plantas de los pies se arrugaron cual uvas pasas. Acaricié mis senos y el pubis, la masturbación relajó mis músculos, mientras las lágrimas contribuían a hacer globos de espuma en las mejillas. Al salir del baño estaba más delgada, sequé mi cuerpo, lo unté de crema Obao y reflexioné en el porvenir, entretanto iba vistiéndome dispuesta a comenzar una vida exenta de complicaciones y de éxitos, no tan lejos de París; no sería mala idea el sur, no estaría mal regresar a Narbonne como *babysitter*. Pero invariablemente soy una bestia del asfalto, al minuto retrocedí en mi pesadilla campestre. Decidí que no me movería de París, por fin dedicaría mi tiempo libre a disfrutar de los museos, de los parques, de los lugares que nunca antes había podido visitar acomodada en el hecho de tener la certeza de que estaban ahí al alcance de mi deseo. Cuando en realidad era yo quien también se exponía al alcance del deseo de otro. Y ese otro, relativamente corto tiempo después, sería Samuel, cual canistel.

Apesadumbrada de todas maneras quedé encerrada un mes. Cuando estuve dispuesta a involucrarme de nuevo en la rutina callejera, Charline deformó mi físico, me vistió con trapajos de *clochard*, maquilló mi cara a lo Juliette Binoche en *Los amantes del Pont-Neuf* (con un ojo escondido por un mazacote de base Clarins), en resumen que cambió mi pinta de extranjera integrada para que yo pudiera bajar a hacer las compras sin ser señalada. Al mes ya todos se habían olvidado de mi existencia; aquí hacer noticia es un hecho meteórico, y si una se pierde del escenario en seguida tiene suplente. Aproveché esa oportunidad, la de la competencia implacable. Al mes, como dije, ni el más pinto se acordaba de aquella estrella Canón-ica (yo) que muchos suponían oriunda de Nueva York. Una tarde fui a comprar un estante al bazar del Hôtel de Ville; por más que busqué, no hallé el modelo que necesitaba para llenar un espacio entre un armario y la columna sobresaliente de una pared. Al emerger del metro en Pont-Neuf pensé en Paul, tuve el presentimiento de que lo iría a encontrar; en seguida me burlé de mis pretenciosas previsiones de sibila. Subí de prisa las escaleras que conducen al exterior, iba con la vista perdida en las suciedades del suelo. Arrojada por la boca del metro, mi vista tropezó con las viejas botas negras de cuero de Paul. Fue cuestión de segundos, tenía que ser él, nunca antes había visto unas botas tan aspaventosas y ridículas, de hecho por eso le había regalado las robadas Jean-Paul Gaultier. Mi mirada ascendió por el pantalón oscuro hasta la espalda enfundada en un abrigo de cuero negro; el pelo lacio azuloso le daba por los hombros. El sujeto se viró. Era Paul, y dijo como si hubiéramos dormido juntos, sin el más mínimo asombro:

—Llegué anoche. Salí esta mañana a buscarte. Ni Mr. Sullivan, ni ninguno de tus amigos quisieron darme tus señas, no apareces en la guía, ni en el minitel. ¿Estás en lista roja?

Iba acompañado por un amigo desaliñado, puedo decir mugriento; al instante éste desapareció por la entrada de la tienda Samaritaine. Atravesamos el Pont-Neuf hablando de cualquier comemierdería, del frío, de su pelo tan largo, de que me daba alegría verlo (de verdad me alegraba, pero intuía que me perturbaría la existencia una vez más). El frío acentuaba su cicatriz en la frente, un tajazo morado descendía hasta el comienzo de las cejas, sin embargo no resultaba desagradable; si una no se fijaba, parecía como un lunar de nacimiento tipo Gorbachov, y en aquella época el ruso y su esposa Raisa estaban de moda. En el otro extremo del puente nos separamos, noté que sus sobacos apestaban a grajo moscovita; no sé por qué anoté mi teléfono en un tiquet del metro y se lo di, tal vez porque sentí compasión ante tal cuchillada en la cabeza, creo más bien porque me hacía falta reciclar mi espíritu, reenamorarme. Crucé la avenida a toda velocidad, al ganar la otra acera tuve un ataque de cargo de conciencia por mezquina, luego avancé unos veinte pasos y la brisa del río despejó temporalmente la angustia que me abrasaba. Una vez en el interior del edificio, afloraron a mis pupilas lágrimas de rabia contra mi propio comportamiento, subí la escalera a punto de volver sobre mi camino y de recuperar a Paul. Pero no bien abrí la puerta escuché el recado que ya estaba dejando en el respondedor automático. Entonces se apoderó de mí como un resorte el sentimiento de rechazo. Me salé la vida, pensé, y no descolgué el auricular. A la noche, después de llenar la máquina de mensajes únicos con su voz, pero en diferentes tonos: amoroso, jubiloso, decepcionado, dudoso, anonadado, rencoroso, sacrificado, desprejuiciado, celoso... por fin respondí. Quiso ir conmigo al cine, escogí yo la película, una de Peter Greenaway, la ponían en L'Epée de Bois, un pequeño cine de ensayo del barrio Quinto.

En la sala honrábamos el film el proyeccionista, Paul y yo. No pasaron cinco minutos y ya mi acompañante, aún sus axilas cantaban en cosaco, comenzó una tanda ininterrumpida de escandalosos bostezos; resultaba en verdad desagradable y pensé que no teníamos nada en común, que no debíamos esforzarnos por reanudar la relación. Así y todo me zumbé hasta los créditos de *Los libros de Próspero*, él también con sumo desgano. Nos largamos al otro lado del río, a un restaurante de la plaza de los Vosgos, un sitio más para amantes taciturnos. Discutimos por estupideces, por política, por el vino, por el pan, por el plato fuerte, por el postre, por el azúcar, por el café. Hastiada solté a boca de jarro que no merecía la pena que continuáramos viéndonos, que no llamara nunca jamás, que tachara mi nombre de su agenda, o si aún no me había pasado a ella que quemara el tiquet del metro en el cual había anotado mis coordenadas. Insistió en que debiéramos comprendernos, llegar a un mutuo acuerdo en nuestros intereses comunes; entonces pegué un grito de horror y misterio, un ¡BASTA! que le paró los pelos de punta a media vecindad del Marais.

—¡Basta! ¿Cuánto hace que no te duchas? Hueles a meao 'e gato.

—Ya no te gusto —selló la conversación mientras con la servilleta abanicaba las costuras del jersey desteñidas por el sudor y el desodorante barato.

Pagamos la cuenta a la americana, atravesamos contritos el umbral, él cogió por el ala derecha de los portales y yo por el ala izquierda. Rompiendo el alba me dirigí a France Télécom con el objetivo de cambiar el número de teléfono. Nunca más he sabido de Paul. Presiento que se casó y que vive en provincia, de seguro tuvo una hija a la que bautizó con el nombre de Elsa. Juré que mi próxima historia sentimental tendría que ser con un compatriota. Lo siento, no es exageración y mucho menos chovinismo, pero existen códigos irremplazables en cada cultura, y el grado de sensualidad con que se asume la vida es uno de los fundamentales. Y aquí me refiero a lo general, una discusión sobre cualquier tema, una película considerada como un clavo de tan intelectual, la amargura del café, el azúcar insípida, la manía de acompañar el rosbif con zanahorias, la incultura frente al vino, el postre salado; en fin, un cubano no haría una tragedia shakespeariana de esa antología de sanacadas, más bien traería un chiste a colación, o echaría mano a la irracionalidad más absoluta. Buscaría la manera de divertirse con lo más desconsolador del filme, incluso sin entender un ápice de por qué necesita convertir su ignorancia en desafuero o en desafío, combinaría el café con el vino, el azúcar con el rosbif, la zanahoria con el postre, y a otra cosa mariposa, que la vida es corta y uno no se dio el lujo de nacer por hueco tan estrecho para romperse la cabeza con tan extravagante manera de ordenar lo que es redondo y viene en caja cuadrada, lo inexplicable.

Despachado el incidente con Paul, reanudé una existencia calmada; hasta tuve la inspiración de montar una dulcería, una panadería, cualquier trabajo anodino y mecánico. Charline se burlaba comprensiva de mis proyectos; ella seguía empleada en la agencia y esto hacía que la viera menos, aunque no espaciaba demasiado sus visitas. Charline se convirtió en algo así como en mi segunda madre, ha sabido darme la protección maternal que tanto añoraba. Es lesbiana, e intuyo que siempre ha estado un poco cogida conmigo, pero más ha podido su atracción amistosa. Gracias a sus consejos fui al Centro Phyto a darme un tinte de yerbas naturales, pues ella deseaba que yo recobrara el verdadero color de mis cabellos, castaño claro. En ese entonces estaba teñida de varias tonalidades, verde en las puntas, azul en el medio, rojo en la mecha que me caía sobre los ojos. Charline sostenía la opinión de que cuando una se dispone a cambiar de vida en realidad debe empezar desde cero y retornar a lo más auténtico que existe en una. El Centro Phyto me devolvió mi apariencia de persona sencilla, mi cabeza bien peinada, pero eso sí, mi mente en desorden, en completo caos: probaría a hacerme maquillista o vendedora de la secta económica La Pirámide. Ahí sí que pasaría en el más alto anonimato, maquillistas o vendedoras es lo que sobra en el mundo, y sobre todo en esta ciudad.

Lo menos que yo sospechaba es que en mí hay una atracción fatal hacia el trabajo, soy una obcecada del curralo, por destino, por signo zodiacal, aunque siempre me he propuesto lo contrario. Lo que más he deseado es poder ser vaga, quedarme días, meses, años, tirada en un rincón y consumirme por etérea. De veras, no estoy jugando a las poses, ni a los héroes destacados y vanguardias; es que yo, como me paso de tímida, pues eso provoca un esfuerzo mayor, rayo en lo autista y ese estado agiganta mi energía; no soporto ser el centro, no lo busco, pero al trabajar en exceso es el centro quien siempre me encuentra. Es mi *fatum*, mi anonadador destino. Cuando comenté con Charline que me había dado por ser maquillista o vendedora de La Pirámide, afirmó inmutable:

—Claro, mi tesoro, es lo más cercano a la fotografía, maquillar es hacer un rostro, lo mismo que retratar. Y vender hoy por hoy implica agredir, robar, lo mismo que retratar.

Concluí que era cierto, pero menos alardoso desde el punto de vista social, aunque duplicara mis ímpetus olímpicos de pinchar, y así lo expresé en alta voz; ella sonrió irónica, no sé si por experiencias de su pasado tan azaroso, o porque, así de simple, tiene manía de provocar, aunque es cierto que una nunca sabe si los parisinos son provocadores o acomplejados. Cité por teléfono a Daniela y a Yocandra con el propósito de contarles mis nuevos proyectos. Se apresuraron en ir a visitarme aunque estaban superexcitadas pues se encontraban en medio de los preparativos para la estampida a La Habana. Al oírlas y comprobar su despergollamiento, las palabras se me atragantaron; sus presencias tan desorbitadas y eufóricas me impusieron absoluto respeto. En aquel momento para mí estaba prohibido el regreso, tiempo después lo llevé a cabo, cuatro días me bastaron para corroborar que partir de Aquella Isla era lo mejor que había hecho en mi vida. Al presentir que dañaban con esa súbita exaltación, pidieron disculpas. Prometieron escribir en firme para contarme de allá. El tiempo ha pasado y al menos ellas cumplieron al pie de la letra sus promesas. Buena parte de las cartas que se amontonan en mi escritorio les pertenecen. Nunca han dejado de hacerlo, han sido fieles; su amistad ganó la prueba de la distancia y del empeño sucio del resentimiento politiquero. Porque también no es menos cierto que muchos que se vanagloriaban de amigos nunca han mandado ni los buenos días, salvo para pedir algo. Y eso que puedo considerarme afortunada porque he tenido suerte con la amistad, para mí es lo más importante, nunca he traicionado a nadie; cuando he sido yo la traicionada he sufrido perenne y con hondura, en diversas ocasiones no he obtenido curación. En otras el golpe ha sido tan descomunal que he cortado de un tajo, o he bajado mi reja eléctrica. Me he propuesto olvidar y he olvidado. En ocasiones he sido yo la culpable por confundir las cosas y haber querido prenderme como una lapa de la amistad. Antes sufría cierta desmesurada debilidad por los homosexuales, de inmediato caía enamorada de lo imposible; alguno hasta ha llegado a despreciarme por mi molesta fijación. Pero eso sólo ocurrió en una corta etapa. Confío en toda esa bazofia filosófica de que los estadios del amor varían según la madurez de las personas, y hasta que es conveniente asimilar que podríamos mutar, que en algún momento de nuestra existencia es posible amar sin pasión... Pero llegado ese momento, ¿nuestros cuerpos seguirán siendo jóvenes?

Entonces fue que, y rememorando páginas precedentes, antes de asumir un proyecto alocado, como podía ser lo del maquillaje o lo de vendedora de La Pirámide, dediqué un mes a releer a Marcel Proust en su lengua original. Lo había releído ya traducido al castellano, en una edición española que había arribado tal vez por equivocación a La Habana, a una librería de la calle Neptuno, junto al cine del mismo nombre. La librería Pedagógica acababan de inaugurarla, allí vendían libros raros, sobre todo venidos de Europa. Las colas que se armaron eran de kilómetros y kilómetros, tan largas fueron que al otro extremo rezongaban viejitas con jabas vacías creyendo que habían sacado desodorantes o champúes, cuán grande no sería su desilusión al enterarse de que lo que vendían allí eran libros; así y todo los compraban, o sea que una gran cantidad de ancianas leyó por aquella época al escritor francés a falta de artículos de primera necesidad. Bueno, Proust también lo es. Aunque sólo existían seis tomos de *En busca del tiempo perdido*, pues el tomo de *Sodoma y Gomorra* jamás lo pusieron en venta. Años más tarde lo leí gracias a un amigo poeta, editor y librero que hizo la caridad de enviarlo desde Barcelona. Jamás compré los seis tomos, costaban una barbaridad; invité a Enma (mi gran amiga de la época y de todas las demás épocas venideras), quien era una excelente ladrona de diccionarios, y mientras ella sujetaba una jaba enorme colgada del antebrazo yo iba echando los tomos en el interior de la misma sin que la vendedora nos partiera en el brinco. Sin embargo, ésa había sido la segunda vez que me empataba con Proust. La primera-primera fue con una edición muy antigua y gastada de tanto manoseo y agujereada por las polillas. Los libros estaban acotados nada más y nada menos que por Virgilio Piñera; un ex discípulo suyo había consentido en prestármelos después de mucho ruego y de conseguir que un socito, amigo mío, aceptara irse a la cama con él. Lástima que Virgilio había fallecido, pues quizás hubiera sido él, en lugar de su ex discípulo, el protagonista de la aventura homoliteraria.

Leer *En busca del tiempo perdido* con las anotaciones del admirado escritor cubano hizo que cayera con fiebre de cuarenta, me ingresaron en un hospital con una infección pulmonar de padre y muy señor mío. Tanta fue la emoción, tanto el estado de exuberancia irracional que se apoderó de mí, que enajenada rechacé comer sólido durante dos meses, mientras duró la lectura, apenas bebía sorbitos de té ruso. El té puso a funcionar a mil mis riñones, no les daba paz. Mear y leer era lo único que hacía. Por el contrario, la falta de jama y de ejercicios físicos me debilitaron la pleura. No salí a la calle a nada, ahí fue que contraje la neumonía y la manía de aislamiento y sobre todo la enfermedad, la dulcísima e instructiva enfermedad.

Pero en aquel instante crucial de mi vida en que decidí abandonar la profesión de fotógrafa estaba fatalmente lejos de mi ciudad; me hallaba en París, en la tercera lectura de Proust, y sufriendo una crisis de fama; necesitaba retornar en otra dimensión a mi primerísima juventud. Ansiaba volver a ser cronopio, al decir de Julio Cortázar. Tumbada sobre inmensos cojines comprados en Habitat, me arrebujé en un edredón aferrada al libro de memorias de la criada del escritor, Celeste Alvaret; devoré la narración de un tirón; después compré los siete tomos en la colección económica de Flammarion. Esta vez, en la librería Epigramme, de la rue Saint-Antoine; aproveché que estaba visitando apartamentos pues deseaba cambiar de barrio; faltaba el primer tomo, *Por el camino de Swann*, pero con una considerable diferencia con la librería habanera; la ausencia del tomo era debida a la alta demanda;

además, no tuve que esperar años para conseguirlo. La librera hizo de inmediato el encargo a la editorial y el volumen estuvo a mi disposición en dos días.

Al cabo de ese tiempo me aprovisioné de golosinas; encerrada en la buhardilla con ventanas góticas al Sena busqué refugio en la lectura. Soy una neurótica leyendo, padezco obsesión por leer cuanto papel se me ponga por delante. Si estoy esperando en un banco y la consejera financiera se ausenta para consultar algo con su jefe, yo aprovecho y leo el más mínimo documento que encuentre encima de su escritorio, y si sobra tiempo también hurgo en los dossieres que ella guarda con secreto profesional en los archivos. Nada, que comencé la lectura, iba de las páginas al éxtasis, a cada rato echaba una ojeada al barrio a través de la ventana: afuera las rizadas aguas del río semejaban guarapo verde botella; el caudal lentísimo marcaba con su diapasón el ritmo de la lectura. Con los ojos aguados de lágrimas por la nostalgia de aquellas citas adolescentes con la literatura, lo menos que podía hacer era un homenaje silencioso a mi Habana. Hay obras que emocionan momentáneamente, otras, como ésa, nunca dejarán de estremecerme; y no por el contenido, sino porque releerlas me retrotraen a mi inocencia inexplorada, a los días en que yo confiaba en mi futura madurez sin temor, imaginándome hecha y derecha, segura, estable, como una personajona de una sublime película de la *nouvelle vague*. De contra, mi problema consiste en que me regodeo en la tristeza, disfruto con tremendismo de los estados melancólicos.

Capítulo II

EL GUSTO, PELIGRO

Longtemps, je me suis couché de bonne heure. Durante mucho tiempo me acosté temprano. Es la primera oración de la novela de Proust. Cuántas veces caminando por una calle cualquiera, ajena y natural, a solas, o incluso conversando con algún conocido, me ha venido esa frase a la memoria como una letanía. A pesar de que nada tiene que ver conmigo porque yo jamás me acosté de buena hora, pero sí comprendía aquella ferviente adolescencia mía: con la insustituible alegría de incitar a los amigos a leer, con mis fiestas, con mis fiebres, con mis enamoramientos, con mis desdenes, con el verbo gustar, que es la palabra provocadora de los iniciáticos ritos del sensualismo. Enma y yo íbamos al Museo de Bellas Artes y nos gustaba tal o mascual cuadro: la pareja sentada sobre el césped, ella lleva un vestido a rayas azules y blancas, él la camisa desabrochada, es *La primavera* de Arche, la silla entre verde y terracota es un Lam, las niñas tuberculosas es un Fidelio Ponce, otra adolescente contemplando la playa, tiene el pelo recogido en un moñingo, su bata de gasa ondea, es un Sorolla. O *La niña de las cañas* de Romañach. Gustábamos de todo. Y deseábamos gustar a los demás. Gustar era la acción imprescindible. El gusto era lo imperante. ¿Cómo puede la frase de un libro involucrar todo lo banal o profundo que fui yo, aquella muchachita cómica? Nadie lo diría hoy, pero en la escuela tenía fama de jodedora, de chistosa, de atrevida; *maldita* o *jiribilla* eran mis apodos preferidos; el que menos me agradaba era el nombrete de *Marcela, la candela.* Sin embargo, los profesores se referían a mí como *la candela.* Yo era, no lo niego, candela viva, a pesar de mi debilidad por el silencio. Yo era dos, la llamarada que se afanaba en pulverizar a la triste. No lo digo para que nadie me coja lástima, gozo siendo lacónica; de hecho ha sido la retraída quien ha vencido sobre la expansiva. Disfruto de un enorme hechizo escuchando violines arrinconada en cualquier esquina de una habitación. También puede darme gorrión cualquier música bailable. Llorar a moco tendido en el cine me exacerba un placer inigualable; los libros que prefiero son los de biografías fatales, infortunadas ciento por ciento. Yo misma me califico de grandiosa cuando logro mantener el estado anímico en el nivel más bajo. Me desprecio cuando estoy alegre, porque por lo general declino en imbécil. Aunque si algo he aprendido es a manipular mis estados espirituales. De tanto que se los manipulan a una, acabas por tomar las riendas o el *almacomando* y cambiar el canal antes del instante preciso en que se le ocurra a otro apagar tu tele interior. Así solemos graduarnos de variadas y por lo tanto logramos resultar interesantes, adecuadas en apariencia, no aburrimos a nadie, y mucho menos a nosotras. A la larga nos toman por la televisión por cable, sin embargo los espectáculos resultan gratuitos. No tanto. Y hasta disfrutan convenciéndonos de que somos triunfadoras. Las personas deprimidas somos un derroche de sensaciones simuladas detrás de ordinarieces, tememos llamar la atención con remilgos, nunca estuvimos ni estaremos a la moda. La mujer melancólica esconde con tal maestría sus auténticos sentimientos que termina siendo patéticamente alegre. Y esa mezcla cómica fascina a la sociedad. En fin, releyendo a Proust evoqué mi infancia. Siempre me he sentido más Swann que Gilberta, Odette o Albertina. Siempre fui más él que ellas... «La vida es siempre una novela de Proust», afirmaría un amigo gustoso del rugby, del arroz congrí, de los platanitos maduros fritos y de las narraciones de múltiples voces. Lo apruebo.

Entre mis doce y mis dieciséis años alcancé a ser esa combinación a lo Charlot, pero femenina. Por suerte fui fea hasta los diecisiete, y lo que yo creía mi mayor desgracia me dio posibilidades infinitas, pues permitió que a los trece años me convirtiera en la confidente de los varones. Arnaldo se cogía con Maribel y en seguida venía a contármelo, a tantear si podía hacer algo a su favor. Lázaro Samad quería tener como pareja a Lourdes Pourriños en la coreografía de unos quince, me suplicaba que interviniera para que la muchacha lo aceptara. Antonio Pestana había pasado quince días declarándose a Leonor García, el sí se lo ganaba yo en una tarde, durante el recreo. Si no fuera porque me arrebaté como una perra rabiosa y ruina de José Ignacio, habría comenzado a dudar de mi sexualidad, pues poseía el éxito del cual carecían los masculinos.

La característica principal de José Ignacio era también su jocosidad, pero él era cómico a secas;

entonces presentía su sabor, como si en ocasiones rociara sus cabellos con jugo de tamarindo, o en otras se empavesara la piel en ungüento de fruta-bomba. Josy, es cierto, se pasaba de pujón, pero eso fascinaba a las condiscípulas. Él y yo teníamos en común el hacer reír a todo el mundo y el ser anties-téticos. Mucho después supe que no éramos para nada feúcos o federicos, sino que en aquella época nuestra belleza no estaba de moda. La prueba es que unos años más tarde la gente nos encontraba preciosos con nuestra flaquencia y las bocas de pa-tos; querían jamarnos vivos, tan apetitosos lucía-mos. La terrible decepción sobrevino cuando José Ignacio me invitó a ver *La vida sigue igual* en el cine Fausto en el paseo del Prado; su mamá había hecho colas de semanas para conseguir dos entradas. Vivía-mos otra ley seca, la de la programación cinemato-gráfica, y que estrenaran una película española, con canciones españolas, y productos españoles, en me-dio de tanto estatuto partidista soviético filmado, significaba un oasis en medio del desierto. Sola-mente con la recaudación de taquilla que obtuvie-ron *Tiburón sangriento* en el cine Payret y *La vida sigue igual* en el Fausto se hubiera podido pagar la deuda externa del Tercer Mundo, pero ya sabemos que las entradas se vendieron en moneda nacional. Nuestros ídolos fueron entonces, durante el perío-do de la secundaria básica, un tiburón americano y un cantante gallego.

A pesar de poseer dos tiquets tuvimos que bata-llar como Teseo contra el Minotauro para conse-guir atravesar la barrera en el laberinto de la sala de cine, abarrotada hasta el tope. En los pasillos esca-lonados se mezclaba lo más refinado del vulgo con lo más tralla de la intelectualidad. La acomodadora, nuestra Ariadna, armada con la linterna china a manera de hilo de luz metafísico, nos situó a un costado derecho, cercanos en exceso de la pantalla, por lo que agarramos una tortícolis de ampanga viendo a Julio Iglesias escorado y aplanado mientras cantaba que él *tenía una guitarra*. Los ojos nos hormigueaban y estuve a punto de desmayarme de una punzada en la cervical. Era la segunda película que veía para mayores de doce años. La primera también había sido una española y yo contaba once. Mi madre enloquecía por verla; decidió que yo la acompañara arriesgándose porque en esa época exigían el carnet del censo de población para verificar la mayoría de edad. Salté la cerca de púas sin complicaciones, la que se puso picúa fue la linterneru: apuntándome con el cono entre amarillento y azuloso amenazó a mi madre con multarla por violar el reglamento con respecto al plan recreacional estipulado a los menores. El filme tenía a la Massiel como actriz, se cantaba más que en un festival de Eurovisión, y el título también enaltecía lo vital: *Cantando a la vida*. Otro producto del mismo género de drama musical. La canción que más resonó en los tímpanos de la época entonaba: *Te cerrarán el paso con flores y palabras, te obligarán a ser un número sin más...* y el estribillo continuaba: *Toma la piedra, deja la flor...* Estoy segura de que para toda una generación esa letra constituía una declaración de principios, algo esperanzador, liberador, transgresor, nosotros, los menores de edad, la repetíamos como autómatas, cuidando de imitar el tono nasal, en exceso fañoso, de la Massiel.

Fue toda una novedad ver *La vida sigue igual*. Puedo incluso memorizar que justo ese día pasé de la talla veintiocho de ajustador a la treinta, pero sólo por unos días, los de la menstruación, justo cuando los pechos se hinchan y, endurecidos, hacen que el cuerpo de una se transforme en un latido invasor, por no decir rotulante y fatigoso. Aprovecho que todavía puedo mencionar las reglas: llegará el momento en que toque referirme a la menopausia. Entretanto se goza. No temo ni menosprecio los asuntos del cuerpo, porque no me tengo asco. Para mi percepción individual, las tetas se pusieron enormes, las acariciaba lamentando que nadie reparara en ellas, nadie se mostraba desaforado por palpar su dureza. Culminó la función y aunque José Ignacio y yo intentamos escondernos bajo las butacas para reenganchar con la segunda tanda, nos descubrieron y fuimos botados sin contemplaciones pues la cola de los que poseían billetes engrosaba a medida que caía la noche.

Una vez fuera del Fausto, bajo los portalones, comentamos la película evitando tocar temas delicados, citando los pasajes más emocionantes, ese en el que el protagonista queda inválido, luego cuando toma la guitarra por primera vez, más tarde en la playa cuando conoce a Luisa, al final cuando dedica un canto esperanzador al niño paralítico. José Ignacio interrumpió fingiendo brusquedad; debía hacer una confesión en la que le iba la vida, la cual no seguía siendo igual para él. Me invitó a tomar unas Tres Gracias en la heladería de Prado y Neptuno. Durante la cola tampoco pudimos conversar pues había mucha gente pendiente de nuestro estalaje, vestidos como andábamos todavía a aquella hora con el uniforme escolar. Perdimos una hora en espera de que nos tocara el turno; tampoco dentro de la heladería pudo él confesar su pena, pues debimos devorar a toda velocidad la copa Lolita (a falta de Tres Gracias); afuera se desmoralizaban compañeros usuarios destacados con los mismos derechos que nosotros, refunfuñó la dependienta.

Con las bocas aún pegajosas de mantecado nos sentamos en un banco del parque Central; antes de decidir hablar, se entretuvo en aplastar boliches con los pies, yo lo hacía ayudándome con un anillo, cuidando de no ensuciarme los dedos con las cagadas pastosas de los gorriones. Para mí no cabía la menor duda: José Ignacio iría a declarárseme. Inútil señalar que mi cuerpo pesaba con una densidad indescriptible, en el bajo vientre se confundían los aguijonazos de ijares con los deseos de ir a expulsar una lombriz solitaria en una cagarruta, tan nerviosa estaba que hasta me vinieron algunas arcadas, y me subió a la garganta la leche agria del helado, la cual, como es lógico, no escupí haciéndome la fina, al revés, la tragué no sin asco. José Ignacio por fin murmuró:

—Necesito que me tires un cabo, flaca.

Mis manos se estremecieron congeladas, no era normal comenzar un talle con esas palabras. Lo usual era meter la muela de: Mira, fulana, tú me gustas, dime si tú sientes lo mismo con respecto a mí.

En fin, algo parecido a esa extravagancia tan deliciosa y estúpida a la vez. Y siguió, con los ojos botados (él es ojisapo), enrojecidos (esa noche debutaba en él una conjuntivitis hemorrágica, pero no lo sabríamos hasta el día siguiente, en que su mamá lo llevaría al policlínico), y la sonrisa, eso sí, enigmática, una expresión que yo no le conocía, totalmente inédita:

—Estoy metido con Carmen Laurencio, tienes

que decírselo, ponerme la piedra. Tú eres la candela en tallar chiquitas imposibles, Mar. —Cuando me llamaba por el diminutivo de Mar acababa conmigo, toda yo se derretía; él había sido el inventor de achicar el Marcela.

¿Qué creen que respondí, tan zorra como en el *Romance de la niña mala* de Pedro Luis Ferrer, fingiendo la víctima?

—No hay lío, Josy, mañana mismo mato ese asunto.

—Mira que ella es difícil, es muy orgullosa, tiene con qué, es la tipa más buenota de la escuela, ¡con esas piernonas, y ese pelo largo negro! Me han dicho que está empatada con un tipo mayor, más viejo, digo.

—No te preocupes, Josy, ¿es todo? Vamos, niño, parece mentira, con lo cabrón que tú eres, estar sufriendo por esa... ejem. Esa chiquita tan decente; yo me ocupo. No le des demasiado cráneo al asunto, el gallo está mata'o.

José Ignacio plantó un beso en mi mejilla izquierda, fue en la izquierda porque estaba tan nerviosa que no sé cómo su nariz se enganchó en la argolla de oro dieciocho que había mandado a hacer mi padre como regalo por mi trece cumpleaños. El cierre del aro se abrió, él retiró su cara, de un tirón desgarró mi oreja y el arete cayó al estanque de agua musgosa. Removimos con un palo el estanque de punta a cabo, las anémicas jicoteas nos observaban frenéticas. Perdí la joya y el lóbulo de la oreja tardó en cicatrizar. Justifiqué la pérdida con una mentira piadosa, conté a mis padres que en la calle Zulueta, a la altura del cuerpo de bomberos, un delincuente me había asaltado. Enmascaré el poco tacto del ingrato muchacho como queriendo tapar el sol con un dedo, no sería la única vez, sí que fue la primera. Me sentí mezquina ocultando mis sentimientos con respecto a él, debí habérmele encarado: Mira, te jodes, no diré nada a Carmen Laurencio, ni a ninguna pelandruja. Idiota, ¿no ves que estoy metida contigo hasta la suela de los zapatos, hasta la mismísima coronilla? Pero no, al contrario, quise erradicar su desdicha y complacerlo, se me ocurrió una honda prueba de amistad, en respuesta a su débil o nula interpretación frente al sentimiento de vehemencia que demostraba yo por él.

Al día siguiente, a la hora del recreo, arrinconé a Carmen Laurencio, yo tenía fama de pandillera, de echaíta p'alante; ella, de niña de su casa, de monga, de bitonga. Le fui para arriba con aquello de:

—Oye tú, bonitilla, tú sabes que José Ignacio es mi ambia, mi socio, vaya, como si fuera mi hermano y me ha dicho que está enamorado de ti; quiere bailar los quince de Lourdes Pourriños contigo, y si lo planchas te va a costar caro. No te puedes negar, tienes dos opciones: O sí, o sí.

Con un gesto, como si su cuerpo fuera un bote y la cabeza un remo, echó el rabo de mula hacia delante, por encima del hombro, con la punta de los dedos agarró una mecha del moño y se la llevó a los labios chupeteando los pelos. Imaginé que sus mechas sabían a yogur cortado, hecho grumos, batido con una yema de huevo clueco.

—No me gusta para nada él, no es mi tipo —respondió con su voz de mosquita muerta, ceceando, porque además para colmo ceceaba a causa de una tara familiar, defectos en el frenillo, demasiado corto.

Dudé si la greña que mordisqueaba no tendría el sabor a esencia de sietepotencias fabricada contra el mal de ojo. Tuve ganas de masticar yo también su pelo, de probarlo; mis fosas nasales no alcanzaban, por supuesto, para sopesar más allá del olor.

—¿Tienes pitusa? —pregunté chantajista; yo sabía que cualquiera daba lo más preciado por poder enfundar su cuerpo en un jeans tejano—. A mí acaban de traerme un Wrangler de México, y te lo puedo ofrecer a cambio de...

—No, corazón de melón —contestó volviendo a retirar el rabo de mula hacia la espalda y acomodándose el buscanovios—; no uzo pantalonez.

¿Cómo no me acordé de sus bellas pantorrillas? No era de las que se ponían vaqueros. Puse atención en que sus brazos no sólo los tenía cubiertos de vellos, pues era muy pelúa, sino que además usaba pulseras de todo tipo, un semanario de oro dieciocho, una cañita donde colgaban monedas de diferentes países, aros gruesos de carey, un sinfín de joyas combinadas con bisutería artesanal barata. El mal gusto parado en dos patas.

—¿Te interesa un reloj de pulsera? No llevas puesto.

—Tengo un Zlava, pero lo llevé a reparar al conzolidado —contestó; en realidad se dice Slava. Ahí me aproveché de la marca.

—Te lo cambio por un Casio si te empatas con Josy.

Titubeó. Ya era mía. Mejor dicho, de José Ignacio.

—Eztá bien, okey, pero zólo por quinze díaz. Trato hecho. Pero, fíjate, al cabo de los quinze díaz me quitaz a Jozy Ignazio de enzima. Vaz a zalir perdiendo, el Zlava ez bueno, la verdad; pero al lado de un Cazio no hay comparación.

76

Nadie podrá nunca imaginar jamás lo que sufrí recondenándome el hígado, sin buscar consuelo en amiga alguna, pues no confiaba en que mis penas fueran tomadas en serio. Ni siquiera Enma habría entendido por qué entregaba el tipo que me rompía el coco a otra, por qué me derrotaba sin hacer el más mínimo esfuerzo. Además resultó al revés, Carmen Laurencio se metió hasta la médula con José Ignacio, el noviazgo duró un año, hasta que ambos se aburrieron y se fueron infieles de mutuo acuerdo. Eso que llaman alma quedó triturada como un simple ajo, como si me la hubieran machacado con un mortero, pero mi sentido de la amistad intacto, por ese lado no tuve ningún tipo de remordimiento. José Ignacio nunca supo cómo agradecerme, e insistía a cada momento:

—Flaca, no tengo cómo pagarte la piedra que me pusiste con Carmucha.

Rabiosa contestaba para mis adentros: Sí tienes cómo pagarlo, cabrón, si supieras que dándome un beso, apretándome contra ti, lamiéndome toda por unos instantes pagarías y acallarías mi delirio. La fijación por José Ignacio no se extinguió de la noche a la mañana. Durante el año que mantuvieron la relación pasé madrugadas infinitas con su nombre en los labios, en la escuela intentaba enterarme adónde irían, a qué fiesta, a qué playa, a qué represa (la cogimos con internarnos en los bosques adyacentes a las represas, sobre todo a la de la Guayaba, era la preferida por la lejanía de la ciudad y por sus intrincados yerbazales). En varias ocasiones aparecía en los sitios donde yo sabía que ellos estarían sólo para espiarlos, para sentir que un poco su amor lo compartían con el mío. No faltaba ni un día a la escuela, fue el año que menos rayas rojas obtuve, asistía aunque me enfermara, y cuando caía enferma era cuando más necesitaba estar cerca de él, de ellos. José Ignacio seguía tan chistoso, divertía a todos, sobremanera a ella. Yo también embobecía con sus pujonerías, las cuales a mi entender demostraban un talento inimitable. Horas después sacaba la radio portátil de la mochila y sentada solitaria en un banco de cualquier parque sintonizaba las estaciones de afuera. Las canciones en inglés me ponían al parir, lloraba con espasmos y todo cuento, y eso que no entendía ni jota. Aquella de *María, hey, hey, hey, María*, de los Jackson Five, descocaba mi corazón. Nunca como esa vez me he sentido con tanta grandeza de alma, tan purificada, tan a mis anchas con mi espíritu limpio, atormentado de celos. No hay que menospreciar que nunca nadie había rozado mis labios. Y en las madrugadas escapaba de mi casa, deambulaba por los alrededores de la morada de mi amado, imaginando que a él, al igual que a mí, le acapararía un ataque de insomnio, o que entonces al borde del sonambulismo bajaría las escaleras con los brazos extendidos, descubriría mi virginal salpafuera, y me templaría. Los labios querían explotar de tanto deseo reprimido, de tanto placer ficticio. Mil veces preguntaba a mi padre si tenía algún mandado para casa de mi tía. José Ignacio vivía justo en medio del trayecto hacia el apartamento de la hermana de mi padre; los que conocen la geografía habanera saben que no miento: yo vivía en Aguacate entre Tejadillo y Chacón, mi tía en Merced y Paula, él en Villegas y Obrapía. Pasar por debajo de su balcón era la gloria, la *consagración de la primavera* (para decirlo con un título de Alejo Carpentier), pero si por casualidad él se hallaba estacionado, sin camisa, tomando el fresco, yo quedaba paralizada, no lograba dar un paso, mis sentidos se embotaban. Más que caminar levitaba. La única razón de vivir lo constituía para mí el minuto exacto en que mis ojos se posaban en él recostado a la baranda. De tanto entrenar mi vista, podía divisar su silueta desde la esquina de Villegas y Empedrado. Pero la ansiedad obligaba en retahíla que lo confundiera con su hermano, quien tuvo el privilegio de descubrir mi agonía paroxística a través de un ridículo corazón que yo había dibujado, atravesado por una flecha, conteniendo en su interior mis iniciales y las de José Ignacio en la página final de *Veinte poemas de amor y una canción desesperada* (los jodedores decían a la inversa *Veinte canciones de horror y un poema descuarejingado*) de Pablo Neruda, el cual había prestado a una muchacha sin conocer que era amiga del hermano de Josy. Al yo pasar por la acera de enfrente, él sonreía generoso, entonces se las ingeniaba para llamar a José Ignacio con cualquier tontería como pretexto. El objeto idolatrado, asomado en el balcón, apenas reparaba en mí. Un buen día ni siquiera pude contar con el apoyo fraternal, pues el hermano decidió dar el paso al frente a un llamado de la reserva militar y murió en una de esas guerras inútiles en África. No lo he borrado jamás de mi recuerdo, no era un muchacho bello, ni siquiera atractivo, pero sí muy bondadoso. ¿Por qué en lugar de gustarme José Ignacio no me atrajo él? Tal vez eso lo habría salvado.

¿Cómo me curé de aquella escarlatina neurótica? Neurosis y estado de gracia (o de ingratitud) que yo por supuesto imaginaba imperecederos. Curar, uso ese verbo porque fue lo más parecido a un implacable estafilococo dorado: de sólo pensar que podría aproximarse a mí y hablar conmigo me entraban alergia, náuseas e inmediatos deseos de vomitar sumados a contracciones pélvicas. Ya había escuchado yo pronosticar a mi tía, la hermana de mi padre, mientras conversaba en la cocina con su cuñada, mi madre. Tía lustraba con una esponja de aluminio las losetas, mamá machacaba ajo y picoteaba cebolla, una de las tareas que más le priva; es una adepta, o una esclava, de los sofritos; como de costumbre hablaban de hombres degenerados a los cuales les arrancaban sin compasión las tiras del pellejo. Tía reparó en mi presencia semiescondida en el resquicio entre el refrigerador y la puerta:

—Pobre de ésta, nosotras las Roch aguantamos como corderas, sufrimos un cojonal cuando nos metemos hasta el tuétano con un hijo de mala espina. No ocurre lo mismo con los machos Roch, no, ellos como si con ellos no fuera. Como si malanga.

—Para descargar en seguida en dirección a mi vieja—: Mira, cómo tu marido, que Dios me perdone porque es mi hermano, te ha hecho sufrir en silencio convirtiéndote en una frustrada sexual. Será sangre de mi sangre y todo, pero es un cacho de cabrón.

Mi madre se llevó un dedo a los labios y señaló para mí, deseando que yo no me diera cuenta del tema: el desprestigio masculino. Tía frió un huevo en saliva y masculló que total, que nosotras las jovencitas sabíamos más de cuatro cosas, que éramos unas sonsacadoras, unas perras satas y no sé cuántas frases poco halagadoras y chanchulleras de ese género. La Viejuca le metió tronco de codazo en el hígado. La hermana de mi padre enmudeció y siguió puliendo los azulejos con una agresividad nunca vista en ella. Mamá peló un pepino, le hizo a todo lo largo unas estrías con el tenedor, lo cortó en renadas y preparó una exquisita ensalada, aliñada con la salsa blanca de su predilección: yogurt, ajo, miel, una pizquita de comino, y perejil. Me serví un plato, luego otro. Comí media bandeja de ensalada. Del empacho no me libró ni el médico chino. Hubo que llamar a Gumersinda, la que curaba con masajes de aceite en el vientre, o en el tobillo, y bajaba la bola del estómago. Eructé con sabor a pepinos casi un mes; la sensación obligaba a que recordara con placer los retortijones de estómago y hasta que sintiera deseos de agravar mi salud con mayor frecuencia.

¿Cómo arranqué de cuajo el virus Roch heredado según mi tía de mis ancestros ováricos? Tuvo que transcurrir lo que para mi edad significaba una barbaridad de tiempo: seis meses. Justo cuando cumplí los catorce años lo borré de mi agenda espiritual. Reitero y rectifico, hubo de transcurrir un largo semestre, y suceder que otro tipo pasara por debajo del balcón de la casa de una compañera de estudios en Mercaderes y Empedrado, situada entre el seminario San Carlos y la catedral.

No tenía nada del otro mundo, era el hombre más común de los mortales en cuanto a personalidad, sin embargo lucía hermoso. Tan saludable parecía que me invadió una gula tipo caníbal, de súbito quise morderlo, arrancar con mis dientes un trozo de su carne, masticarla y tragarla. Incluso hasta llegué a imaginar un filote hecho de una tajada de su zona erógena más tierna, sazonado, frito, y dispuesto a ser servido en un plato, acompañado con puré de papas, plátanos tostones y ensalada de tomate y aguacate. Me relamí de gusto. Usaba bigote y eso malogró mis ansias carnívoras. No soporto los hombres con bigote. No encuentro ningún atractivo al efecto de taparse los labios con pelos. En evidencia era casado, en el dedo anular de la mano izquierda brillaba un anillo de compromiso, y de la otra mano conducía a un niño que contaba alrededor de ocho años, el cual lo llamaba *papá*. A diario lo divisaba desde el balcón (ahora era yo la que estaba encaramada en una suerte de mirador, siempre habrá un balcón en medio de amores imposibles) dirigirse al parque de los Enamorados; allí enseñaba a su hijo a jugar pelota, es decir, béisbol. Sin embargo no dejaba de echar lánguidas miradas hacia la baranda y hacia mí descolgada de la cintura para arriba. La escenografía no dejaba de ser vulgar en su suculenta intrepidez: el parque cubierto de copas de árboles bien tupidas y de un verde intenso. Detrás la bahía, las aguas verdiazules ondulaban asimilando las mareas de aceite o de petróleo. El muro blanquísimo del Malecón fulguraba, los autos años cincuenta como viejas cafeteras resoplando humareda negra por todos lados, o los Ladas pintados en gris plateado, desfilaban por la avenida confundidos detrás de la arboleda con los barcos griegos o soviéticos. Más en primer plano reverberaban los otros muros de piedra del parque, bajitos y carrasposos, sobre los cuales el niño saltaba con una agilidad recíproca a la edad que yo le adivinaba; o en ocasiones se escondía del padre a duras penas detrás de los obstáculos de cemento. El padre y el hijo jugaban con un bate de aluminio y una destripada pelota correteando de un árbol a otro, los cuales hacían las veces de las bases y *home* del somnoliento deporte. Y los ojos del padre, que yo adivinaba renegridos cual dos frijoles brasileños, indagaban en mí. No tenía la menor idea de que aquello era una foto de las que suprimen en los catálogos debido a su excesiva ternura de pacotilla, según los expertos, ahora es que pienso en ello. Al fin y al cabo yo sólo contaba catorce años, rayando los quince, y aspiraba a estudiar arquitectura, periodismo o historia del arte; lo de caer en el terreno de la fotografía fue, como he contado antes, puro albur. Pero tampoco imaginaba con certeza mi futura profesión: esas inquietudes constituían pasajeros entusiasmos. En aquellos momentos no me importaba nada más que asesinar mi idolatría etiquetada con el calificativo de José Ignacio. Un clavo saca otro, apuntala el dicho. Aquel hombre sofocado y maduro, un temba, en mi desproporcionada opinión de adolescente, tostado su torso por el persistente y cochambroso sol habanero, la camisa anudada a la cintura, algo torpe en sus desplazamientos (a veces se echaba sobre el césped a descansar y a fumar un cigarro Popular), haría el papel del otro clavo. ¿Qué importaba que estuviera casado y que existiera un hijo? A mi edad resultaba muy excitante iniciar mi erotismo con una persona experimentada, que venía de vuelta cuando yo apenas iba. Tal vez no hacía falta que sucediera nada, salvo la aventura, salvo vivir el peligro. Ya estaba de nuevo pensando como mi tía. Al instante se me ocurrió que dejaría correr en la secundaria la bola de mi romance con un adúltero, esto provocaría la envidia de un sinfín de condiscípulas que se las daban de transgresoras y, lo principal, lograría que José Ignacio se pusiera celoso. Lo llevé a cabo, éste no se dio por aludido, por añadidura nadie en la escuela creyó tal chisme y lo desmentían a mis espaldas y hasta en mi presencia, argumentando que yo no sería capaz de tal barbaridad, que yo no estaba en nada, y que más bien era extrañita, un ser asexuado, un andrógino. ¿Cómo probar que yo era más aventajada, más madura? ¿Cómo sacarme aquel imbécil e insensible primer amor? A un gustazo un trancazo, dice el refrán. Ni siquiera me había dado el gustazo y ya había recibido el tortazo.

Por aquel entonces, como señalé con anterioridad, me recondenaba sobreviviendo con mis padres en La Habana Vieja, en la polvorienta calle Aguacate, luego nos mudamos a Santa Cruz del Norte. De mi estancia santacruzana prefiero no hablar, hay demasiado abuso en ella. Pero cuando ellos partieron por el puerto de Mariel a Miami, anhelé regresar a mi arruinado y ruidoso universo de la frontera con Centro Habana, y fue luego, un tiempo más tarde, que regresé a mi desahuciado y extrañado barrio. Pero eso vino después.

Antes, el estrecho apartamento de la calle Aguacate quedaba muy cerca de la casa de mi compañera de estudios. Con cualquier pretexto me envasaba en su cuarto cuyo balcón daba a la bahía. Nunca perdí la hora en la que él pasaba rumbo al parque con su hijo de una mano y el anillo matrimonial fulgurándole en la otra, vestido como cualquier padre de familia en vacaciones (aunque no lo estaba, no era la temporada), pero de punto fijo llevaba una camisa deportiva de tela de mezclilla azul, igual el pantalón, que era un soberbio pitusa marca Levis, y unas zapatillas más blancas que dos cajas de talco; todo fabricado y comprado en el extranjero. Las zapatillas siempre regresaban empercudidas de tierra colorada o de fango. De todas-todas, o la esposa las lavaba cada noche, o poseía varios pares. Debía de tener además repetidas las mudas de ropa, porque se marchaba hecho una bola de churre y al día siguiente reaparecía como nuevo de paquete. Si se quitara el dichoso bigote luciría muchísimo más apetecible, pensaba yo demacrada de deseo, aunque incluso así ya hacía la boca agua. Era un tipo de los que llamábamos de exportación, un superbombón de los que se dan en Aquella Isla a patadas, con conciencia de serlo y por eso le encantaba darse lija y juguetear a la calentadera.

Comencé a escribir cartas cuyo destinatario era aquel apetitoso desconocido. Hubiera podido averiguar datos suficientes sobre su persona, lo cual no constituía ninguna dificultad pues con cualquier pretexto inventado habría podido robar información a la muchacha que estudiaba conmigo, pero quise mantener la discreción hasta el final, hasta que no quedara más remedio y tuviera que agenciarme una celestina. Supe que se llamaba Jorge y encabezaba las cartas con un *Sustancioso* o *Jugoso Jorge*. Es la razón por la cual detesto despachar la correspondencia, el trauma provocado por lo que ocurriría más tarde debió sobrevivir en mí. Y claro, las cartas una empieza escribiéndolas sin ambición ni premura por enviarlas, más bien son el mejor método para hacer catarsis en soledad, pero luego caes en un sopor, en una amargura mezclada con frustración. Además el tipo no avanzaba, de las miradas de cordero degollado no pasaba, en alguna que otra ocasión esbozó una media sonrisa que me costó trabajo percibir por culpa del tupido mostacho. A una le invade el culillo porque el destinatario se entere, de inmediato, de nuestros sentimientos; buscamos una confidente con la ilusión de que será ella quien entregue los pliegos reescritos decenas de veces con letra apretada y trepidante. Mis cartas no pasaban de ser versitos ridículos, de esos que todas copiamos y coleccionamos en álbumes de autógrafos y poemas entre sexto y onceno grado:

Ayer pasaste por mi casa
y te tiré un limón.
El limón te dio en la frente
y el zumo en el corazón.

O bien, otro más cursi y menos directo:

El amor es un bichito
que por los ojos se mete
y cuando llega al corazón
explota como un cohete.

Cuando no expresaba mis estrategias en rimas ridículas, entonces desenfrenaba el lápiz e imaginaba nuestros cuerpos a punto de caramelo, amelcochados, recostados a un muro del castillo de La Punta, como es de suponer mordiéndonos y devorándonos hasta el alba; al instante rectificaba y cambiaba la palabra *alba* por una hora más precisa, la una de la madrugada, por ejemplo, que era el tope del permiso paterno, aunque llegar a las tantas siempre me valía una semana de castigo, prohibido el repaso de Física, ya que sacar baja nota en esa asignatura (era un secreto a voces para cualquier familia) se había convertido en el recurso ideal para huir de casa. O en un impulso novelero describía nuestras siluetas iluminadas por la luz de la luna, revolcadas en el matorral de alguna represa distante, o bañadas por las olas; o igual nos calificaba de sombras grasientas y empegostadas de pomada doradora (la cual confeccionábamos con aceite de freír y yodo) y arena en las playas del Este. Llegado el momento de franquearme con alguien, conté con lujo de detalles a mi compañera de estudios individuales el origen de mi reciente ensimismamiento. Noté que ella se perturbó más que yo; en realidad yo fingía, porque lo mío no pasaba de ser un recondenado capricho. Pedí de favor que entregara el mazo de cartas y replicó apendejada:

—Ni loca, no ves que conozco a la mujer, es tremenda chusma. No hace ni un año que se mudaron de Guanabacoa para acá y ya tiene líos con juana y su hermana. No estoy para jodientinas con el mal elemento del barrio. ¡Qué va! No me mezclo con los bayuseros. —Lo sospechaba, ella pecaba de fina, de sofisticada—. Lo más que puedo hacer por ti es prestarte la jaba del periódico y que se la tires en el momento en que él pase por debajo del balcón.

La jaba era una canasta de mimbre nicaragüense, con una soga atada al ano, donde la madre, que padecía de varices e inflamaciones en las rodillas, es decir elefantiasis, ponía el menudo y la lanzaba para que el vendedor de periódicos matinal colocara el *Granma*; de esta manera evitaba bajar las escaleras. La idea me pareció eficaz, aunque poco elegante. Intuía que el plan no saldría bien, surtiría un mal efecto y así fue, más o menos.

Estuve varios días discerniendo si llevaba a cabo la operación *bajar los tanques* o no. Lo que hizo que la realizara fue él mismo, digo, el atrevimiento de su ojo izquierdo. Sí, esa tarde, no bien dobló la esquina, enfiló su mirada a la baranda, allí estaba yo pendiente del más mínimo estornudo erótico, con la bolsa preparada, una de mis manos gélidas a causa del nerviosismo estrangulaba el asa tejida. *Haz algo, tú, nutritivo mío, anda, haz una señal*, rogué con el pensamiento. Dicho y hecho, su ojo izquierdo pestañeó en un guiño pícaro. Al instante el niño escudriñó en las pupilas del padre preguntando qué le ocurría. A la distancia de un segundo piso se pueden oír las conversaciones, además de que tengo el tímpano aguzado y sé leer en los labios. Los niños se dan cuenta de los embarajes, son unas fieras de la mentira. Ni corto ni perezoso, él restregó su ojo con la mano del anillo de compromiso:

—Nada, chico, me cayó una basurita, no sé, creo que se me viró una pestaña.

Pero ya yo tenía la certeza de que él ansiaba también un acercamiento de mi parte; no pude controlar el desespero, saqué mis manos de la baranda para afuera, solté de un golpe la soga; la cesta conteniendo veintiún cartas eróticas le cayó en el centro de la mollera para resbalar de inmediato hasta debajo del mostacho; como los sobres quedaron a pocos centímetros de sus ojos, los recogió de un manotazo, como un bólido, y los guardó dentro del guante de pitcheo. El niño preguntó ahora mucho más intrigado:

—¿Conoces a ésa, papi?

—Es una amiga de mamá. Vamos, dale, que hoy meteremos tremendo juegazo. ¡Corre, a que no me coges! —Y se dio a la fuga en dirección del parque; el hijo lo persiguió, borrando en apariencia el suceso.

Mi cuerpo aligerado de preocupaciones recuperó la temperatura cálida habitual. De pronto se me esfumaron de golpe el entusiasmo, toda la ansiedad por aquel tipo, y por cualquier otro tipo. Dejé la terraza y fui al interior del apartamento de la amedrentada compañerita de clases. Entonces fue que recuperé mi interés por los estudios individuales y dediqué mis neuronas ciento por ciento a repasar las ciencias. Ingenua de mí, creía que lo más peligroso acababa de suceder. Lo demás sería coser y cantar, imaginaba en el colmo de la esperanza. Sólo debía armarme de paciencia, no mucha, él no tardaría en conceder la tan añorada cita, nos diríamos unas cuantas frases teatrales para enchumbar de jalea de mango la situación, al rato nuestros rostros se acercarían, entornaríamos los párpados, y nos fundiríamos en un beso. ¡Por fin un beso! ¡Ay, cuánto anhela una el primer beso! ¡Qué glotonería, levantar verdugones a mordiscos, comerse una boca!

Su reaparición tardó demasiado según las cuentas que yo había hecho. Es más, cuando nos reencontramos lo sacaban del edificio donde vivía, acostado en una camilla, tapado de la cabeza a los pies con una colcha a cuadros. Del interior fluía tufo a manigua carbonizada. El cadáver fue introducido en la ambulancia. Pude ver un fragmento de la frente y de los cabellos chamuscados. Supe que se trataba de él porque su brazo izquierdo asomó descolgado: ampollado por las quemaduras como chicharrón de cerdo asado, en el dedo aún resplandecía el anillo. De inmediato vi a su mujer detrás, llevaba una blusa guarabeada de yersi y una saya plisada color carmelita; los pliegues estaban cosidos de la cadera a la cintura y luego se abrían hasta las rodillas. Lucía el rostro grisáceo y acartonado, las mandíbulas apretadas, los ojos bajos pero secos. Sus manos iban esposadas por delante y la escoltaban dos policías. El burujón de curiosos se agolpaba detrás del cerco que los guardias habían tendido. Mi compañera de estudios preguntó balbuceante a una señora, en evidencia vecina del edificio (por cómo estaba peinada y vestida: papelillos, bata de casa, chancletas rezurcidas), detalles sobre el espectáculo que presenciábamos:

—Un crimen pasional. Esa pobre mujer enloqueció, le pegó candela al sinvergüenza del marido mientras dormía la siesta, dicen que él la tarreaba con otra. ¡Un descarado! Pero, mira, ahí tiene, el que a hierro mata a hierro muere. Ella se enteró de sus andanzas por unas cartas que encontró escondidas debajo del forro del escaparate, en el compartimento donde guardaba las camisas almidonadas y planchadas del degenerado ese, que Dios, o quien sea, lo tenga donde lo tenga que tener. ¡Yo hubiera hecho lo mismitico que ella! No, yo hubiera esperado a cogerlos en el brinco, a él y a la querida, y ahí, insito e insofacto, los incineraba vivos.

—Lo del *insito* e *insofacto* convertía su declaración en alevosía.

Al oír aquello estuve a punto de caer redonda en el pavimento o de mandarme a correr. El miedo obró en mí un repentino despergollamiento sanguíneo, el plasma me irrigaba en absoluto desorden, luego me invadió una debilidad hasta cierto punto agradable, y de súbito un deseo inexplicable de huir, de no ser testigo de aquel accidente, de no latir, de no existir dentro de mi cuerpo. No podía evitar que en mi rostro se reflejara el terror a que descubrieran en mí a la supuesta amante de la víctima. Sudaba caldo, por no decir puré, desde el cráneo hasta los calcañales. Mi compañera de aula escudriñó mi rostro con repugnancia; entonces fue ella la que desapareció entre la multitud en desaforada carrera. El mareo, los deseos de vomitar, el miedo, impidieron sin embargo que me moviera del bloque de chapapote bajo mis pies. Pensé en el niño, y hasta tuve el valor de preguntar por él cuando el auto-perseguidora se perdió con la criminal dentro levantando nubes de polvo del empedrado.

—¡Ay, mi corazón, por suerte al chiquito lo habían mandado a casa de la abuela! ¿Te imaginas si hubiera estado en el lugar del crimen? El trauma sería para toda la vida. Pero, ¿a ti qué te pasa? ¡Estás más pálida que un muerto! ¡Ay, qué digo, Dios me perdone! —murmuró la mujer de ojos botados y bocio en el cuello, con entonación de voz sonando a chispa de fósforo.

No indagué por el nombre del pequeño, y eso que sentía una indefinida, quizás terrible atracción, por conocer pormenores sobre él, necesitaba abrazarlo, consolarlo, rogar que me perdonara. Quise escapar y no averigüé nada más; debí haberme preocupado entonces por conocer el nombre del chico, una nunca sabe... El tumulto de chismosos tardaba en disolverse y avancé alejándome del lugar como si volara. Tres esquinas más abajo lloriqueaba agazapada mi supuesta amiguita. Hasta aquí había decidido no mencionar su identidad por superstición, para no atraer la mala suerte, y porque los nombres constituyen un símbolo importante del carácter de una persona (es por eso que me preocupa haber olvidado el mío durante el *vernissage* del escultor colombiano), y precisamente lo que caracterizaba a esta muchacha era no poseer en absoluto la más mínima razón simbólica: era el retrato enmarcado en dorado de lo anodino, de lo anónimo. Pero a esta altura de la narración lo haré: se llamaba Minerva, daba la sensación de que untaba su piel con la madre del vinagre, y puedo asegurar que nada tenía que ver con la diosa romana. En la escuela le decíamos Mina, y cuando alguien preguntaba haciéndose el comebola: ¿mina de qué?, respondíamos a coro: *Mina de mojones*. Esto la ponía frenética, pues yo sabía que por dondequiera se regaba que ella poseía en lugar de cerebro una cagarruta dándose columpio. Cuando me aproximé a Minerva o Mina de mojones reaccionó como si hubiera visto al mismísimo Satanás en persona, después arremetió con insultos, y cuando se cansó embistió con reproches, todos inciertos:

—Te acostaste con él, mira que te dije que no lo hicieras, mira que te alerté de que su mujer era cianuro puro y que se vengaría. Ahí lo tienes, lo mató, ¡qué horror, lo quemó! ¿Y ahora, cómo te sientes, supongo que contentica? Ya me lo habían advertido, tú siempre buscando líos, queriendo ser diferente... A ver, chica, ¿no pudiste acostarte con un tipo de la escuela, con uno de tu misma calaña y sin compromiso ninguno? —Su mirada era aún más violenta, advertí que hasta sentía deseos de golpearme—. Fíjate bien, no me visites más, no quiero la menor sospecha por parte de mi familia. O terminaremos envueltos en llamas como él. Ésa cuando salga de la cárcel es capaz de cualquier cosa. ¡Hasta de meterle fuego al país!

—No jodas, no seas imbécil, sólo entregué las cartas, jamás lo volví a ver, créeme, ni siquiera lo encontré por casualidad. Tú nunca quisiste darme la dirección, así que ni supe dónde vivía hasta hoy. Hazme caso, chica. No hice nada malo, te lo juro, ¿qué puede haber de malo en escribir un puñado de cartas? —Intenté defenderme de las acusaciones, aunque sabía que ella no se inmutaba en lo más mínimo con mi autodefensa. No había nada que explicar, yo era la culpable de que la tarreada lo hubiera asesinado y bastaba.

—Las cartas, claro; si no las hubieras entregado, él no las habría escondido. Y no estaría ahora más tieso que un palo; digo, hecho cenizas, convertido en jamón ahumado; la asesina no lo fuera y por lo tanto no se la habrían llevado presa, y el hijo... ¡Ay, tú, niña, el hijo! ¡Pobrecito! —Sollozó desconsolada, la cara cubierta de ronchas moradas.

Quedé sorprendida al percatarme de que hasta ese instante ella no hubiera pensado en él; en cambio eso fue lo primero que a mí me había removido la conciencia: el fiñe inocente. Estaba tan abatida que seguí de largo, ella me perseguía a corta distancia murmurando improperios. Amenacé con que si no se callaba el barrio completo se enteraría de su complicidad; el miedo que devora el alma, como en la película, hizo que se apaciguara, el chantaje consiguió calmarla. Al rato sus gimoteos y los ruidos que hacía al tragar la moquera por la nariz cesaron, miré de reojo, la observé escabullirse por la maldita calle de su casa. Yo continué rumbo a la mía.

El chisme que retumbó en la cartelera de radiobemba durante el mes fue ése: la bandida que había incinerado vivo al marido, quien era todavía peor que ella, a causa del ceremillal de infidelidades consumadas en plena competencia de sus facultades mentales y matrimoniales. Todo tipo de comentarios y leyendas fueron engendrados alrededor de la historia. Pero la amante nadie sospechaba de quién se trataba, y ésa, claro está, fue la incógnita que mantuvo viva la comidilla habanaviejera. Mi madre catalogaba a la otra de puta barata, destructora de hogares felices, criminal a sueldo, porque para mi madre la verdadera autora del crimen era la querindanga; y se la jugaba al cánelo, podía poner las manos en un picador de que aquello no pararía ahí, de seguro habría algo más tenebroso, gato encerrado, un retongonal de dinero por el medio. Mi padre retraído, estado nada frecuente en él, no decía ni mu. Sospeché que en algo extraño andaba, líos de sayuelas sin duda, porque sus manos se reumatizaron y dejó resbalar el destornillador al piso cuando mi madre sentenció ni corta ni perezosa, dirigiéndose a él:

—Y óyelo bien, tú cuídate, porque si te cojo en un fuera de base, no sólo te hago chicharrón de lechón como hicieron los españoles con el indio Hatuey, sino que primero me consigo un hacha y te pico en pedacitos, luego te paso por la máquina de moler carne y por último echo tus rastrojos en la batidora y te cuelo en el colador de café. Picadillo reciclado es lo que encontrarán de tus restos. Batido de marido es lo que quedará de ti.

Durante meses volaron de la cocina los objetos cortantes o afilados, cuchillos, punzones de picar hielo, hasta los tenedores, los ganchos de pelo, las tijeras, las cuchillas de afeitar; sin contar los fósforos y los líquidos inflamables. Mi madre se burlaba cuando no encontraba alguna de esas supuestas armas peligrosas, según el punto de vista paterno. En más de una ocasión, comentó conmigo haciendo gesto cómplice:

—El que se rasca es porque le pica, en alguna avería andará, pero mientras yo no me entere da igual... Total, eso no es perfume que se evapora ni jabón que se gasta —afirmaba señalando con la agujeta de tejer a crochet para las partes genitales de papá—. Que la otra lo aproveche. Está salvado mientras que no dé el menor indicio. Pero el día que me venga con una camisa manchada de pintalabios, o marcado por un chupón, lo degüello en un pestañazo. No lo salvará ni el chino de la charada, que dicen las malas lenguas que era curandero cantonés.

Apenas pegaba un ojo, tal y como me hallaba en constante peligro de verme descubierta. Y cuando lograba conciliar el sueño, en pesadillas aparecía el hombre bigotudo, abrasado por las llamas, rogando en alaridos que lo apagara. Justo en el instante en que iba a verter un cubo de agua, me despertaba. Por suerte Mina, la compañera de estudios, mantuvo cerrado el pico durante un tiempo aceptable; sentía terror ante la posibilidad de saberse acusada de cómplice, al menos eso pensaba yo. Sin embargo, tres años después soltaría la sinhueso, pero al menos pudo guardar discreción hasta que la gente borró el incidente de sus huchas cerebrales. En aquel momento mi conciencia era peor que el fuego, la culpabilidad me ahogaba como el humo emanante de una pira candente. También perdí el apetito, retraída podía pasar días enteros observando los rasponazos de mis rodillas, refugiada de manera introvertida en los accidentes de mi cuerpo. Abandoné la juntadera en grupos, llegaba a la escuela a punto de que sonara el segundo y definitivo timbre de entrada, y me eclipsaba del aula sin despedirme. En la hora de receso, encerrada en el baño o escondida en la azotea, fumaba como una chimenea. No sé si fue por lo mucho que estudié mi cuerpo que éste comenzó a cambiar: sufría transformaciones físicas de un minuto al otro. Si bien enflaquecía a velocidad alarmante, mi vientre también fue inflamándose con vertiginosa desproporción. Traté de simularlo poniéndome la blusa del uniforme por fuera de la saya, abombachada a modo de blusón, pero llegó el momento en que no pude resolverlo, cuando el botón de la saya saltó y la cinta elástica que había adaptado entre el ojal y la otra punta estiró hasta partirse. Una mañana, mientras me vestía a hurtadillas, mi madre vino hacia mí y me lanzó al suelo de una trompada:

—¡Sinvergüenza! ¡Caíste embarazada, yo sabía que uno de ustedes dos me la iba a hacer en grande! Tu padre o tú. Veo que te le has adelantado. La única que vale la pena de esta familia es tu hermana. Hice bien en salvarla de este inmoral país. Hoy mismo vamos al policlínico a ver al ginecólogo. Ni te pregunto quién es el padre porque si lo supiera no sabría qué hacer antes, ir a matarlo a él o llevarte al médico. ¡Desconsiderada, qué dirán los vecinos! ¡Deja que tu padre se entere, te va a quemar viva!

No sé por qué los aquellos-isleños padecemos esa fiebre pirotécnica. Cuando no incendiamos una ciudad, recuérdese Bayamo en la época colonial, nos estamos amenazando, como quien bebe un vaso de agua, con achicharrarnos entre nosotros. No quise contradecirla, entre otras cosas porque su estado de ánimo iba de la furia a la ternura, y de buenas a primeras se preguntaba en el clímax de la satisfacción en qué sitio acomodaría la cuna de su futuro nieto. A las dos de la tarde salimos pitando para el policlínico. En la sala de legrados se debatía por coger turnos una multitud de jóvenes listas para abortar, el salpafuera era idéntico al de la cola en Coppelia para tomar helado; e incluso, una vez que conseguían hacerse de un número, las caras de las muchachas, casi todas de mi edad, recuperaban su pasividad, reflejaban la misma indiferencia con que una aguardaba a que tocara el momento de sorber un Sunday de chocolate en la antigua Catedral del helado, hoy rebautizada, el Funeral del Quién se acuerda.

Pasadas casi cuatro horas, llamaron por mi nombre. Como no tenía la menor idea de lo que me ocurriría, sentí más susto al escuchar la voz de la enfermera por el intercomunicador que en suponer que por primera vez debía abrir las piernas, sin nada puesto, en total desnudez ante un desconocido. Incorporada avancé a máxima lentitud delante de mi progenitora, la cual me dio un brusco empujón, comentando que me apurara, que la consulta era para ese día, y no para el siguiente. Comencé a temblar cuando vi al doctor enjabonándose las manos en un lavamanos mugriento, las enjuagó y secó después con una toalla no menos churrosa. Observé la rígida camilla y sufrí un vahído. La enfermera ordenó sin contemplaciones:

—Ve al baño a orinar, p'a luego es tarde, mi hijita, quítate el blúmer y ven volando a acostarte.

—¿Acostarme? —pregunté despilfarrando más estupidez que ingenuidad.

—No pretenderás que el médico te ausculte parada —replicó mi madre

El doctor estudió mi cuerpo en lo que yo me dirigía al baño.

—A simple vista puedo diagnosticar, debe contar alrededor de seis meses. Han demorado en venir. Desde luego, interrupción no podremos hacerle. En lo que ella se prepara iré confeccionándole el tarjetón. —Se trataba, o se trata, porque todavía existe, de un cuaderno para anotar las consultas de las embarazadas.

—No estoy en estado, doctor —repliqué.

—¡Cállate, y haz lo que dice la compañerita enfermera! —rezongó mi madre, mientras el médico comenzó a hurgarse las uñas con la punta de un lápiz, con lo cual logró teñirlas de grafito.

Regresé a la camilla tal y como había pedido la enfermera, desvestida de la cintura para abajo. Medio muerta de vergüenza se me saltaron las lágrimas. El doctor se acercó con la cabeza ladeada y una sonrisa de energúmeno, tuvo el cinismo de averiguar por lo bajo para que nadie más escuchara salvo él y yo:

—¿Lloraste cuando te la metieron? —Un vaho a queroseno ascendió por la superficie de mi piel. Mis labios desbordaron un buche de saliva con sabor a benadrilina.

Tuve ganas de romperle el hocico de una patada. Hubiera podido hacerlo porque mis piernas quedaron con comodidad a esa altura, colocadas como estaban mis rodillas sobre dos soportes de metal erguidos a cada lado de la fría camilla. No lo pateé para no armar líos y terminar lo más rápido posible con aquella siniestra humillación. Si no hubiera sido porque yo también estaba intrigada con el crecimiento desproporcionado de mi barriga habría descojonado a puñetazos al médico y al consultorio. Más que tocar, lastimó mi vientre hundiendo sin compasión sus manazas gélidas y peludas aquí y allá; luego sin pedir disculpas enrolló la sábana hasta mi cuello y palpó mis senos con menos rudeza. Su mirada fue tornándose delicada y cargada de sospecha, por suerte, antes de acometer el acto irreparable que yo no iba a permitir de ninguna manera que llevara a cabo, es decir, introducir el dedo en mi vagina. Asomado a ella al tiempo que acomodaba sus espejuelos de armadura de pasta, partidos a la mitad y pegados en el centro con un esparadrapo, investigó con los ojos muy pegados a mi clítoris. Luego lo palpó, con el dedo del medio dio masajes en redondo como para intentar excitarme, ponerlo en erección. Por sobre mi vientre percibí que sonreía malicioso, no correspondí a sus caricias, aguanté con los dientes y los párpados apretados. Para bien de él no tocó más allá.

—Nada de nada. Ni embarazo ni la cabeza de un guanajo. No ha habido penetración —dictaminó. Volvió al lavamanos, sacó de un tirón los guantes de plástico y se lavó meticuloso, concentrado en su tarea, desde los dedos hasta los codos.

—Doctor, tal vez sólo jugueteó un poquito. Usted sabe, conozco a una que la preñaron sin metérsela, con una gotica de leche que apenas mojó el pantaloncito. —No sé cómo mi madre pudo hablar de aquella manera tan irrespetuosa.

—Ay, compañera, no diga anormalidades. Lo de su hija debe ser un embarazo psicológico. Sobran los casos así. Mejor les recomiendo un psiquiatra; no para usted, claro, para la muchachita. De todas formas prescribiré un antibiótico, hay inflamación pélvica. —Y dirigiéndose a mí—: Debes asearte con agua hervida, pepilla, tienes monilia, tampoco es grave, el noventa y nueve por ciento de las mujeres de este país lo padece, es un parásito del agua contaminada que provoca flujo.

Respiré victoriosa. Dejé a mi madre en su perorata, más decepcionada y desconfiada del doctor que de mí. Afuera el sol chamuscaba las copas de los árboles, el vapor del asfalto ardía en las plantas de los pies atravesando las suelas de los tenis. Pensé que no en balde la gente experimentaba tanta obsesión por la candela, el clima obligaba. Mi madre reapareció a los quince minutos detrás de mí, enarbolando las recetas y maldiciendo al médico. Quedé convencida de que a la larga deseaba un nieto, a costilla de lo que fuera. En dirección a la casa, tal vez por magia desinhibidora de estrés, o por enjuague cerebral, mi vientre se fue aplanando. A la semana había recobrado medidas coherentes de cintura, aunque seguía más flaca que un güin, semejante a Gandhi. El desaliento tampoco me abandonaba. De nada valieron los tratamientos psiquiátricos, sólo consiguieron sosegar la paranoia, la esquizofrenia, en resumen, el miedo. Pero he vivido con la incertidumbre de si fui o no culpable de que aquel hombre fuera quemado vivo a manos de su esposa. De los demás protagonistas por carácter transitivo y sobrevivientes tuve noticias de primera índole. Alguien muy cercano a la familia contó a mi padre en mi presencia que al niño lo habían llevado a vivir con su abuela al solar de la esquina de Luz y Compostela. En cuanto a la asesina, cumplía los años de cárcel correspondientes a su delito y, más tarde, si se portaba bien la reinsertarían en la sociedad. Quién sabe si a lo mejor fue ella quien bastantes años después prendiera fuego a la Compañía de Teléfonos. U otra inspirada. Con los verdaderos culpables la justicia casi nunca acierta. Allá la inspiración da por gastar fósforos y alcohol en sabotajes altruistas.

Enma y Randy fueron los únicos amigos capaces de conseguirme entretenimiento. Ellos no salían del cine de ensayo Rialto y me invitaban muy a menudo. Allí vimos, entre otras, *Vértigo*, la película de Alfred Hitchcock, con Kim Novak. A Kim Novak la fotografié hace poco en París, en el cine Arlequin, cuando vino a presentar la misma película, pero restaurada, con los colores que ni el propio Hitchcock alcanzó a ver. Enma estudiaba conmigo, Randy cursaba dos años menos que nosotras y por lo tanto no compartíamos aula con él, pero sí amistades. El pasatiempo favorito, que dejó de serlo para convertirse en auténtica pasión, en el centro de nuestras vidas, consistía en coleccionar fotos o recortes de prensa de actores y actrices famosos. El álbum más potente pertenecía a Randy, quien intercambiaba productos muy valiosos (la cuota de leche condensada del mes, joyas de la madre, daguerrotipos antiguos, discos viejos en setenta y ocho revoluciones, ¡qué horror, nada menos que setenta y ocho, como si con una no bastara!) por cualquier página de periódico o de revista amarillentos de lo viejos. Randy adoraba a la malvada Bette Davis, a la enigmática Ingrid Bergman y a la desorbitante Marilyn. Enma deliraba ante la sacrificada Joan Crawford, la putona Rita Hayworth o la zafia Vivien Leigh. Mi favorita era la quisquillosa y fatal Marlene Dietrich, la comedida y simbólica Greta Garbo, y compartía con Randy a Marilyn, a quien considero un genio lírico más que un símbolo sexual.

En lugar de estudiar nos dedicamos por entero a las vidas hollywoodenses. Soñábamos inventando amores imposibles entre actrices y actores, tratábamos de enterarnos del color del vestido que había llevado Bette Davis en *Elizabeth y Essex*, pues el filme lo habíamos visto en una estropeada copia en blanco y negro. O si de verdad los ojos de Elizabeth Taylor eran color malva. Si no constituía una ominosa calumnia que Vivien Leigh comentara que Clark Gable tenía halitosis en la secuencia del beso en *Lo que el viento se llevó*, que además es el fotograma del afiche de promoción de la película.

Enma y Randy avizoraban muy claro su futuro. Randy anhelaba ser actor de Hollywood, Enma haría cualquier cosa fuera de aquel país. Ella siempre fue la más dispuesta de nosotros, me incitaba a pintar paredes para ganarnos cincos pesos la jornada, o a fabricar zapatos de plataforma de madera. La suela y el tacón de madera los confeccionaba su padre, excelente ebanista sin posibilidades de construir muebles pues le habían intervenido el taller de carpintería a la hora del Triunfo. Nosotras nos dábamos a la tarea de zancajear tiras de cuero, o de vinil, o de tela gruesa, la cual después teñíamos, para poder iniciar la fabricación de plataformas de moda. En varias ocasiones carecimos del material, de las tachuelas para clavar el cuero, la tela o el vinil en el armatoste transformado en calzado. Sentada en la taza del inodoro de mi casa contemplé la colcha roja de la cama de mis padres. Era bastante amplia, gruesa, y de un color rojo púrpura, hiperbutin para un par de plataformas. Con extremo cuidado descosí el borde de la frazada, ni corta ni perezosa recorté un trozo, y en el acto doblé el reborde y lo pespunteé, cuidando de que quedara idéntico. Cuando mis padres llegaron no repararon en el desastre. A la hora de dormir, estaba yo cepillándome los dientes con bicarbonato a falta de pasta Perla y oigo un alarido proveniente del pecho y garganta maternales. Se apareció frente a mí con el cuerpo enredado en la colcha, tipo bobito de dormir; el filo del dobladillo le daba por la rodilla. Pensé que se me habían ido la mano y la tijera. Respondí humilde ante su mirada inquisitorial que no había sido para nada yo, que no sabía ni pitoche de lo que me iría a preguntar, que para mí la colcha había encogido sola, que esas lanas soviéticas eran como un cáncer de hueso, se iban consumiendo poco a poco.

Vendimos dieciséis pares de plataformas rojas a treinta pesos cada uno. A la semana la clientela desfiló por la casa de la abuela de Enma para devolvernos los zapatos. Primero, las chapitas de los tacones, provenientes de las gomas de los camiones, se pegaban en el asfalto y la gente perdía el calzado.

Hubo una señora que perdió hasta la vida, pues en el pugilateo por recuperar el zapato adherido en el chapapote, una ruta 27 le aplastó el cráneo. Después, las presillas de cuadernos escolares (a falta de tachuelas) no resistían, saltaban como un corcho y se corría el peligro de terminar con un ojo reventado nada más dar un paso. Encima, y esto era lo peor, nos mostraban los pies llagados, el material de las correas era infernal, daba un calor de huye que te coge el guao, el pie comenzaba a sudar y al ellas descalzarse largaban la piel. Por último apareció mi madre, morada de ira como el manto de santa Flora en la iglesia de La Merced; acababa de descubrir fragmentos de su colcha (parecía el título de un libro de poesía) en las patas enfangadas de la negra fondillo-de-trono que trabajaba con ella. Antes de preguntarle dónde había resuelto calzado tan insólito se agachó y escudriñó el grosor y la felpudez de la tela. Después investigó, averiguó quién había vendido producto tan refinado a la negra, al obtener nombres y direcciones de la fabricante y la negociante, no le cupo la menor duda.

—¡Cacho de cabrona, así que me ripiaste la sobrecama para hacer plataformas y venderlas! ¡Biznera!

Ya dispuesta a descalabrarme se contuvo cuando Enma le colocó delante de las narices un paco de doscientos pesos ganados en otras ventas, por ejemplo, de pomos de champú de manzana aumentados con agua oxigenada y jabón de lavar derretido, lo cual se convertía por obra de alquimia en un champú color si le añadías unas goticas de rojo aseptil o azul de metileno. Con esa suma mi madre podría comprarse dos frazadas más y le sobraba para otro capricho.

—Lo malo es que no sé si la encuentre en el mismo tono de rojo escarlata que el anterior. ¡Tan mortal que estaba ese punzó! —Y suspiró más calmada.

Randy andaba aprendiendo a bailar tap, imitando a Gene Kelly en *Cantando bajo la lluvia*, Enma y yo seguíamos en el trapicheo de cualquier simplicidad ausente en el mercado normal, ¿o anormal? Un mediodía regresábamos a su casa después de sonarnos una actividad política de la escuela. Íbamos Trocadero arriba, dirección a Galiano, un gatico apenas recién nacido se enredó en nuestros pies. Enma le dio una patada que lo lanzó como dos metros en el aire, el felino por supuesto cayó parado haciendo alarde de sus siete vidas. Al rato nos repudiamos por ese acto de violencia, ella por efectuarlo, yo por permitirlo. Aunque Enma detestaba los animales, sobremanera los gatos. Me dijo que estaba harta de estudiar, de vivir mendigando la vida, dijo que no soportaba a nadie más, salvo a mí y a su hermano:

—¿Nunca has pensado en irte? —inquirió de súbito.

—No, nunca me iré de aquí. No podría vivir fuera —contesté más que convencida.

—¿Y qué sabes tú lo que es vivir fuera si lo más lejos que has pisado es Guanabacoa? Si ni siquiera conoces a nadie que pueda contarte lo que es vivir lejos de este infierno —preguntó y afirmó en seguida.

—Enma, a pesar de todo yo creo que es aquí donde hay que estar. Es mejor tratar de cambiar esto que cambiar algo que no nos pertenece. Yo creo en esto, éste es mi sol, mi cielo, mi mar. Mis padres están aquí. Mis amigos también. Yo creo en todo eso. Sé que peco de sensiblera, pero así soy.

—Solté ese discurso con toda la fe de la que es capaz un ser humano en el limbo.

—¿Y qué es lo que es tuyo? ¿Qué es lo que debe pertenecerte? Pero qué manía de propietario de esta isla tiene todo el mundo aquí. Yo no quiero que ningún país sea mío. Yo sólo quiero que sea mío lo que me gane con el sudor de mi frente. —Las aletas de la nariz se contraían y se dilataban, el pecho le subía y bajaba, comenzó a rascarse desaforada las orejas—. Me zumban los oídos —dijo en un hilillo.

Yo sabía que padecía de asma, pero no de presión alta, y ésos eran los síntomas que suponía que presentaba, pues estaba poniéndose igualita a mi tía, la hermana de mi padre, cuando le entraba un acceso de aire, de presión, semejante a una albóndiga espumosa. La conduje al policlínico más cercano, la sorpresa del médico fue tanta como la nuestra al comprobar que una joven de quince años padecía de una subida de presión de 120 la mínima con 180 la alta. Le suministraron los medicamentos requeridos para apaciguar el malestar, aconsejándole que en un futuro inmediato debería asistir a la consulta de su barrio, pues de seguro tendría que comenzar un tratamiento serio.

—El único tratamiento infalible sería poder salir rajando de aquí —musitó entre dientes.

Embarajé con una semisonrisa, fingí haber escuchado un chiste, pero sabía que Enma me hacía testigo de su idea fija: partir. Podía ser su forma banal y transitoria de vengarse ante el sufrimiento de su padre al ser intervenido y perder el negocio, pensé. No, Enma siempre estuvo más clara que el agua. Partir era la alternativa posible. Pero aquel día, cuando nos despedimos del doctor, ya Enma reanimada y yo menos angustiada fuimos a sentarnos bajo la arboleda del paseo del Prado, nuestra arboleda perdida; de hecho en esos bancos habíamos leído a Rafael Alberti.

—Te imaginas, por aquí pasaba la gente del siglo pasado, vestida de encajes y batas blancas criollas, llevando sombrillas bordadas en canutillos y perlas falsas. Desde estos bancos podías contemplar los quitrines en dirección a la Cortina de Valdés, cuando todavía el muro del Malecón no le había robado espacio al mar —comenté.

—No sé cuál será mi sitio en el mundo, Marcela. Pero éste sin duda no lo es. No tengo nada que ver con esta podredumbre. Creo en el mejoramiento humano y todo lo demás que tú quieras, pero algo me viene oliendo mal desde hace rato.

Estuve hablando mierdas hasta por los codos. Hay que ver las cosas con lo más amplio del caleidoscopio, propuse. No todo es malo. No todo es bueno. Hay que entender, volví a la carga. Enma se levantó, tomándome de la mano casi rogó que la llevara a ver lo más intrincado de La Habana Vieja. Aunque nacida en Centro Habana, a ella le fascinaban los solares, allí donde se rezuma sudorosa rumba de cajón o guaguancó en lata de luz brillante. Tomamos por delante del cine Payret, atravesamos la Fabela, entramos al corazón de la solariega ciudad por la calle Teniente Rey. Nos detuvimos frente a la iglesia del Ángel, en el parque del Cristo. Miramos hacia el balcón que rodeaba a la esquina.

—Ismael debe estar escribiendo sus poemas filosóficos —observó ella.

—Eso te crees tú; Ismael debe estar botándose una paja con una manguera de cisterna metida por el siete, mientras admira una foto en esa posición de una revista porno embarajada con el forro

106

de una página de *Juventud rebelde* —me burlé yo.

—¿Tú crees que Ismael es pájaro? Si hasta se me declaró. —En ese tema Enma siempre fue una inocente.

—Los pájaros autorreprimidos se declaran para tapar la letra. Ismael debe estar leyendo. Es lo único que le gusta y tiene razón. Ni siquiera tiene cojones para asumirse —argumenté.

Ismael era el joven correcto del aula, el enfermo tanto a las matemáticas como a la literatura. Aunque tenía su preferencia por esta última. Era un maniático de José Ingenieros. Se sabía *El hombre mediocre* de memoria y nos lo recitaba como parámetros a seguir para llegar directo y sin escala al progreso. Sin embargo, amaba a José Martí por sobre todas las cosas, después fingía estar enamorado perdido de Enma, pero eso duró hasta que no se reencontró a sí mismo. Es decir, hasta que no se botó de sala'o en los portales del hotel Plaza, zona de ligue *gay*. Nuestra generación somos las mujeres sin hombre. Cada vez que nos gusta uno es pargo. Y no lo digo en forma despectiva, encuentro fascinante que nuestro argot los defina como refinados manjares marinos. Y es que los chernitas tienen algo especial, una comprensión fuera de serie, una delicadeza inhabitual, una genialidad poco común, una rapidez chispeante. Tenemos dos opciones, o vivimos con ellos sin tocarnos, pero entonces la vida se nos hace más efectista y por lo tanto errónea. Cada cual por su cuenta a la hora del cuajo, y nada de cuadrar la caja con el sexo. O nos amamos entre nosotras, y nos resolvemos donantes de esperma cuando querramos tener hijos. Casos excepcionales de lo contrario (que debiera no serlo) de matrimonios eficaces-eficaces existen, pero constituyen un por ciento desnutrido, en razón a nuestras necesidades, las cuales son cada vez más exigentes. Son las excepciones que confirman la regla de lo anormal. El récord de los divorcios se ha batido en Aquella Isla.

—Ismael tampoco tiene futuro aquí —replicó Enma.

—Por lo que veo, según tú, aquí nadie tiene futuro. —Ya yo estaba un poco cabrona, pues no me cabía en la cabeza la idea de renegar de todo. ¡Cuánto no perdería después! Además de que el hecho de que me hubieran separado de mi hermana Hilda, de ese rencor nacido entre ella y yo por culpa de la separación, por la competencia entre a ver quién ganaba más el cariño de nuestros padres, todo eso me laceraba el alma.

—Cambiemos el tema, anda. Vamos a comprobar qué queda de esta ciudad que resulte todavía capaz de enamorarnos. Muéstramela, tú que eres medio pandillera y marimacha. —Y sonrió con una sonrisa de no irse nunca, de no abandonarme jamás. ¿Quién diría que sería yo quien primero abjuraría en un futuro? Pues a pesar de que Enma batalló a brazo partido por conseguir un billete que ella sospechaba sin regreso no pudo salir hasta cinco años después que yo hubiera alzado vuelo. La despedida en la pecera del aeropuerto fue brutal, pero intuíamos que nos reencontraríamos bajo otro cielo, de seguro menos flamante.

Pero en ese instante ella me pedía que la llevara a recorrer el casco antiguo y yo acepté porque era una orgullosa de mis ruinas, ni el historiador me ganaba en mi colección de piedras y losetas rotas. La conduje por todo Teniente Rey hasta el parque Habana, pasando por la antigua farmacia de Sarrá, una de las tres porque las otras, Johnson y Taquechel, lo que queda de ellas, está en la calle Obispo. Luego de mostrarle las imprentas donde yo jugaba de niña, la escuela primaria en la que había estudiado, el edificio de Muralla 67 donde un amigo mío y yo hallamos el cadáver de un bebé, y el hotel Cueto, una joya del *art-nouveau* habanero, nos adentramos Inquisidor abajo, como quien se dirige a la otra cara de la Bahía, a los Elevados. A la altura de Inquisidor y Santa Clara le conté de una amiguita mía, Tamara, una mulata que imitaba a Sara Montiel y que su mayor aspiración en la vida era trocarse por una noche en la vedette, y para colmo, casarse con Tony Curtis. No entendía ni jota de aquellos caprichos, pero era mi socia y yo la complacía zumbándome todo el repertorio de *Carmen la de Ronda*, los burlones la llamaban Carmen la Redonda. Seguimos hasta las ruinas de la casona donde vivió el barón Alejandro de Humboldt, retrocedimos a Inquisidor, ganamos los portales y tumbamos en bajada por San Ignacio. Las casas de mi infancia se caían de alambrería, apuntalamientos, suciedad, en resumen, se desmoronaban a causa del odio y de la humedad. Doblamos por la calle Acosta, a la derecha, y continuamos por la calle Cuba hacia la antigua Placita, frente a la iglesia del Espíritu Santo. No traspasamos el umbral de la iglesia. Le enseñé el lugar adonde me traían mis padres para inyectarme penicilina cuando de chiquita cogía amigdalitis, en Cuba entre Jesús María y Merced. Nos sentamos en el quicio de la entrada de la casa de mi tía paterna, de cara a la fachada de otro templo, el de la Merced. Detenida sólo un instante para aliviar los pies, pues la tirada es larga, el gorrión se vengó con mi faringe: de tanta tristeza polvorienta tuve un acceso de pus entre la nariz y la garganta. Me vi pequeñita entrando al bautizo de mi prima Asela, yo contaba dos años y medio, debe de ser el primer recuerdo notorio que poseo.

El ring de boxeo se hallaba cerrado. Antes de que me desarrollara el primer pezón, mi tío Eliseo tuvo la sublime idea de disfrazarme con una camiseta suya agujereada hasta más no poder, marca Taca, unas bermudas militares, me desmochó el pelo con una navaja, sólo dejó una moñita delante igual que los guapos, me quitó las dormilonas de los lóbulos de las orejas, obligó a que entisara mis manos y mis calcañales con unas vendas robadas del botiquín de su mujer y me soltó como un gallo de pelea al centro del ring. Advirtió que me cuidara la cara y el pecho, añadió que mi ventaja se fundamentaba en que carecía de huevos y que por tal razón no necesitaría ponerme soporte. Todas las tardes boxeaba trasvestida a puño limpio con los machos del barrio. El entrenador creía que yo era uno más, estaba inscrita bajo el seudónimo de Marcel. Hasta que me noquearon, y ¿cuál no sería la sorpresa del entrenador cuando se vio obligado a darme un baño en agua helada? Al desnudarme no halló pito sino raja, por nada le dio un repeluco. Mi tío, avergonzado, confesó que en lo que intentaba de que su esposa le diera un varón, pues había decidido que yo asumiera al boxeador de la familia. Enma casi se caga de la risa. Lo que más extraño de aquella época es la sabrosura de nuestras carcajadas. Avanzamos por la calle Paula hacia la terminal de trenes, llegamos a la casa natal de José Martí. Allí nos entretuvimos mirando los garabatos de su escritura fotocopiados y agrandados para impresionar a los visitantes; es lo único interesante del Apóstol que guardan con orgullo desmesurado. De todas formas el sitio conserva misterio, y no puedo negar que era uno de los lugares al que con mayor frecuencia acudíamos.

Una tarde nos sentamos, con su hermano Randy, en el muro del Malecón, a devorar unas tajadas de mango. Habíamos comprado los mangos bizcochuelos a la vieja de los gatos, una mendiga en el más absoluto desamparo; su ocupación consistía en darle de comer al gaterío de Centro Habana. Andaba con dos jabucones repletos de sobras y con un séquito de felinos malolientes y sarnosos detrás. Randy nos hizo prometer que, dondequiera que fuéramos a parar en el futuro, no nos dejáramos de comunicar. Empecinada en mis trece declaré que yo no me piraría a territorio ajeno alguno, que no me movería de la isla ni por un Potosí.

—¿Qué es eso? —preguntó Randy.

—¿No has dado Geografía e Historia de América Latina en la escuela? —inquirí con los dientes cundidos de hilachas del mango hembra.

—Sí, pero me aburre y se me olvida.

—Pues si un día me largo a El Salvador o a Bolivia no sé cómo carajo me vas a encontrar —respondí irónica.

—Por el sabor a ti —se burló citando la letra del bolero y chupando la semilla despelusada del mango—. Tú debes tener sabor a mango.

—El sabor no deja rastro, mi chino —replicó Enma—. Lo que se come se caga.

—¡Anda, qué poética está *my sister* hoy!

En eso pasó un tipo con una cámara polaroide vendiendo retratos a cinco pesos. Pedimos que nos hiciera tres fotos sentados en el muro del Malecón, una para cada uno, para no olvidar que una vez habíamos sido jóvenes y exquisitos. Tanta alegría en nuestros rostros auguraba separación. La risa se cobra con lágrimas. Enma estaba vestida de blanco, con una saya de vuelos y una blusa bordada, ese día yo le había prestado una bolsa de mimbre perteneciente a mi madre. Randy llevaba un jeans azul oscuro muy ajustado, unos popis que eran el último grito del capitalismo importado, un pullover de mangas cortas color carmelita. Yo tenía una saya de idéntica hechura que la de Enma, pero la tela era de nailon y a rayas floreadas, blancas y verdes; la blusa aunque algo desteñida era roja, de hilo, con unos encajitos en las mangas y alrededor del cuello, obsequio de una arquitecta madrileña que la había comprado en El Corte Inglés, me la había regalado en su visita a Cuba, cuando, empecinada en hallar la huella de sus raíces familiares, por nada larga las canillas desandando la isla de Oriente a Occidente; un abuelo suyo había sido el arquitecto que concibió los planos del Centro Asturiano. En las fotos donde aparecemos Enma, Randy y yo, detrás, está el mar dorado y un barco petrolero soviético entrando en la bahía.

A pesar del apoyo moral de estas dos grandes amistades no conseguía olvidar del todo el incidente de mi capricho amoroso reducido a tórridas cenizas. De golpe asomaban ramalazos de terror, luego el tiempo averió o alivió el cúmulo de sensaciones extraviadas. No niego que asumí la historia como una marca del destino que debía aprovechar para alimentar mis estados melancólicos. Pero el malestar no siempre fue favorable y caía en profundas depresiones. Lo peor es cuando aún vivo aquel suceso como si hubiera ocurrido en una pesadilla diabólica que me alienó las futuras relaciones amorosas. Incluso la que tuve con Samuel, la cual anunciaba la eliminación de cualquier reducto negativo. Pero, ¿quién iría a imaginar que su presencia revolcaría el pasado afirmando aún más mi remordimiento? Cuando me asalta el recuerdo, dolorosos latidos se apoderan de mis sienes durante jornadas interminables. Otro sueño menos angustioso es ése con el padre y el hijo jugando al béisbol en el soleado parque de los Enamorados, el que antes llevaba el nombre de parque de los Filósofos; pude comprobarlo en un libro de relatos de Calvert Casey, incluso hasta hubo estatuas griegas; ahora evoco a Luz y Caballero con su melena a lo corte medieval y su nariz respingona de piedra, y también los bustos de Félix Varela y de José Antonio Saco, y acaricio con las manos trastornadas por la memoria el colchón de hojarasca podrida y pisoteada. El niño corretea feliz, de espaldas a donde me encuentro. ¡Quiero ver su cara! ¡Me gustaría pasar la lengua por sus mejillas, necesito comprobar su sabor! Aunque el sabor se defeque.

Capítulo III

EL OÍDO, OLVIDO

¿Los sueños simbolizan lo olvidado? ¿Constituyen nuestro exclusivo espacio real de libertad? Olvido y libertad no tienen por qué contradecirse, pueden ser complementarios. ¿Olvidar nos libera de las pesadillas? ¿Olvidar libera? No estoy segura, aunque solamente a través de los sueños es que, sin proponérmelo, puedo mencionar lo prohibido. Las palabras se las lleva el viento, mientras no sean escritas. ¿Soñará y olvidará igual un miembro de una tribu indígena del Amazonas o de una tribu africana que un habanero o un parisino? Lo dudo. Cuando sueño oigo lo borrado del recuerdo.

Déjate de comer tanta catibía, Marcela, y dedícate a lo tuyo. Lo mío ahora es botarme p'a la calle a escuchar las voces de los visitantes o habitantes, a contemplar y tomar la temperatura del sol, ya que por fin saldrá el sol, a haraganear con la Canon lista para inmortalizar cualquier escena imprevisible. Por ejemplo, unos neohippies con las orejas, las narices, los labios, las lenguas, los ombligos y supongo que también los sexos, pinchados con argollas, fajados a botellazos en la entrada del metro Saint-

Paul; eso lo vi el otro día, pero no llevaba la cámara. A Charline no le faltaba razón cuando repudió la decisión mía de mudarme a la calle Beautreillis, del Marais, a un solar francés estilo habanoviejero, pronosticó que algo raro sucedería que marcaría mi vida, ¡más de lo que está! Aseguró que este barrio está cundido de voces, sabores y rarezas, incluidos los fantasmas del siglo diecisiete del hotel particular donde alquilo y desde luego los más recientes. Es cierto, frente a mi edificio se halla el inmueble donde habitó y guindó el piojo·acribillado en vena por una sobredosis el cantante Jim Morrison; he sido acariciada por su respiración volátil y voluptuosa; en ocasiones mientras camino por la acera ha pasado junto a mí emanando un extraño halo anfetamínico, y se ha colado en mi garganta un sabor a patchulí, y su voz ha susurrado una canción a mi oído timorato. Sin embargo, lo más seductor de este barrio es eso, el hecho de que todavía conserva el duende, gracias a la permanencia irracional de sus turbulentos personajes diurnos, a la testarudez de sus fanfarrones o realmente gloriosos fantasmas, o espíritus burlones (¡siá cará!), al desistir de largarse con su música a otra parte.

Cambié de barrio después de aquel efímero regreso a La Habana. Apenas puedo tocar el tema sin que se me arme un nudo en la hipófisis. Ya había decidido dejar mi trabajo y un negociante francés me suplicó que lo acompañara, pues él necesitaba constancia gráfica de su visita. Y yo necesitaba dinero. Me había jurado no volver nunca más, pero no niego que cierta carcomilla se apoderó de mí. Aunque no preparé nada del otro mundo con entusiasmo desmedido. Sentía miedo de tropezarme con cadáveres vivientes. Tuve que pagar una visa de entrada a mi país. Eché en una maleta cuatro mudas de ropa, rollos vírgenes y los equipos fotográficos. Llegué al aeropuerto habanero de madrugada, debido a un retraso de Cubana de Aviación, el chiste pregunta y contesta: «¿Cuál es la compañía más religiosa del mundo?: Cubana de Aviación, vuela cuando Dios quiere.» Pasé dos horas en la aduana, vigilando la salida y control del equipaje. El bullicio unido al nerviosismo taponaron mis oídos, el negociante me rogó que no llamara demasiado la atención, no quería que mucha gente supiera que yo era cubana, sonreí irónica, de saberlo ya lo sabría hasta Papá Montero.

Al salir de ese espacio de nadie, de esa frontera tan terrible por el daño psíquico que causa, y entrar y pisar el reblandecido pavimento, respiré mi tierra a pleno pulmón. ¡Cristo, olía a infancia, a amigos! No tuve tiempo de mucho más, al instante nos montaron en una guagua de protocolo y nos condujeron a una residencia del mismo género. Pasé los cuatro días dando viajes en el ómnibus protegido con cristales calobares, de la mansión a los distintos ministerios, de reuniones en reuniones, el lente constantemente intermediando entre mi mirada y la realidad. La última noche pude escaparme al Malecón, de ahí pagué un turistaxi y me zumbé hasta Santa Cruz del Norte, de regreso deambulé por la desolada y derruida Habana Vieja. Estuve llorando frente a mi casa, después recorrí las direcciones de mis amistades idas. Pedí al taxista que parqueara unos minutos frente a La Cabaña, donde fenecía Monguy preso.

Había regresado y no, ya que no podría contar nada porque nada había hallado, salvo miseria, amargura y ausencias. Aunque en alguno que otro

117

patio solariego la gente bailara al son de un toque batá, y las muchachas que jineteaban al borde del Malecón se vieran sanas y divertidas, la desidia se filtraba por doquier. Luego estaba la vida, y ésa había que vivirla a lo como fuera, con bravuconería. A la mañana siguiente debía partir.

En la aduana me despojaron de cuanto rollo de fotos tiré, con el pretexto de que había fichado zonas estratégicas. El negociante francés borboteando espuma por las comisuras labiales del malhumor, al borde del colapso, no había conseguido su objetivo: comprar para su mujer una playa e instalar varios hoteles en sus orillas. Cruzó la aduana echando pestes a diestra y siniestra; no caímos presos de milagro. En el fondo me alegraba, jódete, lame-culo, ahora dirás en Francia que Esta Isla es una maravilla. Subí al avión con la sensación de no haber estado allí, con la mala conciencia de haber retornado casi como cómplice, y con el alma hecha trizas. Nunca más. No diré a nadie que regresé, pensé. No me lo perdonaré jamás. Creo que eso fue el broche, no de oro, sino de mierda, con el cual cerré mi historia oficial con la profesión de fotógrafa y con mi ofuscación patriotera.

Como hace algunos meses me ofrecieron una plaza de maquillista de televisión, la cual he aceptado sin titubeos, después de aprobar un curso aburridísimo, el cual exige dominar a la perfección los requisitos indispensables del oficio, claro está; pues poseo bastante tiempo diurno libre, ya que la mayor parte de las emisiones son grabadas o transmitidas en la noche. De esta manera puedo acostarme tarde y dormir las mañanas que es lo me encanta a mí de la vida de este barrio que invita a trasnochar. Cada vez soy más minimalista con respecto a los placeres, los selecciono con esmero, colecciono aquellos que no causen ninguna herida o desgarramiento sentimental. Aunque por más esfuerzo que haga en no caer en la tentación es invariable que me apabullen los deleites amargos; últimamente he sufrido bastante, y para qué negarlo, ya aclaré con anterioridad que a mí los estados negativos me cultivan, engrandecen mi alma, enriquecen la energía creativa. Hace poco maquillé a un político en funciones, después de darle brillo en la calva, es decir, absorber la grasa que chorreaba de sus cuatro pelos pegados al cráneo, empolvé su cabeza con polvos beige, luego de empavesar la piel con base mate de Lançôme; tuve que perfilar las cejas con sombra color marrón para resaltar el valor de la mirada y restar importancia a sus desmesuradas frente y calvicie, también hube de acentuar el blanco de los ojos pues son pequeños, como de ratón, y sacarle pestañas con *maybelline*, gasté todo un frasco de base acabado de estrenar en tapar los baches de la cara; con pulso de pintor perfilé sus chupados y arrugados labios a brochazos de Chanel, y tuve que ampararme en los tonos rosas de Yves Saint-Laurent para dar la impresión de que su boca gozaba de la salud y del esplendor correspondientes a los de un adolescente. Al realizar los últimos retoques, tal parecía que tenía delante de mí a la marioneta que lo dobla en los guiñoles. Resultaba increíble cómo él estuvo pendiente del más mínimo detalle, con qué capacidad dominaba a las mil maravillas la luz que vendría bien con tal color de pintalabios, o de si los dientes no resultarían demasiado manchados o amarillentos después de haber utilizado tanto rosa en los cachetes y en la barbilla; en resumen, que hasta rogó con encarecimiento que le tiñera la dentadura con blanco perlado y que yo no perdiera ni pie ni pisada durante los cortes de publicidad, para que fuera a enjugar la grasa de la nariz, pues los focos le hacían eliminar colesterol a borbotones. Llegué a la conclusión de que si este ministro supiera tanto de política como de afeites las cosas quizás irían relativamente mejor. Ningún político, más preocupado por lucir como Ken (el marinovio de la Barbie) que por la coherencia de su discurso, logrará aniquilar la intolerancia que invade al planeta.

Así voy cavilando mientras encamino mis pasos a Saint-Antoine, que es mi calle tocinillo del cielo; puedo afirmar que a partir de ella todos los caminos conducen a la eternidad. De Saint-Antoine al limbo. Recorriéndola he sido invadida por los condimentos ambientales más sublimes, por las melodías más extravagantes. Tanto es así que puedo ir y venir por sus aceras, y sin embargo consigo imaginar que desembarco en la bahía de La Habana o en la de Matanzas. Mi lengua se tensa ante el recuerdo del sabor a salitre en la punta de mis cabellos, mis tímpanos aguzados confunden los claxones de los autos con sirenas de barcos mercantes.

En la esquina de Beautreillis con Saint-Antoine, extraigo trescientos francos del cajero automático del banco Crédit du Nord; en el estanquillo de enfrente compro la prensa. En la portada del periódico aparece un escrito sobre Aquella Isla, lo doblo por la parte contraria, para evitar salarme el día con el cuento chino habitual. Total, es como si una leyera el mismo artículo: belleza insular, tropicalidad, musicalidad, jineterismo, salud y educación diz que garantizadas, una pequeña dosis de pobreza por culpa del embargo, otra mínima cantidad de disidentes, esta vez por culpa de ellos mismos, de encaprichaditos que son. Abreviando, la pendejada nuestra de cada día. Da la impresión de que los periodistas se cogen el viaje pagado por el diario para vacilar la gozadera y luego copian como unos mulos de otros artículos a su vez copiados de otros, y así en sucesión de chivos idénticos a los que confeccionábamos para fijarnos en la escuela y aprobar con el mínimo.

No consigo tachar a Samuel de la lista preferencial, no logro hacer borrón y cuenta nueva con él; un escalofrío asciende de mi pelvis al frenillo, justo entre los dientes y debajo de la lengua. Todas las vueltas que doy para borrar el tono de su voz, las palabras salmadas y no logro destronarlo de mi Silla Turca. Aunque no debo negar que su partida ha sido un bálsamo, contrario a lo que presentía, experimento idéntico efecto que hubiera producido en el paladar la anestesia del dentista, un hormigueo paralizante. No deseo que me aplasten los cargos de conciencia. Mejor así, que se haya marchado a Nueva York, estoy satisfecha con haberle conseguido trabajo junto a Mr. Sullivan, quien se ocupará de él como si fuera yo, su hija postiza. Samuel podrá sentirse a sus anchas trabajando en lo que le apasiona más que nada, filmará a su antojo, mejor dicho, al antojo de la publicidad; pero algún día llegará lejos, talento lo sobra. Algún día hará cine (tal vez no el que desea), cuando logre trasladarse a Los Angeles, allá en la meca. No debiera atormentarme estructurando su vida. Necesito reequilibrar mi cosmos. Él no tuvo culpa y si fue vengativo queriéndome, lo hizo de manera inconsciente. El azar se encargó una vez más y aprovechó la situación con un *deus ex machina* para retorcer el rumbo de los destinos. Ah,

Marcela, aparenta que lograrás de un golpe rematar lo ocurrido, compúlsate y abandónate al éxtasis; asume la soledad y observa con parsimonia las calles de otra ciudad ajena a la de tu infancia, comprueba que en ellas se mueven personas con innumerables problemas y descubre cuán bellas son, incluso así abatidas; deberás rememorar sin daños. ¡Las fiestas, ah, las reuniones de juventud! Pero toda evocación, todo ejercicio de memoria enlaza con Samuel. ¡Ah, Samuel, mi tiro de gracia! De todas formas la sangre no llegó al río, sino que fue sencillo buche de vino tinto sobre el alcantarillado.

En dirección a Saint-Paul contemplo con avidez de escenógrafa a la gente y sus paisajes; parisinos, turistas o extranjeros radicados aquí, en el primer día de primavera del año, gozan su *nonchalance* (su indolencia, palabra que adoro en francés) bajo los toldos de los cafés al aire libre. Sé que respiro igual que ellos, soy una más que saborea el aire y escucha el zumbido de ruidos aspaventosos. La mayoría de ellos ha cambiado el kir por la cerveza, las mujeres exhiben las piernas desnudas, demasiado blancuzcas, eso sí. A la altura de la peletería Girod, la cual vende nada más que zapatos usados y fuera de moda, pero en perfecto estado, detengo el paso con el objetivo de examinar lo que queda de saldos, escucho hablar en barriotero y familiar acento:

—Mira, mira, mira estos tacos, tú, están buenísimos para mandárselos a mi mamá. —La muchacha sostiene un par de zapatos italianos con tacones ilusión, los revisa con tal de no fallar en el juicio de calidad, pregunta el precio y la vendedora limita la respuesta al gesto de colocar el cartel aún más visible—. ¿Cincuenta francos? Ay, no, vida de mi vida, están muy requetecaros, déjamelos en treinta, eso no te lo va a comprar ni tu tatarabuela si resucita del cementerio Père Lachaise y se aparece por esa esquina encuera a la pelota.

Es Anisia, la prima de Vera, amiga de las nueve horas de viaje de La Habana a París, es una periodista convertida al budismo. Anisia vive en París desde hace cinco años y se desenvuelve como si hubiera nacido aquí, mejor dicho, como si no se hubiera movido de Los Sitios, con el mismo desenfado rayando en la chusmería. Es una trigueña decolorada con agua oxigenada, aquí lo hará con L'Oréal. Lleva las cejas enarcadas a lo Marlene Dietrich, la boca pulposa pero despellejada por la sequedad, ya que usa pintalabios larga duración, el creyón se le hace hormiguillas en la piel. Tiene coqueto lunar en el cuello y su cuerpo es aceptable entre el pecho y los muslos, pues es tetoncita pero canillúa. La peletera francesa acepta con desgano, sin entender una palabra de lo que la otra alardea manoteando y blandiendo frente a su cara el par de zapatos de piel de cocodrilo. Una vez satisfecha de la compra es que repara en mi presencia, en que la observo divertida y detenida en su alboroto.

—¡Eh! ¿Tú por aquí? Claro, ahora que me acuerdo, si vives cerca. Oye, estabas perdida. ¿Dónde te metiste? No viniste nunca más por casa. ¿Herimos tu sensibilidad?

—Me cansé de las fiestas, no pasó nada con respecto a ustedes, sólo un problema de carácter, pesada que soy. Además tengo un trabajo del carajo. —Miento para salir del paso.

—¿La fotografía de nuevo? —investiga haciendo el gesto de apretar el botón de una cámara y luego señala al estuche de la Canon que cuelga de mi cuello.

—No, ahora soy maquillista de la tele. —Presumo que esta frase la impresionará.

—¡Ño, eso está vola'o, seguro que ahí ves a los artistas famosos, a Alain Delon, a la Deneuve, al Depardieu, a toda esa partí'a de célebres. ¿Sí, eh?

—No siempre.

Reparo en que a unos cuantos pasos un hombre alto, encorvado y de incipiente calvicie espera por ella, ahora se aproxima a nosotros, puedo percibir que está resfriado, *en avril ne te découvre pas d'un fil*; después de estrechar mi mano, amable en extremo, da los buenos días en tímido castellano. Al rato, hala con suavidad a Anisia por la manga de la blusa color azul pastel. Ella reacciona con un gesto de rechazo, pero en seguida recompone su educación, fingida ternura, y se disculpa con el acompañante, el cual tiene toda la pinta de ser francés de pura cepa, lo único que le falta es la peluca empolvada:

—Aguanta unos minuticos así chiquiticos, mi cielo, ya nos vamos. —Se vira hacia mí—. Tengo que irme, embúllate y ve por allá, seguimos metiendo los güiros; tú sabes que estos franchutes están siempre al borde de cortarse las venas, y bailar los refresca. No dejes de venir. ¿Y tu amigo, el cubano extrañito aquel, el apático? ¿Él era un poco intelectual, no? Pero se le salía por arriba de la ropa lo de buena gente, un chico mamey —preguntó y afirmó de carretilla.

—Se fue a Nueva York. —No pude evitar encogerme de hombros.

—Ay, mimi, y ¿te quedaste sola? Bueno, pero seguro se escriben y lo vas a ver de vez en cuando, o él viene a verte. Ay, qué rico para él, tremendo nivel instalarse en Manhattan. Hizo bien, aquí la cosa está poniéndose requetefeísima con el Le Pen de pene ése. Además en esta majomía de país no se forra una de plata, vieja. Éstos son muy tacaños, unos agarradísimos. Bueno, déjate ver, cae por allá. Ya tú sabes, se te quiere.

De repente toma al tipo del brazo y lo incita a que la apretunque por encima de los hombros, sopla un beso en mi dirección; dan la espalda y se pierden rumbo a la Bastilla. Entro a la brasería La Fontaine Sully y ocupo la mesa junto a la ventana de vidrio para deleitarme con la visión del exterior, los paseantes vestidos con colores operáticos: verde, ciena, amarillo pollo, rosado eléctrico, rojo ladrillo, azul celeste, turquesa. Encargo dos salchichas de Francfort con papas salteadas, veo doble de la debilidad, siento un ligero mareo y un latido incesante encima de la nuca. En la mesa de al lado hojea *Le Canard Enchaîné* un sesentón afeminado medio turulato; parece ser bajo de estatura y lleva un pantalón de cuero de cordero, una camisa punzó sangre de toro y una pajarita al cuello también de cuero de cordero; va peinado con el pelo encrespado en la moña y tiene hecho una especie de pitipitipá; entre el crespo de la frente, las greñas que le caen sobre el cuello, ha engrasado y alisado con firmeza los cabellos. No deja de tirar el tenedor, de hacer ruido con el cuchillo al tintinear contra la copa. Ahora retira la mesa y se para; sí, medirá un metro sesenta aproximado, quizás menos. Sale y entra del restaurante, no ha tocado su plato servido con un trozo de carne en salsa de pimienta y pastas; vuelve a franquear la puerta y observa a ambos lados de la calle, tal vez espere a su compromiso.

Desganada pincho con el tenedor algunas papas, el paladar se me ha vuelto pesadumbroso; mientras mastico y paseo de un lado a otro el bocado con la lengua pienso en las famosas fiestas de Anisia, un verdadero complot para condimentar la requetecocinada nostalgia. Los cubanos se bajan del avión de AOM y van directo al guaracheo. Cada vez sumamos más en esta ciudad. Cada vez somos más numerosos los desperdigados por el mundo. Estamos invadiendo los continentes; nosotros, típicos isleños que, una vez fuera, a lo único que podemos aspirar es al recuerdo. Aferrados al nombre de las calles apostamos a una geografía del sueño. Dormir es regresar un poco.

Después de tragar la mitad de un *mousse* de chocolate con el objetivo de mezclar el sabor salado con el dulce, pago la cuenta y salgo no sin antes tropezar con la percha vacía de abrigos; ésta cae de plano sobre el inquieto y embarcado mariquita. Recoloco todo en su sitio, pido disculpas, las cuales él recibe malgenioso, y huyo confundida con los transeúntes. ¡Ah, la primavera! Pronuncio apuntando al sol con la mirada suplicando que hiera mis pupilas. ¡Ah, una lanza incandescente de luz morada que se clave en mis párpados! La musicalidad de la callejuela que atravieso resulta pastosa.

Ninguna escena inspira a ser fotografiada. Es paradójico, pero la abundancia no siempre es fotogénica. El trayecto de Saint-Antoine a Rivoli es la máxima inspiración que consigo en mi frustrante paseo. Entonces decido meterme en la Casa Europea de la Fotografía en la calle de Fourcy; exhiben una muestra de Henri Cartier-Bresson sobre sus recorridos europeos. Me echo de una tirada los cuatro pisos de la exposición y salgo deprimida debido a la densidad del movimiento en la obra de este artista. Anoto en mi archivo mental una actividad cultural más, sin embargo avanzo con la vacuidad por rumbo. Al rato de deambular por callejuelas decido refugiarme en casa, vivo esclava del teléfono, por eso amo y odio ese aparato con apellido tan estrambótico: SAGEM. ¿Habrá llamado Samuel desde Nueva York? ¿Ana habrá llamado desde Buenos Aires? ¿Lo habrán hecho Andro o Winna desde Miami o Lucio desde New Jersey? ¿Y Silvia desde Ecuador? Tal vez Igor faxeó una carta desde Caracas, o de Bogotá, quizás ande por México D.F. o en Guadalajara, o esté de regreso a La Habana. Él y Saúl son los únicos que viajan y retornan con frecuencia a nuestra Ítaca. Desde México también podría recibir noticias de Óscar, el genio del ensayo pictórico.

Abro la puerta y lo primero que escucho es la pila goteando sobre el lavamanos, tengo que llamar a Los Obreros de París, o mejor voy al BHV, compro el grifo, llamo a Tirso, el plomero cubano que antes, en Cuba, era modelo de La Maison, saldrá más barato y a él le hace falta el dinero. Acaba de llegar, casado con una francesa treinta años más vieja que él y que lo mantiene a té de vainilla en sobrecitos y a ensalada de berro y verdolaga. Tiro el impermeable sobre el sofá y echo una ojeada a la pizarra lumínica del contestador: indica nueve mensajes. Aprieto la tecla con mezcla de ansiedad y pavor. ¿Serán ellos, los amigos?

—*Mar, Mar, ¿estás o no? Oye, mira que tú tienes la pata caliente. No paras, m'hija, dale un poco de sabor a tu casa. Nada te llamaba porque me enteré que este mes dieron por la libreta en Cuba... bueno, claro, ¿dónde va a ser? Es el único país que queda con libreta. En fin, ¿a que no adivinas lo que dieron? Cinco libras de arroz y una media de detergente, será para fregar el arroz, y para de contar. ¿Hasta cuándo, vieja? En fin, mi vida, acabo de casarme... Ay, se me olvida-*

ba, es *Silvia quien te habla, pues acabo de contraer, no una enfermedad, sino matrimonio, con un argentino de lo más culto y sosegado. No me he mudado de país, no, sigo en Quito, Ecuador. Oye, a lo mejor voy a La Habana para fin de año, si los hache pe del consulado me dan la visa. Dime si quieres mandar correspondencia, o un paquete. Lo que sea. Bueno, te escribí y no he recibido respuesta hasta la fecha. Se te quiere, chao.*

—*Aló, Marceliña, te habla Ana. Ando por Brasil, pero regreso a Buenos Aires. Tu carta astral de este mes está requetebuena. Concéntrate en las cuatro palabras que te di, pon tu energía de cara a la luz, cuando salgas al exterior mira fijo al sol y pídele lo mejor. La niña cumplió ya seis meses. Está hecha un coquito de linda. ¿Vendrás? No puedo cargar la cuenta de este teléfono, estoy en casa de una cantante cubana. Te llamo de regreso a la Argentina. ¿Cuándo coño contestarás mis cartas? No te excedas con el chocolate, ni con el vino. El queso tómalo despacio, mira que tu signo afirma que tendrás jodiendas con el hígado.*

—*Oye, no te hagas la que no estás ahí, sé que estás, ¿de qué Seguridad te escondes? Soy Andro, te extraño. Tengo algunos chismes que contarte de Cuba. Te mandé una postal en tercera dimensión de la Caridad del Cobre, pero eso fue el año pasado. Responde a mi llamada, te vas a divertir con los cuentos nuevos de la isla. ¡Ya voy, coño! Te dejo que estoy en la librería y éstos me tienen loco. Besos.*

—*Marcela-es-Igor-te-llamo-rápido-estoy-robándome-una-línea-del-hotel-Cohiba-para-que-sepas-que-estamos-bien-con-el-favor-de-todos-los-santos-no-te-preocupes-¿has-sabido-de-los-demás?-te-llamo-otro-día-chaíto.*

—*Oye, niña, no sé si Andro consiguió comunicar*

contigo porque dijo que lo haría. Soy yo, Lucio. Hay nuevas de la isla. Por aquí, en Nueva York todo bien. Ya conocí a tu Samuel, es un encanto. Por Miami todos alebrestados. Cuentan que acaban de llegar quince balseros, pero no se sabe qué hará la Clinton con ellos. Te habrás enterado de las leyes migratorias en curso... ¿Cuándo carajo vas a poner los pies en tu pajonal?

—Hija, es tu mamá. Estamos bien de salud que es lo principal, tu padre como siempre, de borrachera en borrachera, se empató con una pepilla balsera. Tu hermana te envía saludos. Tus sobrinos creciendo. ¿Tú, cómo te encuentras? Bueno, llámame, tengo que colgar, estoy yéndome al trabajo. Esa cafetería del europito no me mueve los pies. Bye.

—Mar, soy yo, Samuel. No estás. Te quiero... y te llevo al cine. Chao. Ah, todo está saliendo bien. Chao. Ah, recibí carta de Monguy.

—France Télécom vous informe que le numéro que vous avez demandé n'est pas attribué...

—Oye, te habla Óscar desde México, tal vez pase por París, dime si podríamos vernos. Estoy arrebatado por conversar contigo en un bistró parisino. Un sueño a cumplir. ¡Por fin después de tantos años! Au revoir.

—Cariño, somos Enma y Randy, hace un tiempo estupendo en Tenerife, como siempre. No olvidamos tus últimas vacaciones por estos lares. Lo pasamos divino. ¿Vendrás pronto? Te echamos al correo unos regalitos, la película Fantasía. *¿Te acuerdas que la vimos en el Cinecito? Unos chorizos y una sobrasada, boberías que ayudan a vivir. Besos. Adiós.*

La gota de agua en perenne salidero de la pila del lavamanos surte el cómico efecto de trágica sonata como fondo de los mensajes. Me pica y arde la cabeza, estoy desabrida. ¿Respondo? ¿Devuelvo las llamadas? Lo más interesante será, sin duda alguna, la carta de Monguy en poder de Samuel. La imagino, escrita con lápiz en un papel amarillo de bagazo de caña, dobladito, estrujado, la letra infinitamente pequeña, apenas visible; una verdadera obra maestra de la comunicación. Imagino su despedida, con la antigua consigna revolucionaria como broma: *Hay que saber tirar, y tirar bien.* En referencia al rifle, no al sexo. Acomodo un cojín que hace de respaldar en el canapé y me recuesto con los ojos cerrados, para nada duermo, pienso en Monguy enrejado. Monguy el Gago, yendo a la letrina de la prisión, introduciéndose la carta hecha un burujoncito, apenas un taco de papel, en los bordes del ojo del culo, de forma tal que no se le vaya muy atrás de los pliegues. Monguy después, el día de la visita de los familiares, alejado del resto de los presidiarios puja, puja, logra tirarse el primer peo, puja, puja, ahí viene el segundo y con el peo sale la carta. Introduce la mano por detrás del pantalón, fingiendo que se rasca el coxis, y más allá, hasta la raja de las nalgas, ¡qué picazón, caramba! Por fin su dedo toca el pergamino de bagazo manchado de excremento. Lo extrae haciendo equilibrio entre los dedos anular y el del medio. En silencio y como quien mira al paisaje la coloca entre su muslo y el de su ambia. El padrino de religión de Monguy toma el papel, igual con dos dedos, hace como si un mosquito le hubiera chupado el tobillo, luego se rasca el calcañal. Ya la carta ha ido a parar a sitio seguro, en el interior de la media. Más tarde, Raúl, el padrino de Monguy, se las ingeniará para encontrar a un mensajero ocasional y discreto que viaje a Miami y que la eche al correo, cosa de que Samuel la reciba en Manhattan.

Monguy el Gago encarcelado, era el tipo más sala'o, el más bailador, el más jodedor del grupo, un chiste tras otro, una maldad tras otra. Estaba meti'ísimo con Maritza, pero ella no lo aceptaba por jabao; aunque a la hora de bailar siempre era ella quien se llevaba el gato al agua. Para bailar con Monguy había que sacar turno meses antes de la fiesta. Minerva, la mina de mojones, se ponía verde cuando no conseguía a Monguy de pareja. Ella siempre estuvo puesta para él, pero él sólo tenía ojos para Maritza. Maritza para acá y Maritza para allá, hasta que se aburrió de tanto correrle detrás y se ajuntó con Nieves, la negra. Minerva no se cansaba de criticar:

—¿Tú sabes lo que es ser un gran y llamarse Nieves? Y a este Monguy, ¿cómo se le ocurrió empatarse con una prieta? En lugar de adelantar la raza. Yo se lo dije, que perdió prenda conmigo, porque no todos los días un jabao tiene la posibilidad de empatarse con una rubia de ojos verdes.

—Cállate, tú, no seas racista. Oye que esta chiquita es más envidiosa. Ponte p'a otro, mi vida. Macho es lo que sobra en este país —deploró Lourdes, a quien todos llamábamos Luly.

—Nadie te dio vela en este entierro. Además, no estaba hablando contigo, sino con Marcela. Y a callar a su gallina —rectificó Mina, sosteniendo con los dientes apretados diez ganchos de pelo, mientras se hacía el torniquete primero enrollando una mecha lacia, copiosa y larga del centro de su cabeza en un tubo de cartón de talco Brisa, para luego hacerlo ayudándose con un cepillo desdentado, mecha a mecha, alrededor del cráneo, por rayas bien divididas.

—Si tú eres tan blanca, yo no sé a qué viene entonces eso de hacerte torniquete, porque que sepa yo, el torniquete es para estirar las pasas. ¿No, Marcela? —Asentí dibujando una media sonrisa—. Tú serás muy blanca y de ojos verdes, pero, ¿y tu abuela dónde está? Debes tenerla escondida en el escaparate. A mí me dijeron que era hija de esclava de barracón con un amo gallego de los que daba bastante bocabajo —soltó Luly mientras impasible marcaba márgenes de cadeneta en los extremos izquierdos del cuaderno de biología.

—¡Fíjate bien, déjate de gracia porque te desfiguro! —Mina partió para arriba de Luly como una fiera. Ahí estaba yo, como de costumbre, para separarlas.

—¡¿Qué pasa, caballero, no se fajen, coño?!

De improviso los galletazos volaron. Al meterme por medio surcaron mi rostro con las uñas pintadas de perla blanca. Las garras de Luly iban como garfios al torniquete de Mina, los mechones de pelo partían a puñados entre sus dedos. Mina pateaba como una yegua, me puso las canillas a gozar, llena de moretones. En un instante en que agachada de dolor masajeaba mi tobillo, Mina clavó sus dientes en el hombro de Luly. Ésta la agarró por el pelo y logró arráncarsela, pero un trozo de carne se fue en la boca de Mina. Sonó como si desgarrara un pedazo de terciopelo. Se pasaron de la raya, pensé cuando vi correr la sangre. Saqué de un tirón la tranca de hierro de la ventana y advertí dando tres golpes contra el suelo:

—¡Vamos a ver si se tranquilizan o les rajo la cabeza con el amansaguapo de hierro, coño, me cago en la madre de las dos, tanta jeringadera por n'a! —Quedaron inmóviles al descubrir rabia en mi mirada y la decisión real de cumplir mi amenaza.

Minerva escupió el fragmento de pellejo en el fregadero y ahí mismo enjuagó su boca. El hombro de Lourdes sangraba. Yo corrí al botiquín, desinfecté la mordida con agua oxigenada, al punto supuró espuma blanca, le unté timerosal y tapé el huraco con una curita. Aconsejé a la muchacha que debía vacunarse contra el tétanos y la rabia. Por suerte en casa de Luly sólo estábamos nosotras, su mamá había ido a marcar en una cola de champú en la tienda Flogar, el padre trabajaba hasta las siete de la noche, y el abuelo no regresaría del policlínico hasta pasadas las cuatro de la tarde, hora en que tenía fijada una cita para recibir su cuota de aerosol.

—No vengo más a tu casa, no me invites más a venir aquí —sollozaba Mina.

—¿Quién te invitó a que vinieras? Tú estás aquí por Marcela, que es mi amiga. Bastante mal que te has portado con ella. Bastante mierda que has hablado de ella, no jodas. Que si a un tipo lo achicharraron por su culpa, que si esto que si lo otro. Allá Marcela que es súper buena gente y sigue de socia tuya. Es más, la que no quiere que vengas a mi casa soy yo. ¡Lárgate!

Mina recogió la bolsa de nailon amarrada con un candado plástico en la punta, dentro guardaba libros, utensilios escolares y de maquillaje. Dio media vuelta dispuesta a marcharse. Pasó por delante de mí evitando cruzar su vista con la mía. Antes de darle tiempo a que atravesara la sala-comedor la retuve por el codo. Entonces fijó sus ojos en el espejo donde podía observar de espaldas; qué cómica lucía así toda despelusada, con el torniquete deshecho, ella siempre tan perfecta.

—¿Así que tú andas regando bolas cochinas sobre mí? —inquirí por lo bajo.

133

—Perdona, Mar, nunca te dije nada para no buscar líos entre esta descarada y tú. No sé por qué siempre la defiendes tanto. ¡Mina de mojones! —interrumpió Luly mientras, con el brazo inmovilizado, trataba de poner orden, pues con la piñasera habían tumbado adornos, muebles y hasta rompieron un jarrón de flores y el centro de mesa.

—Yo no he dicho nada. Ésta, que es una inventora. Por favor, no le creas —casi rogó la otra.

—Tengo que creerle porque es mi amiga —aseguré a punto de sacarle los ojos—. ¿A quién más le has ido con el chisme?

—A nadie más, te lo juro. Marcela, discúlpame, tú sabes lo mentirosa que soy. —Se dirigió entonces a Luly—. Es mentira, yo te dije eso a ver si conseguía que me prestaras los zapatos de charol, quise congraciarme contigo.

Luly ni chistó, por el contrario le reviró los ojos en gesto despreciativo. Yo conté hasta diez armándome de paciencia. Habían transcurrido tres años de aquel accidente y yo había hallado refugio psicológico en mis amistades; la mayor parte procedíamos de la misma escuela, habíamos terminado la secundaria e iniciábamos el preuniversitario; pero también conformaban el grupo otros jóvenes algo mayores que nosotras procedentes de tecnológicos o, incluso, de la universidad. Monguy El Gago, por ejemplo, estudiaba en un tecnológico de Construcción Civil. Minerva entraba y salía del grupo por épocas, no era bien aceptada por antipática, autosuficiente (se las daba de filtro, aunque no era inteligente, más bien era de esas personas brutas que se aprenden de memoria hasta las mil seiscientas sesenta y tres páginas del Larousse sólo para epatar o humillar a los demás), hipócrita, mentirosa, y para colmo chivatona con los profesores. Pero gracias a mí podía colarse en nuestras fiestas: yo siempre abogaba por la aceptación del otro, de ella, para ser más exactos; quizás porque me sentía endeudada por el simple hecho de haber sido testigo del desafortunado encuentro (por llamarlo de alguna manera, ya que la cita nunca se llevó a cabo) que tuvimos Jorge, el temba bigotudo incinerado en vida, y yo.

—No oí bien, hablas muy bajito, ¿dijiste que es mentira, verdad? —insistí escudriñando con el rabo del ojo a Luly; necesitaba que quedara bien claro que ese chisme había sido una de las múltiples patrañas de Mina.

Luly barría trastabillando los fragmentos de cerámica del jarrón, y los cristales del centro de mesa, las flores y el agua mezclados con la suciedad del piso formaron cenizo patiñero. La muchacha comenzó a silbar una canción de moda para embarajar el dolor del hombro, aquella de Leonardo Favio:

Hoy corté una flor, y llovía y llovía,
esperando a mi amor, y llovía y llovía.
Presurosa la gente, pasaba, corría
y desierta quedó la ciudad, pues llovía.

Sentí alivio al percibir que Luly, para nada curiosa por conocer si la historia contada por Mina era cierta o falsa, por el contrario fingía continuar afanada en la labor de reorganizar la sala, cuando en realidad gozaba una enormidad por haber logrado enfrentarnos. Terminó de tararear la melodía y comentó:

—Ahí tienes, que no te quepa duda de quién es tu amiguita. Cacho de hipócrita es lo que es.

—¿Es un chisme o no, Mina de mojones? Acláralo rapidito, antes de que pierda la chaveta —volví a la carga con los nervios en un hilo.

—Ay, chica, ya dije que sí —rezongó adulona.

—¿Que sí qué? —Pellizqué su brazo.

—Ay, concho, déjame. Que sí, que es un globo mío. Te pido disculpas.

—Ah, bueno. Yo creía. Así me gusta. Recuerda que el sábado que viene hay fiesta en la azotea de Monguy. No te me vayas a hacer la larga, sabes muy bien que de mí depende que te inviten o no, y hasta puede que si te portas correctamente Monguy eche un pasillazo contigo —chantajeé sin escrúpulo alguno.

En verdad no entendía la dependencia que sufría Mina de mí, cuando debía de ser todo lo contrario; era ella quien poseía un secreto de incalculable valor sobre mi persona. En resumen, que no le di más coco al asunto, y me dediqué a ayudar a Luly a limpiar la casa. Mina dijo varias veces adiós en dirección de la otra, a lo cual no recibió la más mínima respuesta, abrió la puerta y desapareció por ella dando un portazo. Luly y yo nos miramos cagadas de la risa, corrimos al balcón. Minerva ya atravesaba la calle Sol anegada en llanto.

—Yo que tú no me fiaba de ella. Es una chivatona y chabacana de categoría, tronco de racista acomplejada. Además, ¿no ves como siempre se mete con los tipos imposibles? ¿Te acuerdas que el año pasado quiso tumbarme a Kiqui? En fin, da igual; total, después él me la dejó en los callos por Dania. —Luly se limpió los mocos prietos de polvo con el dorso de la mano y su mirada encontró distracción en otro objetivo de la calle.

—Por ahí viene Otto, el ingeniero civil, me encanta ese tipo, está requetebuenísimo, pero se acaba de casar con una que le parió hace ya un año. ¡P'allá, p'allá! No quiero lío con tipos casados, ¡y con hijos menos!

—Haces bien —comenté con los labios temblorosos.

Otto dirigió la vista a nuestro balcón, sonrió pícaro. Me recordó a Jorge, pues también usaba bigote, aunque al ingeniero el pelo le caía encima de los hombros. Al punto me colé en el interior del apartamento y tiré de Luly. Ella ya agitaba su mano con un saludo demasiado exagerado.

No había sábado que no tuviéramos una fiesta. Nos alternábamos las azoteas. Un día en mi casa, otro en casa de Viviana, el siguiente en la de Papito, después en la de Dania, o la de Ana, o la de Nieves. Las mejores eran las de la terraza de Andro, las que guárdabamos para las fechas excepcionales, por ejemplo, todos los treinta y uno de diciembre los celebrábamos allí. Andro sacaba los adornos de Navidad del tiempo de la colonia, las guirnaldas o bombillitos en colores que su mamá sólo se atrevía a desenvolver de sus cartuchos de celofán en nochebuenas truncas, mejor dicho prohibidas, y allí armábamos con casi nada nuestros fetecunes. El asunto era bailar, sudar, divertirnos, comer mierda; no le hacíamos mucho caso o *swing* a la comida, sin embargo desde muy temprano comenzamos a aficionarnos al ron, a la cerveza, al alcohol, en general, aunque yo nunca bebí como para emborracharme.

Sin embargo, la azotea de Monguy el Gago era la más amplia. Debíamos subir a un quinto piso de un edificio situado en Compostela entre Luz y Muralla. El padre de Monguy se las ingeniaba para alargar la instalación eléctrica de su casa al exterior, pues ellos vivían en el último apartamento pegado al tejado. Empatando cables de múltiples colores y grosores confeccionaba la extensión y así conectaba el tocadiscos al pie de la puerta desvencijada de la azotea, luego colocaba un foco de sesenta vatios entre el dintel y el marco de la ventana que hacía de hueco de aire de la escalera. No daba mucha luz, pero nosotros tampoco la reclamábamos. De hecho, las mejores reuniones eran las que se hacían en las casas de los varones, porque los padres no siempre bien intencionados aceptaban con mayor agrado la semioscuridad, en conveniencia de sus hijos machos. En cambio, cuando las fiestas se efectuaban en las casas de las hembras, debíamos rogar con semanas de anterioridad que nos autorizaran a subir a las azoteas, y cuando así ocurría no conseguían instalar reflectores de gran potencia porque la situación energética del país nunca pudo echar por la borda tales lujos.

Donde mejor se comía era en casa de El Gago. Su madre rapiñaba hasta debajo de la tierra si era necesario para que no nos quedáramos con las tripas en sinfonía, y preparaba unos piscolabis de cualquier zarabanda, de lo que encontrara: galleticas de María con mayonesa, galleticas de María con jurel ahumado, galleticas de María con mermelada de toronja, galleticas de María con pasta rusa que era una especie de salsa compacta con pedacitos de ajíes y cebolla. Latas en conserva rumanas de ajíes rellenos con arroz, o de pollo agrio que la gente había bautizado con el flamante nombre de *Ja-ja a la jardinera*, vaya a saber por qué. La bebida la traía un vecino de la familia de un barco marino mercante varado desde tiempo inmemorial en el puerto; casi siempre se trataba de ron, cerveza embotellada, o vodka Stolichnaya, que a pesar de gozar de excelente reputación podíamos conseguirla por la módica suma de seis pesos; aunque para la época cinco pesos ya era una cantidad de dinero respetable, visto que los salarios siguen siendo los mismos, la corrupción no llegaba al grado de la que existe en la actualidad. También podíamos comprar en la bodega vino húngaro azucarado que sabía a cicote, el *Tokaya*, pero era vino, entonces nos burlábamos con lo de *nuestro vino es agrio, pero es nuestro vino*. Donde peor la pasábamos desde el punto de vista nutritivo era en casa de Luly. La madre no daba ni informaba adónde ir a buscar. A veces, por descuido o arteriosclerosis, el abuelo iba al refrigerador escondido en su cuarto y traía un pomo de mayonesa. Al instante la mujer lo atajaba y arrebatándole el recipiente regañaba al anciano con los dientes chirriantes:

—Papá, guarrrrda esssso, papá.

Entonces la moda eran los vestidos sin espalda, el dobladillo justo debajo de la punta del blúmer, y las plataformas de charol. Yo tenía un vestido de ésos, de hilo, color verde pálido, que me encantaba porque podía bailar toda la noche sin que tuviera que ajustármelo al cuerpo, no se remangaba, y el sudor no quedaba marcado en la tela porque el tejido secaba al instante. La fiesta comenzaba después que Monguy llegaba victorioso con los discos prestados de Sangre, sudor y lágrimas, Los Beatles, Aguas Claras, Jackson Five, Roberto Carlos, Santana, Rolling Stones, Irakere, Led Zeppelin, Van Van, Silvio, José Feliciano, quien estaba prohibido por la misma razón que nunca pudimos leer completo *Moby Dick*, por las constantes invocaciones a Dios. Los discretos padres de nuestro anfitrión se escapaban rumbo al apartamento con afán de no perder la programación televisiva.

Los discos prestados provenían, sin embargo, de Miramar, de las residencias de los hijos de los dirigentes, o del mismo marino mercante que aportaba la bebida alcohólica. Monguy aterrizaba con una carpeta debajo del brazo, *como un escolar sencillo*, loco de euforia. Las muchachas acostumbrábamos a buscarnos para llegar en grupo; la que viviera más lejos del sitio donde esa noche se celebraba la fiesta debía arreglarse primero y salir con tiempo suficiente para ir recogiendo por el camino a las demás. Aquel sábado me tocó a mí ir por Enma, Randy y Maritza (Randy era el único varón que se juntaba al grupo de las hembras, pues por ser hermano de Enma residía en la misma dirección); en segundo lugar tocaba Nieves, después a Viviana, luego a Luly. Los siete fuimos por Ana, y la última fue Minerva. Se suponía que los masculinos, salvo Randy, habían llegado antes que nosotras. En efecto, cuando llegamos sólo faltaba Monguy, era normal pues había ido a resolver la música. Al rato subió los escalones de dos en dos, jadeante, pero enarbolando su tesoro, los *hits parades* del desenfreno. Nuestras conversaciones giraban en torno a la escuela, a los profesores, o a los chismes de cantantes internacionales que leíamos en revistas extranjeras. Andro era quien arribaba apertrechado de publicaciones, pues poseía una tía que viajaba a los países *malos*, los capitalistas. Si bien era El Gago quien traía la música, Andro era el musicalizador, el *disc-jockey*; montaba las piezas musicales con la maestría de un director de orquesta. Sabía que debía iniciar la noche con los bailables del despetronque, los casineros o roqueros, para facilitar que cada cual fuera acoplándose con la pareja de su elección. Había quienes ya estaban etiquetados, por decirlo de alguna manera. Maritza siempre fue destinada a Monguy, Viviana a Papito, Luly a Lachy, Ana con Randy, Roxana con Igor. José Ignacio, Carmen Laurencio, Maribel, Carlos, Saúl, Isa, Kiqui y Cary formaban otro grupo y ellos se acotejaban a su manera. Nieves, Enma, Randy, Mina y yo bailábamos con quien quedara vacante, o solas, entre nosotros. José Ignacio intentaba sacarme a bailar, pero ya a mí no me erizaba ni erotizaba su presencia, y disfrutaba argumentando que no podía ni moverme de la silla, porque los zapatos me hacían ampollas, o porque el turno de educación física me había soltado molida. Al instante de haberlo rechazado aceptaba la petición de otro, con tal de darle en la cabeza, con tal de mortificarlo.

Andro era el rey de las fiestas. Y, por supuesto, la reina era la primera que él invitaba a bailar. Vino hacia mí arrastrando los pies en una conga, marcando los primeros compases de *Bacalao con pan*, me tomó por una mano y abrimos la noche. De reojo, entre giro y giro, reparé en que Monguy y Maritza se sumaban al baile, y al rato los demás. Mina acomplejada se recomía de envidia, sentada en una esquina del muro de la azotea.

—Mina, no ttte fíes del muro, está flojo y ttte puedes cccaer —alarmó Monguy el Gago.

—No se perderá nada del otro mundo —trajinó Luly y reímos a carcajadas.

—Oye, Gago, asere, ¿cuándo llega la gasolina? —preguntó Saúl por la bebida—. Estoy seco, y en sequía no hay quien mueva el esqueleto.

—¡Vieja, la gggasolina! —gritó Monguy en dirección a la escalera, avisando a su mamá para que sacara los rones y los láguers, o lagartos (la cerveza) del refrigerador.

Circularon de inmediato los vasos, las botellas, las tártaras de hielo. Al rato, por el ojo de la escalera, se asomaron dos muchachos uniformados de militares. Quedamos petrificados ante tales apariciones. No conocíamos a nadie que estuviera pasando el servicio militar y temimos que vinieran en son de armar bronca. El rostro de Andro pasó del estupor a la sonrisa más iluminada que jamás le había visto nadie:

—¿Ustedes por aquí? ¿Qué bola'íta? Caballeros, pueden continuar —previno—, son socios míos. No hay lío. —Y se volteó hacia ellos.

Al instante Monguy les brindó dos pintas de cerveza. Las cuales ellos rechazaron aludiendo que estaban de pase y que no podían regresar a la unidad con aliento etílico, que más tarde se las ingeniarían para beber sin beber, y continuaron conversando con Andro, dándose palmadas en las robustas espaldas uno al otro.

—¿Cómo me encontraron? —indagó Andro mientras con la camisa abierta se acariciaba los vellos del pecho. Gustaba de lucirlos, pues a él le habían nacido primero que a los demás.

—Nada, pasamos por el gao. Tu mamá nos dio la dirección, y como no teníamos adonde ir, pues nos dijimos que tal vez tú no te pondrías bravo si te caíamos de sopetón —afirmó el mulato de ojos verdes sobándose los huevos.

—¿Que me voy a poner bravo, mi ambia? ¡Acomódense! Miren cómo hay jebitas aquí. ¿De verdad no quieren un trago? —Andro no sabía qué darles para hacerlos sentir de maravilla.

Ellos negaron con la cabeza e hicieron gesto con

la mano de que despacito, que lo tomara con calma, y volvieron a simbolizar como si enredaran la madeja de un hilo de tejer queriendo decir que más tarde se darían su cañangazo. Comer sí comieron, venían partidos del hambre, arrasaron con tres bandejas de galleticas, dos latas de ajíes y dos de pollo por cabeza. El mulato se giró para Mina, pues era la que alardeaba de solapeá y él no deseaba meter la pata atacando a cualquier otra muchacha que ya estuviera comprometida. Cuando se dirigió al muro, ella cambió de sitio. Al que no quiere caldo le dan tres tazas, pensé, y no pude evitar buscar los ojos de Ana, que ya enfilaban hacia los míos. Ana se aproximó con el vaso de ron entre los labios.

—¿Ella no quería mulato? Ahí tiene. —Nos partimos de la risa—. Bebe, tócate un buche.

—No puedo, la última jodienda que tuve con el Purete fue por eso. La Viejuca me rogó que no tomara. Estarán esperándome como cosa buena para olerme la boca —respondí apagada.

—Yo tengo una solución para la ley seca —interrumpió el sietepesos vacante.

Era trigueño, aindiado, de ojos color miel. Desde que se paró junto a nosotras pude sentir la peste a perro muerto que ascendía de sus botas, el traje verde olivo también despedía su tufo a timón de guagüero; pero me gustó al instante, mis deseos eróticos dormidos desde hacía tres años despertaron de repente.

—¿Cuál solución? —averigüé sin mirarlo demasiado fijo, para no darle ilusiones.

Fue hacia una esquina de la azotea y trajo su mochila, de ella sacó un cartucho el cual guardaba una jeringuilla. Le quitó el vaso de ron a Ana e introdujo la punta de la jeringuilla en el ron. Extrajo el líquido del recipiente, se arremangó la camisa, amarró su antebrazo con una liga de oficina, dio dos golpes con los dedos de la otra mano en la vena, la cual se hinchó amenazando con reventar y encajó la aguja en la carne inyectándose el contenido. Ana soltó un chiflido y estuvo a punto de caer desmayada. Sentí asco, pero la acción me sedujo provocando en mí un arrebato incontenible.

—¿A quién quieres impresionar, consorte? —Le arrebaté la jeringa, fui en busca de ron y repetí la operación, esta vez en mi arteria. Nunca antes me había inyectado, tenía pavor hasta de darme un pellizco, pero lo hice, para no quedarme corta, para no ser menos que él. El codo se infló al momento y un escalofrío infernal recorrió mis articulaciones. Esto se me quita bailando, pensé, lo tomé por el brazo y lo conduje al centro de la azotea.

Bailaba como un experto de La Tropical, mis ojos empezaron a dar vueltas dentro de las órbitas, o al menos ésa era la sensación que me acaparaba. Me arrecosté a él, mi cabeza quedó debajo de su barbilla. Los dos primeros botones de la camisa entreabiertos mostraban la piel arañada por los gajos de las matas en horas de ejercicios militares. Abrí los ojales restantes, ayudé a que se deshiciera de la prenda de ropa. Abajo llevaba una camiseta del mismo color verde olivo. Daba lástima lo estropeado de su piel, tajazos, cicatrices, tatuajes hasta el cuello ampollado, picado de mosquitos y de avispas, despellejado a causa de las rascaderas.

—Hace tremendo calor, quítate esa chealdá de uniforme —me atreví a espetar con la lengua tropelosa.

Casi nadie reparó en nuestra pea, todos estaban puestos para la apretadera individual, incluida

Mina con el mulatón de ojos verdes. Pegué la cara a la del muchacho, saqué la lengua y acaricié el hundimiento que dividía sus pechos; no era muy velludo, pero en esa zona los pelos encrespados tejían como un delicado manto, acumulé saliva y escupí para luego recogerla con la punta de la lengua, así podía saborearlo mejor. Sabía a natilla.

—No sigas, se me va a parar el hierro aquí mismo —protestó separándome la cabeza de sus tetillas.

Andro cruzó la azotea y aflojó el bombillo, entonces reinó sólo la claridad de la luna llena. Volvió junto al tocadiscos, allí sateó con Viviana, pero sin dejar de espiar la pareja que formábamos Arsenio el sietepesos y yo. Nieves por fin logró que Monguy se pusiera para su cartón y se estrujaba con él mientras la fulminante melodía de *American woman* se elevaba al cielo reventando de estrellas. Ninguno, salvo Ana y Josy, se había dado cuenta de lo que habíamos hecho el soldado y yo con el ron; ella desconcertada comentó cuando finalizó la melodía:

—Por nada del mundo haría semejante barbaridad, pero si tú dices que así no te pueden descubrir el aliento etílico, pues, p'alante, cochero. Eh, oye, no se les vaya a ir la mano en lo otro. Miren que para allá abajo hay mucho peldaño oscuro y no están obligados a exhibirse. Cuídate de las Carmen Laurencio y de las Minervas, acuérdate que son las mandamases de la Conjunta, y este año eres de a pepe cojones del PPI; si quieres que te den el carnet no andes maromeando. Aunque, igual da, si lo que deseas es lo contrario, pues, ¡a acabar con la quinta y con los mangos!

La Conjunta era la reunión donde se decidía, de forma definitiva y pública, si alguien poseía los requisitos para obtener el documento de militante de la Unión de Jóvenes Comunistas; allí, por supuesto, se aireaban los trapos sucios del más pinto, y cada cual debía autoatacarse con *mea culpas*, es decir, las autocríticas; aunque no existiera nada que criticar una debía autodestruirse desde el punto de vista moral, porque resultaba increíble que en diecisiete años de vida no se hubiera incurrido en algún delito indigno de la militancia. El PPI quería decir Plan de Preparación de Ingreso y a esta organización debíamos pertenecer todos, sin excusas ni pretextos.

Lo que Ana denominaba *lo otro* eran los mates: besos, chupeteos, tocadera de tetas, nalgas, pajas. Menos templar. Aunque Mina, sentada en el muro, había encarranchado sus muslos y el mulato le colaba la pirinola entre ellos, e iniciaba con la pelvis un acompasado movimiento de vaivén bastante sospechoso. Los ojos de la muchacha idos hacia el más allá lagrimeaban deleitosos, de los labios entreabiertos fluía baba, las aletas de la nariz se dilataron en desordenada respiración.

—Mar, ¿se la está comiendo, sí o sí? —preguntó Ana maliciosa a mi oído.

Yo asentí con deseos exorbitantes de hallarme en el lugar de Minerva. Aún yo confundía el sexo con el amor. Viviana marcaba los pasillos del patico, ritmo de moda, en pareja con José Ignacio, quien no me quitaba la vista de encima.

—¡Señores, atiendan acá, vamos a dar coyudde! —alentó Andro cambiando de disco.

José Ignacio aprovechó, dio dos paseítos sin rumbo, y decidió aproximarse a donde yo me hallaba. Carmen Laurencio zafó su cabellera dando coyudde con ímpetus desquiciados, frente a Carlos. La pesadísima pepilla remeneaba la cabeza de manera tal que parecía que la iría a soltar, que se le desprendería del tronco y emprendería volando hacia la oscuridad de los edificios. Enma le había echado garra a un pesista recién llegado, primo de Monguy, le decían Caraejeba, pues poseía la belleza de una muchacha, hasta lucía un lunar encima del labio superior. Randy, encabronado a causa de que no habían traído discos viejos de jazz americano, decidió marcharse al cine Cervantes a ver por undécima vez *Cantando bajo la lluvia.* José Ignacio susurró en mi tímpano:

—¿Qué te inyectaste, ron?

—No, bobo, estricnina —contesté sin embarajar la repulsión que me producía su presencia.

Allú tú. ¿Te dolió? —preguntó; negué batiendo un huevo en saliva—. No le veo ninguna gracia a inyectarse ron. Este país no necesita una juventud drogada. Porque para que lo tengas bien claro, eso que acabas de hacer es drogarte. ¿Qué te pasa conmigo? Estás muy indiferente.

—Pasarme no me pasa nada. Sucederme. ¿Qué, me vas a echar p'alante? —Lo dejé con la palabra en la boca.

Arsenio e Igor charlaban sobre motos y automóviles últimos modelos de la yuma. Se morían por manejar una moto bestial, una Suzuki, entretanto obligaban a curralar la imaginación, convertidos en inseparables cúmbilas, socios para la eternidad, y toda esa guapería no tan barata de los abakuás, quiero decir. Monguy y Andro corearon el disco de Roberto Carlos, al rato nos sumamos todos. Nos abrazamos en una rueda, similar a la de los jugadores de rugby, escandalizando en dirección a las estrellas:

Jesucristo, Jesucristo, Jesucristo yo estoy aquí.
Miro al cielo y veo una nube blanca que va pasando,
miro a la tierra y veo una multitud que va caminando
Jesucristo, Jesucristo, Jesucristo, yo estoy aquí.
Como esa nube blanca esa gente no sabe adónde va...

La boca reseca me pedía cerveza, ron, lo que fuera, pero sabía que si llegaba con el más mínimo gusto a bebida mis padres tomarían represalias y me someterían a un mes sin derecho a ningún divertimento. Cero fiestas, cero cines, cero Coppelia, cero playas. Bebí agua de una pila en la azotea, sin embargo en mi lengua bullía la aspereza de un saco de yute. Al levantar la cabeza del grifo comprobé que un adolescente de unos once o doce años estudiaba mis movimientos sentado en el quicio entre la escalera y el umbral. Le saludé con un hola tartamudo, pero él no respondió, más bien bajó los párpados, luego pestañeó y volvió a clavarme su mirada.

—¡Ah, el nieto de Esttter! —exclamó Monguy—. Ester es la señora qqque vive en el primer pppiso, y éste es su nieto. El empinador de pppapalote más mortal de La Habana. Le mete cccuchillas al rabo... del papalote, no sean mal pppensados, es el campeón en pppicar chiringas y cccoroneles. ¡Llégate, asere, aqqquí nadie se cccome a nadie! ¡Mmmiedo no cccome miedo!

El adolescente no se movió de su sitio; sin embargo su vista encendida debido a los halagos propiciados por El Gago, paseó por cada uno de los invitados, para al final posarse de nuevo en mí. Detrás de su melancolía podía adivinar rasgos que no me eran del todo ajenos, pero no le puse demasiada atención al asunto. Analicé, no hablará porque debe de estar cambiándole la voz, debe sentirse acomplejado a causa de los gallos que se le van. Di media vuelta y fui al rescate de mi soldado. Antes de halarlo por el tirante de la camiseta, comprobé si el fiñe se había marchado, no deseaba dar espectáculos prohibidos para menores. El hueco negro de la escalera había tragado su presencia. Insistente volví a tirar de Arsenio, llamándole por su nombre completo en tono airado.

—No me digas Arsenio, llámame Cheny, chica —reprobó cabrón.

—Ven conmigo. —Igor quedó en una pieza ante mi premura por conducir a Cheny a la escalera—. No olvides la mochila.

Cheny cargó el bulto de campaña al hombro y bajó detrás de mí. Un piso, dos, tres. Aflojamos el bombillo. No alcanzaba a ver su rostro. Sabía que en el tercero los habitantes de los dos apartamentos no regresaban hasta la mañana siguiente pues trabajaban de madrugada, y ya era costumbre que las parejas fueran a matearse en esa zona identificada «de tolerancia». Cheny prendió una fosforera. Descorché la botella de ron; primero me inyecté yo, luego él. La lengua volvió a mojarse, la saliva fluyó y humedeció mis papilas gustativas. Guardó el mechero y tiró la mochila en el suelo. A tientas busqué sus labios. Intercambié mi iniciático beso. Mientras él chupeteaba mi boca, por debajo subió mi vestido, corrió el elástico del blúmer hacia un lado, y colocó un hierro frío entre mis muslos, el cañón de su pistola. ¿Cómo podía estar armado? Había robado un arma de la unidad para alardear. Mis extremidades se pusieron rígidas del susto. Relájate, pidió, es sólo un juego. ¿Está cargada? Claro, afirmó con una sonrisita donde implicaba a su lengua mojando el labio superior. ¿Nunca has jugado a la ruleta rusa? Nunca. ¿Te atreves? ¿Por qué no? Escuché correr la ruleta, las piernas se me aflojaron. Fue él quien primero apuntó a su sien, sólo vi un resplandor metálico, luego maniobró con el dedo en el gatillo. ¡Trackt! Cerré los ojos con los dientes apretados. Estoy vivo, ahora tú. Repitió el impulso de la ruleta. Era la primera vez que sostenía una pistola, pesaba como ningún otro objeto pesará jamás en mi mano. Apunté a mi sien. Podía morir. ¡Trackt! Sigo con vida, suspiré relajada. ¡Eres una cojonuda!, exclamó. Por nada no me desmayé. Entonces su sexo encañonó mis muslos. Tomando el miembro en su mano lo agitó de manera tal que su punta masturbaba mi clítoris. Guardó el revólver en la mochila. Al rato volvió a deslizar el pene, pegado a mi sexo, por detrás lo agarraba con su mano aferrada a mis nalgas y en un balanceo nos pajeaba a él y a mí con el tronco. Hundió su dedo en la vagina, no hizo el menor comentario sobre mi virginidad y esa deferencia me agradó. Luego me partió. Virándome de espaldas a él, contra la pared, introdujo el dedo del medio en mi ano. ¡Ay, no, eso no, que me duele mucho!, murmuré. Entonces puso la punta del rabo en mis pliegues, poquito a poquito fue metiéndola, hasta que lo logró de un empujón que me llegó al centro de la columna vertebral. No se vino. Volvió a virarme de frente, me empaló por delante. La sacó pegajosa, cochambrosa. Escuché pasos descendiendo la escalera, Cheny estiró el brazo al vacío y tanteó en la oscuridad, atrajo a una sombra hacia él. Empecé también yo a palpar a tientas. Por el corte de pelo era hombre, la oreja le hervía, su boca se fundía con la de Cheny. Sus penes también jugueteaban en el vacío. Cheny lo acurrucó a mí, el sexo del otro rozó mi pubis y luego dio en el blanco. Entretanto Cheny lo poseía y él, cuando no pudo aguantar, salió de mí y eyaculó fuera. Los tres resoplábamos. Nuevos pasos en la escalera nos paralizaron. Una cuarta respiración fue sumada, las manos de Cheny se ausentaron de mi cuerpo para apoderarse del recién llegado. Presentí que el tercero empujaba la cabeza de la cuarta persona hacia la mía. Era una cabeza femenina; cuando su boca chocó con mis labios supe que pertenecía a Minerva. Ella, sorprendida, hizo ademán de zafarse, para, al instante, arrepentida, morder mi lengua y llevar mi mano a uno de sus senos. Toqué por debajo, buscando el cinturón de Cheny para orientarme un poco. Él se hundía en ella y el otro en él. Rechacé la presencia de Minerva y la aparté con suavidad. El otro volvió a ocuparse de mí, pero yo estaba demasiado ansiosa, esperaba tanto de mi preludio sexual que no conseguí el orgasmo; empecinado, estuvo besándome largo rato. Después fue Cheny quien unió su boca a mi sexo. El tercero y Mina se apartaron a otra esquina de la escalera sin parar las caricias. Cheny cesó de lamerme y hundió su erección en mi interior; por fin se vino, no le dio tiempo a salir y la leche irrigó mi vagina. Me pidió que saltara con fuerza, que así no quedaría embarazada porque los espermatozoides no tendrían la posibilidad de ir a parar al útero. De repente intuí una quinta presencia, una aparición apacible: alguien observaba arrebujado en el descanso de arriba, quién sabe desde hacía cuánto tiempo. Bruscamente mi temperatura disminuyó, las sombras fueron dibujándose tan claras y obvias que sentí repugnancia. En lo alto de la escalera brillaron las órbitas blancas de los ojos del adolescente. Cheny lo llamó y él se escurrió hacia el piso anterior, de arriba para abajo. Acoteje mis ropas lo más rápido que pude, Cheny intentó retenerme. No cedí a la banalidad de sus reclamos.

Salí disparada hacia el segundo piso, luego el primero, y la calle. Cheny voceó mi nombre dos o tres veces, no más. En el exterior la brisa salada obligó a que me encaminara como una autómata por la calle Luz en dirección al puerto. Mis oídos zumbaban y todas las músicas se concentraron en un ruido aparatoso, mezcla de vocerío con óperas célebres. Me atacaron insoportables latidos en los tímpanos. Un diapasón de sermones, monserguería barata, sustituyó a las melodías bullangueras. El ron se me subía a las trompas auditivas. Estaba envenenada, eso creí, y me avisé: voy a rendirme, falleceré apabullada por este indómito barullo. ¡Ay, no! Aspiraba a sucumbir en silencio. De un palo cesó el murmullo, luego se juntaron silbidos, como flechas que rozaban a pocos milímetros de mí. El canto de un castrado apagó la chiflería. Busqué entre las sombras de los edificios a ese alguien impreciso, modulando la voz cual un contralto de coro de catedral. Por una bocacalle surgió un tipo; no debía de ser él quien momentos antes cantaba como un ángel: traía una navaja y apuntaba a mi estómago. Al percatarse de que no podía robar nada me arrancó las gafas de sol que llevaba inútilmente colgadas por un cordón del cuello. Traté de resistirme, pero entonces fui arrastrada por la áspera suciedad de la acera. Por fin cedí, pues comenzó a patear mi estómago y amenazó con destriparme si no se las entregaba. Una vez con las gafas en su poder escupió sobre mi cabeza y se fugó a toda carrera. Erguida, restregué mis ojos, me ardía el esófago. Entretanto logré recuperar la percepción, aunque remota, de los sonidos habituales. Apresurada me alejé de aquel sitio, el rostro tasajeado de cicatrices del tipo atosigaba en múltiples estragos mi cerebro. Sin embargo el acto de violencia me pareció normal, y hasta me sentía satisfecha de haber sido asaltada. El goce se castiga, pensé resignada.

En la Alameda de Paula unas cuantas personas parloteaban sentadas en los bancos abanicándose con pencas tejidas en guano, o con abanicos artesanales o sevillanos. Algunos niños pequeños la emprendían con competencias de carriolas, los mayorcitos de bicicletas. Los barcos reinaban en sus poses intransigentes e inamovibles de monstruos sagaces y sagrados. Deseé dar un paseo en la lanchita de Regla, tuve que apurarme para no perder una que ya calentaba sus motores con el objetivo de partir. Caí de un salto en los rebordes de la lancha y ahí me instalé, a pesar de que podía haber entrado, pues los asientos sobraban. La brisa que subía del oleaje no refrescaba, más bien el salitre se empegostó con mayor intensidad en mi piel mezclándose con el sudor resignado. No pensaba en nada en aquel momento, ni siquiera en que me había estrenado en el beso con dos hombres y una mujer. ¡Nada más y nada menos que con Minerva, la pulcra, la pura! Mis ojos se perdieron en el paisaje, en la llama incesante de la refinería de petróleo, más lejos en los Elevados, y del lado contrario en el Cristo enorme y recondenado a resistir los embates de los huracanes montado encima de la loma de Casablanca, en el cañón Luperto que tronaba cada noche a las nueve en punto. El ahogado motor de la lancha amenazó con que no alcanzaríamos la otra orilla. El lanchero lo apagó por unos minutos, y la embarcación continuó surcando las olas por iner-

153

cia. Al rato el conductor reanudó la marcha abusando del vencido mecanismo y con este último impulso tocamos el muelle. De un salto pisé los desvencijados tablones del suelo. Tuve deseos de nadar, pero el agua rutilaba grasienta y sentí asco. Determiné visitar la iglesia de la Virgen de Regla, soy una devota de Yemayá, aunque sospechaba que a esa hora de la noche estaría cerrada, pero al menos poseía un pretexto para deambular por el pueblo.

Camino a la iglesia atrajo mi atención una casona iluminada con candelabros y velas por doquier y de donde emanaba un extraño lamento, un canturreo dulce y tristón. La puerta se hallaba clausurada con sellos de la Reforma Urbana, pero pude fisgonear en el interior a través de las ventanas, que ni siquiera lucían cortinas de gasa de mosquitero. Al pasar junto a ellas percibí a un negro viejo balanceándose en una comadrita. Estaba descalzo; me fijé en las callosas plantas de los pies, semejantes a las suelas de unas botas cañeras por lo curtidas. En apariencia dormitaba, pero sus pestañas parpadearon justo en el instante en que reparó en mi silueta rondando la residencia. Abrió por fin los ojos saltones y se irguió en el asiento; los balances traquearon; yo huí temerosa, queriendo no hacer ruido con las sandalias al pisar la gravilla.

—¡Niña, psss, no te vayas, psss! —El anciano, acodado en el marco de la ventana, hizo señas con su mano apergaminada para que me le acercara. Miré a ambos lados—. Tú misma, es contigo, acércate.

Pregunté si ocurría algo y necesitaba ayuda, negó con la cabeza sin dejar de sonreír con rictus concienzudo y sabio. Le urgía alertarme, y a la vez desembarazarse de su intrigante amodorramiento, mejor dicho de su diáfana somnolencia. Había soñado en semivigilia conmigo y ahora daba la bendita casualidad que yo acababa de pasar por delante de su casa. Argumentó que mientras dormitaba había escuchado a una joven quejándose de placer arrepentido. Ella rechazaba la fruición, sin embargo lloraba de manera tan voluptuosa que su propia congoja la satisfacía. Se trataba de mí, aseguró, no le cabía la menor duda. Hice además de retirarme. Y me retuvo con la siguiente profecía:

—El hombre quemado volverá a ti con careta de carnaval, bajo otro cuerpo.

Advirtió que el airado difunto reclamaba sin excusas ni pretextos lo mismo espiritual y la católica del noveno día, que era un muerto muy metido conmigo. Él no tenía ni puta idea de por qué ese muerto se encarnaba de tal manera, con tanta saña, puesto que yo no había durado mucho en su vida, pero a lo mejor se trataba de que, siendo yo la última mujer que se traía entre manos antes de fallecer, pues todavía andaba empecinado en mí, que debía quitármelo de encima, darle luz para que fuera directo a donde tenía que ir, para que aceptara su muerte y dejara de joder tanto aquí abajo, entre los vivos. Repitió que mientras dormía oyó gemidos y, hurgando en la penumbra de su peregrinación onírica, halló mi rostro dilatado, a punto de estallar como un globo relleno de sangre. Y que yo no lograría paz con mi conciencia hasta que ese hombre no regresara metamorfoseado en otro cuerpo mensajero y me acariciara y por fin me poseyera, ya que ése era uno de sus propósitos, finalizar lo que había dejado inconcluso. El viejo de cráneo arrugado y ojos grises vidriosos era un babaloche.

—No te hará daño, te quiere, te necesita. Pero tú debes aliviar a ese espíritu entretanto él consiga depositarse en un vivo y enviártelo. Tienes que dedicarle las misas. Debes conversarle y convencerle de que emprenda vuelo hacia la luz, para que su elevación lave y alivie sus propias llagas. Le dieron muerte brutal y no logra acostumbrarse a ella. Él será tu salvador, tu protector. Tú despiertas mucha envidia, siempre habrá quien quiera joderte. Muchos querrán cortarte las alas, pero no lo conseguirán, volarás muy alto, en otros cielos. Sufrirás innumerables desengaños. Pero ese hombre te perseguirá, al mismo tiempo que, muy celoso, vigilará que nada malo te sobrevenga. No es que tú fueras importante en su vida, no, ya lo dije, nada de eso. Antes se presentará con personalidad paternal. No lo rechaces. Vendrá con múltiples máscaras. Después te situará a una persona a la cual él idolatraba, con ánimos de que la ayudes, para que la saques del pozo. Entonces, ese día recobrarás la calma, te invadirá una honda y sosegada sensación de paz, y podrás unirte con el hombre que quieras sin que él se ponga bravo. Si, por el contrario, rechazas al destinado, a través del cual él acometerá y cumplirá su destino trunco, y lo dejas partir, pues habrá sangre. Ojo, no lo olvides. ¿Eres creyente?

Respondí que creer-creer no creía mucho, pero respetaba la religión, y que me fascinaba la Virgen de Regla, porque tenía la impresión de que era una santa corajuda. Se carcajeó dejando escapar una especie de silbido de lo más recóndito del pecho, la risa quedó atorada en la garganta, para al instante liberarla como un estertor femenino, igual a un maullido engrifado extendiéndose cual manto índigo apostolizado en pelambre de la noche. Las dos rayas alargadas de los ojos se confundían con las patas de gallinas haladas hacia las sienes. Nunca antes había visto a un negro tan retinto y tan chino con las pupilas azules, se lo señalé, él se sintió orgulloso. Las mejillas caían en bolsones empatadas con el cuello. La calva brillaba como un espejo-bruja, cuando se rascaba el cráneo caían pasitas lacias y puñados de caspa sobre los hombros que él, molesto, sacudía con toda rapidez, dando manotazos como si espantara o aplastara mosquitos. Vestía un pijama raído color yute, con los rebordes de las costuras rematados con hilo color rojo teja. Pude fijarme en que el tejido del pijama era casi una telita de cebolla de tan desgastado y deshilachado debajo de los sobacos; y una mancha amarillenta aureolaba la portañuela, huella de incontinencia urinaria. Sin embargo, daba la impresión de que acababa de tomar un baño debido a los motazos de talco en la zona de la clavícula, y una ligera capa reseca de jabón impregnada en la árida geografía de las manos. Mientras fabricaba esta arquitectura de detalles, él no cesaba de contarme su ensoñación. En la cual yo llevaba un vestido muy parecido al que tenía puesto, pero éste era verde y aquél azul oscuro. En un claro rodeado por una turbulenta manigua, bailaba con dos hombres circunstanciales, ninguno de los dos valía un céntimo, pronosticó, sólo existían en su embotamiento como sencillos adornos preliminares, cual figurantes de un filme. Los protagonistas éramos el adolescente de ojos gatunos y virados en blanco, la otra, y yo. También había percibido que un ser muy cercano a mí caería en prisión a causa de problemáticos andancios. ¡Todo lo sabía este cabrón viejo!

—Puede que nada de lo que usted cuenta suceda nunca, o ya haya perdido actualidad. ¿No cree? —desafié.

—Puede... Prepárate de todas formas. Hay que estar listo para lo mejor y para lo peor. ¡Ah, no tengas miedo de ver cosas raras! Tú estás facultada para ver aureolas luminosas alrededor de las cabezas, no te espantes, no huyas, es bueno, estás bien aspectada. —Agachado sacó de detrás de la puerta un mocho de tabaco mordisqueado, encendió el cabo con un fósforo y selló el oráculo dándole sonoras chupadas.

Quedamos un buen rato en silencio; como sospeché que no tenía interés en presagiar nada más, dije hasta luego no sin antes agradecerle sus vaticinios. No es que fuera indiferente a la aparición del anciano, a lo que acababa de contarme, a mi casual irrupción en su letargo. ¿Era casual? Es que sentía miedo de conocer demasiado. Nunca he deseado saber más de lo natural preconcebido, a pesar de que toda prueba parece demostrar que puedo ver más allá, que poseo el don de la médium-unidad espiritual. Me convidó a que lo visitara cuando lo deseara, y prometí hacerlo sin creer un ápice en mi promesa.

Como suponía, la iglesia se hallaba cerrada a cal y canto, igual la ermita que existe al lado, que es donde los devotos adoran en el altar a la Virgen de Regla. Sentada en el contén de la acera de enfrente contemplaba no sabía qué, las paredes, la calle central solitaria de una punta a la otra, la escasa luz del tendido eléctrico. Gruesos goterones comenzaron a bordar el asfalto; de repente rompió a llover, no me moví del sitio. Desde lejos se aproximaba el aguacero a toda velocidad anunciado por los relámpagos, por los truenos pisándole los talones. Escuché un estruendo y el pueblo quedó sumido en la más absoluta oscuridad. De vuelta de la casa del anciano negro chino vislumbré a un grupo de personas avanzando hacia el sitio donde me encontraba; en cada cuadra se les reunía mayor número de personas. Al llegar a donde yo me hallaba ya eran cientos apretujados en una multitud compacta. Llevaban en andas el cadáver de un joven balaceado, la ropa impregnada de lluvia, fango y sangre. Por las manchas hemorrágicas se adivinaba que había recibido varios impactos entre el pecho y las piernas; la cabeza también la tenía destrozada. Una guagua enfiló por el extremo opuesto de la calle, iba vacía. El chofer se detuvo y malparqueó el ómnibus; descendió y se incorporó a la muchedumbre no sin antes preguntar por el origen de la acaecida desgracia. La señora que, en toda evidencia, era la madre contó entre sollozos que los guardafronteras habían sorprendido al muchacho intentando huir en una balsa.

—¡Dispararon a matar! ¡Ay, mi pobre hijito!

Presumí que la historia acabaría mal, a dos cuadras se hallaba la estación de policía. Sin embargo me sumé a la procesión. Criaturas pequeñas iban en brazos de sus padres, sus pupilas brillaban afiebradas. A la altura de la estación entonaron un canto religioso a Yemayá; las voces fueron ganando en ímpetu. De inmediato salieron los policías a disolver lo que ellos calificaron de manifestación contrarrevolucionaria. Los familiares protestaron, bastante trabajo les había costado rescatar el cadáver, el cual conducían a la casa para velarlo y al día siguiente darle tranquila y decente sepultura. Los policías replicaron que ellos no tenían ningún derecho a pasearse con un muerto por el medio del pueblo, mucho menos a exhibirlo así como así, en desvergüenza absoluta. Por lo pronto iban a decomisar el cuerpo del joven: más tarde lo entregarían a la respectiva funeraria del barrio. El padre se les enfrentó y junto a él otros hombres. Advirtió que no dejaría que nadie tocara a su hijo, y menos los mismos que lo habían asesinado, que no permitiría que aquellas manos asquerosas mancharan una vez más a su muchacho. Entretanto la madre se había parapetado entre el féretro improvisado y los policías. Éstos sacaron las pistolas y agujerearon el aire. De inmediato se armó un despelote en el que muchos corrieron a refugiarse en los portales, otros detrás de postes eléctricos, los de más allá escaparon sin rumbo fijo, resbalaban en el fango y caían para volverse a levantar e intentar emprender descarrilada fuga. Los que cargaban el cadáver quedaron impávidos en su sitio, yo junto a ellos. El temporal arreciaba y el agua calaba profundo. Nuevos autos-perseguidoras aparecieron por distintos callejones; habían pedido refuerzos. El rostro rígido del padre denotaba intransigencia. La madre, por su parte, dio un paso hacia delante, suplicó que le autorizaran velar al hijo en la casa, juró que no se armaría ningún lío. El padre parpadeó, por sus mejillas resbalaron lágrimas mezcladas con goterones cenizos de lluvia, se restregó la moquera con el dorso de la mano, e inclinando la cabeza dio media vuelta y se parapetó de espaldas a los agentes, despreciándolos, en espera de la decisión final. El jefe preguntó por el chofer del ómnibus. El tipo estaba a mi lado y sin pronunciar palabra dio el paso al frente y levantó la mano en son de identificarse.

—¡Llévatelos en tu carro! ¡Y que se sepa que irán escoltados! ¡Habrá vigilancia hasta que el muerto sea enterrado! ¡Y cuidadito con irse de rosca porque pueden terminar como él! —voceó señalando al joven, quien ya comenzaba a tomar un tinte violáceo y a hincharse debido a tanta agua absorbida. La gente obedeció, montaron a la víctima en el ómnibus y éste partió rumbo a la casa, raudo y veloz como en los malos poemas. Las perseguidoras iban detrás de ellos pitando a todo meter.

No subí al vehículo porque sentí doble terror, el que se armara un lío más gordo y el que ya me estaba pasando de castaño oscuro con el horario, y debía regresar a casa. Uno de los policías se me acercó para averiguar quién yo era. Nadie del otro mundo, respondí nerviosa. El miedo siempre me obliga a decir extravagancias inútiles.

—¿Cómo que nadie del otro mundo? No te hagas la chistosa. A ver si te pierdes de aquí ahora mismo, si no quieres pasar unas vacaciones en el calabozo.

Eché a correr en dirección al muelle. No escampaba, al contrario, el aguacero arreciaba con mayor violencia. En la punta de la calle central creí divisar a una mujer abrigada con un manto azul; sobre su cabeza rutilaba un aro de luz. Fue cuestión de segundos, su imagen se volatilizó en un despeñadero. Del abismo emergió un canto que culminó en un rezo, los dos difundidos en una voz femenina embriagada de tabaco y aguardiente. Estaba viendo visiones y oyendo disparates; debía de ser la impresión de lo ocurrido. No logré traducir las palabras de la voz que yo juzgué proveniente de la santa aparición. Podía ser lucumí, nuestro yoruba según aprendí en los solares y corroborado en los libros censurados conseguidos gracias a la biblioteca itinerante, la cual no es más que los libros traídos del extranjero y pasados de mano en mano, y de una provincia a la otra, a todo lo largo y ancho de la isla.

161

Los faroles opacos daban un brillo dorado a las casas, barricadas algunas con portales de madera; otras, según el empinado donde me hallara, mostraban escalerillas de mampostería para poder acceder a las entradas principales. Amainé la carrera, jadeaba de fatiga y de susto. Por fortuna logré embarcar en la última lancha de la madrugada. La brisa fresca del alba aumentó mi excitación; unas cuantas personas viajaban en actitud resignada de emprender la jornada laboral. Al llegar a casa me cayeron arriba con una paliza de antología, mi padre me cayó a cintarazos jurando que me alejaría de esa turba de delincuentes y depravados, se refería a mis amigos, así tuviera que matarme a golpes. Corrí a guarecerme debajo de la cama; de allí me sacó mi madre a empujones con el palo de trapear. Ésa fue la razón por la que permutamos a Santa Cruz del Norte.

Un mes después de la fiesta necesité visitar a Ana en el Vedado. Ella ni imaginaba a lo que yo iba. A su cuarto se entraba por un lateral de la casa, por la puerta del garaje; había cortado toda comunicación con el resto del domicilio echando un muro de ladrillos que impedía el acceso directo por la puerta principal a su estancia. El rock estridente fluyente de una grabadora escandalizaba a toda mecha. Abrió ella y al verme suspiró angustiada, confirmando mi sospecha de que la interrumpía en alguna tarea importante, pero a la vez percibí que veía en mí un consuelo momentáneo. Del cuello le colgaba una soga de barco enchumbada en brea. Sentada en la cama empataba trozos partidos de la soga, que, a mi juicio, una vez anudados los fragmentos, mediría alrededor de unos cuantos buenos metros.

—¿Y ese collar de esmeraldas? —pregunté bromista.

—¡No jodas, ni ahorcarse puede una en este país! Cuando no se parte la soga, pues la lámpara te cae en la cabeza. —Reparé en una inmensa lámpara de lágrimas hecha trizas en el suelo junto a un cúmulo de escombros; un hueco reciente en el techo desnudaba las vigas de hierro.

Intenté calmarla como pude, contándole mis tragedias, mil disparates que era lo menos que ella necesitaba escuchar. Le solté a boca de jarro que yo también me sentía deprimida, conté lo sucedido en la escalera la noche de la fiesta, luego el encuentro en Regla con el viejo babaloche, y lo del joven asesinado, la manifestación, la aparición de la Virgen de Regla, la paliza de mis viejos, la mudanza. Para colmo urgía que me acompañara a un médico, más claro ni el agua, a un ginecólogo. La noche de la fiesta en casa de Monguy había permitido que me cayera leche en el útero. Estaba viviendo situaciones extremas; por la mañana al despertar pasaba horas embobecida mirando el hueco de la taza de inodoro después de cagar, como si me estudiara en un espejo. Ahora sí que estaba encinta de verdad y sólo ella podría sacarme del apuro. Ana tenía mucha experiencia en legrados.

—Mira, quiero terminar con mi vida por las mismas razones que tú me estás contando. Estoy harta de todo lo que me rodea y no sé por qué. Como me aburro, pues me da por templar y, lógico, salgo embarazada, las pastillas me engordan, el asa me da dolor, y a los tipos no les gusta el preservativo. Además de que los condones los venden podridos. Aquí se pudre todo, demasiado salitre o demasiada basura ambiental. Otra vez estoy en estado.

No sé qué está pasando, me siento carroña. Somos la generación de los abortos. ¿Por qué crees que necesito acostarme con todo el que venga? No lo entiendo.

—El mío será el primero. En tema de interrupciones soy novata. No quiero ir sola, estoy apendejada. Pensé que como para ti es ya una costumbre...

—Es el número trece. —Sacó de un tirón la soga del cuello, como si se tratara de un cintillo de pelo—. Y es que me aburro en la escuela, me aburro en la casa, me aburro en las fiestas. Como único no me aburro es cuando conozco a un tipo, luego de acostarme pues me vuelvo a aburrir. ¿A ti no te cansa eso de que en este jodido país cada vez que vas a un lugar, ¡pum!, te tropiezas con el mar? No hay salida, estamos rodeados de agua.

—Coño, claro, Ana, si has mirado bien un planisferio somos una isla. No te vayas a poner igualita que Enma... Además, ¿qué tienes contra mi nombre? —De inmediato supe que iba a irme de lengua.

—¿Qué bolá con Enma? No me digas que también quiere matarse.

—No, lo de ella es más difícil, quiere irse... —Ya está, ya embarqué a la otra, pensé.

—Es casi un sinónimo. Yo no, yo primero muerta que irme, que se larguen los singa'os de este país. No veo claro nada, Marcela... ¡Contra, Mar, yo quiero ser actriz, o crítica de arte, pero no médico, ni maestra! Tú sabes que mi Viejo trabaja en el Ministerio de Educación, ¿sabes cuántas plazas bajarán para las escuelas de arte? En este municipio ninguna. Ni siquiera periodismo, que como opción no es desechable; al menos se acerca a mi vocación. Habrá otra campañita para el Pedagógico o para Medicina.

—Pues matricúlate en lo que se presente, y al segundo año te cambias a lo que te guste. Eso hizo una vecina mía —apunté esperanzada.

—¿Entonces para qué carajo fui seis años a las escuelas al campo? ¿No decían que era obligatorio, que el que asistiera al campo tenía garantizada la inscripción en la universidad, en la carrera de su elección? ¡Si llego a saberlo hago como la Carmen Laurencio, certificados del médico van y certificados vienen! ¡No se sonó ni un surco de papa, ni cargó una lata de tomate, ni desyerbó, ni se le llenaron de callos las manos, ni se jorobeteó la columna vertebral deshojando tabaco! Ahora resulta que doblé el lomo por filantropía. ¡Pero no me voy a ir, óiganlo bien, SI LO QUE QUIEREN ES QUE ME VAYA, NO ME VOY A IR! —alarmó en dirección de la parte correspondiente a la casa de sus padres.

—Ellos no tienen la culpa —intenté suavizar la ira de la muchacha.

—¿Que no? ¿Y para qué pinga trabaja el mongo de mi padre como asesor del ministro, está pintado en la pared, o qué? ¡Ya le dije que no estudio más, que de ahora en adelante me fijaré en los exámenes como una caballa, está bueno de que la estén comprando a una que si el pueblo necesita médicos y maestros! ¡Coño, ni que fuéramos una nación de fronterizos, once millones de analfabetos y de enfermos! ¡El pueblo también necesita artistas, vayan p'al carajo, aquí no cambia el discurso! Dime, ¿quién tiene la culpa? No me lo digas, ya lo sé, el imperialismo. ¡Pues yo quiero ser actriz, gran actriz, y eso no quita que esté contra el imperialismo! ¿O es que querer ser actriz es un concepto pro-imperialista? ¡Voy a terminar encantada con el imperialismo! ¡Le dan tanta importancia que algo bueno debe de tener!

165

—No hables así, te lo ruego, por tu madrecita. Mira, yo te entiendo, a mí me sucede lo mismo, cada vez comprendo menos, cada vez me pongo más apática. Dice mi tía que es la edad, ya se nos quitará.

—Mar, para ser sincera, yo te creía inteligente.

—No te admito insultos. Vine a pedir ayuda, si no puedes dármela no hay lío, pero no quiero pelearme contigo.

Ana se viró de espaldas, acostada en una colchoneta en el piso, era todo lo que tenía por cama, hundió la cara en la almohada, así estuvo unos minutos, su espalda subía y bajaba en sordos sollozos. Arrebujada junto a ella, pasé varias veces mi mano por su columna vertebral, pregunté si quería que le buscara un vaso con agua, negó con la cabeza. Empecé a parlotear como una cotorra con tal de levantarle los ánimos, para liberarla de su furia.

—¿Sabes?, lo de la fiesta en casa de Monguy... No te conté algo, cuando me templaba al sietepesos en la escalera, al rato vino otro, no sé quién porque estaba oscuro. Detrás de ese otro llegó otra. Era Mina de mojones, lo adiviné por el sonido de su respiración, por sus jadeos. El tercero le atrajo su cabeza hacia la mía, y ella no se resistió, me besó en la boca...

Ana se sentó en la cama con las piernas cruzadas en posición budista, abrazada a la almohada, los ojos enrojecidos, todavía el puchero adornándole los labios. Al instante la mueca se convirtió en semisonrisa, la sonrisa en carcajada. No conseguía ni articular palabra debido al ataque. Se lanzaba hacia atrás y agitaba las piernas en el aire.

—¡No lo puedo creer, no lo puedo creer! —Así estuvo un buen rato—. Oye, no irás a proponerme que me haga novia tuya. ¿Y tú le correspondiste?

—No, estaba muy nerviosa, ni siquiera me vine. Yo esperaba algo más romántico. Le di el ojete al tipo, me dolió cantidad.

—¿Le diste el culeco sin conocerlo? Yo no doy el fondillo, mi amor, qué va. A mí, el que quiera darme por atrás tiene que venir con proposiciones decentes, algo más elaborado. No ves que se sufre mucho. Además, brotan hemorroides, te lo advierto. Y ellos, cuando te lo cogen nunca más quieren darte por alante. No ves que el esfínter es más estrecho, y eso les proporciona mayor placer.

De pronto escuchamos un estruendo de latas y un lamento de alguien que caía con todo el peso de sus huesos en las losetas del piso. Ana señaló con desgano para la pared sin terminar: los ladrillos no habían alcanzado para dividir el espacio hasta el techo.

—Ahí está ésta metida en lo que no le importa. ¡Anda, chismosa, que cuando te partas la cadera vas a ir directo para el asilo de viejos, y ahí sí que no vas a poder meterte los empachos de azúcar prieta que te metes aquí! Es mi abuela, la espía.

Del otro lado la anciana escandalizó:

—¡Y deja que tu padre se entere de las barbaridades que tú haces! ¡Trece abortos con diecisiete años, Virgen Santísima, ni yo, que hice época en La Habana! Esta juventud no tiene futuro. ¡Ay, Anita, mi nieta, da la vuelta, ven, mira que no puedo levantarme!

—¡Jódete, ahorita iré, cuando me acuerde de que tú existes! ¡Ah, y si te vas de lengua con pipo ya sabes, vuelvo a esconder el pote de azúcar!

Hice ademán de salir, para volver a entrar por la puerta principal con el objetivo de ayudar a la abuela. Ana me retuvo aferrada a mi brazo. Susurró a mi oído que eso pasaba a diario, y que a su abuela le fascinaba sufrir, tirada un buen rato en el piso frío de cemento, ya que de esta forma, a la hora de la telenovela se identificaba más con la trama, en específico con la víctima de la familia del serial. Entonces aprovechaba para deshacerse en calumnias que a ella le hacían peor en esa maldita casa, que nadie la quería, y así chantajeaba a mazamba y conseguía que le dieran más comida. Pero no pude resistir los alaridos de la anciana, y allá fui a echarle una mano. Llegué en silencio, ella no advirtió mi presencia, estaba de pie, erguida como una joven de quince años, y actuaba los quejidos con una maestría que ni Bette Davis en *¿Qué pasó con Baby Jane?* Regresé sobre mis pasos. Ana desesperaba en el garaje con los brazos en jarra:

—De ella me viene la vocación de actriz. El que no la sufre que la compre. Te la envuelvo en papel celofán y le pongo una etiqueta: made in Cuba. Cambiada por caca se pierde el envase. Además de que la cuota de azúcar de doce personas no da abasto con ella, los meprobramatos mucho menos. No, si cuando yo lo digo, no sé por qué eliminan la carrera de actuación del escalafón; debe de ser porque aquí cada ciudadano es un actor de primera, empezando por el que gobierna.

—Estás afilada. Bueno, vamos a lo nuestro. ¿Qué hay que hacer para lo de la interrupción?

—Lo imprescindible es la consulta. Después, análisis de sangre para comprobar que no estás anémica, orinar en un pomo de boca ancha, llenarlo hasta el borde, conseguir un donante de sangre...

—¿Y si tengo anemia?

—Sencillo, no te lo hacen.

—¡Mi madre, no puedes decirme eso!

—Tranquila, conozco un socio que no te pide nada. Si yo tuviera que buscar un donante cada vez que me hago uno, hubiera contratado a Drácula. Conque lleves los meados basta y sobra.

Los resultados del tacto y del ultrasonido dieron, en efecto, que estábamos embarazadas. Aunque Ana conocía tan bien su anatomía que estaba segura de antemano. Por suerte fue una doctora quien nos atendió y nos dio cita para el miércoles. Ana cambió la fecha para el jueves alegando que ese día resultaría imposible, pues a nuestros padres les sería muy difícil ausentarse de una asamblea de balance; la doctora nos reviró los ojos en franco ademán de que no creía ni boniato de lo que argumentaba mi amiga. Entonces preguntó si conocíamos a algún galeno en especial. Ana respondió ni corta ni perezosa que para nada, que era la primera vez que ella venía a hacerse una cosa semejante. La otra comentó que sin embargo su rostro le resultaba familiar. A lo que Ana añadió sin titubeos que no lo dudaba pues tenía una hermana jimagua.

Una vez en la calle aclaró que su amigo ginecólogo se hallaba de guardia los jueves y que ya estaba avisado, no fallaría. Durante la semana dormí mucho, estaba defraudada conmigo misma pues no sentía la más mínima tristeza de perder a mi primer hijo, no experimentaba ninguna emoción, ni tan siquiera experimentaba temor. Más bien me colmaba la euforia por llevar a cabo una aventura prohibida, por ejercer mis libertades femeninas; estaba más excitada con aquel acontecimiento que con el de la noche misma en que me inicié en el sexo. Y es que yo admiraba mucho a Ana, y ese acto por fin me igualaría a ella, y me daría ventajas por encima de las demás condiscípulas. Aparte de que los varones morían con las muchachas que ya habían tenido el coraje de abortar.

Aquel jueves mi madre se extrañó de que no deseara desayunar. Mi amiga había prevenido de que debíamos presentarnos en ayunas. También me asesoró con respecto a la vestimenta, llevaría en la maleta una bata de casa decente, las de los hospitales eran un asco, ripiadas y para colmo demasiado cortas, por lo cual se veía todo, y como había que esperar tanto, pues era mejor sentirnos confortables. Dijo que usara toda la semana una blusa de mangas largas argumentando que en las mañanas refrescaba y que andaba mala de la garganta, así nadie dudaría cuando decidiera vestirme de un día para otro con una prenda calurosa, porque para colmo la reacción postanestésica se manifestaba con temblores; de esta manera evitaría que descubrieran el morado del pinchazo en el brazo.

Al llegar al hospital, Ana sacó una moneda de cinco centavos, un medio, y la lanzó al aire antes de preguntarme qué escogía, cara o cruz. Salió cruz, ella sería la primera en entrar, para variar, masculló entre dientes. Nos desvestimos y nos pusimos nuestras batas, las otras mujeres lucían ridículas, se les sobresalía la pendejera por el filo del dobladillo. No pude disimular asombro al ver a algunas señoras rozando la cincuentena. Ana estaba pálida, los labios resecos, pero no dejaba de hacer chistes. Un médico treintañero saludó sonriente, con un guiño pícaro a Ana, luego se perdió por la puerta del ascensor. A su regreso vino hacia nosotras y regañó por lo bajo a mi amiga:

—Afloja, no puedo hacerte más ninguno este año. ¿Es tu amiga? —inquirió señalándome. Ana asintió.

Al rato la llamaron por su nombre. Medí el tiempo con el reloj de pulsera descansando en mi regazo. A los quince minutos exactos vocearon mis señas. Entré a un vasto salón repleto de camillas. A Ana la traían en una de ellas de la sala de operaciones. Parecía un cadáver, más pálida aún, los labios se confundían con el tinte de su tez, los párpados violáceos, amarrada con una especie de cinta de yudoca a la altura de la cintura, también por las manos y los tobillos. Al pasar junto a mí, conducida por una enfermera, acaricié su frente ardiente. Sentí terror, la mirada de la mujer se cruzó con la mía sin proporcionarme el más mínimo detalle del estado de Ana.

El interior del salón de operaciones estaba pintado de verde botella, la indumentaria de los médicos era de idéntico color. En una bandeja vi una cuchara alargada, muy afilada por los bordes, tinta en sangre. El médico ordenó que me subiera en la camilla; antes de hacerlo, observé un cubo de basura debajo de donde se suponía que quedara el sexo al aire de las pacientes: el recipiente contenía algodones sanguinolentos y coágulos. Coágulos de Ana, pensé con lástima. La segunda enfermera colocó mis pies en los estribos de metal y luego los amarró con unas cintas también de color verde botella. El médico, amigo de Ana, desnudó su rostro para hablar conmigo:

¿Padeces alguna enfermedad, asma, alergia, presión alta? —negué meneando la cabeza—. Oye, tienes que convencer a tu compañera de que se cuide. No sólo hace lo que le da la gana, esta vez vino pasada de tiempo. —Mientras refunfuñaba se había colocado sus guantes y como si nada abrió los labios de mi vulva e hizo el tacto—. Estás en tiempo, pero ella... tal vez tenga que quedarse ingresada si hace fiebre. ¿Tienes los teléfonos de las oficinas de sus padres? —No los tenía.

La enfermera desenvolvió un papel de cartucho y sacó el espéculo colocándomelo de inmediato; la brusquedad con que maniobró y la frialdad y dureza del instrumento obligaron a que contrajera mis muslos y la pelvis. El médico pidió que me relajara. El anestesista ocupó el sitio del cirujano, junto a mi antebrazo derecho. Mientras él lo entisaba con una goma de suero bien apretada, el otro trasteaba instrumentos de sonido metálico.

—¿Edad? —interrogó el anestesista justo cuando me pinchó con la jeringuilla desbordante de un líquido amarillento.

—Dieci... —musité.

Sucedió como si una garra halara con crueldad el cerebro hacia atrás, como si lo desprendiera de mi cabeza, y mi cráneo se convirtiera en un pellejo húmedo y vacío. No sentí nada, sólo olvido, y dejé de oír. Ha sido la única vez que no he oído nada en absoluto, pues incluso cuando duermo mis sueños pueden ser sonoros. No escuché ni la sombra del silencio, esa estela perfumada de notas clásicas. Experimenté la sensación de estar una eternidad desconectada de la vida. Sin embargo un aguijonazo terrible y doloroso me devolvió a ella, escuché un vago murmullo:

—Se movió y no he terminado. —La voz se expandía desde mis entrañas.

Quise estirar las piernas a causa del monstruoso sufrimiento y no pude. La cuchilla me vaciaba raspándome una especie de cartílago estirado hacia afuera desde el interior de mi vagina. Un segundo pinchazo en la bisagra del brazo y de nuevo atacó el olvido. Cuando desperté me hallaba amarrada en la camilla; el techo pintado de blanco dio la pista de que me hallaba fuera de la sala de operaciones. Refugiada en el sueño evadí la sed.

—Vamos, a despertarse ya, que esto no es un hotel —bromeó la enfermera dándome unas palmaditas en la cara.

Erguida sobre los codos contemplé mi cuerpo, la bata que lo cubría estaba bordada con amplios manchones de sangre. Los muslos los tenía teñidos de timerosal, o de algún medicamento con ese color anaranjado veteado con azules verdosos. Recordé a Ana y busqué con la vista entre las camillas, los párpados no me respondían, con esfuerzo logré divisarla frente a mí hacia la izquierda. Dormía todavía, lo cual interpreté como mal síntoma. La enfermera se dirigió a ella con una bandejita de metal en las manos, sacó un termómetro y se lo apretó debajo de la axila.

—Seño —llamé con voz débil—. ¿Sucede algo con ella? Es amiga mía.

—Le monta la temperatura, habrá que esperar —se limitó a replicar con sequedad.

Y yo que no sabía ni rezar. Ana, ponte bien, no puedes quedarte aquí ingresada. Dios mío, ayúdanos. Ana, mi amiga, revive, ay, qué digo, abre los ojos, pestañea, porfa, haz una señal. Virgen de Regla, que le baje la fiebre. ¿Y qué hago yo ahora? La cabeza iba a partírseme en dos, como un melón, ¡chas! Luego de estudiar el termómetro y de anotar en el expediente médico, la enfermera acudió a mí agitando el instrumento con el fin de bajarle el azogue. También a mí me lo puso. Estaba normal, lo vi en su rostro; no reaccionó igual mientras anotaba los grados centígrados de Ana.

—Ya puedes ir a cambiarte de ropa —ordenó la

mujer desamarrándome—. Allí te darán un jugo de toronja.

—No puedo irme sin Ana, no es justo —casi supliqué.

—Adversidad, mi vida, no es asunto que me incumbe. Espera afuera, a ver qué opina el doctor.

Antes de dirigirme al baño pasé junto a la cama de la muchacha, besé sus mejillas arreboladas. Entreabrió los ojos aguados y enrojecidos por la fiebre.

—Mar... —silabeó en un hilo, y se durmió de nuevo.

Una vez vestida con la saya del uniforme escolar y una blusa floreada de yersi con mangas largas, emburujé la bata sucia dentro de un nailon y la guardé en la carpeta. Sobre un mueble se mosqueaban los vasos de jugo agrio, hice una mueca al primer sorbo. Una señora me ofreció una cucharada de azúcar y la acepté de buen grado, luego me brindó un pedazo de pan con tortilla, aunque no quise al primer intento, por pena, ella insistió. Lo cogí porque estaba muriéndome de debilidad. Sentada en el banco del pasillo, mientras pensaba que acababa de hacerme un legrado y ni siquiera había disfrutado de un orgasmo en mi vida, esperé a que alguien trajera noticias de Ana. Hasta que no quedó ninguna paciente. A la hora y media salió el cirujano con una bata que parecía almidonada y recién planchada.

—Ya va mejor, si fuera por mí tendría que quedarse, pero ella está renuente. La mando a casa con unos medicamentos, vigila que los tome, y si sigue con fiebre oblígala a regresar, puede que hayan quedado restos y es muy peligroso, habrá que volver a limpiar, no deseo verme involucrado en una septicemia. La dejo en tus manos. Y que sepa que no le hago ni uno más. Dentro de poco vendrá más aquí que a la escuela. A ti te veo campana, pero no le cojas el gusto. De todas formas te coloqué una T de cobre, cualquier molestia vienes a verme, ¿oká? —Se levantó del banco, dio media vuelta y descendió las escaleras voceando que se iba a almorzar, que estaba partido por la mitad del hambre.

La sangre no llegó al río, por suerte, y Ana salió ese mismo día del hospital a las siete de la noche. Pero hubo de volver a la semana siguiente a hacerse otro raspado, luego mejoró y los días continuaron su ritmo aburrido. Los mediodías eran insoportables, largos y en exceso calurosos. En nuestras casas nadie sospechó ni lo más mínimo. Pero apenas yo hablaba con mis padres, pasaba el tiempo en la ruta de Refuerzo Especial que me llevaba y traía de Santa Cruz del Norte a la escuela, pues había rechazado trasladarme de plantel, alegando que me retrasaría en los planes de estudio, y con eso los convencí. La mudanza no valió de nada, pues continué frecuentando las mismas amistades peligrosas que tanto odiaba mi padre y acudiendo a los sitios de perversión habituales.

Al corroborar que las posibilidades de obtener la carrera de mi predilección eran ínfimas, opté por becarme en cualquier deporte, el primero que conseguí: ajedrez. Al menos allí comería bien, pues era sabido que los deportistas gozaban de dietas especiales. A pesar de que caímos en facultades separadas no rompí relaciones con mi grupo. Nos citábamos para los fines de semana. Salvo con Ana, quien había decidido matricularse en teatro experimental en un taller de actuación ubicado en Isla de Pinos, para más adelante probar suerte en el Instituto Superior de Arte. Salía de pase cada quince días los fines de semana.

Después sobrevino el gran trauma: mis padres escogieron marcharse del país. En aquel momento fui egoísta y lo interpreté como que habían deseado huir de mí. En realidad se sentían desesperados, pero aún no me he sobrepuesto de esa decepción, o deserción, familiar. Entonces, una vez libre, entre comillas, suelta y sin vacunar, permuté de nuevo a La Habana Vieja. De todas maneras, el bramido del mar de Santa Cruz del Norte rompe igual de seductor sobre las rocas que el que choca contra el muro del Malecón capitalino, y no sería precisamente la cercanía de la playa ni ningún otro atractivo cojimero lo que iría a echar de menos. Pero al perder la voz de mi madre se me confundieron las múltiples melodías cotidianas. Fuera de la isla los metales de las voces de mis padres cambiaron de tonalidad; despojadas de sus continuos ayes y suspiros desalentados, se han vuelto pintorescas, hasta exageran los folklorismos, afanadas en salvar lo irrecuperable a través del idioma. Creí que regresando a La Habana Vieja me sentiría arropada con el presentimiento de la presencia de ellos, pues siempre que doblaba una esquina me invadía la sensación de que a lo lejos divisaría a mamá en la cola de la tintorería o del puesto de viandas, o a papá de regreso de Cubatabaco, donde trabajó hasta el último día. Al menos las huellas de sus sombras paseándose por la ciudad de mi infancia no me abandonaron. Las personas estarán obligadas al exilio, pero sus sombras quedan. Con eso no hay gobierno que pueda; por más que se empeñen en dividir a las familias, siempre habrá alguien de aquel lado que guarde un espacio para cobijar nuestras huellas debajo del ramaje de las ceibas. La partida de mis padres amargó y arruinó mis tímpanos, nunca más pude deleitarme con la música con idéntica alegría o ingenuidad que antes, por ejemplo, a las dos de la tarde, hora en que mi madre acostumbraba a sintonizar en la radio el programa «Actividad laboral», me sumía en un suplicio sin precedentes, al desear ensordecer a toda costa, cuando escuchaba en radios vecinas al locutor anunciando la emisión. Entonces un único sonido acaparó mi sentido de la acústica. Cuando una habita una isla no le queda más remedio que vivir prisionera del vozarrón del océano.

No sería fácil decidir entre el goteo permanente de la pila del baño, ese que hoy acentúa los segundos parisinos, y la resaca del oleaje impetuoso habanero agudizado en el interior de un cobo. Si pudiera elegir... Evocaría el silencio, empecinada en acallar la añoranza.

CAPÍTULO IV

EL TACTO, DUDA

DE NUEVO ES DE NOCHE. Otra noche. Debí interrumpir la lectura del volumen *A la sombra de las muchachas en flor* para asistir a mi pincha en la televisión. Esta madrugada empecé a releer una vez más a Proust, pero no lo hice por el primer libro, sino por el que yo creo que es el más difícil de meterle el diente. Charline llamó para recordarme que hoy debía maquillar a otro político importante. Pobre Charline, se ha convertido, además de segunda madre, en agenda viviente. No puedes perder esa oportunidad, dijo para añadir lo más rápido que pudo, llévate la cámara, así podrás hacerle unas fotos, conquístalo, convéncelo de que lo haces para enriquecer tus experiencias profesionales, explícale que coleccionas retratos de personalidades maquilladas por ti, envanécelo con que posee un rostro fabuloso (ya sé que se manda tremendo hocico de puerco espín), en fin, adúlalo con cualquier tontería que lo halague. ¿Sabes qué estoy leyendo, Charline?, pregunté, pero no constituía ardua adivinanza para ella. ¡Oh, no! No me menciones a Proust porque soy capaz de darme candela. Qué cómico, Charline se había contagiado con la manía cubana de pegarse fuego a toda hora, por cualquier bobería. Al instante de pensar esa frase un golpe de seriedad me trajo la imagen de Jorge, mi inevitable chicharrón de melón. Mi tesoro, interrumpió por suerte Charline, ¿no te agradaría releer a Rimbaud, a Baudelaire, a Marguerite Duras? Mira, *mon bebé*, la Duras es muy cómoda de leer, escribía con frases cortas, una verdadera maravilla, una tremenda escritora minimalista. Charline casi logra persuadirme.

Ahora me hallo frente al espejo del camerino, contemplando absorta los bombillos que lo rodean hasta que mis pupilas lagrimean y mi visión zozobra. Mi político llega escoltado por una bandada de tracatanes. Los tracatanes son iguales en todas partes: unos sosos. Bueno, los políticos también. Antes de sentarse en la butaca de cuero da las buenas noches dirigiéndose primero a mí, y hasta me estrecha la mano alardeando de populismo. Una vez arrepochado en la butaca de cuero, enarbola el dedo índice haciendo gesto de detenerme.

—Todo menos tocarme la cabeza. Sólo yo comprendo mi pelo y mi peinado —manda autoritario—. Muchas gracias, muy gentil.

Abro mi *nécessaire* de productos de belleza y me dispongo a maquillar la jeta administrativa. Primero le limpio con una toallita especial para nalgas de recién nacidos el cutis inflamado y grasoso, levantándole de la piel una capa de pellejos decadentes. Luego doy un masaje con crema hidratante. De los huecos nasales exhala tufo a tabaco Montecristo número nueve, puedo diferenciar las marcas de tabaco por el olor, no en balde soy hija de un tabaquero. Corto mis pedazos de esponjas blancas, nuevas

180

de paquete, y embadurno una de ellas con base transparente.

—Lo más natural posible, por favor —vuelve a decretar el político—. He pedido que sea usted quien me maquille porque ya lo hizo en una ocasión a un colega. Él le guarda consideración, opina que usted maneja perfectamente la profesión. Cuando comenté que estaba invitado a este canal, al instante sacó su agenda y buscó su nombre en ella. Dice que cuando grabó aquel programa, al día siguiente no hubo quien no se le acercara para elogiar su buen semblante y lo rejuvenecido que lucía. En seguida investigó sus señas en el canal para no perder el contacto. Debe de ser una profesión complicada lo suyo, pero la fatigosa, pero se nota que usted la ama.

—Es un oficio, señor. Soy fotógrafa de profesión, pero dejé de ejercer. —Ya metí la pata, no debí haber entregado ese dato, dificultará que le haga la foto, tal como me pidió Charline—. No se inquiete, es base translúcida.

—¿Transparente? Pero, ¿no cree que estoy algo paliducho? Tal vez si pusiera un poco de colorete no vendría mal. Sugerí «natural», pero bronceado. Bien bronceado —impone.

—Como desee, señor. —Casi digo «su majestad».

—No, de ninguna manera, usted es la que sabe de luces y efectos, pero por nada del mundo desearía dar muestras de cansancio o dar pie para que se riegue que padezco alguna enfermedad incurable. Escóndame las ojeras; no olvide he pasado malas noches en la concepción del documento. —Menciona «el documento» delante de mí como si yo fuera su secretaria y debiera haberlo aprendido de memoria.

A lo peor que debe habituarse un especialista en estética es al asco. En mi caso muy particular nunca he podido adaptar mis dedos al contacto con las ampollas de seborrea que se forman en los rostros, unas bolitas rechonchas de manteca blanca producto de una alimentación inadecuada, mucho jamón, chorizo, papas fritas y helado. No hay que obviar el roce con los vellos y las verrugas. Hay caras como brochas y otras como cráteres. Prefiero sin duda alguna maquillar a las mujeres, aunque desde luego éstas creen saber más que una de los productos de belleza que les convienen mejor, y resultan bastante majaderas, pero al menos en su gran mayoría son más pulcras, aunque las miopes, como yo, nunca nos damos cuenta de la existencia de espinillas negras, y esto es uno de los motivos principales de repulsión, los baches rellenos de polución prieta. Las arrugas, por el contrario, me gustan: me encandilan las jetas semejantes a ciudades, cubiertas de carreteras, avenidas, aeropuertos, bahías. En ocasiones he quedado extasiada masajeando mejillas similares a gollejos de naranja. Este político, por ejemplo, conserva una hermosa frente, surcada por seis líneas que van a intrincarse en unas fronteras paralelas que limitan la ciudad de la manigua. La manigua viene siendo su cabello entrecano. Por estas reflexiones ando, cuando de buenas a primeras escucho los ronquidos del político, parece que se me fue la mano en los masajes de sienes, por la boca entreabierta le cuelga una baba fina cual un hilo de coser. La recojo con la toallita húmeda de los culos de fiñes, es ahí cuando se despierta y pide disculpas pestañeando demasiado aprisa y, por ende, arruinando con el lagrimeo la capa mate de Lancôme. Eso sucede con los tipos: mientras una

182

los maquilla o se duermen o se les abulta la portañuela. Tuve que retocar las mentiras, así les llamamos a los fallos, y reanudar el proceso de restauración del patrimonio nacional.

—No humedezca los labios, por favor; les pondré un color adecuado a su naturaleza.

Aprendí con un maquillista catalán que para conseguir tonalidades carnales hay que mezclar creyones, derretirlos en el microondas y confeccionarlos de nuevo, es decir fundirlos entre sí y dejarlos enfriar hasta que solidifiquen. De esta manera he logrado rosados más verídicos que la piel misma. Después de recortar pelos nasales, acentuar blanco de ojos, embetunar pestañas, enmascarar rugosidades, peinar y laquear cejas, delincar labios y blanquear dientes, el político resucita, envuelto en celofán. Listo para una pasarela, ni él mismo se reconoce. Entonces elogia una vez más la firmeza de mi pulso, derrochando adjetivos desmesurados. Incluso anuncia que irá a recomendarme a jefes de Estado, a quienes cuenta entre sus amistades personales, íntimos, en una palabra, que andaban a la caza de maquillistas con alta sensibilidad y encumbrada reputación, y que tal era mi caso, y bla, bla, bla, toda esa baba protocolar peor que un Librium del tamaño del sol, capaz de hipnotizarnos o de convertirnos en vegetales.

—¿Podría retratarle? Es para mi colección particular, adquiero mayor experiencia observando el trabajo terminado.

—No faltaría más. —Saca un pequeño peine de carey y alisa sus cabellos. Busca una pared blanca y, acomodándose delante de ella, cruza los brazos en actitud desenfadada, incluso sonríe dando entero permiso a las arrugas, libertad total para que se desparramen por sus facciones. Y ya está la foto, mañana no sabré qué hacer con ella.

Apenas dispone de tiempo para recibir mi agradecimiento, han venido a invitarlo a que se instale con toda urgencia en el plató. El técnico de sonido le engancha el micrófono en la solapa, el asistente del programa riega las últimas instrucciones. Lo mismo el asesor del político. El ministro ha dejado de pertenecerme. Menos mal que éste se portó bien, hay peores, a los que en vez de ponerles afeites y polvos lo que dan ganas es de lanzarles un cubo de fango a los hocicos. Es lo menos que podría hacer por la dignidad de todo ciudadano.

Otra vez quedo solitaria en la recámara de maquillaje, enciendo el televisor de catorce pulgadas con la finalidad de enterarme del discurso de mi embellecido y rejuvenecido funcionario. Nada del otro mundo, lo que me figuraba, un puñetero Librium. Son los mejores antídotos contra el insomnio. Mucha palabrería barata de apuro, después no cumplen ni la mitad, pero una nunca pierde las esperanzas. No sé para qué me preocupo tanto, si yo nunca he votado, jamás he tenido derecho al voto. ¡Qué tipo tan pesado! No creo que pierda la más mínima energía en revelar su retrato. Y pensar que puede que su nombre no pase triunfante a los anales de la historia; yo habré contribuido a ello. ¿Qué sabes tú, Marcela? De bombas como éste se puede sacar mucho. De seguro a su mujer le contará idénticas supercherías. Pobre *madama*, la debe tener gira, que si el desempleo, que si las finanzas, que si la inmigración, que si la miseria. ¿Sabrá él lo que es la miseria? Al menos se la imagina, ya es algo, un paso de avance. *Uno, dos y tres, qué paso más chévere, qué paso más chévere, el de mi conga es.* No logro concentrarme. La

184

voz va perdiendo tono, amodorrada me extasío con mis propios ronquidos. Cabeceo, la aburrida uniformidad de la intervención televisiva obliga a que me escabulla hacia la semivigilia, mi estado preferido, la evasión convoyada con la memoria.

Tu desenvolvimiento será molesto, lo vivirás mal, auguró el negro chino babalawo cuando regresé a verlo a Regla. Un mediodía Andro y yo fuimos a comprar unas matas decorativas a la plaza de la Catedral; cuando llegamos ya habían cerrado, a pesar de la hora tan temprana; nadie supo explicar por qué. Algunos artesanos divagaron que si los inspectores habían cancelado las ventas, que si el Instituto de Meteorología pronosticaba altas marejadas en la costa norte, que si esto, que si lo otro, que si lo de más allá. ¿Y ahora qué hacemos?, inquirió Andro; no tenía ningunas ganas de regresar tan pronto a su casa. ¿Por qué no vamos a dar una vuelta por Regla?, propuse apenas, sin convicción alguna de que la idea lo sedujera. ¡Ay, sí, dale, me encanta cruzar la bahía en la lanchita! ¡Regla es como un pueblo del Oeste americano, será como escaparnos a una película de John Wayne!, exclamó embulladísimo, tanto, que pensé estaba burlándose de mi propuesta. Pero al instante echó a andar adelantado en dirección al muelle, pasamos frente por frente al castillo de la Fuerza y por un costado del parque de los Enamorados, o de los Filósofos. De inmediato mi mente voló a la imagen de Jorge jugando a la pelota con su hijo. Mi vista recorrió los edificios y mis ojos se posaron en el balcón de Mina, su madre se hallaba sentada, meciéndose en un sillón de mimbre con los pies metidos en una palangana, lo más probable que estuviera dándose baños de agua helada con pomada china.

—¿Has sabido de Mina de mojones? —intervine al silencio.

—Muy poco. Creo que por fin logró que Monguy el Gago se la singara, pero sólo una vez —respondió Andro en absoluta dejadez.

—Tampoco tengo noticias de él, ¿en qué anda, si se puede saber?

—Andar anda con los pies, medio loco. —Recogió una piedrecita del parque y la lanzó a lo alto.

—Hay que estar loco para enredarse con la Mina —aseguré.

—No se enredó, fue cosa de sacarse el queso y de quitársela de encima. No es juego cuando te digo que está medio tostado del coco, le ha dado por caminar para atrás y hablar al revés. Ahora dice que el gran negocio es falsificar dólares, pero como nadie lo entiende, pues habla en jerigonza... Renunciará al tecnológico, tiene que hacer la práctica en la zafra, con carácter obligatorio, y está reacio. Nada, anda verde, pregonando que el día que le pongan un machete en la mano le cortará la cabeza al primer hijo de puta que se atraviese en su camino.

—¿Y tú cómo lo entiendes? —interrogué sin tragarme del todo la bola.

—Si le pones un espejo delante puedes oírlo al derecho.

Merodeamos la hermosa fuente de los Leones, junto al convento de San Francisco; Andro echó una ojeada dentro y soltó un suspiro quejándose de que, ¡otra fuente reseca!, con un charco de agua natosa cuajado de gusarapos moribundos, así no llegaremos a ninguna parte, Mar, ninguna fuente de este sala'o país funciona. A la altura del antiguo bar Two Brothers, transformado en una Piloto repleta de borrachos desamparados y mendigos cayéndose

186

a trompones, Andro apresuró el paso y casi echó a correr.

—Por nada me dejas sin aire. ¿Viste al diablo? —protesté.

Esperábamos la lancha sentados en un peldaño de madera muy pegado a las aguas putrefactas de la bahía. La embarcación no tardó en tocar con su punta la marea aceitosa de los bordes engomados del muelle.

—Me deprimo de pensar nada más que tenemos noventa y nueve papeletas para terminar como esa gente, alcohólicos las veinticuatro horas, aspirantes sólo a la muerte. —Me dio un tortazo en la chola y de un salto se puso de pie aprovechando el impulso de la cuclilla para ganar en la proa. Se volteó y me tendió la mano para atraerme hacia él y ayudarme a subir.

Nos descalzamos y, sentados con las piernas colgando del filo exterior de babor, dejamos que la corriente bamboleara nuestras extremidades. El conductor nos reprendió a grito pelado: ¡A ver si un tiburón les arranca las patas! Cacareó con expresión tan rígida como desaforada la voz. Andro sonrió burlón y masculló un insulto mientras secaba mis pies con el pañuelo de los mocos. Añadió que ni tiburones debía haber ya en esta bahía de lo hedionda que estaba. Por fin desembarcamos en el muelle de Regla, el pueblo parecía desolado, sólo un grupo de niños mataperros jugaba al taco con una tabla y un corcho. Andro aconsejó que no los mirara, no fuera a ser que se congraciaran y él no tenía la sangre ese día como para buscarse líos. No hizo falta que lo advirtiera, los chiquitos empezaron a apedrearnos, a vociferar malas palabras con el único objetivo de atemorizarnos y divertirse. Nos persiguieron unos metros, muy dispuestos a rompernos la cabeza o a dejarnos tuertos, gracias a sus eficaces hondas y punterías. Eludiendo los seborucos llegamos al portal de la casona del babaloche. En el interior se celebraba un tambor, el negro viejo se hallaba apoltronado en la comadrita, vestido de punta en blanco; nada más descubrirnos cesó de mecerse e hizo una señal convidándonos a entrar. Andro vaciló al percatarse de la presencia de una mujer, detrás de nosotros, una iyaloche enjoyada con collares de múltiples colores, los de la santería; vestía una blusa azul celeste de vuelo en el escote y una falda a retazos de saco de yute. Cerraba las puertas y las ventanas pasando pestillos y trancas.

—¡Qué manera de joder esos sala'os! Y la madre echándose fresco en salva sea la parte. Son como veinte hermanos. Cuando el Solar de Los Muchos se derrumbó les dieron casa en Alamar, de allí se mudaron para acá. Dicen que permutaron tremendo apartamentazo por un cuarto aquí en Regla. El que nace p'a solariego del cielo le caen los bajareques —explicó la señora con tal de justificar el encierro.

En el patio trasero sembrado de limones, ciruelas y mangos, reinaba una hoguera. Allí un hombre joven corría detrás de un gallo con intenciones de atraparlo; cuando lo logró, untó al animal con manteca de corojo, miel de abeja, y le roció buches de aguardiente de su boca; después, agarrándolo por la cabeza, lo desnucó imitando a un vaquero del Oeste americano cuando, montado en su caballo, persigue a toda carrera a una res para enlazarla. En este caso el gallo era la soga. El animal erizó sus plumas, se retorció pujando por salvarse, el hombre continuaba agitando su brazo dibujando un círculo por encima de la cabeza, enarbolando el ave. Por fin ésta quedó inerte. Antes de cruzar el umbral, el hombre limpió sus guaraches en una estera; más tarde, inclinado frente a una jícara con unos caracoles de río incrustados a manera de ojos, murmuró extraña letanía, esperó unos segundos para iniciar el *egbó* y poder sacar un machete, una vez concedido el permiso, del rincón destinado a Elegguá. Autorización bendecida. Acto seguido partió el cuello del gallo sobre el arma, la sangre goteó encima del filo. El musculoso muchacho avanzó hacia los invitados todavía sosteniendo al ave tiesa por la punta del cuello, el líquido rojo corría por los tendones hinchados de su brazo dibujando espesos riachuelos. Al primero que le pasó el gallo en cruz por delante del cuerpo fue al anciano. Después se dirigió a la iyaloche, la mujer vestida con saya de promesa a san Lázaro, llevando a cabo idéntica operación, salpicándole de cuajarones la blusa azul celeste. Los últimos fuimos Andro y yo, no niego que me entraron ganas de vomitar cuando el plumaje moribundo rozó mis labios. El tipo sudaba a mares y tenía los ojos vidriosos y velados por una carnosidad color yema de huevo y una humedad rosado-sanguíneo. Los músicos no paraban de manotear los tambores, a los cuales habían vestido con pañuelos azul oscuro y collares de caracoles. Las iyaloches bailaban con los brazos cruzados y meneándose con contoneo de cadera ritual y sensual. A cada rato tocaban a la puerta y entraba alguien que iba directo al cuarto adonde supusimos que se colocaban las ofrendas. Andro comenzó a bailar también y sacando el dinero que llevaba en la billetera fue a dejarlo en el altar de Yemayá, Nuestra Señora de la Virgen de Regla. Le seguí y lo imité cuando se

189

arrodilló y besó la túnica color marino oscuro. Nos integramos a la danza, siempre con los brazos cruzados, sorpresivo escalofrío recorrió mi vientre, pues una de las mujeres, caballo del santo, arremetió con un brincoteo enrabietado, pero al mismo tiempo se reía a carcajadas reafirmando contentura; los ojos virados en blanco, mesándose los cabellos, hablando en lengua. Tomó un caldero y ayudándose de él sacó agua de un tanque, nos empapó uno por uno, inundó la sala a golpe de baldes de agua. Yemayá, dueña del mar, la había montado. Yemayá Olokun, fundamento y poder, la más vieja, la profunda. El babaloche observaba inmutable dándose sillón, de vez en cuando me miraba y me señalaba con el dedo índice como culpándome de alguna travesura. La iyaloche que dirigía la ceremonia danzó hacia mí. Mientras más se aproximaba, con mayor entonación repiqueteaban los batás en mis tímpanos. ¡Baquín, bacán, baquín, bacán!

—¿Por qué miras tanto p'al sillón vacío? No mires más, ¿no ves que a los sillones hay que dejarlos en paz? Los muertos se aprovechan y vienen a darse balance. —No le hice caso y regresé mi vista a la comadrita, allí estaba el viejo muy repochado, se llevó el dedo a los labios haciendo señas de que no replicara. Enmudecí aterrada. ¿El anciano existía en realidad o era su espíritu quien comunicaba conmigo? Decidí preguntar a la santera como quien no quiere la cosa.

—Dígame, ¿y el abuelo que vivía aquí, el negro retinto achinado de ojos turquesa?

—Abuelo guindó el piojo hace justo un año. ¿Lo conociste? —Era evidente que el asombro me delataba.

—Sí, sí, una vez hablé con él. —No quise confesar la verdad de que le había encontrado apenas tres meses atrás. Mejor dicho, a él no, por lo visto a su espíritu.

El ánima del anciano continuaba en su sitio, cual rey africano. Alrededor de su cabeza rutilaba una luminosidad azul. Yo estaba acostumbrada a ver luces raras, pero nunca antes las apariciones dieron pruebas tan fehacientes. No tengas miedo, recapacité, algunos muertos no hacen daño. Ve y salúdalo, a ellos les agrada que se les reverencie. Fui y me arrodillé delante del balance, una mano apergaminada, negra ceniza, atrajo mi cabeza hacia sus rodillas. Descansé mi mejilla sobre los muslos consumidos del abuelo.

Niña, contenta a tu muerto, respétalo y dispónlo, él necesita un favor de ti, ya te lo dije. No sólo la misa espiritual, ponle flores y velas. Invoca su alma, él quiere que yo sea el mensajero de su voluntad. Auxílialo y cúmplele. Está turbado, elévalo, se siente todavía muy pegado a la tierra, fue una muerte violenta y no se ha acostumbrado a ella, ayúdalo a que evolucione a la inmateria. Ya averigüé a quiénes te mandará. Cuatro hombres: el viejo rezongón, el gordo que trabaja con el ojo, el que trabaja con la comida, y por último, el ángel hacedor de imágenes. Te reunirás de nuevo con tu familia, pero lo que debes cumplir deberás hacerlo en solitario. No expongas por gusto tu vientre. No renuncies al destinado, de lo contrario, ¡oh, qué feo, los sacrificios con sangre humana! A ustedes —y apuntó en dirección de Andro— el sitio les queda chiquito. ¡Vuelen! —La mano se retiró de mi cráneo; en ese momento tuve la sensación de que el hombre abandonaba el asiento, pero yo continuaba oliendo en el vacío el vaho atabacado de su piel.

Andro me levantó del suelo tomándome por debajo de las axilas. Entonces bailé, dice Andro que azoté el aposento agitando los brazos en el aire como si planeara, como un aura tiñosa. Poseo un vago recuerdo de una inmensa dulzura en mi interior, de la sangre convertida en violenta boronilla de azúcar. Estuve pidiendo mucha agua, agua, tráiganme el océano, luego busqué desesperada un pozo. ¡Voy p'allá, p'al fondo del pozo! Entonces la iyaloche destapó el tanque de cincuenta y cinco galones, introduje la cabeza en él, con los cabellos chorreando agua di latigazos a los concurrentes. Esto me contó Andro. A mí se me hizo algo similar a una perforación honda en el cerebro. Como si miles de peces lo hubieran habitado, y yo hubiera sido torrente líquido envasado en un recipiente cuadrado de cristal, las paredes resbalosas de musgo y moho. ¡Andro, sácame de aquí! La mujer extrajo de un chiforrover de caoba un frasco de sietepotencias. Está bueno, m'hija, está bueno. Pero yo sabía que estaba buena, pero no podía entrar en mí, retornar a mí. Yo no andaba fingiendo nada. Yemayá Olokun me tironeaba, desgarraba en jirones mis ropas. ¡Mamita, mamá! Cayeron flores blancas sobre los espectadores. Entonces volví del desmayo, la lengua no me respondía, enredada en un nudo. Desperté acostada paralítica en un catre, el mismo que había servido de camastro al anciano babaloche para sus siestas de mediodía. Su biznieta, una mulatica de ojos rasgados, sujetaba mis brazos con fuerza descomunal queriendo separarlos de mi pecho, formando con ellos el travesaño de una cruz. Frotaron mis piernas con cocimiento de vicaria. Ahora vámonos, susurró Andro.

Cuando vuelvo de mi ensueño, el político ya ha

terminado su alocución e introduce sus brazos en las mangas del impermeable, dispuesto a partir. Recuerdo que le he hecho una foto, y que esa foto nos sobrevivirá a él y a mí. Es por eso que prefiero los retratos humanos: son la prueba contundente de la presencia constante de la muerte en la vida que no nos está reservada. Los paisajes podrán cambiar, los rostros nunca. A pesar de los genes, en el futuro sus descendientes tal vez hallarán ese retrato hecho por mí. Entonces ya no existiremos ni él ni yo. A mí no me corresponderá más que el intrascendental detalle de haberles dado la posibilidad de verificar los rasgos de uno de sus ancestros, plasmados en un papel amarillento. Recojo los utensilios de maquillaje, apago la luz, y me largo. Tomo el autobús de las diez en el Arco de Triunfo, vacilo ante el rumbo a tomar, ¿y si le caigo a Charline de sopetón? Seguro ha guardado algo de la cena, tengo hambre, pero no me apetece ir a un restaurante y menos cocinar sola en casa. Necesito cariño. Que me pasen la mano.

Al llegar al 153 de la calle Saint-Martin me enfrento a la puerta enrejada, memorizo con la yema del dedo índice los botones del código y atravieso el portón. Después debo marcar la franja triangular en el intercomunicador. Charline contesta con voz de estar viendo la televisión. Es una voz ronca, carrasposa, de quien hace muchas horas que no emite sonido, que no usa las cuerdas vocales. De inmediato recupera el regocijo y me invita a subir. El ascensor huele al perfume de moda, Dolce Vita de Christian Dior. La puerta de la derecha del sexto piso está entreabierta, pero así y todo toco el timbre, mejor dicho, la campanilla. Pasa, mi amor. Y yo atravieso el umbral, gano el salón y me derrumbo en el sofá de cuero marrón. No sé cómo se las arregla Charline, pero ya me trae una bandeja servida con espaguetis a la carbonara y una copa con cocacola y hielo. Dice que sólo por mí comete infracciones de tal grado, servir veneno americano en copa de vino francés y ligar el queso crema Kiri con cascos de guayaba. Pregunta que cómo me fue y le cuento con lujo de detalles; por supuesto, ahorro la descripción de mi ensoñación, mi quimera con Andro en Regla.

—Vi el programa, el tipo se veía extra. Ya sabía yo que se dejaría fotografiar, a los políticos los conozco como si los hubiera parido, son unos vanidosos de ampanga —comentó indiferente, como para ayudarme a desembuchar mi congoja.

—¡Ay, Charline, qué tristeza! Te das cuenta, todos mis amigos andan desperdigados por el planeta. Me siento frustrada. No tengo ganas de nada. ¿Volveremos a reunirnos algún día en aquella salación de país? ¿Por qué Monguy tuvo que caer preso? ¿Para qué pinga se le metió en la cabeza irse en una goma de camión, falsificar dólares? Y ahora Samuel, también poniendo océano por medio...

—¿Apago la tele? ¿Abro las ventanas? —Charline sabe que la decoración de su apartamento me deprime. Las paredes forradas en terciopelo negro, las ventanas herméticamente cerradas también pintadas de azul oscuro, los muebles tapizados en terciopelo flamingo, esculturas de huevos en mármol de diferentes tamaños, muñecas de porcelana o plásticas vestidas de trapajos antiguos con sombreros de los años veinte y treinta, alfombras auténticas traídas de Estambul, hasta el olor de *pots-pourris*, pétalos de flores secas, rosas, jazmines, acacias, la atmósfera demasiado palpable oprime el pecho.

194

Ella viste una bata de seda china, tiene el pelo recogido con una hebilla elegantísima, hasta para dormir usa esos detalles de gran marca. En el centro del salón reina un altar budista; una lámpara de aceite, encendida en permanencia, le está dedicada. Tengo las manos gélidas, el primer bocado no me pasa de la garganta, mastico y mastico sin lograr cogerle el gusto a la comida. Cada vez que me llevo una cucharada a la boca pienso en la gente de allá, en la libreta, en las colas, en el pan de boniato, en las desgracias diarias. Por nada la bandeja se me cae de las manos. Tomo la copa y bebo en un dos por tres, con los párpados cerrados, saboreando con las cuencas oculares en nirvana el líquido frío y efervescente.

—Si no deseas comer no estás obligada —murmura mi buena amiga.

—Estaba muerta de hambre, pero se me quitó, siento como un estropajo de aluminio aquí en la boca del estómago... ¿Puedo quedarme a dormir? —Me da la punzada del guajiro y un escalofrío.

—Con dos condiciones. No me pidas ni un libro de Proust, y mucho menos el diario... —advierte mientras se dirige a la cocina con la bandeja intacta—. El otro cuarto está preparado, sólo tienes que poner en el butacón el bulto de ropa sin planchar que dejé encima de la cama.

—Charline, por favor, préstame el diario. Si te lo entregué obligándote a prometer que nunca más me lo devolvieras fue un error. Necesito leerlo, te juro que no me pondré triste —suplico conteniendo las lágrimas.

Ella se restriega la nariz con el dorso de la mano, fríe un huevo en saliva y acto seguido suspira hondo. Una madre actuaría idéntico en situación similar, es decir fingiría no querer darme por la vena del gusto, y a la larga me complacería. Charline se expresa en franco-cubano; ella también sabe que me divierte escucharle su acento, y la forma tan ingenua con que ha asimilado los localismos. Pregunta si deseo más veneno *light* y respondo que claro, que la sed no me dejará pegar un ojo. Ella está convencida de que la coca-cola mientras más la bebes más sed provoca, y que la fabrican con ese propósito. Cuando Charline Le Brun afirma algo no hay que dudarlo. Sale de la cocina y va en vuelta de su cuarto. Allí revuelve en la primera gaveta de la coqueta, extrae una caja de cedro. Se acerca arrastrando los *chosones* por el pasillo, coloca el estuche de madera preciosa en mis manos, y ella misma lo destapa. Bien guardado en el interior está el diario cinematográfico de Samuel. El mismo que aquel día de su llegada perdió en la escalera y del cual yo me apropié.

Llevaba viviendo un año en la calle Beautreillis, pues, como mencioné antes, había decidido mudarme del 2 de la calle Séguier esquina con el muelle de Grands Augustins después de haber sufrido mi adversa crisis de fama en los medios publicitarios; fue la tercera ocasión escogida para sumergirme en la escritura proustiana. Al terminar el séptimo libro, no sólo quise cambiar de trabajo en pleno éxito de mi carrera, sino que además empaqueté mis matules y me dije: Vida nueva, casa nueva. Y me concentré en buscar apartamento en el Marais, uno de los barrios más bellos del mundo. No menospreciar que soy barriotera. Para mí hay dos barrios entrañables: La Habana Vieja y el Marais. Encontré por vía de Pachy, pintor cubano, un sobrio tres piezas pegado al techo en un hotel particular del siglo XVII, falto de mantenimiento, eso sí. En el inmueble alquilaba además de Pachy, otro pintor cubano, César; también una rusa pianista a la cual llamábamos *L'accompagnatrice*, en homenaje a Nina Berberova, su marido (coleccionista de guitarras), el hermano del marido (publicista enfermo a la música tecno), una enfermera, una institutriz de primaria, una familia de lampareros parecidos a los Picapiedras, *monsieur Lapin* (un buena gente con cara de conejo), Sherlock Holmes (empedernido fumador de pipa con impermeable color caca y una patilla afeitada más corta que la otra), dos parejas con un niño cada una: Théo I y Théo II, el gato Romeu y la dueña del felino. A Pachy y a César los había conocido en Aquella Isla, durante la segunda etapa de mi período de fiestas, las de la terraza de Andro, mientras esperaba la salida del país. Así también había conocido a Silvia, abogada de profesión, pero muy ligada al mundo artístico. Los abogados terminan convirtiéndose en artistas, o en ciertos casos, para fortuna o desgracia de muchos, en gobernantes, depende por dónde les dé su trauma con el derecho romano. También a Winna, una enferma de la ciencia ficción y del erotismo marciano.

Pachy me puso la buena con el propietario, y así fue como me mudé en un santiamén, pagando tres meses de anticipo, por supuesto, aunque en cantidades razonables. Encontraba encantadora la idea de vivir en un solar de lujo en el Marais, con vecinos compatriotas. Así a la caída de la noche, sea verano o invierno, el olor a potaje de frijoles negros o a congrí impregna las escaleras. En los meses de julio y agosto, a través de las dobles ventanas, abiertas de par en par, destila la música rompedora de tímpanos acostumbrados a Chopin o a Schubert:

Sandunguera, que te me vas por encima del nivel...

O si no esa de Omar Hernández cantada por Albita:

Ay, qué barrio allá donde yo nací,
ay, mi pueblo aquel pobladito feliz...
Muchacho travieso que hacía maldades
para reírse
y divertirse con los vecinos
que le querían
mientras Miguelito en su carretón
iba al cafetín,
a Manuel Navarro
se le escuchaba tocando a Schubert en el violín...
Ay, qué barrio allá donde yo nací...

Nada podrá amortiguar nuestros impulsos musicales, por muy europeos que anhelemos ser algunos, el atropello y la zarabanda del ritmo le gana la partida a las *Estaciones* de Vivaldi. Charline no entendía mi desespero por largarme a un edificio viejo, para colmo habitado por almas en pena, ella hablaba de los muertos, claro está, de los vivos ni les cuento, se las pasan acongojados por los grados bajo cero, por lo sombrío, por esto o aquello. La inconformidad los define. Resumiendo, es por esa razón que Charline se estremece de pánico cada vez que le anuncio que he abierto un libro del carnal Marcel, predice que detrás de la lectura vendrá la mudanza. Y no es que refunfuñe por no querer ayudarme en el traslado de los muebles, cajones y todo aquello que implica abandonar una casa por otra, cuanto y más esa otra resulta más pequeña. Los trastos a regalar o a botar significan toda una agenda. Es que Charline, como yo, odia los cambios bruscos, quizás yo más que ella por obligada y traumática experiencia, pero cuando el bichito interno ordena que debo renovar, es preciso obedecer al presentimiento. Eso tendrá que ver, es posible, con la incesante búsqueda de mi irrecuperable sitio en el mundo, el universo de mi infancia.

Meses después, al año exacto de habitar la calle Beautreillis, Pachy trajo la noticia de que otro socio de él se mudaría al edificio. No me pasó por la cabeza que fuera cubano, cuando más creí que sería alguno de los amigos chilenos o peruanos, quienes por ser pintores iguales que él, tanto lo frecuentaban. No, te equivocas, es un cubano recién llegado, anunció. Bromeamos con que, un poco más, y podíamos fundar un Cedeerre. Como eres la única mujer serás la presidenta, exclamó en una risotada. Vete a singar, rezongué también muerta de la risa. Entonces te daremos el frente de Vigilancia, y César asumirá el de jefe de las Milicias de Tropas Territoriales. No digas más, que me suicido de nostalgia, confesó Pachy atacado, con las manos aguantándose el vientre, los ojos aguados. Cállate que me meo.

El cubano nuevo se llamaba Samuel, había sido invitado a Francia por unos amigos músicos del Sur, pero pensaba hacerse el bobo y quedarse. ¿A qué se dedica?, pregunté sin muchos deseos de enterarme. Algo con el cine, me parece que es editor, o montador, como se dice aquí. Ah, bueno, susurré, otro intelectual bayusero. No, nada que ver, es un tipo supercallado, sencillo. Pachy estaba facilitándome las mejores referencias. ¿Hace mucho que lo conoces? Dos días. Vaya, vaya, no cambiamos, somos la precipitación o el apurillo en dos patas, pensé mientras preparaba una colada de café de paquetico, la cuota de la bodega, que la mamá de Pachy le seguía mandando desde Aquella Isla, para que no olvidara lo malo que se había puesto hasta el café. Pachy continuaba bebiéndolo, no por patriotismo, sino porque su estómago, tan acostumbrado a lo negativo, no aceptaba el café de buena calidad: se iba en diarreas.

Viví la mudanza de Samuel a través de mi mirilla, pues dio la casualidad que se mudó frente por frente a mi apartamento, con lo cual al darle la vuelta al pasillo en forma de herradura, por el interior de las dos casas, la pared de su cuarto colindaba con la del mío. Apenas traía equipaje, una maleta de cuero despellejada con los cuatro bordes de tela desflecada, dos cajas mal amarradas repletas de libros y papeles, las cuales quedaron a la merced de mi vista un buen rato. Fueron sus amigos músicos quienes en una camioneta (supe que era una camioneta porque escuché los comentarios) venían cargados con regalos necesarios comprados en Ikea, una cama de madera pulida, el colchón, una mesita redonda metálica con cuatro sillas plásticas negras, un sofá-cama negro también, cortinas, lo otro eran cosas de uso recolectadas entre franceses, o recogidas en los basureros: una lavadora, un refrigerador pequeño, un televisor bastante grande marca Schneider, entre otros tarecos. Samuel era más joven que nosotros, tal vez alrededor de cinco o seis años menor. Ni bello ni feo, más bien interesante. Salía y entraba cargando bultos o muebles y en cada viaje echaba un vistazo a mi puerta. Yo jamás abrí, era más cómodo seguir en mi palco presidencial (sentada en una escalera de albañil) detrás de la mirilla. Al cabo de un rato, Samuel empezó a sonreír directo a mi ojo, es decir, al hueco visor de la puerta; sospechaba que estaba siendo observado. No pude evitar un escalofrío cuando en una de las últimas subidas, pícaro, me hizo un guiño, pues recordé el idéntico gesto de Jorge que lo condujo directo y sin escala a la hoguera. Entonces queriendo desviar la atención estudié sus manos, todavía tostadas por el sol, grandes pero elegantes, aunque con uñas disparejas, como arrancadas de un halón o mal recortadas por un cortauñas mellado. ¿Por qué pasé meses o años sin deseos de ser acariciada y aquel día, al descubrir aquellas manos, añoré la sorpresa del contacto? ¿Por qué me gustó Samuel y no otro? Apenas acababa de percibirlo por un mínimo agujero en la puerta y ya se me aflojaban las piernas imaginando la sabrosura de su tacto. De inmediato rechacé la idea de cometer cualquier estupidez. Pero a mí me pierde el contrapunto o rollo que se me arma en el cerebro entre lo imposible y lo posible. No te apresures, Marcela, me autoaconsejaba al tiempo que apretaba el picaporte presta a abrir y a presentarme. Hola, soy tu vecina cubana, no sé si ya te han hablado de mí, si puedo tirar un cabo, aquí estoy a su disposición. No vayas, cállate, poco a poco. En esa lucha andaba y entonces me percaté de que sólo restaban las dos cajas de libros y documentos. Samuel entró la primera, luego la segunda. Fue tan veloz en sus movimientos que de la última caja, rajada por un lado, cayó un cuaderno anaranjado de tapas duras y de un respetable grosor de páginas. En cuestión de segundos cerró la puerta tras de sí, no había reparado en la caída del objeto. Mejor oportunidad había que mandarla a fabricar, con el pretexto de ir a entregárselo podría entrar en confianza con el dueño. Pero ¿no sería extraño para él que desde el interior de mi apartamento me hubiera dado cuenta del extravío? Sí, eso me delataba como fisgona, y mi plan consistía en admitir su existencia, pero imponiendo límites. De todas maneras giré el pomo de la puerta, salí y me apropié del cuaderno en menos de lo que canta un gallo. En lugar de tocar con los nudillos en la de él, regresé a mi sala, y coloqué el objeto hurtado encima del pedestal donde se destiñe una banderita cubana. No tenía a quién llamar que pudiera acudir al instante. César se hallaba de viaje por Jamaica y Pachy había sido invitado a una exposición y más tarde a una cena, no llegaría hasta la madrugada. Sentada en el butacón de cuero y metal decidí que no entregaría el diario por el momento, que lo revisaría y se lo devolvería después si creía necesario. Colé café del bueno. Desde la columna dórica, es decir, el pedestal, el cuaderno estudiaba mis movimientos, presentía que me reclamaba lastimero. Volví a él con el tazón humeante, lo hojeé tirada en la alfombra de arabescos verdes. Pertenecía a Samuel, su nombre y una fecha estaban indicados en la primera página; la caligrafía era muy cuidada, comenzaba escribiendo en letra de molde y cuando se cansaba continuaba de corrido. Tenía muy pocas faltas ortográficas, casi ninguna, más bien la velocidad del pensamiento hacía que olvidara los acentos o algunas comas, pero nada más. Redactaba con decencia y meticulosidad, pero sin intenciones de ser un escritor. Además en la cabecera advertía que se trataba de un diario cinematográfico. La curiosidad carcomía mis sesos. Leer ese manuscrito significaba casi más que poseer la llave del apartamento de enfrente. Intuía que si iniciaba su lectura estaría poniendo los pies en el umbral de otro peligro, y ya no me estaría permitido recular. De todas formas, yo necesitaba palpar algo que no fuera ordinario, tocar un fragmento ajeno a mi repulsión cotidiana. El cuaderno era lo más cercano en tiempo que poseía de Aquella Isla, hasta olía a salitre y a moho de paredes de antiguos palacios habanaviejeros, no iba a desprenderme de la prenda a través de la cual me acercaba a lo mío, a mi universo, a mi infancia. Escuché un portazo, voces, pisadas descendiendo la escalera, después el silencio. El silencio perseguidor, el silencio asesino. Comencé a leer:

Exterior. Día. Plano general. Sobre un inmenso cielo azul ondea tapando el sol reverberante la bandera cubana. Escuchamos en off las voces de dos jóvenes. La cámara irá bajando desde la insignia nacional, por el mástil hasta ellos. Samuel (yo) tendrá alrededor de dieciocho o veinte años. Andro le lleva unos seis años. Es el último día de clases en la Facultad Universitaria, todo parece indicar que hubo una actividad política.

Samuel (yo) el cineasta, con voz divertida del traspaso de la adolescencia a la juventud, se le van los gallos: —Oye, habrá que conseguir bastante comida porque el trecho no es fácil.

Andro, el pintor: —Los viajes quitan el hambre. Acuérdate de llevar la super-ocho, habrá que filmarlo.

Samuel: —Ahí llegó, mira, el Gago.

Silbido enérgico de Andro: —¡Monguy, aquí! A ver si éste se acordó del mapa. Coño, asere, no le digas el Gago, se va a encabronar.

Mis ojos se detuvieron en los nombres de Andro y de Monguy, para colmo gago. Tuve un presentimiento furtivo, pero seguí leyendo. «*Monguys*» habrá en Aquella Isla hasta para hacer dulce, pero «*Andros*» no tanto. Continué voraz.

Samuel: —Ya sé que se pone bravo. Lo conozco primero que tú.
La cámara llega a ellos al mismo tiempo que Monguy. La sombra de la bandera los cubre como un manto. Monguy es mayor que ellos, entre treinta o treinta y cinco años. Desde que aparece es notable su introversión, mezcla de cinismo y apatía, sin embargo gracias a su edad goza de un cierto liderazgo. En otros tiempos fue el jefe de un grupo de rock, sabe mucho de música. Viste desaliñado, es un jabao simpaticón.

Cinco casualidades es ya demasiado, me dije. Monguy, música, jabao, Andro, pintor. La envolvencia iba más allá de lo que yo podía suponer.

Andro es un trigueño optimista. Samuel (yo) es ¡como yo!: soñador, entre la picardía y la comemierdería, deseoso. «Deseoso es aquel que huye de su madre», cito el poema de José Lezama Lima. A la llegada de Monguy se saludan palmeándose las manos en el aire. Sentados en el suelo, Monguy despliega un mapa de la isla de Cuba, los otros dos atentos. La bandera a media asta ondea haciendo sombra sobre ellos.
Monguy, gagueando: —Sssaldremos ddde aquí (señala un punto en el mapa)... ¿Ready?
Corte.
Exterior. Amanecer. Travelling a toda velocidad por el Malecón, haciendo hincapié en los desniveles del muro, unas zonas mucho más altas que otras. Regresa a veces a planos generales, luego continúa en planos detallados del muro, queriendo dar la inten-

ción de que éste es un muro gigantesco. Por momentos el mar se asoma pacífico como la piel licuada de un monstruo en acecho, después ondula, como si corriera a más velocidad que la cámara y fuera perseguido por ella. Sobre estas imágenes caerán créditos. Escuchamos controversia guajira entre Justo Vega y Adolfo Alfonso. Corte.

Exterior. Amanecer. Alameda de Paula. Monguy y Samuel esperan por Andro sentados en un banco del parque. Desde la radio de una casa vecina les llega el punto guajiro. Samuel está entretenido en revisar la cámara super-ocho. Monguy ahora reclinado tararea al compás de la canción. En el suelo descansan dos mochilas enormes repletas, tres gomas de rastra y una guitarra.

Samuel: —¡Cómo demora Andro, compadre, siempre lo mismo con él! ... Ese canto me pone los pelos de punta. ¿Y eso que tú te lo sabes?

Monguy, saca un paco de cartas, hábil juguetea con ellas: —Yyyo era un fffan de Palmas y Cañas, de las cccontroversias.

Samuel: —Me acuerdo cuando eras roquero, yo era un chama. ¡Ah, las fiestas que metías en la azotea! Después tuviste ese grupo, ¿Los Vírgenes se llamaba, no? En ese entonces no eras tan gago.

Fiestas en la azotea. También era cierto que Monguy había tenido una etapa de cantante de rock, justo en que todos nosotros matriculábamos carreras universitarias, él desafiaba negándose a ir a la zafra y fundando un grupo clandestino de rock duro; fue cuando comenzó a caminar al revés y a falsificar divisas.

Monguy: —Siempre fffui gggago, al cccantar se

205

me quita. Cccuando aquello no estaba tttan qqque-
ma'o del cccoco cccomo ahora.

Samuel, burlón: —¿Y por qué no hablas cantan-
do, como en Los paraguas de Cherburgo?

Monguy contempla embobado las cartas, las deja
caer sobre el pecho, cierra los párpados. Escuchamos
en off la voz en cuello de Andro.

Andro: —¡Hey, piratas, aquí está el Joan Miró de
Cuba, listo para el bojeo!

Corte.

Exterior. Día. De mañana. Plano general. Los tres
caminan por la zona del puerto, se divisan un barco
mercante y algunas embarcaciones menores. Puerto
casi desierto. Los muchachos cargan las mochilas a
las espaldas. Monguy amarró la guitarra a una tira de
la mochila, ruedan las gomas de camión con las ma-
nos, es por eso que avanzan lentos, en ocasiones
tumban alguna de ellas y esto provoca risas o enca-
bronamientos. Corte.

Exterior. Día. De mañana. Plano medio. Cami-
nan acercándose a la Aduana, entre los muelles de
Regla y el de Casablanca.

Monguy a Andro: —¿Qqqué cuento le inventaste
a tttu vieja?

Andro: —Nada del bojeo, no se lo iba a tragar,
para ella estoy en un campismo. La que se quedó mal
fue la jebita, figúrate, no entendió por qué quería
irme solo, nada más y nada menos que al recholateo
de un campismo. Me botó, me dio pirey, pero eso se le
pasa. A mí me hubiera gustado traerla, pero las jebas
caen con la regla y toda esa berracá. Además, asere,
esto es una aventura de ascetas, de monjes, ¿no?

Samuel: —Una peregrinación de aburridos. (Que-
da rezagado, recuesta la goma al muro, saca la cámara
y filma.)

Monguy: —Si hubiera ccconseguido más gomas pppodrían haber traído las novias, pero...

Samuel: —¿Y quién iba a cargar con ellas, con las gomas, digo? Yo, por suerte, o por desgracia, no estoy empata'o. De seguro Mina no quiso venir.

No cabía coincidencia más precisa. Había escrito el nombre de Mina. ¡Se refería a mis amistades! ¡Sus amigos eran los míos!

Monguy: —Mmmina o Nieves o cccualquiera otra. No ttte has instala'o porqqque no ttte ha dado la gana. A Mina la vuelves loca, pppor ejemplo.

Dos nombres más, el de Mina y Nieves, la negra. Mi mente tomaba dimensiones extrañísimas, como si alargando mi brazo pudiera tocar a mi grupo, a toda una época. Y eso a través de la lectura de un diario cinematográfico. A través de un desconocido. ¿O lo era tanto? Sus ojos fijos en la mirilla, el guiño, sus manos. ¿Quién era Samuel? ¿Ocuparía un espacio de mi pasado? ¿Por qué al encontrar por primera vez a alguien que nos está destinado nos invade el presentimiento de que ya hemos vivido antes con él? ¿Por qué me asaltaba esa clase de dudas?

Samuel: —Mina está cogi'ísima contigo, no jodas.
Andro, separado de Monguy, habla a cámara, imita la voz del español que hacía programas sobre la naturaleza. —Amigos, comenzamos una nueva expedición, desde una isla misteriosa. Esta vez me acompañan dos aventureros, dos aguerridos, Monguy, el poeta, y Samuel, el cineasta. Ustedes no ven a este último, pues está filmando. Y quien les habla, un hu-

milde servidor de la línea y el color, Androcito cami-
nante, Johnny Walker Miró. Y para ustedes, un nuevo
capítulo de El hombre y la tierra.

Samuel: —¡Isla misteriosa ni isla misteriosa!
¡Mierda, se trabó algo!

La imagen desaparece. Aparente trasteo en la cá-
mara. Vuelve a plano general de los tres. Samuel arre-
gla un desperfecto en la super-ocho. Andro y Monguy
ruedan trabajosos las gomas. Corte.

Exterior. Día. De mañana. A la altura de La Pun-
ta, un Habanautos parquea junto a la acera, la porte-
zuela se abre y surge una larga y hermosa pierna como
de ébano, después un fambeco fenomenal ceñido con
una licra amarilla. La mujer es una negra preciosa, de
unos treinta y tantos años, alta, espigada, similar a
una maniquí. Va vestida y maquillada de noche, pei-
nada con trencitas que le dan por la cintura. Una vez
fuera del automóvil se despide del chofer soplándole
un beso desde la palma de la mano, sonríe finísima.
Rostro delicado. Cruza la calle y se pierde detrás de
una de las columnas de los portalones, pareciera que
entró en una casa. Una vez que el auto arranca, ella se
asoma. Cruza la avenida y gana la acera del Malecón.
Su cara ya se ha transformado, salpicona, caliente,
puta. Detiene otro auto con chapa diplomática,
chacharea unos minutos, se dispone a entrar en él:

Monguy, en off: —¡Nieves, Nieeeves!

Ella reacciona, pero avergonzada, pues se ve des-
cubierta, finge como que no es con ella. Monguy in-
siste: —¡Negra, es contigo, no te hagas la sorda!

El auto echa a andar ante la indecisión de la mu-
jer. Ella se acerca simulando una sonrisa, es evidente
que está molesta. Monguy deja caer la rueda, va y
abraza a Nieves, quien le corresponde con cariño. Re-
costados al muro la negra saca del bolso una caja de

Marlboros y le brinda un cigarro a Monguy, él acepta. Los otros se hallan a una distancia considerable de la pareja. Ella les ofrece cigarros, entonces se agrupan. Andro también ha tirado la goma a un lado. Samuel aún arrastra la suya.

Samuel a Nieves: —No te conocía en esa faceta internacionalista.

Ella se encoge de hombros. Samuel da una honda cachada al cigarro y decide recostarse un rato en el interior de la goma. Andro le imita.

Nieves a Monguy: —Primero, cuando trabajo en esto no me llamo Nieves, sino Cachita, o Dominique, y para algunos allegados La Mambisa. Segundo, por tu culpa acabo de perder a un embajador. Tercero, ¿dónde coño estuviste todas estas semanas? Pensé que andabas asilado en alguna cancillería o que te habías becado en Los Cocos, con sida.

Monguy: —Primero, nnno me gggustan los nombres nuevos. Segggundo, por tu culpa perdí mi corazón y mi madre la esperanza de que me cccasara con una rubia de ojos verdes cccon vistas a tener nietos rubios de ojos verdes. Tercero, ¿qqquién desapareció antes? Cccuarto, no tttienes edad pppara lo que acabo de ver.

Nieves: —Facultad de negros y chinos, no envejecemos. Así que tu mamá sigue arrugándose de angustia tratando de venderte a una blanca. Cuéntale que puedo presentarte a unas cuantas turistristes que darían una fortuna por singar contigo debajo de una mata de mango, después te raptarían. A tu mamá no le faltarían los blúmeres, a ver si así me acepta.

Monguy sonríe, hace señas a sus amigos de reanudar la marcha. La negra se divierte al verlos con las ruedas: —Les convvvencí pppara dar un bojeo a la isla.

*Nieves, mirándolo de reojo: —¿A pie, a nado, o re-
mando? Niño, ¿qué carnet te quieres ganar a estas alturas? ¿El del Partido por el eje? Dale, los invito a desayunar.*

Monguy: —¿Y qqqué hacemos con las gomas?

*Nieves: —Se las tragan o se las ponen de suposi-
torios.*

Corte.

*Exterior. Día. Media mañana. Plano general. En-
tran en el edificio de Las Cariátides, medio derruido y
deshabitado. Nieves los conduce hasta su guarida.
Trastea en el candado de una puerta, luego se dirige a
la contigua y de una patada la abre de par en par.*

*Nieves, contenta: —Ya ves, Monguy, todo llega.
Por fin soy propietaria ilegal de un palacio, casi el
mismísimo de Nefertiti. Obtuve un cuarto, después
dos, se murió una vieja y me colé rompiendo el sello
de la Reforma Urbana. Por favor, dejen las gomas en
el pasillo. Aún no lo he amueblado como se merece.
Cierra los ojos, ahora mira. Ventilador de pata, un
tres en uno Aiwa, Tevé color, vídeo, instalé la antena
parabólica para coger los canales del enemigo, pero
me jodieron, las acaban de interferir, refrigerador.
Robo la electricidad del edificio de al lado, tiré un cable de no sé cuántos metros... ¿No es el delirio mismo?*

*Monguy, perplejo. Desde los ventanales vemos el
océano. Barrido cinematográfico. El decorado es
ecléctico, muebles desvencijados años cincuenta, im-
pera el vinil y la formica. Encima de una de las mesas
de noche reina un portarretrato en forma de libro
abierto, un lado la foto de Monguy niño, otro Nieves
vestida de pionera. Monguy toma las fotos mientras
ella se dedica a preparar el desayuno.*

Nieves repara en que Monguy ha descubierto el

210

detalle: —La infancia de Iván *con* La muñeca negra. *Esa foto se la robé a tu madre.*

Corte.

Han terminado de desayunar. En el cuarto contiguo descansan acostados en el piso Samuel y Andro. El primero revisa la super-ocho, el segundo contempla las manchas descascaradas en el techo y en las paredes.

Andro: —*Quisiera pintar así, lograr esa densidad traducida en humedad, en mierda, en vacío. Pero para eso hay que poseer un tercer ojo.*

Samuel, burlón: —*El del culo.*

Andro, apesadumbrado: —*No jodas, hablo del ojo del alma... Oye, tú, y ¿qué hacemos aquí? Apenas empezamos a darle la vuelta a la isla y ya estamos descansando. Esa negra le bajó burundanga a Monguy.*

Samuel: —*Cuida'o ahí, esa negra es tremenda negra. Lo mismo te pone feliz como que duele mirarla.*

El lente de la cámara traspasa la pared hacia la otra habitación donde se hallan Nieves y Monguy, quien observa a lo lejos, hacia el horizonte, a través de la terraza.

Nieves, susurrante: —*El chino, Samuel, sabe lo que dice. Todo el mundo se da cuenta de que soy extraordinaria menos tú. No desaparecí por culpa del racismo de tu madre, sino por tu amargura, por tu cinismo. Además de que sé que andas con Minerva.*

Monguy: —*No me gusta qqque jinetees.*

Nieves: —*¿Y tú? ¿Ya te aburriste la maquinita proveedora de fulas?*

Monguy va hacia ella con intenciones de besarla. Ella lo esquiva. Corte.

Interior. Día. Vista al mar. Samuel filma a Monguy, quien flota a lo lejos en el oleaje, acurrucado dentro de la goma de camión.

Nieves interviene irónica: —Oye, tú, Coppola, ven acá.

Lo conduce al otro aposento. Mientras se desnuda Samuel la filma. Ella se dirige a la ventana encuera a la pelota. A lo lejos Monguy flota. Nieves regresa a Samuel, le quita la cámara. Él se acuesta en el sofá, ella le saca el pantalón. Sentada a horcajadas sobre el muchacho extrae de un monedero, que ha tomado de la mesa de centro, un preservativo. Él observa de reojo. Se besan.

Samuel: —Nunca lo he hecho con... (besos)

Nieves, sin dejar de chuparle los labios: —¿Preservativo?

Él niega. Nieves mordisqueándolo: —¿Con una negra?

Él niega. Nieves a punto de tragarse la lengua del joven: —¿Con una puta?

Él afirma. —Además, eres la jeba de Monguy.

Primeros planos a sus cuerpos. Canela y leche cruda. Corte.

Noche. Exterior. Malecón. Plano medio. Caminan ensimismados. Andro es quien rompe el silencio: —¿Está bueno el mar, Monguy?

Él hace gesto con la cabeza de que más o menos.

Andro: —Tengo tremendas ganas de zambullirme. El mar es una cosa tan, tan, no sé, no es lo mismo que la playa. En la playa la orilla está ahí y ya. En el mar, el peligro da una sensación de, ay, tampoco sé...

Samuel a Monguy: —Te filmé. Era lindísimo, tú en medio del océano.

Monguy: —¿Cccómo fue? (Samuel titubea.) ¿Lo de la Nnnegra y tttú?

Samuel, entusiasmado: —Primero ella arriba y yo debajo, después de lado. Luego quiso ella debajo y yo arriba. Esa jeba es una locura... Coño, perdóname,

212

asere... (Monguy hace ademán de no importarle.) Ella te quiere, lo de hoy fue un alburzazo. Acuérdate que dijo que no podíamos faltar a la fiesta de la Casa de los Sarcófagos. Insistió en que llegará tarde, pero llegará.

Andro se les junta: —¿Ahora una fiesta? Caballero, que al paso que vamos en septiembre no estaremos ni en el Comodoro.

Corte.

Exterior. Noche. Edificio de los Sarcófagos, frente al Malecón. De uno de los balcones vemos descolgarse medio cuerpo de una joven cantando eufórica a los cuatro vientos:

> *—Porque tu amor es mi espina,*
> *por las cuatro esquinas hablan de los dos,*
> *que es un escándalo dicen,*
> *y hasta me maldicen por darte mi amor...*

¡Eh, miren, ¿ese que viene por ahí no es Monguy? ¡Que suba, que suba, que suba! ¡Ñooo, qué mortal!

Fiesta. Roqueros cantan endrogados. Los demás conversan o bailan. La joven borracha que antes vimos en la ventana, juega ahora a saltar encima de las tres ruedas de camión. Todos se sienten identificados con Monguy, lo ven como un líder, hasta los roqueros le ofrecen el micrófono incitándolo a que los acompañe, él lo evita. Otras dos muchachas se acercan a Samuel y a Andro:

Una de ellas: —Hola, soy La Comuna, ella La Bastilla. Trabajamos en pareja, somos especialistas en franceses. Pero esta noche podemos hacer una excepción. Tin marín de dos pingüés, cuca la mácara títere fue, eeeh, le tocó al chino.

La Bastilla enciende un prajo, hala y se lo pasa a Samuel.

213

Andro, irritado: —Compadre, ya tú templaste con la negra, dame un chance.

Samuel se aparta, Andro desaparece acompañado de las dos mariguaneras. Samuel saca la cámara, intenta filmar. La dueña de la casa se lo impide: —Prohibido, como en los museos, puede perjudicar las obras de arte.

Samuel deambula por la casa, es inmensa. Se asoma a una de las habitaciones. Un grupo de jóvenes de ambos sexos recostados en cojines, se mantienen como adormilados, los ojos tapados con fomentos de algodones enchumbados en cocimiento de vicaria. A su alrededor reparamos en los cubos conteniendo el cocimiento curativo, algunos de ellos se destapan los párpados y sumergen los trozos de algodón en el remedio casero. Cuando eso ocurre podemos descubrir sus huevos oculares enrojecidos y severamente hinchados. Leemos en un cartel con mayúsculas pintadas de rojo:

Reservado para los enfermos de conjuntivitis hemorrágica. Altamente contagiosos.

Samuel se escabulle a otro aposento; a la entrada leemos un segundo afiche:

Posmodernos. Supercontagiosos.

Samuel empuja la puerta con discreción. En el interior un tercer grupo lee libros de Umberto Eco. El decorado lo conforman columnas salomónicas de cartón. Recostados a las columnas visten togas a lo griego, confeccionadas con sábanas ripiadas y sacos de azúcar. Samuel, aburrido, alcanza la entrada del siguiente recinto. Dentro reina una luz cegadora,

214

Monguy manipula su póker. Samuel se sienta en po-
sición budista frente a él. Samuel cae en éxtasis con
el barajeo hipnótico de las cartas. Su amigo le brin-
da una bebida de una hermosa taza china de porce-
lana.

Monguy: —Es ttté de un hongo sacado de la mm-
mierda de la vaca. Sentirás cccomo si te tragaras los
rayos pppolvorientos del anillo de Saturno.

Samuel traga haciendo mueca de asco. Monguy
continúa barajando las cartas. Una luz artificial,
muy potente y blanquecina, los envuelve.

Monguy: —¿Tttendremos futuro, tú? Escucha, la
música es sobre todo luz. Tttengo miedo, abrázame.

Samuel obedece. Monguy suda con espasmos, al
rato se separa de su amigo y escapa al salón principal.
Allí se dirige al círculo de roqueros, toma una guitarra
y comienza a cantar lento, amargo, adolorido:

Todo está oscuro, es muy noche aquí.
«Me vi viéndome a mí mismo.»
Allá hay una luz mía para morir,
me dice que soy humano, jodido y humano,
tendré que serlo toda la vida,
y vivir humanamente.
No sé qué luz ves tú en mí,
soy de verdad,
con rostro, nervios, una carne para herir.
Soy humano y me duele la vida,
lo que más importa es que esté encendido
como un monigote eléctrico,
dando el paso atrás en cualquier frontera.
Temo a las distancias y odio el sol,
odio el sol porque me borra la luz.
Soy de verdad, mira,
con fiebre, miedo, anhelo de matar.

No sé qué luz veo yo en ti,
vivir mi vida es terminar con ella.
Y yo quiero vivir,
amo a mi víctima, detesto el sol.
Amo morir, odio morir.

Poco a poco todos se han dedicado a bailar como autómatas. Samuel, echado en un butacón forrado en raído damasco, contempla a Monguy con los ojos inyectados en sangre. Por la ventana invade alardoso el crepúsculo. Corte.

Exterior. Día. Pleno sol. En medio del mar los tres navegan a la deriva dentro de las gomas. Andro dormita, el rostro ladeado cae sobre su hombro. Monguy juguetea con el manojo de cartas. Con dificultad, Samuel logra filmar la ciudad vista desde el agua. El equipaje va amarrado a unas balsas inventadas con poliespuma.

Samuel, bromeando, señala a Andro: —A éste lo liquidó la Revolución Francesa.

Andro apenas se mueve para espantar un insecto de su cara.

Samuel, jodedor: —Despiértate, asere, cuenta, anda, cuenta, ¿qué te hicieron Robespierra y Dantona? ¿Atacaron las dos juntas, por turno, cómo fue, consorte?

Andro, somnoliento: —Nada, empezaron hablando del Museo Napoléonico, siguieron con el Louvre (bostezo sonoro). Se conocen el Louvre de punta a cabo, desde los egipcios hasta los esclavos de Miguel Ángel, y eso que no han viajado, por reproducciones y, mucha cama con franceses. Todo esto mientras me exprimían el pito con una mamada de antología. ¡A mí las putas cultas me dan una clase de lástima! Nada, se me cayó la morronga. Hasta que hice abstracción y volví a tender la carpa.

Samuel, divertido mientras filma: —La ciudad está hecha talco.

Monguy: —Me gustaría ser dddelfín. Nnnadar es más cccómodo que caminar.

Samuel interrumpe la filmación: —A mí me atrae el mar, presiento que moriré ahogado. Una vez tuve una experiencia increíble. De pionero vine con la escuela a echarle flores a Camilo, de buenas a primeras, la flores flotantes se juntaron y dibujaron el rostro de Camilo, ningún otro niño lo vio.

Monguy, escéptico: —Eso se llama tttraumatismo pppolítico pppioneril.

Samuel: —Lo que tú quieras, pero me sucedió, y mira, me erizo nada más de acordarme.

Andro: —Sensibilidad grande. Aunque hay quienes dicen que Camilo Cienfuegos, harto de toda esta mierda, aterrizó en Miami, se afeitó la barba, y hoy en día es dueño de un canal americano de televisión.

Monguy, conspirativo a Samuel: —¿Ves? Es ddde día y hace menos luz que anoche. ¿Ttte dejaste guiar por lo qqque yo vi ayer?

Samuel embaraja: —Ayer no vi más que a un patético escandalizando con una diz que canción. Malísima, por cierto.

Andro, intrigado: —¿En qué me dejaron fuera?

Samuel: —En nada. *(Largo silencio.)* En nada, pasó un ángel.

A lo lejos divisamos la lenta aproximación de una balsa, encima trae a una muchacha vestida con ropas viejas y descosidas. Escuchamos su voz imitando a Radio Reloj, aunque da noticias irreales y la hora al revés. A pesar de que su piel está muy tostada por el sol, la espalda ampollada, no se le ve saludable, más bien ojerosa, delgadísima, sucia, el pelo grasiento.

Ansiedad: —Declaró el ministro de Cultura en el

discurso inaugural por el Día de la Cultura que la cultura es buena, que la vida es buena, y que la muerte es mala, por eso morimos. Pim, Radio Reloj Nacional, once en punto de la mañana. En el país de los ciegos el tuerto es rey declaró Polifemo Castro, original de Malestar, cayo espectacular fuera del mapa, hermoso centro turístico dedicado al pueblo. Pim, Radio Reloj Nacional, once menos un minuto de la mañana, escuche las noticias de los países Ex, que dentro de poco dejarán de serlo. «Desde que somos Ex vivimos como bestias, lo cual nos llena de honor, pues el hombre debió desde hace mucho haber vuelto a las cavernas», declaró cualquiera, el que menos ustedes se imaginan, el advenedizo de turno. Pim, Radio Reloj Nacional, once menos dos minutos de la mañana... Eh, ¿qué tal?, me llamo Ansiedad. ¿Se vienen o se van?

Ninguno de los tres contesta.

Ansiedad, inquieta: —Respondan rápido porque ya son las once menos tres minutos, a las diez y media debo suicidarme, ahogarme para ser más exactos.

Samuel, histérico: —Oye, mira, no te hagas la arrebatada. Empezando son las once y cinco, que yo sepa todos los relojes van p'alante, déjate de suicidios y vomita de una vez, ¿qué bolá contigo?

Ansiedad: —¿Yo? Nada, son ustedes los que se metieron en el medio. Yo voy derecho a lo mío, practicando la muerte. La aspiración máxima de todo ser humano debe ser morir.

Se miran confusos entre ellos.

Ansiedad: —¿Quieren beber leche, mucha leche?

Asienten con la duda grabada en los semblantes.

Ansiedad: —¿Quieren que me convierta en vaca o en chiva? Creo en la transmigración de las almas, en el poder de la fe de todo lo salvable, ya sea animal, sideral, vegetal, etc. ¡Eso sí, leo cantidad! Leo, pero no entiendo ni comino de lo que leo. ¡Dios, me voy, yo dando cháchara aquí, y en quince minutos menos tengo que ahogarme!

Se aleja remando a toda velocidad con dos palos maltrechos.

Monguy: —Otra loca libbbre.

Samuel, amargado: —No soporto la provocación por la provocación, sin justificaciones.

Han llegado a la zona del hotel Riviera. Andro repara en tres niños lanzándose desde el muro, jugando a hacer clavados en las pocetas.

Andro restriega sus ojos: —No sé si soñé despierto. Esos niños existen de verdad, o somos nosotros en mi sueño.

Plano general a los niños.

Niño Uno: —Estoy aburrí'o. ¿Qué haremos?

Niño Dos: —Vamos a jugar a que vino la luz.

Niño Tres es un gordito goloso: —Mejor a que vino el gas, a ver si por encanto aparece algo de comer. Yo fui una vez a la casa de un extranjero, todo funcionaba por pilas, hasta el aire acondicionado. Denle, vamos a jugar a que vino el gas y a que comemos.

Niño Uno, que es muy flaco: —¡No, no, no, a mí no me gusta la comida!

Samuel se acerca a la orilla, primero coloca la balsa sobre los arrecifes y luego salta a las rocas: —Fiñe, que no te oigan decir semejante barbaridad porque suprimen lo poco que dan de jama.

Niño Uno: —Préstame la cámara. (Toca el aparato.)

Samuel le da un manotazo.

Niño Dos señala a Monguy: —Miren, una guitarra, préstamela, tú.

Monguy sacude a Andro por los hombros: —Despiértate, si esto es tu sueño, será mejor que te despiertes, ¡trío de bombas es lo que son estos chamacos!

Niño Uno: —¿Ustedes son extranjeros?

Ellos niegan.

Niño Tres: —¡Ah, tú, no son extranjeros, que se vayan al carajo, vámonos!

Quedan solos.

Monguy: —¿Irá a llllover?

Samuel: —Seguro.

Andro: —Hoy no. Mañana, ¿les gusta que llueva? Este país lo mejor que tiene es el olorcito que queda después de un buen aguacerón, en ninguna parte del planeta llueve como llueve aquí.

' Samuel, cínico: —¿ Y qué tú sabes? Si nunca te has trasladado ni a Palo Caga'o.

Andro: —Lo sé. No es igual. ¿No es verdad, Monguy, que como esto no hay?

Monguy, como un témpano: —Nnnihil novum sub sssole. Lo qqque nos aniqqquila es esa obsesión pppor creernos el ombligo del mmmundo.

Andro: —No puedo con la apatía de ustedes.

Samuel: —Ni yo con tu optimismo.

Monguy: —Nnno discutan, dddebemos estar ecuánimes, mmme pppongo mmmás gago.

Samuel: —Es que éste se cree que se las sabe todas, siempre a la contraria de uno, y todo es lindo y vivimos en un cuento de hadas.

Andro: —¿Yo dije que vivíamos en un cuento de hadas, yo dije tal cosa?

Samuel: —No, vivimos del cuento, que es peor.

Andro, exaltado: —¿Te fijas, Monguy? La tiene cogida conmigo.

Monguy: —Cccállense. Cccon el sol qqque hace, no cccalienten más la atmósfera. Nnno lloverá.

Corte.

Corté la lectura. Temblaba, me preparé un té. Mientras aspiraba la humareda ascendiente de la taza miraba al techo queriendo ser otra, poseer otra historia.

Exterior. Tarde. Malecón. Ha escampado, pero aún refulge el pavimento. Samuel, Andro y Monguy, empapados, caminan ahora por la acera del muro, arrastran las gomas. De súbito junto a ellos chirrían las ruedas de un carro en un frenazo de película. (Claro, hombre, claro, si se trata de un guión para cine.) Los jóvenes, asustados, miran al interior del vehículo. Dos tipos amenazan encañonando con sendas pistolas a un señor gordo y colorado, con toda evidencia un turista, y al cineasta Pedro Almodóvar. Un tercero es quien conduce.

Secuestrador Uno, en apariencia el jefe de la banda, señalando al cineasta: —A ver, uno de ustedes, ¿conocen al susodicho aquí presente?

Samuel, Andro y Monguy se miran dubitativos. Andro y Monguy juran que jamás lo han visto en su puñetera vida. Samuel duda.

Secuestrador Uno, a carcajadas: —¡Aaaah, jajajajá, nadie te conoce en este sala'o país! Ni tu abuelita te identificará cuando te soltemos como un cabrón desfigura'o.

Pedro Almodóvar: —Soy Pedro Almodóvar, director de cine, tal vez la prensa haya publicado algo sobre mis películas, alguna foto mía.

Secuestrador Uno, más desafiante y burlón: —¡Aaah, jajajajá, la prensa! ¿Qué es eso? Busquen en el diccionario, ¿qué quiere decir esa palabrita? Yo lo que conozco es la canción: «Voy a publicar tu foto en la

221

prensa, eh.» ¡Director de cine ni una guanábana, o tu abuelita paga por ti, o más nunca pisarás un cine! ¡Y esa abuelita se llama, se llama, ¿cómo se llama la abuelita?!

Secuestradores a coro: —¡Banco financiero internacional!

El segundo secuestrado permanece en silencio, sudando a mares, pues aún no le han quitado el cañón de la sien. El jefe de la banda le clava los ojos despreciativo:

Secuestrador Uno: —A éste mejor lo botamos. Es un estorbo, y se ve que no tiene ni dónde caerse muerto. Vaya, muchachos, ahí tienen, les regalo un cachalote. (Dice esto al tiempo que de una patada empuja al gordo fuera del auto; éste cae con todo el peso de su humanidad en el medio de la calle, por nada una rastra del ejército lo hace Vita Nuova yanqui.)

El auto de los secuestradores parte a toda velocidad. Monguy ayuda al gordo a levantarse del asfalto. El hombre está a punto del colapso.

Samuel, boquiabierto e indeciso: —Compadre, yo creo que de verdad es Almodóvar.

Turista gordo: —Lo es. Soy americano, dirijo una agencia fotográfica en Nueva York. Debemos avisar lo más pronto posible a la policía. Aquí tienen mi tarjeta.

Samuel lee en voz alta: —Robert Sullivan. Muchas gracias.

Corte.

Hasta aquí no había vuelto a detener la lectura. En materia de azar esto era demasiado para mí. Debía telefonear de inmediato a Charline, pues no estaba enterada de que Mr. Sullivan, mi Sully, hubiera viajado a Aquella Isla. El aparato de Charline sonaba ocupado, perseveré hasta que logré dar con ella.

—Ven acá, bruja, no me habías dicho que Sully había viajado a Cuba.

—¿Cómo querías que te lo dijera si me entero contigo? —cuestionó fastidiada—. ¿Te ha llamado, escribió?

—Ni lo uno ni lo otro, estoy leyéndome un diario... Es muy complicado, ya te explicaré. Resulta que es un diario de alguien que acaba de llegar de Aquella Isla, se mudó aquí al lado, lo trajo Pachy. Digamos que en un descuido se le cayó una libreta, yo la recogí, ya sabes que soy una maniática de leer cuanto papelucho me tropiece. Pues ¿qué crees? No sólo este tipo conoce a todos mis amigos, sino que además, por lo que escribe, conoció a Mr. Sullivan y no en favorables condiciones —conté de carrerilla.

—Todo eso está demasiado raro. ¿No será un agente secreto?

—No tiene cara. Pero una nunca sabe.

—Me pondré en contacto con Mr. Sullivan, ya sabremos. ¿Por qué no descansas? Te pronostiqué que ese barrio no era de fiar, nada aconsejable —resumió liando un asunto con otro.

Nos despedimos con la promesa de que ella avisaría en cuanto obtuviera información sobre la estancia de Mr. Sullivan en La Habana. Recuperé la lectura, no niego que con mayor curiosidad, pero temor añadido. ¿Con cuántos misterios iría a toparme de nuevo? ¿Cuántos conocidos más me esperaban en sus páginas?

Exterior. Anochecer. El muro del Malecón se ha ido poblando de una gama impresionante de personajes que toman el fresco. Parejas se besuquean apretujadas, sin ningún pudor. Grupos de jóvenes bullangueros bailan al compás de grabadoras colocadas sobre el muro. También de los balcones de enfrente emanan diferentes músicas de bocinas que el gobier-

*no ha ordenado instalar. Ruido estridente, vulgar,
consignas ambiguas emanan ora de las bocas de las
personas ora de la radio, todas arengadoras a vivir felices. En el muro se negocia ron, cigarros, mariguana,
cocaína. Las jineteras y los pingueros deambulan a la
caza de extranjeros carentes de todo menos de dólares.*

Policía Especial Uno: —Ahí vienen los de las gomas; por la descripción de la ballena yanqui seguro
son ellos.

Policía Especial Dos: —Podrían ser pescadores de
verdad.

Policía Especial Uno: —Si ésos son pescadores yo
soy Tiburón Sangriento. *(De inmediato habla a un
walkie-talkie.)* Aquí, operación «Al borde de un ataque de nervios», localizamos a los sujetos. Cambio.

Los sujetos son interceptados por los policías.

Policía Especial Uno: —Un momento, carnet de
identidad.

*Ellos comienzan a dar marcha atrás, dispuestos a
partir. El tipo agarra a Samuel por la camisa, de un
gesto el muchacho se desprende.*

Samuel: —¿Qué pasa, tú? ¡Suéltame!

Policía Especial Uno enseña una identificación:
—Arrímate tranquilito al muro.

Monguy: —Cccompañero, ¿algún ppproblema?

Policía Especial Uno: —¿Cómo es eso que dejaron al
gordo yanqui en la estación y ustedes se pierden? El gordo se salvó en tablitas ya que lo que contaba era verdad.
Mañana deben pasar a identificar a los secuestradores.
A primera hora, sin excusas ni pretextos, ¿correcto?

*Ellos asienten no muy convencidos de que debie-
ran asistir. Reaparece Ansiedad.*

Andro: —Otra vez ésa, el ave negra del infortunio;
estoy seguro de que es ella quien nos está trayendo
problemas.

La muchacha se detiene, tiesa como un palo, sin pestañear siquiera. Monguy va a su encuentro.

Monguy: —Hola, ¿estás bbbien? (*Ella no contesta.*) Ansy, ¿estás ahí?

Ansiedad: —Ya no me llamo Ansiedad. Ahora soy Parquímetro, no olvides que me ahogué el mes que viene... Reencarné en parquímetro.

Monguy: —¿Y eso para qqqué sirve?

Ansiedad: —Un parquímetro puede salvar la economía mundial, y no hace daño a la humanidad, ni a la flora, ni a la fauna. Mi barriga va a reventar, llena de centavos. Claro, es incómodo, pero un parquímetro debe aceptar las actuales circunstancias.

Los otros desaparecen de cuadro. Monguy la conduce de la mano; —Ven, Parquímetro, ven.

Monguy y Ansiedad acomodados sobre las rocas, de cara al mar. Es una noche sofocante, no corre la más mínima brisa. A lo lejos atisbamos las linternas de los pescadores nocturnos.

Monguy, salsoso: —Me pregunto si será útil tttemplar con un ppparquímetro. Al menos dddebe impedir que sufras emociones, no será imppprescindible hablar tanta cccáscara...

Ansiedad lo interrumpe: —Huir de las emociones afecta el páncreas, se van acumulando ideas grasientas en el centro de gravedad. Por lo cual resulta grave... No perdamos tiempo, ¿qué vas a meterme primero, el pene o el dedo? Si comienzas con la cabilla, después el dedo va a bailar en la vagina: ella tiende a ensancharse.

Monguy, ojos en blanco, sobándose el sexo: —No ttte pppreocupes, tu locura es bbbonita, es útil. A mmmí tttambién, pppor etapas, mmme da por cccaminar y hablar al revés.

La besa, delicado. Ansiedad abre las piernas y co-

225

giéndole una mano se la introduce entre sus muslos. Corte.

Exterior. Noche. Océano. Junto a los botes de los pescadores, Samuel y Andro flotan en sus respectivas gomas. Monguy se aproxima remando con dos trozos de madera.

Andro: —Monguy, te digo que esa chiquita trae mala suerte.

Samuel: —Está muertecita. ¿Qué, mi socio, necrofiliando?

Monguy disimula mirando al cielo, sin responder.

Pescador en su bote: —Bueno, ¿y ustedes, qué, espantando pargos?

Samuel: —Flotando, mi viejo, flotando. Igualito que los once millones de ciudadanos de esta isla.

Pescador: —¿Y no se pueden ir a flotar a casa de la madre que los parió?

Samuel: —Sin ofender, es más, respete, mire que somos de la Cruz Roja Internacional; venimos de muy lejos con ayuda humanitaria...

Pescador: —No jodan. ¡Ya me cagaron la mancha! ¿Por qué no se van a ayudar humanitariamente a casa del carajo?

Monguy: —Viejo, no ssse altttere, ¿qqquiere echarse un trago de chispa e'tren? Le cccambio una bbbotella por un pesca'o.

Pescador: —Gracias, se le agradece la actitud, pero no quiero morir envenenado... ¡Ansiedad, Ansiedad, ven acá, devuélveme el botiquín, no te hagas la loca, fuiste tú quien me lo robó!

Ansiedad navega en su balsa, ha izado una bandera blanca: —¡Monguy, me preñaste, hace diez minutos que me preñaste! ¡Cuando eyaculaste sentí que el espermatozoide destinado hacía blanco en el óvulo descendiente!

Pescador, muerto de la risa: —Jajajajá, ¿quién de

226

ustedes es el cretino Monguy? Mi hermano, te cayó carcoma. La verdad que la gente por templar, ¡hasta con un parquímetro!

Corte.

Interior. Mañana. Estación de Policía en L y Malecón. El Policía Especial Uno se pasea de un lado al otro del recinto. Las tres gomas de camión descansan en el suelo. Andro, Monguy y Samuel acaban de identificar a los secuestradores acompañados del gordo.

Policía Especial Uno interroga a los agentes que acompañan a los muchachos: —¿Los identificaron?

El otro afirma. El gordo suda a chorros.

Robert Sullivan, turista rechoncho americano: —Menos mal que no le sucedió nada a Almodóvar. ¡Ni a mí! Estoy alojado en el Riviera; si en estos días necesitan algo, ya saben dónde encontrarme. De todas formas tienen mis coordenadas en Nueva York, por si acaso...

Ya fuera de la estación, Samuel se echa a reír irónico: —Como si nosotros pudiéramos ir todos los días a Nueva York. Se le agradece... ¿Cómo dijo que se llama? ¿Sullivan, no?

Robert Sullivan: —Exacto. Uno nunca sabe, muchas gracias de todas formas.

Samuel: —¿Usted vino directo de allá, de la yuma?

Robert Sullivan: —No, antes tuve que hacer escala de una semana en México. Bueno, estoy apurado, quiero disfrutar de La Habana y no poseo mucho tiempo. Adiós y gracias de nuevo.

Samuel: —No hay de qué.

El hombre desaparece por una calle. Monguy, Andro y Samuel cruzan la avenida. Ahora avanzan pegados al muro, se les nota sedientos, pero entusiasmados. Monguy toma la delantera, va silbando la melodía de Led Zeppelin, Stairway to heaven, *Escaleras al cielo.*

227

Necesito una ducha, un baño espumoso con una crema olorosa, algo evidente que me saque de aquel mundo y me devuelva a este de ahora.

Samuel a Andro: —No hay nada mejor que templar, cómo le cambia el ánimo a uno. Mira a Monguy, desde que se echó a la muerta es otro. ¿No te has percatado de que nuestros ánimos varían según la altura del muro? Cuando está alto discutimos, ¿viste que hay veces que el muro nos da por los hombros y otras por la cintura? Cuando lo tengo a ras de la cadera respiro amplio, se me ensanchan los pulmones, me siento eufórico, hasta puedo admitir tus sanacadas, pero cuando crece me comprime el pecho.

Andro: —A mí me sucede distinto. Cuando está alto me siento protegido, lo contrario me da terror que el mar crezca y se desborde y me chupe de un barrido. ¡Eh! ¿Y tú, Monguy, asere, no has entrado en extraña relación mística con el muro?

Monguy, continúa adelantado, responde sin prestar interés: —Yyyo ignoro al mmmuro. El mmmuro dddepende de mí, no yyyo de él.

Andro: —Ah, éste se contagió con el Parquímetro. Habla como si fuera...

Samuel interrumpe: —Un muro.

Monguy: —¿No se les habrá qqquitado el embbbullo con lo del bbbojeo? No los veo tttan optimistas como antes. ¿Qqqué, ssseguimos, o nos arrepentimos?

Andro, orgulloso: —Hasta el infinito.

Monguy: —¿Cómo será mmmás allá del horizonte?

Andro, indiferente: —Hay otras gentes más o menos iguales que nosotros.

Samuel mientras filma: —¿Iguales? ¡Qué aburrido! Prefiero imaginar que allá no hay nada, donde el mar se une con el cielo se acabó todo, es sólo abis-

mo... Es mejor imaginarlo así, tener ese consuelo.

Monguy: —Coño, sssi essso es un ccconsuelo, no quiero ver lo que es un descccconsuelo.

Samuel, distraído, cita a Monguy: —¿Qué quieres que te diga? «Nihil novum sub sole.»

Samuel enfoca a los dos amigos. Plano general de la avenida blanqueada por la refulgencia solar; el mar es de un azul electrizante, ni una nube asoma encima del canto del beril. Corte.

Justo en ese pasaje abandoné el cuaderno para prepararme otro café y llamar a Charline a ver si había conseguido información sobre el viaje de Mr. Sullivan a Aquella Isla. Antes de llegar a la cocina sonó el timbre de mi aparato. Era Charline, no había averiguado detalles de primera mano. Pero, en efecto, Mr. Sullivan había hecho un periplo a México y de ahí a La Habana, hacía ya más de dos años y medio. La secretaria había comentado que él no quiso informarme de nada para no herir mi sensibilidad; dijo ella que Sully declaró que iría a La Habana a conocer la ciudad de su querida Marcela, y añadió que si le iba bien le escribiría para darle ánimos y quizás buenas noticias, pero que si encontraba aspectos desagradables que preferiría callarse. ¡Qué hombre extraordinario Sully! Pobre, el susto que habrá pasado. Bueno, tesoro, me tienes tan intrigada con ese diario. No te atormentes demasiado, mejor revísalo en otra oportunidad, rogó mi amiga. No, mi querida, no puedo. Hasta mañana.

Interior. Casona vieja y oxidada frente al Malecón. Decorada con muebles también antiguos y salitrosos, las losas del piso corroídas por las inundaciones sucesivas del mar. La marca de la crecida

229

marítima oscurece las paredes. En un sillón cabecea una anciana. Monguy, Samuel y Andro entran al desahuciado jardín saltando la verja.

Samuel, a grito pelado: —¡Abuela, ábreme, Abuela! Está más sorda que una tapia.

Samuel, asomado a la ventana, introduce una mano por entre los barrotes, toma una vara de pescar situada junto al marco, con ella despierta a la señora, quien, sobresaltada, se encaja los espejuelos, después de limpiarse las legañas con las uñas.

Abuela: —Sabía que eras tú, estaba soñando contigo. (La anciana se dirige a la puerta.)

Samuel, a sus amigos: —No deja de soñar conmigo, dice que en sus pesadillas me convierto en mi padre, es una obsesión. (A ella hablando bien alto.) Hace falta que nos guardes estas gomas, no nos dejarán entrar al Riviera en esta facha.

La anciana abraza a Monguy de manera empalagosa: —Hijo, cuánto tiempo sin verte, desde que nos mudamos de allá no te veía, ¿cómo anda tu familia?

Monguy: —Igual que siempre, tttirando.

Abuela, en tono enigmático: —Sabes que me he desarrollado como vidente. Escucha, tengo que decirte algo muy definitivo. No arriesgues tu vida, no vale la pena, desmaya los biznes, deja a la chiquita esa que es una bandida.

Samuel, contrariado: —Abuela, corta la muela, vámonos, no perdamos tiempo. Ahorita venimos por las gomas.

Salen. Samuel da un portazo. Corte.

Interior. Día. Salón de espera del hotel Riviera; a través de la cristalería percibimos el océano de un azul irresistible, fantasmagórico. Monguy, Andro y Samuel acodados a la carpeta aguardan una información.

Carpetero: —El señor Sullivan acaba de partir al

interior del país, no regresa hasta dentro de tres días.

Samuel, desalentado: —Perdí la oportunidad de mi vida, quería pedirle un catálogo de fotos.

Andro: —Mientras haya vida habrá oportunidades. La oportunidad de tu vida no consiste en pedirle un catálogo de fotos al yanqui rechoncho ese. Más bien, si algo perdimos, fue la ocasión de conocer a Almodóvar.

Samuel: —Al menos lo vimos de refilón.

Andro repara en una escena distante de ellos: —Deja el gorrión y ponte p'a esto. Miren quién está allí.

Nieves, la negra, repinta su bemba apoyada a uno de los cristalones; observa varias veces la hora en su reloj de pulsera. En eso, repara en unos tipos que acaban de entrar al hotel husmeando en todas direcciones. La negra echa a correr y desaparece por un ascensor. Sus amigos deciden ir detrás de ella y logran colarse en el último segundo en el elevador. Los tipos los descubren y también los persiguen, pero no logran atrapar el ascensor; entonces empujan una puerta de seguridad. En el interior resuellan los muchachos y Nieves. La ascensorista los revisa despectiva de arriba abajo. Ellos apenas pueden respirar. La negra vira los ojos en blanco dando muestras de abatimiento.

Nieves: —Ustedes, lo que me faltaba.

El elevador llega al piso siete y ella vuela hacia el pasillo, sus amigos detrás sin saber muy bien por qué. La negra a toda carrera y ellos igual, ella para en seco.

Nieves: —¿Pero, qué coño quieren?

Monguy, jadeante: —No sé, vvvimos qqque tttienes ppproblemas, al ppparecer, dddigo yo, los tttipos esos de abajo ttte siguen.

Nieves, resuelta: —Vamos, entren conmigo. (Extrae una llave del bolso. Se pierden por la puerta de una habitación.)

Samuel asombrado: —¡Ñooo! Estás hospedada aquí, qué mortal.

Nieves, nerviosa, habla a Monguy: —Fíjate, mi vida, como en los buenos tiempos, tienes que ayudarme, estoy en un lío gordo, un sinvergüenza turista no me pagó, digamos que me debe una suma como para caerse de culo. No sólo a mí, a unos cuantos, pero fui yo la que lo introduje en el tráfico. Se largó esta mañana por Marina Hemingway con una carga de obras de arte, dejó embarcada a media isla. Tienen que entretener a esos tipos, p'a yo esfumarme.

Los tres quedan de una pieza, petrificados. Monguy le da una nalgada a la negra en prueba de que acepta afrontar el peligro. Corte.

Interior. Día. Persecución por los pasillos y pisos del hotel Riviera. Los segurosos detrás de Monguy, Andro y Samuel. Por fin se hallan en el hall *del hotel, salen al exterior y alcanzan la zona de la piscina. A su paso van chocando con empleados y huéspedes, derrumbando mesas, bandejas, y hasta tumban a una canadiense al agua. Tropiezan con un muro, descubren una entrada, del otro lado podrán esconderse. Los perseguidores reaparecen jadeantes y encabronadísimos. Los jóvenes, agazapados junto a la cerca que divide el hotel de la avenida. Samuel cuenta hasta tres: de un salto espectacular ganan la calle. Inician carrera a todo lo que dan sus piernas. Corte.*

Exterior. Día. Océano. Los cuerpos desnudos de los tres flotan sobre las olas. Ahora se zambullen y nadan por debajo del agua, emergen aspirando amplias bocanadas de aire. Bracean como campeones. Alejados del lugar del incidente, se abandonan abollados encima del colchón acuoso del océano.

Andro: —Aaaah, necesitaba liberar energía, ¡qué susto! Menos mal que tu abuela estaba en la casa y

232

pudimos refugiarnos. Estuvieron a punto de agarrarnos mansitos.

Samuel a Monguy: —*Aún no entiendo, ¿qué pasó, consorte? ¿Qué bolá con tu jeba? ¿Tanta escapadera p'a qué? Ay, me ahogo. (Se hunde, vuelve a resurgir tosiendo, espumeando por la nariz.) Estoy medio muerto y si todavía fuera culpable de algún delito, pero no hice nada. ¿Quiénes eran los tipos?*

Monguy: —*Yyyo qqqué cccoño sé. Últimamente la nnnegra se mettte en cada lío.*

Alcanzan la orilla cubierta de dientes de perro. Se dirigen a un promontorio donde han guardado las mochilas y las gomas. Empiezan a recoger la ropa dispersa.

Samuel: —*Deberíamos buscar a Ansiedad Parquímetro, el viaje sería distinto con ella.*

Andro, lastimero: —*Ésa da mala suerte, se lo digo yo. Oye, para mí que te cogiste con el Parquímetro. Monguy, éste te tumba todas las jebas, primero Nieves, ahora la muerta.*

Monguy señala a la avenida: —*Hablando del rey ddde Roma y asomando la cccorona.*

Ansiedad se acerca montada en una chivichana por la senda de las bicicletas, deslizándose a toda velocidad en sentido contrario al tráfico, empuja el pavimento impulsada con las manos, enfundadas éstas en dos guantes de pelotero. Al reparar en ellos, frena con el tacón de la bota cañera.

Ansiedad: —*¡Eeeeh, los buscaba, ya no estoy encinta! Era mentira. Ahora soy la paloma de la paz, y las palomas de las paces no tienen contacto sexual: ¡son el equivalente del Espíritu Santo! Los buscaba para contarles que el mes pasado voy a volar, también quería convidarlos a la Noche del Willy. Verán cómo, cuando la gente envidia y odia matan a una paloma de la paz.*

Ellos dejan caer los equipajes y apoltronados so-bre las gomas observan desconcertados a la mucha-cha. Samuel saca la cámara y filma a la joven.

Ansiedad, tapándose el rostro: —No me apuntes con esa goma de borrar, éste me quiere borrar. Conoz-co tus planes de memoria, intentas seducirme, dirás que voy a salir en la tele, y que me haré famosa, que los fans me pedirán autógrafos. No soy boba, eso no es más que una goma de borrar.

Samuel: —Eres una diosa loca, embúllate y ven con nosotros a dar la vuelta a la isla, a pie, a nado, re-mando, como sea...

Ansiedad: —Tengo sarna; cuando una es paloma sin palomar está obligada a dormir con los perros ca-llejeros, soy contagiosa.

Andro se quita los zapatos y suspira de placer dándose violín entre los dedos de los pies; sufre de una picazón muy violenta: —Di, ¿tú tienes tu proble-mita mental, eh?

Monguy: —Ella nnno tttiene mente, ya lo dddijo, es una pppaloma jíbara.

Andro, asombrado: —Ahora que me fijo, ustedes han empezado a parecerse cantidad. *(Señala a la muchacha y a Monguy.)*

Ansiedad: —Dicen los sabios, que son los que sa-ben, que cuando una se enamora de alguien comien-za a imitarlo, de ahí el parecido. *(Observa coqueta de reojo a Monguy, él ni se da por enterado.)* Bueno, ¿qué, vendrán esta noche a lo del Willy?

Monguy: —Si fueras una pppaloma no tttendrías necesidad de usar la chivichana, ni de ir tttan pegada a la tttierra, podrías vvvolar.

Ansiedad, irónica: —Niñito, yo vuelo con el cora-zón, soy un pichón de plaza parisina, de los de tarjeta postal... ¿Y ahora qué hacemos, por qué no jugamos

234

a que somos náufragos y que de pronto asoman en el horizonte barcos, montones de barcos, todos de petróleo, y que voceamos, y nos oyen? ¿Por qué carajo nadie en el mundo nos oye? ¡Esta isla es una mierda, nadie nos oye! ¡Dale, Monguy, no hay como gritarle al mar, a los sordos de este mundo, a los barcos imaginarios, eeeh, estamos aquí, en esta isla moribunda, eeeh, ayúdennos, eeeh, barquitos, miren p'acá, chicos, no sean malos, aquí estamos desafiando minuto a minuto a la muerte, y ustedes, partí'a de maricones, ni se enteran, ni les interesa enterarse, que se jodan, dirán ustedes; vengan a jugar, no tengan miedo. ¡No somos contagiosos, o sí, pero no tanto!

Los muchachos, eufóricos, se unen a ella, subidos en el muro corretean de un lado a otro, saltan, haciendo señas a la desolada línea donde se juntan el cielo y la tierra. Corte.

Exterior. Tarde. Parque japonés detrás del restaurante 1830. Dentro de una de las jaulas vacías chacharean Ansiedad y Samuel.

Ansiedad: —Chico, ¿por qué Monguy no deja que yo vaya? Sirvo para mil cosas, para conseguir comida, por ejemplo. Cuando me empeño soy muy útil. La gente me cree porque sé hablar bien, leo mucho. Leo mucha porquería, por tanto no entiendo nica, ni carajo, pero al menos visualizo palabras. ¿Por qué este niño no permite que les acompañe?

Samuel hurga con un palo en la tierra: —Le ha dado por profetizar que éste es un viaje sin fin. Aquí todos estamos falta de psiquiatra.

Ansiedad: —¿Y quién le está pidiendo un fin a él? De seguro los padres de Monguy son divorciados; debe andar traumatizado. De ahí la gaguería, yo también soy «traumoya». No es malo, me encanta estar traumatizada. Cuando recupero la memoria necesito

235

a mi papá. Qué malo es extrañar, ¿verdad? Y a la vez es rico poseer esa sensación de querer ver a alguien y no poder; después de mucho extrañarlo, cuando lo vuelvo a encontrar se me olvida rapidísimo que lo extrañé, y todo lo que sufrí en su ausencia... En fin, no le doy importancia. ¿Tú tienes algo que extrañar?

Samuel, cabizbajo: —A mis padres; me crié con mi abuela.

Ansiedad comiéndose las uñas, toda trágica: —¿Se partieron en un accidente de carretera?

Samuel, embarajando: —Más o menos. Él murió, ella vive. No quise verla nunca más, lo cual no quita que la extrañe. Pero prefiero no tocar el tema.

Ansiedad: —Entiendo por inercia: aquí nadie quiere «tocar el tema». El tema de los que mueren, de los que desaparecen, de los que se van.

Samuel asiente confuso.

Ansiedad: —Tengo tanto sueño, aunque a esta hora es que me gusta hacer el amor, pero a las divinidades les está prohibido... Ay, tengo un anhelo de derretirme, de no ser tan sólida... Me pica la espalda, ráscame, anda.

Samuel araña con un gajo la espalda de la muchacha; ella pone cara de alivio, de repente gira y lo besa.

Ansiedad: —Sólo una mordidita. Mira, entérate, soy la Sibila de Cuba, pariente de la de Cumas, atención, voy a profetizar: En el 2000 vamos a ser muy felices, comeremos perdices. Estaremos más viejos, pero gozaremos. Por fin sonreiremos sin trastiendas. El Gago y yo tendremos hijos gagos y virados al revés. Los tendré con el Gago, aunque si tú estuvieras disponible, pues...

Corte.

La duda me embargó aún más. ¿Realmente era duda, o repulsión ante la certeza, frente a la evidencia? No, hasta ahí todavía mis sentidos se hallaban obstruidos, y dispersos, como cápsulas rellenas de algodón unas, otras de fango. No acertaba a imbricar los presentimientos. Rechazaba, al tiempo que me atraía, la lectura dolorosa del diario de mi recién mudado vecino.

Exterior. Tarde. Malecón. Torre en el parque japonés del restaurante 1830. Samuel y Andro, apochochados en las rocas, contemplan la ciudad de espaldas al mar. Distanciados, se besuquean Ansiedad y Monguy.

Andro: —Te noto engorriona'o, monina. ¡Qué tarde tan cabrona! Tengo el presentimiento de que no daremos nunca la vuelta a la isla; han sucedido demasiadas cosas en tan corto tramo. Agotamos la energía aventurera.

Samuel mira receloso ahora a la pareja Ansiedad-Monguy: —En las islas la aventura es obligada. Eso dicen, eso leí en un texto de Geografía Política.

Plano general al horizonte. Corte.

Exterior. Noche. Muro del Malecón junto al restaurante 1830. Vemos un grupo numeroso de jóvenes acostados, o reclinados en el muro. Otros, sentados, tocan guitarras y cantan, beben ron a pico de botella, fuman canutos. Las bicicletas descansan amontonadas en la ancha acera. Los turistas parquean los Havanautos y se suman para compartir la angustiosa sabrosonería. Algunos son viejos ridículos abrazados de negronas hermosísimas, casi niñas; otros son jóvenes turistas de mochila en la espalda, sin un céntimo. Se vende de todo, desde un puerco con las cuerdas vocales operadas hasta puñados de cocaína impura envasados en calcetines. Entre el gentío divisamos a Monguy, Andro y Samuel, arrebujados muy

237

repochones dentro de las gomas. Ansiedad, encara-
mada en el muro, imita pasillos de ballet clásico,
fouettés, vaquitas, etc. Un público embobado la sigue
con las miradas extraviadas.

Público desaforado, en el momento en que ella
hace reverencias: —¡Regia, perrísima, espeluznanta,
anda, Charín!

De un Havanautos desciende Nieves acompaña-
da de los perseguidores del hotel y de un extranjero;
deja entrever que hizo las paces con los tipos. Andro
es quien primero se percata de la presencia de la mu-
jer, toca con el hombro al Gago. Éste hace gesto de to-
tal indiferencia, continúa entretenido con las payasa-
das de Ansiedad. Samuel se incorpora y va hacia
Nieves. Es evidente que es archiconocida, pues todos
se desviven por saludarla con efusión. Los persegui-
dores quedan rezagados a propósito para vigilar al ex-
tranjero, quien conversa con dos negociantes. Ella se
adelanta, en el camino apretuja a dos amigas adulo-
nas, luego se enfrenta a Samuel.

Nieves: —Así que el Gago se empató con La Im-
prenta, digo Ansiedad. Resulta que ahora dejó de ser
Parquímetro para convertirse en La Imprenta. Dice
que publicará poemas de extraterrestres y tratados
económicos de los animales, en primer lugar de los
perros... No, si cuando yo lo digo... Una loca p'a otro
loco.

Samuel, molesto: —Chica, por lo menos la alie-
nación de ella no mete en candela a nadie. Por lo que
veo te encumbilaste con tus enemigos.

Nieves: —¿Qué remedio? O negociaba o tenía que
pagar. Entonces... cambalachié otro imbécil (señala
para el turista). ¿Quieres que te diga un secreto? Tú
no pegas aquí, no es tu ambiente, vaya. Lo tuyo es de
alta clase.

Samuel, párpados bajos: —Quiero volver a estar contigo, pero de otra manera...

Nieves, seca: —¿De qué «callada» manera? «De qué callada manera, se me adentra usted sonriendo, como si fuera la primavera, ay, yo muriendo» (irónica, cita la canción tarareándola). No existe otra manera.

Samuel: —Sí existe, hablando más, conociéndonos mejor...

Nieves: —No tengo tiempo p'a romanticismos, chino, y menos con cubanos. No soy una mujer, soy materia prima, producto bruto nacional; necesito fulas y tú no tienes, y si los tuvieras tampoco iría a quitártelos, no soporto los abusos... ¿Por qué andas con el Gago? Ustedes no tienen nada que ver. A ti te parieron, a él lo defecaron, como a mí.

Samuel, engalla'o: —Sí tenemos que ver, más de lo que imaginas.

Nieves: —¿En qué quedamos? ¿Estás levantándole la jeba o construyéndole un monumento? No me vayas a decir que quieres hacer cuchi-cuchi con él y conmigo. Las orgías las cobro caras.

Samuel, cínico: —Lo cortés no quita lo caliente.

A cierta distancia asoma Andro en plano, borracho a más no poder; de un salto gana el muro e inicia un discurso.

Andro: —No voy a pronunciar ni una palabra más ni una menos, pero debo confesar que amo al mundo, y... ¡qué difícil es amar con belleza, con hambre, con obsesión de paz! Una paz, queridos compatriotas, que oscila como la llama de una vela. Hace varias semanas, en una noche gloriosa como la que hoy nos ocupa, me comí un huevo frito, encendí una vela, y fui feliz... ¿Y por qué? Pues porque amaba a todo el mundo, bueno o malo, decente o indecente, cochino o limpio, ebrio o sobrio, y ese amor me colmaba el pecho de una felicidad emblemática. Aquella noche me reí como un caballo, y nunca, jamás sabré por qué me retorcí de la risa como una bestia. Uno se ríe y basta de tanta resingadera. ¡Saber echar una carcajada es lo más trascendental que puede sucederle al ser humano en los tiempos que corren!...

La cámara se pierde buscando ora a Ansiedad, ora a Monguy, regresa a Andro, quien da un traspiés y termina derrumbándose encima de los espectadores. La cámara enfoca a Samuel, quien a su vez filma. Ambiente irreal, como un espacioso manicomio al aire libre. Corte.

Interior. Madrugada. Túnel de la calle Línea. Monguy, Andro y Samuel avanzan por la acera lateral colgante del túnel, siempre con los matules a cuesta y rodando las gomas de camión. Andro todavía camina a trompicones, está empapado en ron y fango, arrastra su goma amarrada por una cuerda de la cintura. Bien lejos atisbamos a Ansiedad, persiguiéndolos en puntillas de pie; exagerada, actúa la mímica de un ladrón que no desea ser descubierto. Andro y Samuel marchan silenciosos. Monguy silba siempre la misma melodía de Escaleras al cielo. Andro se detiene de repente, saca un esprey y grafitea las paredes enlosetadas de blanco del túnel. Samuel trata de impedirlo.

Andro: —No me censures, tú.

Samuel zarandea al joven.

Monguy: —Haremos un alto en La Pppuntilla. Corte.

Exterior. Madrugada. La Puntilla. Amenaza de lluvia, relámpagos, truenos, pero el aguacero no acaba de desgarrar los nubarrones. El océano en temible y aparente calma. Andro y Samuel refugiados en las gomas. Monguy, erguido, otea en lontananza.

240

Monguy, más gago que nunca: —*Tttengo qqque habbblarles. Los engggañé, nnno hay tttal bbbojeo, mmme largggo a Mmmiami.*

Andro, incrédulo, sin darle importancia: —*No, jodas, tú, no te hagas el de* La expedición de la Kontiki... *Ay, qué clase de acidez me ha caído.*

Primer plano a Samuel, muy serio estudia el comportamiento de Monguy: —*¿Por qué no lo advertiste desde el principio, para qué engañarnos?*

Andro, preocupado: —*Oye, Samy, ¿le vas a seguir la rima a éste? Eso es otra de sus fantasías eróticas... Ni que fuera Walt Disney...*

Monguy, volviéndose a ellos: —*Mmme vvvoy, no es juego, la mmmentira no fue tttan grave... Fue lindo vvvenir con ustedes hasta aqqquí, si alguien qqquiere acompañarme pppuede hacerlo. De hecho los tttraje porque guardo la esppperanza de qqque vvvendrán ccconmigo, estttoy apendeja'o, tengo mucho mmmiedo, pppero esta tttierra me da mmmás miedo qqque el mar.*

Samuel, airado: —*¿Tú está «coloca'o» o qué coño te pasa? ¿Cómo no confiaste en nosotros? ¿No somos como hermanos, asere? ¿Tú crees que puedo dejarte ir así, no te das cuenta del peligro, coño? ¿No ves cuánta gente se ha muerto por esa gracia? No me voy ni te dejo ir, no quiero cargar toda la vida con un muerto en la conciencia... Pero, ¡coño! ¿por qué tanto lío y tanto invento con el maldito bojeo, comiéndonos a mentiras así como así, o qué?*

Andro: —*¿Ustedes hablan de verdad o me están corriendo una máquina?*

Monguy: —*Vvva en serio, estttá dddecidido, no soppporto un minuto más aquí.*

Andro: —*¿Y decidiste así como quien no quiere la cosa, de hoy p'a luego? No, tú lo habías preparado* con tiempo, mira, tú sabes que no me faltan ganas de largarme, pero así no, ¡NO!... Es más, ¿por qué me tengo que ir, por qué tengo que darle a los singa'os por la vena del gusto? ¡No me voy n'á, vaya!

Rompe a llover con violencia.

Escondida detrás de un promontorio, Ansiedad escucha la discusión de sus amigos; la lluvia arrecia. Monguy acoteja sus cosas para iniciar la fuga, extiende la guitarra a Samuel.

Monguy: —Ttte la dejo, cccomo recuerdo.

Samuel, partiéndole para arriba: —¡No voy a dejarte ir, Gago, asere, ¿no ves que es una locura?!

Se fajan a los puñetazos. Samuel golpea a Monguy, Andro intenta separarlos, los tres se enredan a trompadas. Samuel llora histérico. Terminan muy fatigados y maltratados.

Monguy logra escabullirse del nudo humano, alejado unos pasos; los otros quedan abatidos en el suelo: —No se pppreocupen, habrá mucha lluvia, pppero el mar estará tranqqquilo: es una lluvia sin vientos. ¡Me cccago en la pppinga, me pppartieron la nariz!

Aferrado a la goma con la mochila a la espalda, corre en dirección a la orilla rocosa. Andro y Samuel detrás de él, corren, corren. De súbito el mar despide una iluminación feérica, aparece en medio de las aguas la Virgen de la Caridad del Cobre. Primer plano al rostro de Samuel, atónito.

Samuel: —¡La Caridad, la Caridad, la Virgen!

Los demás la distinguen también, pero no se atreven a aceptarlo.

Andro: —¡P'a mí que es un submarino!

Monguy, consternado: —¡Es el faro, es sólo el faro del Mmmorro, tttengo qqque estar gato con el faro, pppodrían descubrirme!

Samuel, alucinado: —¡No, tú, es la Virgen de la

242

Caridad, es ella, estoy viendo los tres Juanes remando a sus pies!

Por corte veremos a la Virgen erguida encima de las olas, el bote de Juan Criollo, Juan Indio y Juan Negro se desliza escoltándola.

Andro: —¡Compadre, es la Virgen! ¿O es un submarino? ¡Coño, caballero, la Santa no puede ser!

Monguy aprovecha el desconcierto reinante y se echa al mar. Reza en dirección a la milagrosa aparición de la Virgen: —Cccabrona, si de verdad eres tttú, ppprotégeme.

En la orilla de la playa Andro y Samuel brincotean indecisos de un lado a otro. Por fin, Samuel se lanza al océano, que ya empieza a encresparse; desesperado, nada con todas sus fuerzas. La imagen de la Santa fulgura indicando el camino. Samuel bracea más y más, batiéndose con la lluvia; llega casi ahogado hasta la goma de Monguy, se apoya en ella. Erguido fuera del agua hasta la cintura, abraza a su amigo.

Samuel, sollozando: —¡Gago, asere, no me hagas eso, no te me ahogues, coño!

Samuel, sumergido de nuevo, regresa a la orilla. Una vez allí se junta a Andro, ven perderse a Monguy en la inmensidad repelente del mar, pues la fantasmagoría de la Virgen se ha diluido en la cortina lluviosa. Samuel y Andro se disponen a recoger el equipaje de ambos, cuando Ansiedad se les planta delante en pose altanera y retadora.

Ansiedad, llorando de rabia: —Dame tu goma. (Se la arrebata a Samuel.)

Ansiedad se manda a correr no sin dificultad por encima de los dientes de perro. Los jóvenes quedan atónitos. Samuel intenta ir a rescatarla, Andro lo detiene halándolo por la manga de la camisa. Ansiedad se pierde en la penumbra. Corte.

Exterior. Amanecer. Malecón. Andro y Samuel regresan recorriendo el trayecto a la inversa, ya se deshicieron de las gomas, sólo cargan las mochilas. Samuel abraza la guitarra de Monguy. Plano general; a lo lejos, avizoramos un tumulto de curiosos arremolinado junto al muro. Vemos patrullas de la policía y una ambulancia, además de un carro de bomberos. Andro y Samuel se precipitan sobre el lugar, sus rostros denotan angustia, se abren paso entre la multitud. Dentro de una de las fianas Monguy permanece esposado. Samuel va a hacer ademán de acercársele y él renuncia con simulado gesto negativo de la cabeza. Samuel comprende y retrocede; es Andro quien le señala al suelo. Sobre una camilla yace un cuerpo morado, hinchado, inerte: es Ansiedad. El cadáver de la joven fulgura aureolado por un halo luminoso; a pesar del tono violáceo, hay paz en su rostro. Samuel intenta ir hacia ella, Andro aprieta su mano reteniéndolo. Los dos muchachos se evaden de la escena.

Policía: —¿Alguno de los aquí presentes podría identificar a la ahogada? Si no es el caso, se me están pirando por donde mismo vinieron.

Ahora es Andro, con las mandíbulas apretadas, quien vacila un segundo, Samuel lo controla. La cámara irá abriendo el lente a un gran plano general. Vista del Malecón. Las figuras de los dos jóvenes se convierten en dos puntos diminutos. Reverberación de la imagen. Pantalla a blanco. Fin.

O tal vez no.

Charline arranca el cuaderno de mis manos. Otra vez he soñado con la llegada de Samuel a París. Es la enésima vez que leo el diario cinematográfico, después de haber rogado a Charline que no me lo devolviera jamás, mismo si le suplicaba de rodillas y la amenazaba con suicidarme pegándome candela. Ella, toda ternura, me conduce a la habitación de invitados, trae una taza humeante de cocimiento de tila.

—Vamos, mi tesoro, no te quedes dormida en el canapé, es muy incómodo —musita cálida.

Entonces es que me percato de que he reingresado en el presente, que de aquella madrugada en que Samuel entró a la sala de mi casa hasta este minuto ha transcurrido un vasto enigma. O más, como un abarcador arco iris cruzando una historia, iniciado en el horizonte que dibujó mi adolescencia y acabado de trazar de este lado del mundo. Una historia similar a una ballesta muy tensa, la flecha es la profecía, el arquero es el destino. El blanco: yo.

Capítulo V

LA VISTA, ARMONÍA

En aquella ocasión, Samuel regresó casi al amanecer. Como soy una prisionera de la imagen, pues en cada ocasión mi pupila debe comprobar, más bien retratar sensaciones para no equivocarme con respecto a mis estados de ánimo. No sólo no había pegado un ojo, sino que no lo había separado ni un segundo de la mirilla, a pesar de que no sería difícil escuchar los crujidos de sus pasos en la vieja escalera de madera sin alfombrar, o del ruido de la llave en la cerradura; a pesar, sobre todo, de que Charline me había telefoneado más de cincuenta veces para advertirme de que no abriera la puerta, de que no le diera la más mínima confianza hasta que no obtuviera datos más precisos sobre él. No hizo más que poner un pie en el descanso de la escalera y echó un vistazo perverso a la hendija, perforación que me hizo evocar el tokonoma, por donde ya estaba dejando colar el alma de alguien transmigrada en Samuel. Entonces se atrevió una vez más a guiñarme un ojo, hasta esbozó una sonrisita atrevida y sonora, luego tosió, quizás menos seguro de que yo estuviera espiándolo. Sacó el manojo de llaves y lo agitó en el aire, con lo cual provocó aún mayor ruido. Comprobé en el reloj que eran la seis de la mañana. Él carraspeó, volvió a toser, luego arrellanó en el último peldaño de la escalera, con las pupilas fijas en la puerta, en mí, escondida detrás. Yo apenas respiraba, creyendo que el menor ruido podía delatar mi presencia. Entonces él, decidido, se colocó a poco menos de veinte pulgadas de mi cuerpo, claro, la madera nos separaba, y hundió la yema del dedo en el timbre. Por nada abro con toda la brusquedad de quien aguarda una eternidad, pero preferí retroceder a hurtadillas. Fui al cuarto, tranqué el diario bajo llave en el armario. Incluso me acosté en la cama confiando en que él volvería a repetir la acción de tocar el timbre. Cerré los párpados convenciéndome a mí misma de la sensación remolona de haber dormido toda la noche. La campanilla sonó dos veces más; incorporada del colchón, avancé hacia la entrada arrastrando los *chosones* lo más escandalosa posible. Antes de abrir pregunté con voz somnolienta fingiendo un bostezo que, de tanto estirar las comisuras de la boca, se convirtió en real.

—*C'est qui?* —Si no respondía en francés fallaría mi comedia.

—Hola, es su nuevo vecino. Creo que Pachy le habló de mí. Soy el cubano de enfrente. Me llamo Samuel. —En evidencia estaba en borracho, o en una semipea audaz.

—Sí, encantada, mucho gusto, pero no son horas para conocernos, ¿no te parece? —dije tuteándolo con el corazón en un vuelco, sin saber muy bien por qué los latidos diagnosticaban taquicardia.

—Es que... bueno, nada, perdóname. Es la primera vez que vivo solo, toqué en casa de Pachy y no está, tampoco César... —Aprovechó mi tuteo para corresponderme en el trato.

—O están rendidos. Es que no es hora de visiteo. —Cogí confianza como para comportarme de manera tajante y estricta.

—Oye, qué pena me da contigo, discúlpame, hasta mañana, digo, hasta ahorita.

Pero no se iba, sólo había dado media vuelta y ahora se hallaba de espaldas a mí. Tuve miedo de que entrara a su apartamento y de perderlo. Maniobré el picaporte. Sin embargo él dio un paso hacia su yale, aunque ladeó la cabeza y espió con el rabillo del ojo, atento a una señal positiva de mi voz.

—Ya que me has despertado, entra, te invito a desayunar. ¿Cómo dices que te llamas? —A veces puedo ser magistralmente idiota.

—Samuel —contestó mientras se apoltronaba en el sofá para en seguida pararse de un salto—. Ay, no pregunté si podía sentarme.

—No irás a desayunar de parabán.

En la cocina exprimí unas naranjas ligadas con toronjas, edulcoré los jugos, colé café, puse pan a tostar, saqué la mantequilla y la mermelada de fresa, calenté la leche y le di sabor con dos cucharadas de chocolate en cada vaso. Durante ese tiempo ni él ni yo emitimos palabra.

Devoró el desayuno, entretanto interrogó sobre cualquier detalle absurdo; tuve la sensación de que estaba informado sobre mí; al menos ya le habían pasado el cassette de quién era yo. Una fotógrafa arrepentida, una mujer sola y frustrada.

—No pienses mal, no soy un fresco, ni quiero proponerte nada insensato. Es que salí de allá que-

riéndome comer el mundo, y... nada, resulta que...
—se excusó por el atrevimiento.

—Que el mundo te come a ti por una pata.
—Terminé la frase sin percatarme de lo dura que
podía ser, de que estaba dañándolo.

—No, no es eso... En realidad, sí, ¿para qué decirte una cosa por otra? No podía imaginar que el
mundo fuera así...

—«Ancho y ajeno.» —Otra vez hurgaba cruel en
la llaga, además aprovechaba la ventaja de mi exilio
y, para colmo, disfrutaba dándomelas de culta—.
Cógelo con calma, acabas de aterrizar como quien
dice.

—Debo regularizar mi situación —dijo refirién-
dose a los papeles legales en Francia.

—Ah, eso es cuestión de paciencia china, pero
se resuelve; todo tiene solución menos la muerte.
—Esta última frase se me escapó acompañada de
un escalofrío.

—Unos amigos están consiguiéndome a una
francesa, una vieja, vaya, para casarme, pero no
quisiera solucionarlo de esa forma...

—No te lo aconsejo; ya yo pasé por esa experiencia, además de que ahora hay más control sobre los
matrimonios arreglados. —Suspiré viéndome ya
metida en jaleos de prefectura; encendí un cigarro.

—No debieras fumar, el humo es absorbido por
tus ovarios —señaló sin saber qué decir después de
limpiarse las comisuras de los labios con la servilleta.

—Ya lo sé, es como único los pongo a funcionar.
—Era cierto, pues hacía años que no templaba y
meses que no veía mis reglas—. ¿Qué harás ahora?
Yo tengo un sueño que me caigo, ¿quieres dormir
aquí, en el sofá? —Añadí la última oración gramati-
cal para evitar equívocos.

250

—No, gracias, debo acostumbrarme a estar solo. —No movió un músculo; tal vez debería insistir, pensé.

—También sobrará tiempo para que te habitúes a la soledad, aunque no creo que te sea duradera; quédate hoy, no tengas pena, no molestas para nada. —Qué buena me sentía, qué amable, qué maternal.

Pero él no es de los que se quedan la primera noche. Se rascó con énfasis la raíz del pelo, vino hacia mí, me dio un beso a la manera cubana, es decir uno solo en una mejilla, y se despidió diciendo hasta luego, que duermas bien, no le abras la puerta a nadie. A nadie más, habrá querido avisar, porque a él ya se la había abierto.

A la tarde siguiente iba yo a buscar frijoles negros a la bodega Israel, de productos exóticos, en la calle François Miron. Tal vez, antes me dé un salto al Thanksgiving de la calle Charles V, pensé, ahí también los venden, pero en lata, productos Goya, importados de los Estados Unidos. Me topé a Samuel buceando en los latones de basura. Al verme embarajó, pero al fin se decidió a explicarme por qué andaba en tales tareas. Ya yo me lo imaginaba. Había perdido algo sumamente importante para él, explicó, figúrate, un diario, que a la vez es un guión de cine, ¿te das cuenta? No lo encuentro por ninguna parte, no sé, tal vez lo has visto tú, puede que con la mudanza se haya extraviado en la escalera, o en el pasillo. Había pensado no entregárselo, no por inquina personal, sino porque me moría de vergüenza confesar que lo había leído, y a estas alturas él no creería que por lo menos una ojeada le había echado, pero sentí pena, sabía que ese diario era lo más importante que había logrado sacar de Cuba, su único tesoro. Samuel estaba sudoroso, los cabellos revueltos, los ojos enrojecidos, vidriosos, y qué asco, hasta legañosos, pero sin embargo me resultó atractivo, descubrí un algo, el no sé qué perturbador, como en el bolero. Vestía como un habitante de un solar habanaviejero, una camiseta que le quedaba inmensa, podrida y agujereada, unas bermudas color azul oscuro adaptadas de un antiguo pantalón cortado por las rodillas, exhibía sus hermosas piernas, más torneadas que las mías, aunque algo arqueadas, velludas. La piel todavía conservaba huellas del sol de allá, y las venas de los brazos y de las manos respiraban hinchadas, alteradas por el nerviosismo que lo atacaba en ese instante. Hizo algo que me defraudó, se metió un dedo en la nariz y extrajo un tremendo mocazo, el cual pegó en la suela de la chancleta de goma, pero gesticuló con tanta naturalidad que resultó gracioso el tal descuido. La sombra de la barba acentuaba su aspecto enflaquecido, y los ojos se le hundían en la espesura de su color negro. No me gustan los ojos negros, pensé, para después rectificar, ¿y por qué tendrían que gustarme?

—Tengo tu diario, se cayó ayer de una de las cajas, lo leí anoche, no pude contenerme, no te dije nada esta mañana porque me daba pena confesar que lo había leído; es que yo tengo la mala manía de leer cuanto papel se me ponga por delante. Claro que iba a devolvértelo, pero quería inventar algo más sofisticado, tipo que lo había hallado en el latón de la basura, por ejemplo —solté como una ametralladora.

—¡Uf, qué alivio! No te preocupes, no hay ningún secreto de estado, como bien habrás podido comprobar, sólo una historia sin pies ni cabeza.

¿Vas a salir? —asentí—. ¿Puedo recogerlo más tarde?

—Te invito a comer comida cubana —propuse en son de disculpa.

Los frijoles negros estaban a punto de cuajar cuando se apareció César, acabado de llegar de Jamaica, con la risita brincándole del pecho a los dientes, un gimotear de bandolero alegre que le encaja muy bien. Venía a invitarme a un guateque en casa de Anisia, la prima de Vera, la periodista budista. Le expliqué que había prometido al nuevo vecino cenar juntos, al cubano amigo de ellos, el que me habían casi endilgado tanto él como Pachy. También Samuel sería el bienvenido a la fiesta, es decir, cuando saliera de mi casa iría a decírselo. Preparé mi excusa porque detesto los guateques, el asunto es que ya había hecho los frijoles, faltaban apenas unos diez minutos, además tendría que bañarme, acicalarme. En lo que terminas el potaje haces lo otro, y cargamos con la olla de presión para allá, un plato de más no vendrá mal, afirmó César. ¿Con una olla de presión en tiempo de sabotajes y atentados en los metros de París? Nos meterán de cabeza en el buró ocho de la prefectura. ¿Estás loco, César? Quise reiterar mi negativa, pero en eso salió Samuel de su apartamento, mejor dicho, de su estudio, pues en realidad se trata de unos veinticinco metros cuadrados con cocina y baño, pero el techo pegado a la cabeza, de sombrero, vaya. Preguntó qué nos traíamos entre manos, y César comentó lo del guateque. Yo rebatí desde mi punto de vista, entonces él me apoyó, asegurando que prefería quedarse a comer conmigo. Entonces me sentí injusta, este pobre muchacho debe estar loco por conocer otras cosas, vivir experiencias novedosas. ¿Quién soy yo para obligarlo a trancarse aquí, en este aburrimiento?, analicé. En un segundo cambié de opinión. Creo que César tiene razón, interrumpí, te divertirás, hablarás con otras personas de cosas diferentes, necesitas relacionarte. Sólo voy si tú vas, impuso. Y yo acepté, además porque sabía que era la única manera de poder ganarme con mayor facilidad su afecto, sería más cómodo penetrarlo e investigar detalles sobre sus amigos, que por lo visto eran los míos, y salir de la duda sobre su verdadera identidad. César aclaró que nos esperaría para llevarnos en su auto, que no había apuro, que también él debía arreglarse, dijo todo esto en un atropello, mientras descendía los peldaños de dos en dos. Samuel cerró su puerta después que yo hice lo mismo con la mía.

Los guateques en casa de Anisia, la prima de Vera, eran bastante agradables, yo añadiría que incluso familiares, o sea que nos acostumbramos a no perdernos ni uno. La mezcla entre franceses y cubanos constituía una delicia extravagante. Los primeros, casi siempre se trataba de personas que habían viajado a Aquella Isla, volvían amelcochados, enamoradísimos, y una vez en Francia se morían de desolación. También pululaban aquellos que sólo asistían en calidad de antropólogos, para estudiar las reacciones de un grupo de exiliados luchando a brazo partido por no perder sus raíces en el vasto suelo galo. Los terceros constituían un ajiaco de todo un poco, los «quedaditos», aquellos que salían de allá con una autorización por varios meses, y se iban quedando, haciéndose los bobos, no pedían asilo, conseguían contratos de trabajo, y así iban escapando; la jerga popular los había bautizado también de «gusañeros», porque no eran ni gusanos ni compañeros. Luego estábamos los casados: por conveniencia, algunos declarados por lo claro, tal era mi caso, muy especial, y los que mentían fingiendo apasionado y eterno compromiso, cuando en realidad lo que sentían era una repulsión terrible frente a su pareja; pero también abundaban los casados de verdad, por amor. Existían los asilados políticos, no tan numerosos, debido a la dificultad de los aquellos-isleños para obtener tal estatus. Y los últimos que, como señalé antes, no bien se tiraban del avión en virtud de íntimos de franceses, y sin sacudirse el polvo del camino iban directo al guateque. Los recién llegados que aún no tenían muy claro contra qué montaña avalanchar sus destinos.

Samuel y yo nos quisimos de inmediato, no sólo porque conversando con él durante el primer guateque pude confirmar que Monguy el Gago, Andro, Nieves eran los mismos que yo conocía, sino porque muy rápido percibí que debía protegerlo, que él lo estaba pidiendo a gritos y que no había falsedad en tal demanda, que no consistía en un número teatral preparado para impresionar. Nunca mencioné el nombre de Mr. Sullivan, no fuera a pensar Samuel que yo exageraba para ganarme su simpatía, o por el contrario, deseara pegarse más a mí por interés profesional que por simple amistad; además de que no creía conveniente recordarle que existía Mr. Sullivan, pues podía picarle el bichito de mudarse a los Estados Unidos. Me gustaba, pero había decidido mantenerme y mantenerlo a raya, el que yo le llevara seis años impedía que me desbocara y fuera más allá de las fronteras de la ternura. Todavía en la treintena una conserva la esperanza de que hallará a un tipo maduro que nos ofrecerá el paraíso en materia amorosa, pero ni siquiera esa idea me seducía. Al principio Charline desconfió de tanta inocencia acumulada en un solo hombre, pero después, en lugar de entrar en competencia con él, hasta lo defendía contra mis acusaciones, tanto había llegado a apreciarlo.

—Es un buen muchacho, parece que ha sufrido cantidad. Eres demasiado exigente con él. Claro, como no habla, una no puede saber lo que pasa por su cerebro.

Así lo justificaba Charline cuando Samuel y yo peleábamos por lo que yo denominaba niñerías del carácter, inexperiencias, frivolidades, etc. Como, por ejemplo, comprarse un teléfono móvil, sólo porque le encantaba jugar con él, porque lo hacía lucir importante, cuando en realidad no podía darse ese lujo, pues sus entradas económicas no eran abundantes, aunque había logrado empezar a trabajar de camarógrafo en una agencia de prensa, pero no lo llamaban con mucha frecuencia, ya que no había obtenido la autorización de asalariado, y los pagos se realizaban en condiciones imprecisas, de Pascua a San Juan. En fin, que no pasaba hambre, pero su situación no era muy boyante. La duda de si lo había conocido antes, en las fiestas de casa de Monguy o en las de Andro, fue aclarada desde el principio.

—Yo era un chama, vivía con mi abuela, fui vecino del Gago, empinaba papalotes en la azotea. —Me estaba sirviendo en bandeja de plata los datos necesarios—. Ya de adulto seguí siendo amigo de él, ya eso lo sabes por el diario.

—Ah, caramba, yo te conocí de niño. —De inmediato me arrepentí de haber dicho esa frase—. En una de las fiestas, claro, pero seguro no te fijaste en mí. No tiene importancia.

—La verdad es que, desde que te vi, tu rostro me da vueltas en la cabeza, no lo dudo, debe ser de ahí... Pero no te recuerdo con exactitud, el momento preciso, digo. Es que ha llovido un retongonal de entonces a la fecha.

En los guateques apenas se hablaba de política, aunque éste es el tema con tendencia a predominar entre aquellos-isleños, pero por suerte allí pernoctaban más los personajes con ansias de olvidar tanta politiquería barata sufrida allá en la isla, y lo único que anhelaban era emborracharse, bailar, comer, gozar y singar. Lo cual no impedía que de vez en cuando se armaran unos escándalos y unas fajazones de ampanga a causa de los diversos puntos de vista sobre la estancada actualidad (la cual dura desde hace casi cuarenta años) de Aquella Isla, o sobre pormenores de las elecciones francesas, y el mundo en general. El cubano muestra una especial tentación por demostrar que domina cualquier tema más que cualquier otro terrestre, e incluso extraterrestre. Los enfrentamientos en el guateque no tenían nombre en la historia, y en muchas ocasiones terminaban a botellazo limpio.

—A mí no me interesa la política —desafiaba Samuel—. Estoy harto, en todas partes es igual, la misma porquería: dinero y poder.

—No digas eso, compadre, aquí no es como allá, aquí sí existen verdaderos partidos, elecciones auténticas, buenas intenciones... —hablaba un muchacho que llevaba siete años deambulando y trabajaba de portero en una discoteca privada, cuyo propietario era un colombiano.

—... Y malas intenciones también. El mundo está jodi'ísimo, asere. ¿Qué significa la derecha o la izquierda? P'a mí no tiene ningún sentido, mucho prometer que erradicarán el desempleo y de eso nada, monada. La política es una cosa, la vida real de la gente es otra bien distinta. —Quien así hablaba se hallaba ilegal, había cometido el error de iniciar los trámites de asilo político, al año le fue denegado, apeló, entonces fenecía en espera del veredicto final. El cual, con toda tranquilidad, bien podría tener que ver con la deportación a un tercer país.

—Yo creo que hay hombres buenos y hombres malos, en cualquier bando abundan los unos y los otros; los honestos y los deshonestos —sentenció Vera, la periodista budista.

—No jodas, eso que acabas de decir es demasiado infantil. Y ¿qué me cuentas del fascismo? No me vengas que hay hombres buenos en el fascismo. ¡Coño, Vera, son el bando del odio! —ripostó un casado por amor con una arlesiana encinta que escuchaba sobrecogida; quizás nunca había visto opinar sobre política con tanta o más pasión que cuando se discute sobre un partido de fútbol.

—Tienes razón, pero se han ganado a una gran cantidad de inocentes, precisamente porque los otros se durmieron en los laureles —señaló Vera.

—No lo niego, ¿y qué esperan los demás? Si no mueven las nalgas será demasiado tarde —declaró el muchacho de la decisión errónea al demandar asilo—. En Aquella Isla hubiera dado mi vida por ser extranjero; hasta olvidé el número de veces que caí detenido por hacerme el sueco, el italiano, el mexicano. Aquí, por fin lo soy, y sigo en la mierda.

—Yo tengo esperanzas, creo que los de buena voluntad lograrán renovarse —expresé por sorpresa y todas las miradas cayeron arrobadas sobre mí.

—Dios te oiga. Porque no quiero pensar que en el 2000 tenga que volver a hacer los matules y empezar de cero en otro sitio, y con cuarenta años en las costillas —replicó Anisia.

—No pasará nada —prometí como si me hubiera asomado al futuro del mundo en una bola de cristal, para aclarar al instante que de todas formas no me interesaba la política, que mi opinión se basaba sólo en la intuición.

—Ojalá tu boca sea santa. Porque con estas pasas no me querrán ni aquí ni en ninguna parte de Europa —argumentó una mulata parándose los pelos con las yemas de los dedos.

—Y si la cosa se pone fea volvemos a Aquella Isla. Esperemos que para entonces haya libertad —quiso sellar Pachy.

—¡Ni pinga regresar! —alardeó César—. ¡Si lo hago tiene que ser en condiciones requeteseguras! No voy a permitir ni un tantico así de humillaciones, ni presiones, ni mariconadas en el Líbano... —Esta última frase significaba, en este caso, que no aceptaría ningún tipo de bajezas.

Temblé a punto de contarles que yo había regresado, pero no lo hice porque rompería muchas ilusiones, o, por el contrario, se ensañarían conmigo llamándome traidora o vendida al dictador.

De todas formas, nosotros siempre estaremos en la oposición —declaró Samuel, los demás lo interrogaron con la mirada, se produjo un silencio ceremonioso—. Claro, la mayoría somos intelectuales y artistas.

—Yo no estaré en la oposición si gobierna una nueva izquierda —reprochó Pachy.

—Habrá que verlo; estoy de acuerdo contigo, pero sólo si de verdad es nueva, democrática, justa,

259

honesta... Y todo eso, una vez con el mazo en la mano, resulta bastante difícil mantenerlo.

—¿El mazo o el cetro? —ripostó Vera—. ¿Y qué papel juega la mujer en los planes futuros?

—El futuro es mujer —sentenció Samuel.

—Frasecita hecha, exijo datos concretos —insistió la periodista.

—¿Qué, te piensas postular para Primera Ministra? —bromeó Anisia.

—Yo no, pero estoy segura de que muchas mujeres podrían. En fin, cambiemos el tema. Yo no quiero a los americanos.

—¿A quién quieres, a los franceses saqueando monumentos y manigüeteando obras de arte, a los españoles exterminando mulatas en hoteles cinco estrellas, a los canadienses invadiendo las playas de tu infancia, a los italianos fumándose los campos de tabaco y bebiéndose el mejor ron? Los americanos están más cerca: la inversión de odio sería menos costosa —hablaba Anisia.

—Los americanos que se vayan a tomar por culo. Lo solución sería un gobierno entre los de adentro y los de afuera. —César resolvía la situación como mismo resolvía un cuadro, a brochazo limpio.

—Otra utopía. Lo único que conseguirá la dictadura es que la gente se encariñe cada vez más con los americanos —dije yo.

—¿Qué tienes contra la utopía? —desafió el muchacho.

—Yo, nada. Mejor hablamos de otro asunto. En cualquier caso no sería saludable desbocarse y regresar dos minutos después que todo cambie, si es que cambia; lo más recomendable, en mi opinión, sería esperar. Observar y luego decidir.

Y ahí se armó la rebambaramba, unos manoteaban gritando que ellos no volverían ni muertos, otros opinaban que aquello no tendría arreglo, incluso eliminado el dictador, los de más allá sí que añoraban instalarse de nuevo en su país, y trabajar, y fundar una familia, y ser enterrados en su tierra, estaban en su derecho; los de más acá observaban resignados el espectáculo. Yo pertenecía a estos últimos, a cualquier opción le daría la bienvenida, pero con sumo cuidado, habría que reflexionar y estudiar la situación individual de cada cual. Yo por mi parte, el instante llegado, trataría de tomar las cosas con calma, luego unas buenas vacaciones en el mar, ¡por fin poder ir de turista a mi propio país! No estaría mal, después ya veríamos. Samuel se ponía frenético con este tipo de conversaciones, pero en lugar de exaltarse y de insultar como los demás, prefería quitarle el plot al tema, callar, renunciar, irse del aire.

En verano, al caer la madrugada, luego de pelear por las mismas idioteces de costumbre, la mayoría del grupo nos dirigíamos a refrescar la mente a la orilla del Sena, nuestro sustituto del muro del Malecón. Allá nos llevábamos paquetes de latas de cerveza, los cuales consumíamos en pocos minutos. Entonces jugábamos, más o menos similares a aquel grupo de amigos exiliados en París de la novela *Primavera con una esquina rota* de Mario Benedetti, a acordarnos de los sitios de La Habana, de las comidas obligadas, de los libros oficiales. A rememorar todo un pasado. Era divertido, pero también angustioso. Nuevos amigos, nuevas nostalgias.

—A ver, ¿cómo se llaman las calles que hacen esquina con La Moderna Poesía?

—Fácil, Obispo y Bernaza.

—¿Qué había en Muralla y Teniente Rey?

—Una cafetería.

—Correcto. Pero ¿cómo se llamaba?

—La Cocinita.

—Díganme el nombre del programa de televisión, el de adivinar hechos históricos.

—«Escriba y lea.»

—En él había una doctora, ¿cuál era su nombre?

—La doctora Ortiz, y el doctor Dubuché, no recuerdo al tercero.

—¿Cómo se llamaba la secundaria básica de la plaza de Armas, donde antiguamente estaba la Embajada americana?

—¡Coño, yo estudié ahí! Forjadores del Futuro. Nosotros le decíamos Comedores de Pan Duro.

—¿Cuál fue el plato fijo del año setenta?

—Chicharingo de mi vida.

—¿Cómo se llamó el año sesenta y ocho?

—Año del Guerrillero Heroico.

—¿Qué helado se puso de moda en los setenta?

—El frozen.

—Y La Habana se llenó de...

—Pizzerías.

—Díganme el libro más leído en Cuba.

—El «Diablo» y la religión. De «Frey Vetó».
—Risas.

—¿Qué quedaba en Prado y Neptuno?

—El restaurante Caracas, y encima la Escuela de Kárate del Minint.

—¿Y al lado?

—El cine de ensayo Rialto. Y en la esquina de Consulado y Neptuno, el bar Los Parados. En ocasiones sueño que voy caminando por una avenida de París, doblo en una esquina y caigo en el bulevar de San Rafael. ¡Qué decepción al despertar!

El río espejeaba iluminado por los bati-moscas. Convertidos en blanco de los flechazos de los japoneses, nuestros desatinos hacían eco en el líquido rizado, las carcajadas se nos teñían de sus aguas color guarapo de caña, permanecíamos ensimismados hasta casi el alba. Cumplíamos ritos extravagantes en honor a una juventud malherida o moribunda. Por ejemplo, un veintiocho de octubre, echamos flores blancas en el Sena en honor a Camilo Cienfuegos, pero esa vez nos dio por llorar de nuestra propia ingenuidad, por el hecho de que la nostalgia nos obligara a acometer acto tan ridículo. Samuel y yo nos volvimos inseparables. Resultaba raro que no hubiera sentido la necesidad de empatarse con alguna muchacha, en preferencia francesa. Lo de regularizar sus documentos se ponía cada vez más difícil. Nos gustábamos, lo sabía desde hacía rato, pero ni él se atrevía a confesármelo, ni yo deseaba que lo hiciera. Aunque en varias ocasiones estuve a punto de partirle para arriba, prendérmele al cuello, besarlo, pero entonces me invadía el terror de que la amistad se esfumara en ese mismo instante. Y desde luego, reprimía mis impulsos, sospecho que él también.

Él gastaba un dineral en llamadas internacionales, cuando no era con su abuela, o con la familia de Monguy en La Habana, era con Andro en Miami. Así fue como nos enteramos de que Mina había decidido contraer matrimonio con el Gago, aún estando él en prisión. Samuel lo valoró como un acto de heroicidad y de hermosa fidelidad, como una prueba de amor insuperable; yo desconfié.

Me lo contó en el café Cluny, el cual queda situado en la esquina donde coinciden el bulevar Saint-Germain con el de Saint-Michel; nos habíamos dado cita allí para almorzar, aburridos de comer frijoles negros y puerco asado; teníamos la intención de, una vez terminado el almuerzo, recorrer las locaciones parisinas de *Rayuela*, la grandiosa novela de Julio Cortázar. Siento una particular debilidad por la calle Gît-le-Coeur. Aquí yace el corazón, donde Horacio Oliveira va a encontrarse con La Maga y entabla un diálogo con un *clochard*. Pedí bacalao a la provenzal, que no es más que el pescado ligado con puré de papas y después horneado, se sirve en un molde de barro, y él encargó merluza asada y como guarnición zanahorias y habichuelas. Se me atragantaba el bocado: cada vez que pruebo un plato delicioso no puedo evitar pensar en las carencias de mi gente en la isla. Estábamos en la crema de chocolate cuando me dio la noticia del casamiento; quedé petrificada, pero no hice el más mínimo comentario.

—¿No dices nada? Debieras alegrarte, son tus amigos —insistió queriendo sacarme alguna declaración.

—Verdad, que también conoces a Minerva, lo había olvidado —comenté como quien no quiere la cosa.

—¿A Mina? No digo yo. Se hizo supersocia de mi abuela. Sabes, después de la muerte de mi padre, ella se metamorfoseó en hada madrina, o como en hermana mayor; bueno, no tanto, pero nos visitaba con asiduidad, traía regalos para mí. Creo que más bien venía por el Gago, como sabía que vivía en los altos, pues...

—Nunca me has contado sobre la muerte de tu viejo —señalé con los ojos bajos, fijos en el *mousse*, demasiado amargo para mi gusto.

—Mi madre lo asesinó. Murió achicharrado.

Ella le descubrió, y confiscó, unas cartas de la querida. Se puso celosa. Diluyó en el ron un puñado de pastillas, cuando cayó rendido vació dos bidones de alcohol de bodega sobre su cuerpo y prendió un fósforo. Mi padre mutó en tizón en menos de lo que canta un gallo. —Dijo esto con los ojos secos; era evidente que no acostumbraba hablar sobre el asunto todos los días, pero que tampoco le mellaba el exterior: podía disimular con dignidad.

Mis dedos quedaron paralizados; debo aceptar que leyendo el diario me habían asaltado múltiples sospechas; una revoltura interior semejante a una alarma había sacudido mi mente. ¿Por qué este muchacho tenía que conocer a las mismas personas que yo?, me repetía una y mil veces. ¿Por qué vivía solo con una abuela? Además, no se me quitaba de la cabeza la escena donde él y Ansiedad comentaban sus traumas personales, y él explicaba de manera concisa a la muchacha la muerte de su padre y la decisión de renunciar a la madre. Todo aquello se resistía a borrarse de mi disco duro. Pero más tarde, la conquista de su amistad sobrepasó la duda, y verlo, tenerlo frente a mis ojos, acariciarlo con mi mirada, me colmaban de plenitud. Desde que Samuel había aparecido vivía inundada de armonía, gozaba de su alegre compañía, me sentía respetada y admirada, querida por un ser cuya cualidad por encima de las otras era la de la bondad. (Samuel es bueno, más que bondadoso.) Y eso, ya sabía yo por experiencia, no se daba todos los días. Entonces, acababa de enterarme, de caerme de la mata, como quien dice, Samuel no era otro que el hijo de Jorge, el idilio quemado, aquel niño que iba todas las tardes, de la mano de su padre, al parque de los Enamorados, o de los Filósofos, p'al caso es lo mismo, a

265

jugar al béisbol. Samuel no era otro que aquel adolescente espiando en la escalera, en la fiesta de la azotea de Monguy, durante mi iniciación sexual. ¿Y qué pintaba Mina en todo este embrollo fingiendo ser la caritativa, la «buena alma de Se Chuan»?

—Santo Cristo, qué terrible —apenas murmuré.

—Ya pasó. Estás erizada, ¿tienes frío, te sientes mal? Oye, perdona si te hice daño contándote historia tan macabra... —Su mano tomó la mía, no era la única vez que lo hacía, incluso en innumerables ocasiones nos sonábamos las películas de terror abrazados frente a la pantalla del televisor, o cuando estábamos sobregirados, en tronco de pea, nos apretujábamos uno contra el otro para estimularnos el cariño.

—Oh, Samy, eres tú quien debe perdonarme. —No dije más.

—¿Conoces el museo de ahí enfrente? —preguntó queriendo cambiar de tema. Hice gesto de no darme cuenta de a qué museo se refería—. El de Cluny, el medieval...

—¡Ah, sí! Han hecho excavaciones, es un poco cansón, pero resulta agradable recorrer sus salas.

—Nunca iré. Estando allá, en la isla, unos amigos me enviaron las seis postales de los tapices de *La dama con unicornio*; pasaba horas contemplándolas como un comemierda, enamorado de la madona, no quiero defraudarme, por eso no veré los originales. Ya me sucedió con la *Gioconda*, idealicé demasiado ese cuadro.

—No hables así, es una maravilla.

—Es cierto, pero una vez frente a él cancelé el encanto, o quizás resistí tanto tiempo hechizado con las reproducciones en los libros de pintura, que una vez visto el original se desvaneció uno de mis grandes anhelos.

266

—Te entiendo; yo también desistí de la fotografía por razones más o menos similares. De hacerla, digo. Aunque de vez en cuando me doy un gustazo, y me zumbo cualquier expo, o aprieto el obturador de la cámara en aras de comprobar que no estoy aniquilada, que todavía puedo impresionarme.

Él pagó la cuenta y paseamos entrelazados por la acera de la sombra del bulevar Saint-Michel, esa del *Bazar de la Musique,* donde venden discos y libros por diez francos, y donde existe un gran local destinado a la lotería. Subimos silenciosos en dirección al Sena. ¿Se lo digo o no?, interrogué a mi conciencia. No te atrevas, lo perderás para siempre, me autoaconsejé. No lo hagas, exterminarás a otro amigo. Necesito de él, reflexioné egoísta. No, nunca lo sabrá, nunca. Al menos no se enterará por mí. ¿Y Minerva? Ella se lo chivateará por carta, o por teléfono, o por fax, o por Internet.

—Sí, ahora que me acuerdo, creo que te vi... —Tanto pavor experimenté que ni pude preguntarle dónde, por terror a que hubiera adivinado, pero no lo parecía, por el tono desenfadado de su voz. —¡Cómo no! Mira, te vas a acordar en seguida. Fue en una de las fiestas que comenzó a hacer Andro cuando al Gago le dio por la tostazón de caminar y hablar al revés. Ustedes estaban a punto de graduarse en la universidad... o ya se habían graduado.

—Yo no, nunca me gradué. Muy pocos nos graduamos. Yo, más bien esperaba la autorización de salida del país, ya había dejado el ajedrez y me había casado con el viejo. Estaba al garete, suelta y sin vacunar. Bueno, continúa, porque lo que sí no me perdí fue un solo güiro en casa de Andro.

Tenía razón. Yo iba vestida de blanco, con una minifalda acampanada y una blusa elastizada; estaba cayendo tremendo aguacero y llegué hecha un asco. Andro había despejado la sala de los muebles de mimbre, en el centro reinaba el soberbio equipo Aiwa encima de un mueble barnizado de color champán; debajo se podía apreciar la riquísima colección de música de todas las épocas, hasta las de más actualidad. Una lámpara *art-nouveau* colgaba del techo. En la cocina Andro cocinaba un arroz amarillo con camarones comprados en bolsa negra a un buzo que semanas más tarde se iría a Miami remando en una goma de tractor. Ana era ya una actriz reconocida de la televisión y el teatro, conducía un estelar programa de música rock, se había transformado en un ídolo de la juventud. Lo había logrado luchando a brazo partido; le costó una estancia de cinco años en la Isla de la Juventud, cultivando y recogiendo toronja. Andro producía grabaciones de trovadores noveles; luego de haberse soplado tres años estudiando Química en Hungría, tuvo que regresar de inmediato dado el peligro que representaba educarse en un país enturbiado y con ínfulas capitalistas, según el punto de vista de cualquier deshacedor de destinos. Luly estaba a punto de terminar Lengua Inglesa, conjugaba bastante mal, y ni siquiera podía traducir películas en versión original. Igor, Ingeniería Mecánica, lo ubicaron en una empresa, como a Chaplin en *Tiempos modernos,* de fabricar tuercas. Óscar había devenido crítico de arte de manera autodidacta, por lectura; y acompañaba en tanto que orador a Pachy y a César en las exposiciones que inauguraban estos dos pintores a lo largo y ancho de la capital. Por supuesto, Andro había invitado, además, a otros plásticos de nuestra generación, pues en ese momento se gestaba, alentado por él mismo, un movimiento pictórico que muy pronto se haría célebre y que pararía los pelos de punta a las autoridades oficiales. Nieves fingía trabajar de dependienta en una diplotienda, pero todos sabíamos a lo que se dedicaba. Saúl nos deleitaba con conciertos al piano de Bach, Chopin, Lecuona, y con composiciones de su absoluta inspiración, también escribía música para cine, vivía prestado en Alamar. José Ignacio, a pesar de haber estudiado árabe, se vio obligado a convalidar el inglés, y tuvo que transar por ser guía de turismo. Roxana se dedicaba a carnicera, y eso que ella sí que se había graduado en la Escuela de Veterinaria. Enma decidió licenciarse en Geografía, pero nunca ejerció; era la época en que lo primordial consistía en virar el mapa de la isla al revés, y convertirlo en victoria con la nueva división político-administrativa; tiempo después pudo marcharse, al igual que la mayoría de los demás. Cosa que no sucedió de un golpe. Randy diseñaba revistas y libros infantiles, ostentaba un certificado de dibujante de la escuela de diseño. Winna publicaba poemas y tenía éxito con novelas de ciencia ficción editadas en papel de bagazo de caña, aparte escribía guiones de cine, algunos se llegaron a realizar por obra y gracia del Espíritu Santo. En fin, Kiqui, Dania, Lachy... no faltaba ni el gato. Éramos los habituales en las fiestas género nostalgia anticipada, las que se celebran predestinando separaciones. Esa tarde también participaban Samuel y Silvia. Así fue como conocí a Silvia, una muchacha muy cultivada, que ejercía de abogada, especialista en asuntos del CAME, pero pretendía poseer cualidades de cantante de ópera; nos caímos simpáticas desde el inicio, poseía una intuición tremenda para detectar de un pestañazo los buenos y los malos ambientes. Por eso comenzó a preparar un doctorado sobre economía capitalista, antes de que el CAME se comiera un *kake*. Tenía un defecto, hablaba como una cotorra, pero en cuanto a sentimientos solidarios, mejores no podían ser; repito que nos hicimos socias al instante y el cariño dura hasta hoy, dudo que pueda quebrantarse.

Yo no recuerdo tanto a Samuel adulto como él a mí. Supongo que fue aquel joven de pelo enmarañado que llegó cargando una caja de cervezas de botella sin etiqueta, el mismo que estuvo toda la noche sentado en el muro de la terraza debajo de las picualas, pero muy atento, vigilando que Monguy el Gago no se pasara de rosca con la bebida. Mina llegó tarde, traía unas empanadas de queso, malísimas, zocatas. Samuel recuerda que Igor me sacó a bailar y que hicimos una coreografía en la que él me lanzaba por los aires y al vuelo me recogía, que yo estaba hiperdelgada, y él sintió angustia de que se me desprendiera un hueso. A medianoche Andro sacó sus discos prohibidos de músicos residentes en Miami y los puso, cantamos a toda mecha, bailamos despetroncados, habíamos inventado un baile que bautizamos como El Cochinaíto, consistía en estar parados inmóviles, a la voz de Andro de «vamos a hacer un Cochinaíto» nos tirábamos en el piso de losetas verde pompeyano, unos encima de los otros, nos revolcábamos, aprovechábamos para toquetearnos, hasta que vino el Delegado a mandarnos acallar y a amenazarnos con que tendría que recurrir a la Fiana si no dejábamos de joder con cancioncitas provocadoras. Entonces, al final, cuando ya habíamos rastreado los fondos de las botellas y comprobado que no quedaba ni una gota de bebida, y ni una brizna de la yerba habida y por haber, nos dedicamos a ver en vídeo *El Súper,* de León Ichaso, otra prohibición, y lloramos a moco tendido por todos aquellos que habían tenido que abandonar la isla, porque de eso trata la película, de una familia cubana en el exilio, y nos aterrorizamos con sólo imaginar un día en la situación de esas personas.

Cuenta Samuel que al final casi todas las muchachas se marcharon empatadas, y que a él le agradó que Silvia y yo nos largáramos solas, que bajáramos por la loma de la calle Once hasta la parada de la ruta Veintisiete en Línea. Él nos persiguió ilusionado, pues se había cogido con Silvia, y por eso salió despergollado detrás de nosotras. Dijo que hasta pudo escuchar de lo que hablábamos, de monumentos históricos universales, los cuales soñábamos visitar alguna vez antes de morirnos, y que esa fatalidad le divirtió. Vio a Silvia tomar la ruta Ochenta y Dos, y yo me perdí en la ráfaga humana que asaltó la Veintisiete, una Girón que soltaba más polución que Chernobil. Él regresó a pie a su casa, enamorado o casi, de una mujer diferente. No comprendo en dónde halló la diferencia.

—No sé por qué no me fijé más en ti, creo que me diste pánico con tanto baileteo —dijo Samuel frenándome los recuerdos.

—Además era mayor que tú. A esa edad la diferencia es más acentuada —repliqué.

—Bueno, Silvia lo era más, y me gustó. No me atraen las de mi edad, o las más jóvenes que yo. No temas, no estoy disparándote, tiempo he tenido de sobra para hacerlo. —Me apretujó aún más contra él.

—Tiempo sí, mas no oportunidades. —Mi sequedad lo perturbó y distanció su cuerpo del mío.

Sin embargo, me escuché expresar justo lo contrario a lo que me emocionaba en aquel instante.

Desde que había confirmado la identidad de Samuel, mayores deseos excitaban mis sentidos, incitándolos a enredarme en una historia sexual con él, a pesar mío. Fue como un arranque súbito y estremecedor, un impulso salvaje de terminar con el hijo lo que había empezado años antes con el padre. Bueno, lo del padre había culminado en un horror: precisaba entonces reparar el mal. Pero, ¿cómo? Si justamente debido a aquel suceso traumatizante echaba a perder una a una mis relaciones amorosas, nunca conseguía una mínima durabilidad. El enigma paralizaba lo mismo la razón que la pasión y, asfixiada y antisensorial, prefería huir. Podía amar a alguien mientras esa persona no me reclamara con lujuria. Al instante obedecí sin esfuerzos a mis instintos asexuales y me propuse abandonar la idea de seducir a mi amigo. ¿Y si se hartaba de ansiar un acercamiento diferente, una señal libidinosa de mi parte? ¿Qué hacer si él renunciaba? ¿En qué me convertiría sin la presencia de Samuel? ¿Qué sería de mí otra vez con el deseo frustrado? No existía dicha mayor que la de abrir la ventana de mi cuarto en las mañanas nevadas, y despertarlo, tocando con los nudillos en la de él. Entonces aparecía bostezón; soplándome un beso estiraba el brazo y enlazaba mi mano, y así, con los dedos entrelazados, iniciábamos el invierno:

—Abusadora, una noche más privándome de ti —bromeaba. Porque yo estaba segura de que bromeaba.

—Búscate una franchute peste a grajo que te dé mantenimiento, anda —me le encaraba.

—Se me va a deteriorar el rabo; me lo voy a partir a base de pajas sonámbulas. —Iba a orinar para bajarse el hierro, pregonaba; al rato estábamos desayunando juntos.

En la calle Saint-André des Arts pululaban los turistas mezclados con galeristas, estudiantes, editores, oficinistas, motociclistas, libreros y vendedores lo mismo de joyas de pacotilla que de ropa de grandes diseñadores, todos liberados de los empleos para la pausa dedicada al almuerzo. A medio metro de la calle Gît-le-Coeur nos tropezamos con Adrián, un cubano asiduo de las fiestas de Anisia y Vera; trabajaba en el Fnac, en el departamento de música, y además redactaba su tesis sobre los boleros, en la Universidad de París 8. Es un bello y simpático muchacho, estudioso y gozador a más no poder, baila como nadie. Era una casualidad encontrarlo por allí, pues él habita del otro lado del Sena, y apenas tiene tiempo de moverse de su casa, salvo para asistir a la biblioteca y a los guateques. Claro, en la noche no sale de los bares del Marais. Pero cruza muy poco a la *rive gauche* de la ciudad.

—Eh, ¿y ustedes en qué andan? —interrogó diáfano, los ojos más brillantes y verdes que nunca.

—Nada, haciendo un recorrido literario, el París de *Rayuela* —respondió Samuel contento de saludarlo.

—Hacen bien, cultívense. Yo vengo de casa de un socio que llegó de Aquella Isla, me trajo correspondencia y unos presentes. No se lo pierdan... —Extrajo de una bolsa de nailon del Bazar del Hôtel de Ville nada más y nada menos que el mamey más zangaletúo que ojos humanos hayan visto—. Cuatro mameyes, cinco mangos y un puñado de piedras del santuario de la Caridad del Cobre. Tomen, les regalo una a cada uno. ¿Por qué no se dan un salto a la casa? Los convido a batido de mamey.

—Acabamos de comer. Gracias —rechacé admirada ante tamaño tesoro—. Los mameyes son la

273

misma vida. Tú sabes lo difícil que es encontrar una fruta allá, y resulta que a ti te las traen a París.

—Facilidades. No te creas, este amigo tuvo que zumbarse a Santiago para conseguirlos. En fulastres, claro. Hasta las piedras del Cobre cuestan un dólar. Para colmo, por nada se lo decomisan todo en la aduana. Parece que las piedras ayudaron —contó con felicidad similar a la que experimenta un ganador de la lotería millonaria de Navidades.

Nos acompañó hasta la mitad de la calle, preguntamos que si se embullaba a sentarse con nosotros un rato en el contén de la acera, sólo para observar la gente pasar. Andaba apurado, sacó un mamey y nos lo obsequió, después partió rumbo al Sena. Emocionados, no sabíamos cómo agradecer tal gesto, no es que no se encuentren tales exotismos en París, el hecho es que, viniendo de allá, huelen a allá, y no todo el mundo estaría dispuesto a desprenderse de tan codiciado manjar. Lo que Adrián acababa de darnos era una tremenda demostración de amistad. No lo olvidaríamos, aseguramos, y los tres nos reímos al estrujarnos con los puños crispados los ojos aguados por la nostalgia.

—¡Ay, señores, ni que les hubiera dado *La Jungla* de Lam! —Y, apresurado, se despidió evitando mayores aspavientos de blandenguería.

Samuel y yo demoramos dos horas sentados en la acera, rememorando poemas, pasajes de novelas cuyas tramas sucedían en París o en La Habana. Soñando, pero no tan ajenos a la realidad, puesto que eran los paseantes quienes inspiraban nuestro juego: Aquel señor de paraguas negro, ¿quién podría ser? Swann. No, no estamos en los Campos Elíseos, piensa un poco Samuel. No acierto, no percibo. Henry Miller. ¡Qué va, demasiado elegante!

James Joyce. ¿Y aquel tímido, enjuto, escondiendo su amaneramiento? *Alexis, o el tratado del inútil combate*. Para nada, Alexis no es tan actual, además, no creo que fuera amanerado. Mira, mira, no te la pierdas, es el doble de Elsa Triolet. Sí, más bien es Martine, el personaje de *Rosas a crédito*. Aquel jovencito de ojazos alterados, ¿no es Rimbaud? Deliras, es Villon. Nada que ver. El grandote de barba es el doble de Julio Cortázar. El de la frente ancha y el mostachón. Coño, es Martí. Fíjate en el de la venda en la cabeza. ¡Apollinaire!, dijimos a coro. Así pasó el tiempo. Hasta que se fue el sol y una lluvia correcta con ventolera cartesiana nos obligó a que emprendiéramos alegre y trastornada carrera hasta la boca del metro de Saint-Michel. Hicimos correspondencia en Châtelet, y de ahí directo a Saint-Paul. Al emerger a la ciudad había escampado; el sol nos recibió, pero una oleada de frío también. Aunque la primavera amenazaba con brotar, pero este año más que nunca alardeaba de perezosa.

No pensábamos más que en llegar a la casa y preparar el batido de mamey. Antes, en el Monoprix, compramos una lata de leche evaporada, siguiendo consejo de Adrián, no se les ocurra hacer el batido con leche de vaca o condensada, el auténtico debe llevar leche evaporada, si no jamás tendrá sentido, ya que no espesará con el gusto y respeto correspondientes. Una vez los ingredientes listos, avisamos por teléfono a Pachy y a César para que probaran el último grito en ultrasensaciones del más allá. Pachy se disculpó, pues andaba en trámites de montar una exposición, además de que tenía cita en la Prefectura, cuestión de nacionalizarse. César no contestó al teléfono, seguro aún dormía ya que pintaba hasta el alba, se iba a la cama con el canto matinal de sus imaginarios colibríes. Samuel se ausentó unos minutos, cosa de ir a escuchar los mensajes en su respondedor automático. Entonces hice un balance de lo ocurrido ese mediodía, rehice nuestra conversación en la brasería Cluny. No podía descartar la posibilidad de que en un futuro él se comunicara con Mina y ella le contara lo sucedido; entonces desataría la tragedia, la ruptura, la ausencia. Debía franquearme con él, expresarle mi pesar, mi más profundo arrepentimiento. Pero, ¿arrepentirme de qué? ¿De haber escrito una veintena de cartas a su padre? Si ni siquiera nunca le dirigí la palabra. Aunque, sí, Marcela, a causa de esa maldita correspondencia el padre no pudo ni hacer el cuento, lo convirtieron en hoguera viviente.

En ese punto de mis reflexiones estaba cuando entró Samuel pálido, más blanco que la pared; yo, que lo conozco como si lo hubiera parido, sabía que lo único que podía transformarlo de esa forma tan visceral era la ira. No emitió sonido. Ahora tendré que sacarle las palabras con un gancho metafísico, pensé. Tampoco le agradaba regodearse en los problemas, describiendo sus penas a los demás, aunque es verdad que ciertas excepciones me beneficiaban. Acostado en el sofá, tapó sus ojos con el antebrazo, dijo algo en el momento que la batidora eléctrica comenzó a sonar, no alcancé a oír la frase.

—No te oí, el ruido me lo impidió... —aclaré en el instante en que apagaba el aparato.

—Recibí un mensaje de la Prefectura, no me darán la carta con permiso de trabajo. Me recomiendan ir a los Estados Unidos. Si lo hubiera sabido antes. El papeleo aquí es una jodienda, la cosa se ha puesto requetedifícil en Francia. No precaví esos detalles; si no hubiera construido una balsa. Ya estuviera en Miami. —Se notaba nervioso, diría que atemorizado.

—No te desanimes, quédate, debes insistir; ellos dicen siempre lo mismo. —La mano se me engarrotó al servir el denso líquido en los altos vasos color flamingo.

—Sólo tengo a Andro allá, y él no podrá hacer mucho por mí. —La espuma del batido quedó impregnada encima de sus labios, dibujándole un bigote espeso, igualito al de su padre, pero rosado.

—En La Habana conociste a alguien que es muy amigo mío. Lo sé por tu diario. Nunca te lo comenté porque me pareció demasiada coincidencia y le tengo horror a las casualidades. No creo que nada sea casual. Robert Sullivan... —Ansié una respuesta.

—¡No me digas! ¡La vida es del carajo! ¡Increíble!

—Tú no lo sabes bien —añadí en doble sentido.

—Bueno, es que perdí su tarjeta. —Su rostro se iluminó por unos instantes para apagarse al segundo.

—No te preocupes, sigo en estrecho contacto con él. Fue Mr. Sullivan quien me hizo fotógrafa, a él debo todo. Segura estoy de que te ayudará. ¿De veras te irías? —Me ericé por dentro y no eran los efectos del hielo *frappé* que enfriaba el batido de mamey.

—Por ti no lo haría. —Erguido, encimado el rostro, tomó mi barbilla. Adiviné lo que estaba insinuando, pero me hice la muerta a ver el entierro que me hacía.

—Pues quédate, estoy dispuesta a ayudarte, sabes que hoy por hoy eres mi mejor amigo, junto a

Charline... —Precisé este último dato para no dar pie a malas interpretaciones y porque aparte era cierto.

—No, Mar, quiero decir, si... si quisieras... —Titubeó, soltó mi mentón, volvió a tomar el vaso sudado, el cual había colocado sobre la mesa de cristal—. Me refiero a vivir juntos, como pareja... Estoy enamorado de ti, te amo, ¡uf, ya lo solté!

Treinta y pico de años en las costillas y era la primera vez que me formulaban tal declaración, con todas las sílabas necesarias, con ardor, con deseo, con miedo, con sudores fríos, con traqueteo de mandíbulas. Tal y como imaginaba en la adolescencia que debía ser. Idénticas frases un montón de años antes había esperado de boca de José Ignacio, de los labios de su padre, y de tantos otros. Me sentía halagada y avergonzada al mismo tiempo.

—No te acomplejes —acertó, interrumpiendo mis meditaciones—; no me llevas tantos años, yo parezco más viejo que tú, todos lo dicen, ya llevé a cabo mi encuesta, los sondeos aprueban nuestra unión —jaraneó.

—No resultará. Poseemos demasiada información uno del otro —reboté con esa patada histriónica.

—No entiendo. ¿Estás queriendo decir que no te gusto, verdad?

—Estoy queriendo decir lo que es, somos supersocios, arruinaremos la amistad si caemos en lo otro. Además, no sé si te has fijado que he renunciado al sexo. Nunca me he sentido a mis anchas en ese dominio, no sé de qué se trata, vaya. Más claro ni el agua, no le hallo ningún atractivo, soy frígida, en una palabra... —Y me retiré a la cocina.

—Inténtalo —pidió muy serio; yo esperaba una risotada.

—¿Crees que con la edad que tengo no he probado? Aparte, supón que funcione, no vas a malograr tu futuro sólo por intentar curarme de una enfermedad crónica. O, en el mejor de los casos, por una historia pasajera, sin sentido —rezongué convencida de mis argumentos.

—Estoy seguro de lo que quiero, haré lo mismo aquí que en otro lugar. No se trata de un simple capricho, Mar, es que, ya te lo dije, te amo. Solo perdería las fuerzas. Contigo será distinto. ¿No te das cuenta lo bien que nos sentimos juntos? Si lo único que falta es que nos acostemos, digo, que templemos. Acostarnos ya lo hemos hecho en mil ocasiones— insistió sin resuello.

—¿No te has preguntado por qué no hemos efectuado el acto?

—Sí, pero no iba a forzarte, quería dar tiempo...

—¿Tiempo para qué? —Charline me habría matado a insultos recriminándome tanta crueldad.

—Para estar claro, de que... lo mío va en serio. Bueno, soplaste tremendo batido, ¿quedó más?

Asentí y le serví una segunda vez; quedé de pie a cierta distancia, cuidándome de no colocarme muy al alcance de su mano. Sin embargo, puso el vaso en el suelo, encima de la alfombra imitación pelambre de oso polar. Incorporado avanzó hacia mí.

No rehuí cuando su boca palpó la mía, fue apenas un roce, un estremecimiento que me situó en otra dimensión. Aunque ya una vez jugando a la botella, en casa de Anisia, nos impusieron besarnos a modo de multa, pero entonces no pendía sobre nosotros el peso de la confirmación, y habíamos aprendido a aceptar la sospecha, cuyo vaticinio paralizaba la inteligencia, restándole importancia al delirio, al riesgo.

—Mírame, te quiero. ¿Y tú? —Claro que le quería.

—Sí, yo también, pero sé que a partir de que empecemos a relacionarnos diferente, nada será como antes. La convivencia destruye la ilusión. Tienes razón al decir que lo único que nos queda es hacer cuchi-cuchi, pero eso es lo que nos permite dormir solos cuando querramos, y determinar lo que nos dé la gana sin pasarnos cuentas. Es más, creo que nos queremos tanto, debido a que mantenemos un respeto y un terreno incógnito.

—Si lo que rechazas es la vidita matrimonial, no te inquietes; esforzándonos podremos continuar tal como hasta ahora, por el momento, luego ya veremos. ¿No piensas tener hijos?

—No niego que me derrito cuando veo en los parques a los rollizos bebés jugando en la arena con sus padres. Pero en seguida me pongo a analizar a cuántos peligros se expone a una criatura: guerras, accidentes, muertes, soledad, tristeza... y me arrepiento.

—Podrías añadir a tu lista, amor, belleza, arte, amistad, justicia, y un sinfín de cosas positivas, también todo eso reciben las criaturas. De hecho, tú y yo fuimos criaturas...

—¡Coño, Samuel! ¿No lo ves? ¿Y qué te dieron tus padres? ¡¿No te das cuenta?! ¡Muerte, dolor! ¡Tu madre asesinó a tu padre por un indicio falso, por celos; ni siquiera comprobó si él la tarreaba con aquella chiquita! —Estallé sin percatarme de cuánto daño le administraba reprochándole el mero hecho de existir—. Por favor, no quise ir tan lejos...

—Nadie es perfecto. No sé si estás siendo sincera; si lo que sucede es que no te gusto, es más fácil y menos hiriente atreverte a vomitarlo: «No eres mi tipo, no me mojo contigo, vaya»...

Por suerte él no había reparado en la seguridad de mis palabras al afirmar lo de la equivocación de su madre.

—Es que no me mojo con nadie, coño, ¿cómo carajo tengo que explicártelo? Tuve contactos sexuales, hasta me hice un aborto. Pero jamás se me ha juntado el cielo con la tierra. No es culpa de los otros, es mía; nadie podrá solucionarlo, porque el problema está en mí. Déjame, vete. —Fui hasta el cuarto y eché el yale.

—Gracias, *Madame le Préfet de Police* —susurró desde el pasillo entre la sala y la habitación.

Percibí sus pasos alejándose, el agua de la pila corrió, oí trasteos de vajilla, fregaba la loza. Más tarde salió cerrando con doble llavín. El chirrido de su puerta avisó que me hallaba libre, pero sola, sin Samuel. Me queda poco tiempo de fecundidad, deduje, sacando cuenta de los años que tenía por delante hasta los cuarenta y dos, edad límite para parir.

A la mañana siguiente desperté con la firme proposición de revelarle el secreto que me liaba a él por motivos terribles y que constituían también las razones por las cuales no podía aceptarlo como amante. No era el caso de pudor radionovelesco ante la evidencia de que Samuel fuera el hijo de Jorge, pues no tenía que guardar viudez o eterna fidelidad a alguien con quien ni siquiera había cruzado dos palabras. Incluso estaba segura de que, siendo yo normal, habría sucedido lo contrario; aunque Jorge su padre, y yo, hubiésemos llegado a ejecutar el acto sexual, tampoco me mostraría escrupulosa ante un posible enamoramiento con el hijo. Lo que me marcaba era la muerte de ese hombre a causa de un descuido imperdonable de mi parte, debido a mi irrupción fatal en su vida. Lo que me inhibía era el hecho de haber destruido a toda una familia. Si ese grado de culpabilidad había actuado como un impedimento intransigente durante mi anterior existencia, ¿cómo podía obviar el accidente ante tal circunstancia, y para colmo de males, frente a su propio hijo, víctima él también, de forma transitiva, de mi inapropiada conducta?

A la mañana siguiente toqué en su ventana; como era habitual, esperé unos minutos: no se presentó. Media hora más tarde se hallaba en la sala de mi casa con un girasol envuelto en papel celofán y un cartucho conteniendo *croissants* a la mantequilla. Posó un beso en mi frente, signo —interpreté yo— de que podía olvidar lo discutido la noche pasada, de que retomábamos la amistad por donde mismo la habíamos dejado. Ya demostré que detesto los ramos, aprecio mejor que me obsequien una flor, de preferencia el girasol o la orquídea. El girasol por pertenecer a Oshún. La catleya malva por Proust y por san Lázaro. Boté los pétalos de flores secas que guardaba en un búcaro largo y estrecho, y ahí coloqué el delicado detalle de Samuel. Mientras yo tomaba una ducha, él sirvió el jugo de naranja en dos copas pequeñas, untó las tostadas de mantequilla y mermelada de fresa, calentó la leche y la tiñó con chocolate, puso el mantel en la mesa, y aguardó paciente a que yo saliera para desayunar acompañados.

—¿Tienes clases hoy? —preguntó. Yo estaba pasando en ese entonces el curso de maquillaje.

—No, por suerte. Estoy harta de estudiar máscaras y pieles —solté con la boca llena.

—Te invito al cine.

—Me da mareo ir al cine de día —riposté con

rictus de disgusto—. Mejor damos un paseo por las Tullerías o por el Jardín de Luxemburgo. —Aceptó con dulce mugido.

—Abrígate, el tiempo está engañoso. —Y se retiró a buscar la chaqueta de cuero.

Terminé de arreglarme antes que él. Como su puerta estaba entreabierta atravesé el umbral. En el cuarto chachareaba por teléfono con Andro desde Miami, previniéndolo de que tal vez iría el mes próximo, de manera definitiva. Aquí las cosas se están poniendo cabronas, compadre, yo sé que allá tampoco está suave el mambo, pero hay más posibilidades de adquirir documentos sólidos. Así se manifestaba, no había advertido mi presencia. ¿Marcela? Ella está bien, bueno tú sabes que no le escribe a nadie, ni tampoco llama, dice que le da gorrión. ¿Supiste de Silvia? ¡Menos mal que está ejerciendo como abogada, contra, qué suerte para ella! Sí, me había contado que tuvo que revalidar un tongón de exámenes, por supuesto, en ninguna universidad del mundo dan la pila de asignaturas inútiles que nos soplamos nosotros, que si Marxismo I y II, que si Comunismo Científico. En resumen, se salvó Silvia. ¿Viste? Metí p'a aliteración. ¿Qué le digo a Marcela? ¿Que la adoras? Eso se lo repetimos todos, pero ella no hace caso. Es largo de explicar, ya te contaré, ahora debo dejarte porque precisamente es con ella con quien voy a dar una vuelta, un paseo bobo por ahí. ¡Oye, que aquí no me puedo quedar, la cosa se pone cada vez peor! Además estoy cogi'ísimo con esa mujer; tengo que poner océano por medio porque si no me vuelvo loco. Anoche por n'á la mato, asere, yo jurándole que me moría por ella, y ella más seca que el desierto de Sahara. Si por casualidad te comunicas con Mina envíale besos de mi parte, y que se los dé a Monguy también. Este mes no puedo llamar, tengo el teléfono cargado de tanto hablar con mi abuela. Coño, saluda a Igor y a Saúl. ¿Así que te llamaron desde el Habana Libre? ¡Qué bárbaros! Se robaron una línea, ellos son expertos. Tengo que cortar, mi hermanito, te quiero y te adoro y no te compro un loro, mejor te llevaré al cine cuando nos veamos, el mes que viene, chaoíto.

No pudo evitar asombro al encontrarme meciéndome en el sillón de mimbre, el cual había recogido en un basurero y él mismo había vuelto a tejer en la fondillera. Ah, estás ahí, acabo de colgar con Andro, te manda besos, y me pidió que te recordara que te quiere. Le aclaré que en eso andaba yo también, sonrió restándole importancia al comentario. La cama estaba revuelta, parecía un chiquero, me dispuse a tenderla. Déjalo, me sujetó por la muñeca, yo lo hago. Pregunté, como para embarajar su brusquedad, dónde había comprado ese juego de sábanas tan bonito, con dibujos de gatos y peces. En Pier Import. Pero tengo uno para ti, ¿aún no te lo he dado? Fue hasta el gavetero, hurgó y por fin halló el nailon sellado. Era el mismo diseño, pero en azul. Agradecí dándole un beso en la mejilla, él se aprovechó y besó mis labios, lo dejé hacer, besaba muy bien, riquísimo. Después me apartó y se dispuso a tender la cama. ¿Te gustó?, averiguó mientras aireaba la sábana de taparse y sacudía el colchón; reparé en una gran cantidad de pendejos enrollados, señal de que seguro se había masturbado, pues una toalla blanca manchada de amarillo descansaba en el suelo, a los pies de la mesita de noche. Tú sabes que sí, que sí me ha encantado, quise decir. ¿Y entonces, no te decides a probar más allá? No, dale, apúrate, vamos. ¿Dónde es el fuego? Ade-

más no tengo alma de bombero, ¿y tú? Nos reímos
por el doble sentido, bombero les llaman en Aquella
Isla a las marimachas.

Sentados en un banco del Jardín de Luxemburgo disfrutábamos del paseo de los niños montados
en los burritos; uno de los muchachos que conducía
a las bestias es cubano, y nos saludó desde lejos. Samuel se puso melancólico comentando que otra habría sido su niñez si de pequeño hubiera podido
montar un poney. Como soy mayor que él quise
darle envidia contándole que, por suerte, yo había
alcanzado los burritos del parque Almendares, los
del Bosque de La Habana, que incluso mi padre me
había tirado una foto encima de uno de ellos, yo tenía muy pocos años. Al tiempo desaparecieron los
animales. Tal vez eran burros imperialistas, agregó
burlón.

—¿Jugaste alguna vez a la ruleta rusa en la calle
Paseo? —preguntó de sopetón.

No me atreví a contestar de inmediato, porque
sí era cierto que había llevado a cabo tal aventura
con la muerte, aquella misma noche en que él, siendo casi adolescente, acurrucado en la escalera oscura del edificio donde él y Monguy el Gago habita-
ban, presenció la pérdida de mi doncellez. Quizás
en aquel momento no se percató de la acción. O si
se había dado cuenta, pues no lo recordaba, o disi-
mulaba.

—¿En la calle Paseo, con una pistola, a la vista
de los policías? —indagué dudosa, intentando desviar la conversación por el frívolo camino de la
anécdota.

—Yo no mencioné pistola ninguna. Ruleta rusa
con bicicletas. Un grupo de veinte, o más, nos pará-
bamos montados en las bicicletas en la punta de la

loma de Paseo, a la altura del teatro Nacional. A un timbrazo nos lanzábamos a millón, con los ojos cerrados, sin importarnos los semáforos, los más peligrosos eran el de la calle Veintitrés y el de Línea. Debíamos frenar en el contén de la acera del muro del Malecón. Ni te cuento lo que era la bajada, el viento nos estiraba el pellejo de la cara hacia atrás. En ocasiones los frenazos de las guaguas a un milímetro del cuerpo me deschavetaban todo, llegaba al otro extremo sin fuerzas para mantenerme en pie. Buscábamos emoción.

No me molesté en indagar si había ocurrido algún accidente, por el suspiro que echó cuando terminó la frase supuse que la respuesta sería afirmativa. Al rato de estar contemplando a una anciana alimentando palomas con los restos de un pan con chocolate, él reincidió con el suspiro, y sin que yo insistiera declaró que una joven de diecisiete años se privó de las dos piernas. Luego descansó la cabeza en el respaldar de madera del asiento y enmascaró sus ojos con el antebrazo. Pregunté si se aburría. Contestó que no, pero que si yo conversaba sería más atractivo el hecho de estar sentados en un parque europeo, tan disciplinado, donde los árboles crecían rectos, parejitos, y no enmarañados como en los parques tropicales.

Los temas de conversación de los aquellos-isleños son en extremo limitados; cuando no abordamos la política nos regodeamos en la comida, y cuando no en el amor, más bien en el sexo. A la muerte nunca le damos la cara, mencionar a la Pelona trae mala suerte, ni siquiera nos agrada citarla en los chistes. Allá por los veinte años, un Andro melancólico sentenciaba: «Llegará el momento en que se nos empezarán a morir familiares y amigos, cualquiera de nosotros, por ejemplo. Alrededor de los cuarenta es que la muerte comienza a hacer sus estragos.» Conmigo la Pelona estrenó temprano, pero opté por guardar en lo más profundo ese secreto de hiel. Prefiero la muerte a la envidia. No es costumbre aquella-isleña evadir las angustias apoyándonos en lo que consideramos banalidades. Si vamos a un cine o a un teatro, jamás salimos elogiando la función; finalizada la misma se nos congela el efecto que tal vivencia tuvo sobre nosotros, tal vez por vergüenza de pecar de ignorantes, quizás criticamos por complejo de pedantes. La maledicencia es lo peor, qué trabajo nos cuesta aceptar las buenas cualidades o los triunfos del prójimo. Y más cuando ese prójimo es un compatriota. Lo único que nos salva es bailar, y en el baile son el cuerpo y la mirada quienes se retan. Samuel y yo habíamos agotado los temas de la muerte, la envidia, el odio, el delirio patriótico, entre otras obsesiones, nos restaba el sexo, y salvo el incidente de la tarde anterior nunca antes, o en realidad muy pocas veces, nos atrevíamos a revelar nuestras relaciones amorosas. Alguna que otra vez él había hecho alusión a Ansiedad, o a Nieves, sólo porque sabía que yo estaba al tanto por la lectura del diario, pero nada más. Yo decidí contarle lo mínimo sobre José Ignacio, e incluso dije cualquier tontería sobre Paul, a lo cual Samuel nunca prestó demasiado interés.

Daba la sensación de que el Jardín de Luxemburgo iría a fundirse de un minuto al otro en un mazacote deforme con su pesadez de plomo. No hacía un día especialmente agraciado: el sol duró lo que un merengue en la puerta de un colegio. El mediodía enfrió de súbito, aún los parisinos no habían colgado en los desvanes sus clásicos impermeables color beige, o café con leche, o azul prusia, o negros de plástico brilloso; en sublime homenaje a la primavera, y ya apresurados tuvieron que enarbolar paraguas para atravesar los parques rumbo a destinos bien subrayados en sus agendas. Alguna que otra madura y bella mujer esperaba a su amante, con ese rictus estancado encima de las cejas, la arruga, partiéndole la nariz, de quien se despetronca por ver más allá de la mirada, esa que poseen las adúlteras, las piernas cruzadas balanceando aquella que queda suspendida en el aire, marcando los segundos de ahí a la eternidad, las manos apretadas sobre el regazo para evitar hurgar en el bolso a la pesca de un cigarro. Los hombres hojeaban *Le Monde* y sólo abandonaban la lectura para atender una llamada de los portables. Mis pupilas maniáticas de fotógrafa enfocaban y penetraban en *zoom* en las profundidades sentimentales de cada uno de los personajes. Dos niños de las manos de sus tatas, tal vez abuelas, se dirigieron entusiasmados a los poneys. A la hora de montarse no pudieron evitar el pavor infantil y berrearon a grito pelado. Por fin uno de ellos, el mayor de estatura, se calmó, y el segundo lo imitó inseguro. Mis ojos recorrieron, en barrido cinematográfico, de ellos al brazo de Samuel sobre sus párpados, hice un pronunciado primer plano a su piel, entré con vicio óptico en sus dilatados poros, en las raíces de los vellos, en su erizamiento. Pregunté si seguía en espera de que lo halagara con alguna frase insólita. Asintió moviendo la barbilla de arriba abajo. Al fondo, en un segundo plano con respecto a Samuel, los árboles iniciaron un suave tango de ramas. Me convencí de que tendría que ser en ese instante o nunca. Confiesa o calla para siempre, Marcela, no seas imbécil. Después no pude ya contenerme, las palabras brotaron; en lugar de oírme las visualicé escritas en el paisaje, ocultando el preciosismo de la anciana que continuaba enfrascada alimentando palomas, los dos puntos en que los niños se habían transformado en la lejanía, desdibujándoseme las sonrisas de las adúlteras al recibir a sus amantes, velándome con nubes de polvo amarillento que ascendían del suelo hacia los periódicos de los hombres, quienes, suponía yo, tramaban vía teléfono celular algún negocio impostergable. Las frases despegaron, volaron de mi boca y tomaron cuerpo, podía olerlas, palparlas, incluso hubiera podido fotografiarlas como si se tratara de un ejército de aviones desplegando anuncios publicitarios en el cielo; conseguía leerlas como los subtítulos de una película en otro idioma.

—Samuel, yo sabía que tu madre había asesinado a tu padre. Fui yo la entrometida. Soy la autora de aquellas cartas que ella encontró en el escaparate. No sé si recuerdas las tardes en que tu padre te llevaba al parque de los Enamorados o de los Filósofos, como quiera que se llame, a jugar pelota; era yo la que siempre esperaba clavada en el balcón de la casa de Minerva a que ustedes pasaran; en cierta ocasión lancé desde lo alto una jaba de mimbre, tu padre recogió un fajo de cartas. Tú preguntaste que quién era yo, él respondió que una amiga de tu mamá. Luego nunca más volví a cruzarme con él. Cuando encontré de nuevo a Jorge, tu papá, lo sacaban de su casa en una camilla. Mina me acompañaba aquel día, tal vez por eso se hizo tan amiga de ustedes, de ti y de tu abuela; creo que asumió mi culpa, dado que todo había sucedido desde su balcón. ¿Cómo iba a presumir que fueras tú el muchachito que apareció en la fiesta de la azotea de Monguy? Mucho menos podía imaginar que reaparecieras aquí en París, que cayeras de vecino mío, que nos hiciéramos amigos, aunque no debo ocultarte que la lectura del diario sembró en mí sospechas que no me han abandonado hasta ayer, las cuales no deseaba confirmar.

A medida que fui garabateando mi voz sobre la grisácea tarde, Samuel fue modificando su posición, bajó el brazo, su rostro quedó al descubierto contemplando el frente, a ningún sitio en específico, se removió en el asiento, subió las piernas cruzándolas a la manera tibetana, rascó enfático el lóbulo de su oreja izquierda, apretó las mandíbulas, ladeó la cabeza y buscó mi cara. Entonces yo la volteé hacia el sitio contrario, de manera que no pude constatar si había escuchado o no mi última frase. Le oí apenas murmurar:

—Qué casualidad. Hay cosas peores. Más grave sería si fuésemos hermanos y nos hubiésemos enamorado sin saberlo, como Leonardo y Cecilia. O nacidos en otra época, estuviésemos condicionados y condenados a la separación, como Abelardo y Eloísa.

Pero al enfrentármele sus pómulos sobresalían a causa de la contracción de las sienes, una tela gruesa de polvo y lágrimas opacaba el contraste hermoso de sus pupilas negras con los diminutos fulgores amarillos centrados, semejantes a pepitas de oro perforando dos azabaches, y éstos, a su vez, nadando en dos vasijas oblicuas repletas de leche. De un tirón, a la boca le cayó un siglo de arrugas, y por más que mordisqueaba sus labios, éstos terminaban apretados unos contra otros rehuyendo cualquier otra mueca que no fuera la de la inquietud.

—Para mí constituye el pasado —masculló apagado.

—No es mi caso, he vivido con ese martirio, y no

creo que seas la persona indicada y mucho menos es el momento oportuno para conseguir desembarazarme de ese malestar.

—Por algo nos hemos reencontrado. —Transformó la esperanza en quejido.

—Deberíamos empezar de cero, pero ya con la carga encima. Yo sabiendo, y tú lo propio —propuse intrépida.

—Pensándolo bien... —Trastocó su efusión por duda—. Deberíamos darnos vacaciones, poner distancia, es lo más saludable. Tengo la certeza de que seguiré pensando en ti. De golpe se me quitaron las ganas de acostarme contigo. No podrías evitar comparar entre mi padre y yo. —Lógico, se refería al sexo.

—Nunca me acosté con él, eso es lo más monstruoso, ni siquiera nos dimos cita, ni jamás hablamos. Así que no tarreó a tu mamá, fue un mal entendido —justifiqué al muerto.

—No es cierto. En más de una ocasión acompañé a mi padre a la posada de San Juan de Dios entre Villegas y Montserrate; yo sabía que arriba, en uno de los cuartos, lo esperaba una mujer; él me dejaba con un amigo, quien me llevaba al cine Actualidades a ver *El gato con botas*; no sé ni cuántas veces vi ese dibujo animado, una infinidad. Al regreso encontraba a mi padre fumando en la bodega de la esquina. Sabía que era una chiquita más joven que mi vieja porque el tipo siempre preguntaba: «Bueno, vomita, ¿y Carne Fresca qué tal se comportó hoy?» Él viraba los ojos en blanco, aspiraba una grandísima bocanada dejando al cigarro casi en la ceniza, después suspiraba en un espasmo: «Tiernecita, tiernecita, va a acabar conmigo.»

Samuel, desenfrenado, olvidaba que yo podía sentirme aludida y, por lo tanto, abochornada.

—Te juro que no era yo la de la posada. Te lo juro por lo más sagrado que nunca hice nada con él.
—Me defendí como gato boca arriba, y con razón.

—Entonces tampoco eres tú la de las cartas —replicó convencido.

—Sí soy yo. Tu padre se llamaba Jorge. ¿Las leíste alguna vez? —interrumpí sin medir mi falta de tacto.

—Tuve que esperar bastante tiempo y hacer algunas gestiones embarazosas con el abogado de mi madre para que me permitieran hojearlas, pero nunca conseguí llevármelas y guardarlas de recuerdo; quedaron en los archivos del Tribunal Supremo.

—¿Te dice algo *Jugoso Jorge* o *Sustancioso Jorge*? Así las encabezaba.

—Tienes razón. Y, al mismo tiempo, me das la razón. Nadie habla de *jugoso* o *sustancioso* si antes no ha probado el material. —Sonó irónico.

—Era una fórmula para atraerlo, una simple estrategia —declaré a punto de arrodillarme.

—Y mira en lo que paró. Entonces, ¿con quién se acostaba en la posada de San Juan de Dios los lunes, miércoles y viernes entre las dos y las cuatro de la tarde? Supongo que tengo que tragarme que no contigo. —Empezaba a enfurecerse.

—No conmigo. —De pronto me sentí muy fuerte, ajena a esa historia, con deseos de dejarlo plantado y que creyera lo que le saliera de sus benditos cojones.

—Marcela, mejor regresamos a casa. Me duele la cabeza. —Esto último fue pronunciado con el tono de voz del principio de la conversación, es decir, con resignada ternura, como queriendo retractarse de su arranque de incredulidad.

Hicimos el recorrido más corto, atravesamos en diagonal hasta ganar el bulevar Saint-Germain, al rato nos hallamos en la esquina del Instituto del mundo Árabe, atravesamos el puente de Sully en absoluto silencio. Durante la caminata intercambiamos brevísimos comentarios sobre tiendas, modas y últimos estrenos cinematográficos. En la punta de la isla Saint-Louis, donde comienza el puente Henry IV, Samuel sonrió; al segundo la sonrisa se transformó en leve carcajada.

—¡Quién iría a decirle a mi viejo que yo me iba a meter con su jebita! —exclamó.

—No le veo la gracia. Además de que ya te dije que no tuve nada que ver con él; lo único que hice fue escribirle una veintena de cartas. No niego que me atraía, pero de ahí a lo otro... Piensa lo que te salga de adentro...

Me adelanté en franca velocidad, llegué jadeante a mi apartamento; encerrada bajo llave y triple pestillo, ingerí tres calmantes y logré caer rendida.

Estuvimos una semana sin apenas hablarnos; al cabo reanudamos la relación como dos vecinos que respetan cada uno sus espacios de manera egoísta y severa. Al mes me invitó a una fiesta, acepté, la pasamos igual que en cualquiera otra, bailamos, bebimos, comimos, nos divertimos, regresamos, nos despedimos en las puertas correspondientes de nuestros hogares, y para de contar. Nada de, ven, entra que voy a preparar una infusión, anda, enciende la tele, puede que haya algo interesante a esta hora, una emisión integral sobre Serge Gainsbourg, o una película de terror y misterio, mira, no te vayas, no me gusta ver sola tanto reguero de sangre, quédate conmigo, abrázame, ay, acuéstate junto a mí en la camita, tapaditos.

No me toques las tetas, déjate de joder, no me pegues el tolete, cabroncito, yo tampoco soy de piedra, pero seamos como hermanos, no echemos a perder la amistad... Verdad que se me había ido la musa abusando de la relación.

Charline no podía creer lo sucedido; entonces propuso ayudarnos de dos maneras, o bien intentaba unirnos organizando cenas en su casa, o por el contrario desaparecía por completo para que halláramos sin intermediarios la vía conveniente. Lo que no podía permitir era verme sufriendo. Acepté la segunda opción: si el azar había dicho la primera palabra, sería el mismo azar quien cerraría la historia con broche de oro, o de sangre, por decir cualquier estupidez. Mi amiga no cesaba de lamentar, santo cielo, tantos machos que hay en este mundo y que haya venido a ser el hijo del tipo aquel, no, si es que cuando yo tc lo digo, csc barrio está embrujado. ¿No quieres ponerte a leer a Proust, a ver si te distraes un poco? Tuve que aclararle que yo no leía a Proust para olvidar ni para entretenerme, más bien para lo contrario, para recordar y profundizar mis puntos de vista y reflexión con respecto a la vida.

Samuel tocó a la puerta; yo estaba hablando con Charline por teléfono. Me despedí advirtiéndole, tengo que colgar, puede que sea un Cronopost que estoy esperando desde New Jersey, una caja de plátanos machos que Lucio había amenazado con enviar en uno de sus últimos recados dejados en el contestador automático, me aconsejaba que friera chicharritas, que si llegaban muy maduros entonces hiciera platanitos maduros fritos, pero que no los botara a la basura, que en caso de que estuvieran demasiado pasados que por lo menos me «botara» una paja con ellos. Mira que están requetesabrosísimos, aseguró Lucio, y que me los mandaba porque tenía entendido que en París esos productos exóticos, los «bananos», me refiero, no los consoladores, valían su peso en oro, aunque también los otros artefactos con anterioridad mencionados. Acuérdate de mí cuando te los comas o te los metas... Chao, mi querida Charline, por supuesto que si son los plátanos te invitaré a unos tostones o a mariquitas con tasajo, te chuparás los dedos. Chao. Deja ver.

No se trataba del empleado de Cronopost o de Federal Express, sino de Samuel. Traía una cacerola hirviendo; corrió hasta la cocina y la depositó sobre el granito, olía riquísimo a maíz, cómo no, mi olfato no se equivocaba, nada más y nada menos que tamal en cazuela. Desde hacía un tiempo considerable no almorzábamos ni cenábamos juntos, él preparó la mesa y sirvió los platos, nos dimos tremendo banquete de uno de mis menús preferidos. De postre tomamos fresones con nata, al final rematamos con café bien negro. Durante la comida habló más de la cuenta, pero sobre cosas intrascendentes, que si había ido a ver a Compay Segundo en La Coupole, que si conoció a un cubano recién llegado que contaba las últimas atrocidades del gobierno, que si los apagones, que si los desalojos de los «palestinos» (se refería a los orientales), que si el robo de clavos y placas de metal a los muertos para poder operar y remendar las caderas, rabadillas, tobillos rotos de los vivos, que si el descontento, las tensiones, en fin, el cuento de nunca acabar.

—Mar, hablé con Mina, la llamé ayer. Me confirmó que eras tú la muchacha de las cartas, pero que no podía asegurarme que hubieras ido más allá. Se quedó muda cuando le dije que me habías contado todo... Parece que a Monguy le darán la libertad, veremos...

—Pensé que habías olvidado ese asunto, como me dijiste que lo pasado pasado estaba, pues... No me agrada que hayas verificado con Mina, no concibo semejante estupidez. Sabes perfectamente que no la trago, no merece mi confianza.

Me serví otra taza de café; él no quiso.

—Una cosa más, una ayudita tuya. Estuve buscando entre las tarjetas y no encuentro la de Bob Sullivan, ¿podrías darme sus coordenadas? Necesito que me tire un cabo, pasado mañana me voy a Nueva York, conseguí marear al tipo del Consulado y me dieron la visa.

—¿Por cuánto tiempo? —Se me anudaron las cuerdas vocales en la garganta.

—Eso no importa; una vez allí yo me las arreglo.

—No, que por cuánto tiempo te vas. ¿Es definitivo?

—No lo sé, pero lo más seguro es que sí.

—No vengas a despedirte. Odio los adioses, ¡qué chea me quedó esa frase! —Intenté reírme.

De inmediato me senté al buró y escribí una carta de recomendación para Samuel dirigida a Mr. Sullivan. Sabía que aquello funcionaría mejor que una llamada telefónica.

Estuve dos días encerrada a cal y canto. A la tercera noche hube de salir pese al poco ánimo que sentía, pues debía asistir a mi primera jornada de maquillaje en la televisión. No bien crucé el umbral, mi pie derecho tropezó con un sobre manila; dentro estaba el diario cinematográfico con una escueta nota de despedida de mi amigo, mi amante platónico, uno más. O no, al único que de verdad sacrificaba, mi amante sin serlo, mi sueño converti-

296

do en cenizas por causa de una pesadilla. Cedía el cuaderno como herencia de su ausencia. Samuel se había marchado dejándome los ojos vacíos. Los cinco sentidos me abandonaban, con él se largaba la poca alegría que habíamos logrado construir juntos. Aunque ya he dicho que nunca me ha interesado ser alegre, pero él me contagiaba de un estado diferente; con él había descubierto que la ironía podía devolvernos fragmentos de felicidad, los que yo había enterrado en mi adolescencia, allá en Aquella Isla. Me invadió la desolación, la terrible certeza de que el isleño que se muda a un continente nunca podrá hallar tranquilidad, jamás su esperanza será igual, penderá del sobresalto.

Mi primer político a maquillar tenía los ojos botados y llevaba espejuelos perennemente, o sea que al quitárselos no se parecía a él, y lo peor, tenía dos marcas hundidas y amoratadas a cada lado del tabique nasal; por más que di masajes circulares no conseguí borrárselas. De joven seguro fue un seductor, pensé, aunque todavía podía darse tal lujo. El bozo del bigote le sudaba a mares, la dentadura era perfecta, aunque ya con los primeros síntomas de desgaste. No lucía arrugas, más bien abofamientos. El pelo abundante, encaracolado y canoso. Tapé las perforaciones de la nariz causadas por las gafas con toneladas de base, luego deslicé la esponja humedecida en base mate por el resto de la cara. No pestañaba, no cerraba los párpados, me miraba fijo y seguía atento cada movimiento de mi mano, lo cual me producía cierta incomodidad y no lograba concentrarme en el pulso a la hora de delinear las cejas o los rebordes de los huevos oculares. Impidió que pintara los labios, pero insistí: no sólo los tenía pálidos de nacimiento, sino que además el polvo se los había uniformado con el color de la piel y tal parecía que no poseía boca. Se lo expliqué con lujo de detalles y accedió. Me dio la impresión de que era un hombre honesto, eso puedo advertirlo cuando veo que apenas se preocupan por el maquillaje. Estuvo preguntándome si me sentía bien en este país, si no había sufrido humillaciones en mi condición de extranjera, se interesó más allá de las curiosidades habituales, que una acecha de los turistas, por Aquella Isla: lo del sol, el mar, los tabacos, las palmeras, etc. En cambio, indagó sobre la realidad soterrada de los aquellos-isleños, por el futuro de esa sociedad, por los niños, por los viejos, por los salarios, por la salud y la educación, manteniéndose dudoso, por el desempleo. Debo decir que me esmeré contestando y maquillando. Y no sólo porque se trataba de mi prueba de fuego para poder continuar en el puesto, sino porque el hombre me inspiró confianza. Vamos a ver cuánto aguanta sin pudrirse, porque éstos se apoliman en cuanto toman el mando, ironicé para mis adentros. De todas formas, aquella noche llegué a mi casa con la esperanza de un mundo renovado. A la mañana siguiente eché el diario cinematográfico de Samuel al correo, la destinataria era Charline; dentro había puesto una nota: «Guárdalo tú, aunque te lo pida de rodillas nunca me lo devuelvas. Aspiro a poder venderlo en las Pulgas como objeto anacrónico.»

Hasta hoy no había vuelto a leerlo. Son las cinco de la madrugada y no consigo pegar un ojo, el sudor empapa las sábanas. Oigo que Charline se levanta, ella acostumbra madrugar. Pasa por delante de la puerta del cuarto donde ahora finjo dormir. Coloca su mano sobre mi frente. Marcela, estás volada en fiebre, despiértate. Me sacude por el hombro, hago

como si acabara de despertar. Ella se retira lleván-
dose el cuaderno, regresa al punto agitando el termómetro. No estoy habituada a que me lo pongan
en el culo. Allá, es debajo del sobaco, estoy cansada
de decírselo; hago una concesión: acepto entonces
en la boca. Ojalá lo hayas desinfectado bien, a cuántos no se lo habrás metido, le reprocho. Ella me
dice majadera, cochina, grosera, mal educada, y no
sé cuántos dulces insultos más. Oh, lalá, lalá, lalá,
tienes cuarenta grados. Apresurada se viste para ir
a comprar medicamentos a la farmacia de horario
permanente, en el bulevar de Sebastopol. No te vayas, vuelvo en un dos por tres, destápate, no es bueno que te mantengas debajo del edredón, aunque
no abras la ventana, una corriente de aire podría
empeorar la situación, aconseja alarmada. Una vez
que cierra la puerta detrás de ella, me levanto, me
visto, y pongo pies en polvorosa. No tengo ningunas
ganas de que me cojan lástima, no deseo que nadie
cuide de mí. Está bueno, soy mayor de edad, puedo
elegir mi gravedad, escoger incluso su duración, me
agrada tener fiebre, que las amígdalas se hinchen y
revienten de pus. Lo mejor que podría suceder sería
coger una pulmonía incurable, morirme. Tal vez así
logre que Samuel acuda para mi funeral. ¿Qué
ganaría con ello? Para lograr su retorno, mejor dicho, mi muerte, no tengo que esperar una enfermedad, con suicidarme tengo. Total, no perdería gran
cosa, salvo la vida. De todas formas algún día la
perderé, acabará mi banal existencia. Matándome
adelantaría los acontecimientos, me ahorraría una
buena cantidad de trámites intrascendentes. Desciendo las escaleras a toda prisa, tropiezo con la alfombra, los pies se me enredan, casi caigo al vacío,
y en lugar de abandonarme al abismo, me aferro al

pasamanos aterrorizada de partirme una costilla, o la cadera, o de fracturarme una pierna. ¿Pero, hace unos segundos no anhelaba la muerte? ¿Qué hago salvándome? Es que la simple visión de mi cerebro reventado me da náuseas, es más, padezco de vértigo. Cobardona, quien así piensa no sería capaz de atentar ni contra el dedo gordo del pie, no tendría la valentía de triturarlo de un martillazo. Ya una vez jugué a la ruleta rusa, Samuel, tú estabas presente, pero seguro no te acuerdas. ¿Lo recuerdas o no? Mejor me lanzo al Sena. Del carajo y la vela, teniendo allá un mar tan bonito como es el mar Caribe querer tirarme a ese río estúpido y cochambroso. Si ahora mismo las agencias de viaje estuvieran abiertas, y yo pudiera trasladarme libremente, me compraba un billete de avión, nada más que por ir a matarme a mi playa. ¡Coño, que ni siquiera puedo escoger suicidarme hermoso, en el lugar elegido por mí para efectuar mi acta de defunción, el que me pertenece por acta de nacimiento! Aunque no creo que sea nada heroico que los tiburones se banqueteen con una. La verdad es que yo no voy a ver ni a enterarme de nada, imagino que sea cuestión de segundos. ¿Qué sucederá con mis ojos? Se los zamparán los tiburones como un par de aceitunas. Ten en cuenta, Marcela, que no verás nunca más. Todo será oscuro, muy oscuro. Tal vez no, y haya mucha luz. Tanta iluminación líquida que me obligue a cerrar los párpados y no pueda ver. Pero ya no habrá párpados ni ninguna otra cosa. ¡Ay, no, p'a su escopeta, yo no podría renunciar a la vista! No puedo renunciar ni siquiera a leer los periódicos, aunque sólo hablen del lado abyecto de la humanidad. El amanecer, huélelo, estás viva, pasa la lengua por tu sudor, estás viva, pellízcate el vientre, los senos, estás viva, escucha el canto de los gorriones, estás viva, ¿serán gorriones? No, imposible, aquí no hay esa especie de pájaros, ¿y por qué no? Cabe la posibilidad de que los gorriones de Aquella Isla hayan emigrado hasta acá, expresamente para visitarme, están cantándome al oído mi paisaje extrañado. Observa la claridad en sus pequeñas pupilas, ¡oh, sí que son mis gorriones! Está surgiendo el sol por una punta de la calle, el mismo que seis horas atrás recalentó mi tierra. ¡Oh, la mirada, armonía extrañada! Estoy viva.

CAPÍTULO VI

A MI ÚNICO DESEO

UNA VEZ SAMUEL DESAPARECIDO, cual la Albertina de Proust, tomé mi vieja Canon y decidí matar el ocio retratando la ciudad. Antes anuncié a Charline que había vuelto a la fotografía, pero de manera muy personal. Charline se puso tan contenta que no pudo reprimirse y se lo comunicó por Internet a Mr. Sullivan. Él me envió un fax recordándome que siempre que quisiera retornar a la agencia sería bienvenida; añadió que estaba ayudando a mi amigo, a Samuel, que el joven tenía talento, que ya lo había introducido en los medios publicitarios. Contesté con una excesiva y cariñosa carta de agradecimiento, aclarando sin embargo que aún no me sentía con fuerzas para reintegrarme al mundo de los reportajes, que, por favor, me diera un chance amplio de tiempo para recuperarme y reflexionar sobre mi porvenir de fotógrafa.

Pateando París hallé en una pequeña agencia de turismo unas promociones muy interesantes para Tenerife; sin pensarlo dos veces compré los billetes de ida y vuelta. Me seducía la idea de reencontrar a Enma y a Randy. Antes les avisé que llegaría un fin de semana, se alegraron doblemente porque justo ese sábado tomaban vacaciones. En la valija eché *Música para camaleones* de Truman Capote; no puedo evitar el enorme y entrañable gorrión que me provoca el relato del funeral donde conversa con Marilyn; añadí una trusa, y dos vestidos ligeros de verano, poca cosa para poco tiempo: cuatro días. No disponía de descanso debido a mi nuevo trabajo como maquillista en la televisión.

Al llegar al aeropuerto del Sur de Tenerife, me dieron la bienvenida el bochorno de la isla, el sofoco áspero de la sequía en contraposición con la presencia hospitalaria del océano, la serenidad de las montañas filtrando el velo neblinoso de la mañana, las voces cálidas u ordinarias de los habitantes de «oye, mi cariño», «¿qué pasa, corazón?», «ven aquí, mi amor», «tranquilízate, mi cielo», «adiós, mi alma»; de momento me pareció estar en la calle Enramada en Santiago de Cuba. Ataqué el exterior arrastrando la maleta de ruedas. A lo mejor estos locos no han venido a buscarme, pensé arrepentida ya de haber venido a un sitio tan cercano en carácter al del origen de todas mis nostalgias. Otra isla. Estaba nerviosa, hacía trece años que no les veía, ¿habrían cambiado mucho? A un costado del pequeño aeropuerto escuché un portazo, de un auto rojo, no recuerdo qué marca, nunca he sido experta en carros, surgió Enma, vestía unas bermudas color beige, una blusa blanca con el cuello de encaje, una chaqueta de hilo también beige por encima de los hombros, los ojos escondidos bajo unas gafas bordeadas en carey, abrazaba contra su pecho el libro de Dulce María Loynaz, *Un verano en Tenerife*; Randy emergió del interior por la otra puerta, con la invariable sonrisa infantil de las viejas aventuras acentuándole los hoyuelos en las mejillas, la punta de la lengua entre los dientes, llevaba un pullover blanco muy pegado al cuello, un pitusa ajustado, unas sandalias de tiras gruesas de cuero. El corazón se me quería salir por la boca. Nos abrazamos, Enma me separó rápido de ella, nunca reivindicó el sentimentalismo. Ya, ya, no demos espectáculos, la gente nos mira, seamos civilizados. Mira que no te vas a ganar el galardón de europea. Randy fue más efusivo, me cargó en peso, dio dos vueltas y luego me depositó en el suelo, como quien coloca un girasol en un jarrón de Murano. ¿Quién iría a decir que nos volveríamos a encontrar? ¿Se dan cuenta? Hay que tener fe que todo llega. Quien no persiste no triunfa. Sabes Mar, dijo Enma, ¿a que no adivinas quién está aquí, trabajando en el restaurante El Monasterio, del Norte? Pues nada más y nada menos que Luly, creo que no podremos verla pues se va de vacaciones a Atenas, se arrebató cuando le adelanté que vendrías, al menos debemos llamarla, lo más rápido posible, a lo mejor tenemos una oportunidad de saludarla. Es que no estaba muy segura, porque fue su novio quien sacó los pasajes, pero sospecha que serán para mañana. Y es que estamos a una hora de carretera entre aquí y allá, el Sur y el Norte. Siempre la eterna lucha entre los polos, pensé. ¿Supiste de Andro? Viajé hace seis meses a Miami, bueno, creo que te lo conté, está muy requetebién, allá conocí a Lucio, me recibieron como a una reina. Lucio es un tipo chévere, te aprecia muchísimo. Y yo a él, Enma, y yo a él. No sé si Enmita te preparó psicológicamente para la manada de gatos que hemos adoptado, espero no te molesten, previno Randy. Enma, ¿desde cuándo te gustan los gatos? Ahora me ha dado por eso. Ella se gasta un dineral en las mejores comidas, hígado, salmón, riñones, si un gato de Luyanó se empata con semejante menú le da un Changó con conocimiento, se retuerce de infarto de placer. ¿Un gato? Si un ser humano de Luyanó tropieza con una de esas latas raspa el fondo y cuidado no le caiga a mordidas al envase. La cosa está cada vez peor, me estuvieron contando que los apagones no paran, de pinga el Almendares. Imagínate, hablé el otro día con Dania, su abuelita acababa de fallecer en la casa, llamó al Calixto García para que le enviaran un médico forense. El propio médico atendió el teléfono (ya ni existen las secretarias) diciéndole, mira, mi vida, no tengo ambulancias disponibles, vas a tener que alquilar un taxi y traerme el cadáver. Dania ripostó que cómo ella iba a encontrar a esa hora de la noche un taxi, que además se hallaba en medio de un apagón, que ellos, los dolientes, no poseían dólares para pagar un transporte. Bueno, corazón, móntala en una bicicleta o si no, mira, ven con el carnet de identidad de la finada, es todo lo que puedo hacer por ti, y colgó. Dania llevó el documento al hospital, el médico echó un vistazo a la foto y firmó el acta médica donde constaba que la anciana no pertenecía más a este mundo. De regreso a la casa marcó el número de la funeraria, tuvo que esperar dos horas intentando comunicarse. Le descolgaba el Ministerio de Asuntos Exteriores. Por fin una voz somnolienta confirmó que había dado en el clavo. «¡Qué barbaridad, qué ganas de morirse tiene la gente hoy, cada vez que me toca el turno la gente se muere por puñados! Fíjate, deben aportar el tubo de luz fría, las flores, porque las coronas están en falta, las encargamos desde el Machadato y todavía no han venido, además no hay carro disponible.» Dania pidió prestada la bicicleta al vecino porque ya la abuela estaba oliendo feo, zafó el tubo de neón del baño y lo amarró junto con el cadáver en la parrilla, así fue pedaleando hasta el Cerro, a cuenta y riesgo de que la fiana la cogiera y creyera que andaba traficando muertos y artículos de ferretería. Como no podían bajar a la abuela al sótano pues sólo existía una instalación eléctrica, los demás se habían sulfatado a causa de las lluvias, y por falta de uso y mantenimiento, acostaron a la anciana encima del mostrador de la cafetería, allí la pintorretearon como jamás ella hubiera imaginado en su vida, cual pintoresca cotorra de la Isla de la Juventud. Al trasladarla al ataúd, Dania se dio cuenta de que la parte de abajo era un cajón de madera sin pulir y sin barnizar, y la de arriba era de color negro con un hueco cuadrado a la altura del rostro de la persona fallecida, sin vidrio. ¿Y el cristal? Aquí lo traigo, es el único que hay, por esa razón lo hemos denominado cristal itinerante; me firmas este papel como constancia de que te lo puse. A ti no, a ella. Antes de marcharte me lo devuelves con una segunda firma, en prueba de que no lo robaste. ¿Eso quiere decir que cuando paleen la tierra, le caerá encima a abuela? Bueno, hija, eso ya no es asunto mío, una vez que el cadáver salga de aquí es responsabilidad del sepulturero. Y apúrate, ya avisaron que dentro de media hora desembarca el próximo. Pero los muertos se velan más de seis horas, suspiró Dania. Eso era antes, cielo, ahora son treinta minutos y va que chifla.

¿Y tú gastas dinero para escuchar esas historias macabras?, pregunté empapada en sudor, a punto del desvanecimiento. No, si ésta se cree que es millonaria, contestó Randy. Figúrate, Mar, es una amiga, no puedo abandonar a Dania. Enma, creo que lo mejor es que no hablemos de Aquella Isla, por lo menos no en estos cuatro días, quiero disfrutar Otra Isla, con mayúscula. Fíjate, no te hagas ilusiones, aquí el mar no huele igual y además está frío con cojones, la arena no es tan blanca como la de Varadero. Pero es una playa, ¿no? Ella asintió observando resignada a través del retrovisor. Con eso me basta, no voy a andar toda la vida buscando lo imposible. Eso sí que es cierto. Tienes razón, ¿para qué te voy a decir una cosa por otra?

La casa de Enma queda en Las Américas, es lo que se califica como condominio, con piscinas para adultos y chicos. Randy vive en Condados del Mar, pero venía todas las mañanas a traernos pan caliente y a bañarse con nosotras, o a pasear por la orilla de la playa. Nos levantábamos temprano, alimentábamos al gaterío, luego bajábamos a darnos un chapuzón. No hay nada como sumergirse en el mar, aguantar la respiración y tocar con el vientre el fondo marino, algas, peces, rocas. Mi cuerpo lo agradecía, a pesar de que una envoltura de casi cuarenta años no se comporta tan impecable como una de veinte, nadaba y los pulmones querían explotarme, los calambres engarrotaban mis dedos. Así y todo podía escuchar el océano, gracias al ínfimo tiempo que mi respiración me lo permitía, tumbada en la arena saboreaba con la punta de la lengua el salitre en mis hombros, ¡qué presencia magnífica la de mi piel bronceada! Estaba arrobada con el bienestar de sentirme saludable poro a poro. Alrededor de las dos de la tarde almorzábamos por ahí, con preferencia en el restaurante Miramar, en Los Cristianos, propiedad de una inglesa de quien nos hicimos amigas. Bromeábamos con ella, ¿te imaginas, Kim, si los ingleses hubieran entrado en La Habana? Los

Beatles hubieran sido habaneros. ¡La hora de los mameyes! Después de almorzar recorríamos las bajadas y subidas del lomerío con nostalgia de escuelas al campo. Por la noche, la madre de Enma y Randy nos esperaba con cena cubana, unas ensaladas estelares de aguacate, tomate, pepino y lechuga y unas cebollonas como para llorar comiéndolas. Aguacates como los de antes en Aquella Isla, decía la amable mujer. El padre miraba el partido de fútbol entre el Barça y el Real Madrid en una tele instalada en el portal; me percaté que había colgado en la pared, a modo de nostálgico trofeo, las varas de pescar que había utilizado en Cojimar durante los Torneos Hemingway, de la pesca de la aguja, del cual había sido campeón innumerables veces. No pude contener los sollozos. En la sala, la abuela tejía el aburrimiento siguiendo en otra tele un programa de varietés, demasiado moderno para su edad, según ella.

—¿Estás jodida, no? —inquirió Enma un mediodía al descubrirme en plenos pucheros mientras contemplaba la salida de un barco.

—Estoy muy sola, Enma. En París es muy distinto. Además creo que me enamoré de quien no debía.

—Eso siempre ocurre. Yo ya colgué el sable. Me dedico a mis gatos. ¿Quién es, si no peco de indiscreta?

—Se llama Samuel, es cubano, el hijo de un tipo al cual asesinaron por mi culpa, cuando él era pequeño.

—¡Ñooo, apretaste, mulata! ¿Y fuiste tan lejos para eso? ¿Qué quiere decir que lo mataron por tu culpa?

Expliqué con lujo de detalles. Enma se quedó de

una pieza. Creyó recordar que algo le había contado Minerva en una ocasión, pero que ella la había refutado pensando que se trataba de una más de sus numerosas calumnias. Tantos años pasados y aún me dañaba la traición de Minerva. Después me dije en voz alta que no tenía importancia, que era costumbre de Mina embarretinar a todo el mundo con sus chismorroteos, que dependía del grado de alevosía de su mentira, de cómo intrigó, el que yo hiciera caso o no, el que la perdonara o no.

—Dijo que te habías echado al tipo, ahora veo que no es cierto... Además, eso sucedió hace un retongonal de siglos, ¿qué de malo hay? Vi una película con un tema parecido: *Los herederos*; la mujer se echa al padre y a los hijos, y ellos tan campantes. Todo tiene remedio, menos la muerte. —Esmerada, recogía caracoles—. Son para ti, para que estés más cerca de nosotros.

—Bueno, Enma, es que hubo un asesinato —aclaré; ella se encogió de hombros.

Randy acudió trayendo tres mojitos en una bandeja. Los había conseguido en el Miramar. Él mismo les había dado la receta y hasta ayudó a prepararlos. Bebimos sedientos. Les pedí que se pusieran de perfil, frente a frente, mirándose, que pegaran la punta de sus narices, quería repetir una foto de ellos dos adolescentes, en la cual aparecía Varadero como fondo escenográfico. En esta segunda foto, tendríamos una playa menos hermosa, pero playa al fin, no hay que ser tan exigentes, o vulnerables. Los dos dibujaron sonrisas leves, los labios de abajo más pronunciados, los ojos perdidos en sus respectivos secretos, en los interiores de ambos, la brisa batía sus cabellos. A Enma le entraba el viento por detrás, lo que hacía que su pelo ondeado acariciara los hombros cubriéndole la mitad del rostro; a Randy se los elevaba hacia las nubes, alejándoselos de la oreja despejada por la brisa salitrosa.

—Creo que debes llamarlo, o coger un avión para Manhattan. Estoy leyéndome una serie de libros que me enseñan cómo ser feliz, o por lo menos cómo controlar mis estados depresivos, a no dejarme manipular por nada exterior a mí. A veces cediendo se gana. ¿Sabes cuántas pastillas me ahorro? Cinco por día. Hay que hacer lo que manda el deseo, es cierto, pero cuando no te dé la gana de que te domine, pues lo transformas en tu súbdito. Nadie es más importante que tú, debes aprenderlo. Yendo en su busca no estás consintiendo más que con lo que en realidad tienes ganas, con tus propias exigencias.

—Enma, estás hablando como una vieja de noventa años. —Randy le dio un manotazo—. Mira quién habla, no le hagas caso.

—Soy muy dependiente de la gente, pero el problema es que ya no tengo a nadie a mi alrededor. Miren el caso nuestro, después de trece años sin vernos, y sólo nos podemos reunir cuatro días, ¡qué mierda! —Me quejé melancólica.

—No lo mires así, al menos nos hemos reencontrado —animó el hermano—. Si aquella tarde, en el Malecón, el día que juramos vernos de nuevo, así estuviéramos en Alaska, alguien nos hubiera vaticinado que esto sería posible, no le habríamos creído. ¿Sabes una cosa? Todavía guardo la foto de aquella vez en el Malecón.

—Yo traje la mía. —Dicho y hecho. Lo prometido es deuda.

—Yo también la tengo, pero extraviada en uno de los gaveteros —apuntó Enma.

Mi visita pasó volando, pero no es menos cierto que vivimos casi con la misma intensidad de las aventuras juveniles. La noche anterior a mi partida mi maleta reventaba de libros, caracoles, rollos de fotos, un vestido que Enma había llevado puesto en un viaje a Viñales. Dijo, llévatelo, ese vestido caminó por los campos cubanos, sé que nadie lo disfrutará tanto como tú cuando te lo pongas en París. Ella no se deshacía de ningún objeto proveniente de allá, incluso guardaba las chancletas con las que bajaba a botar la basura en la calle Lealtad, en Centro Habana, las mismas que se ponía para limpiar el piso de losetas negras y blancas. Una se nutre de fetiches, es irremediable. A la mañana siguiente fui en puntillas de pie hasta su cuarto, coloqué un oso de peluche junto a su almohada, ella dormía con la boca abierta, siempre respiró mal. Tomé un taxi, antes pasé por el apartamento de Randy, no me atreví a despedirme, dejé en su buzón un libro de fotos de Marlene Dietrich y un ramito de siemprevivas.

Creí que mi estancia en Tenerife ayudaría a sobrellevar mi soledad parisina; sin embargo, una vez que la llave entró en la cerradura de mi apartamento en la calle Beautreillis, de nuevo me atacó la angustia de no poder recuperar un sitio en el mundo, un espacio en mi isla imaginaria, un lugar donde por fin pudiéramos hallarnos todos reunidos. De súbito, en un abrir y cerrar de ojos, los obsequios que traía en el equipaje se marchitaron, perdieron el colorido, el sabor salado, la musicalidad de sus formas, la sorpresa del contacto, un tufo putrefacto se apoderó del recinto. Pegué la oreja a los cobos, el vacío había silenciado al oleaje.

Suena el teléfono, al tercer timbre se conecta el

respondedor. Marcela, esta mañana huiste de la casa con cuarenta de fiebre, por favor, me tienes muy nerviosa, dime si llegaste bien... Estoy mucho mejor, querida Charline, compré medicamentos, no te molestes, prefiero estar sola, ya sé que no es bueno para ti, para mí sí que lo es. Mentí. De veras, te prometo que mañana estaré completa Camagüey y te invitaré a bailar guaguancó a La Java. No, no deseo que llames a Sully, ni a ninguna otra persona. Besos. Chao. No bien cuelgo con Charline, otra vez el timbre, el bejuco no para en esta casa. Hola, aquí Óscar, desde México, ¿estás o no? Estoy. Te noto la voz alicaída. No me siento bien, nada grave. Es una pena que no pueda ir a visitarte, te llamo para prevenirte, tuve que anular el boleto, me salió un trabajo buenísimo, como curador de una exposición que viajará por toda América Latina y Estados Unidos, tal vez el año que viene la lleve también a Europa. Como ves, es imposible desplazarme, si ahora tomo vacaciones pierdo la oportunidad, ¡y yo que me había hecho tantas ilusiones de sentarnos en los *bistrots* a hablar de Julián del Casal, de Juana Borrero, o de un par de zapatos que hace tiempo quiero comprarme en la peletería Bally! No seas frívolo. Es una broma, no seas tan circunspecta. Espero que nos veamos para diciembre próximo, es un compromiso. Espero que así sea. Te noto rara. Ya te expliqué que he atrapado una gripe de ampanga. Toma vitamina C, es que nosotros tenemos un *handicap* de vitaminas, claro, y de muchas otras cosas. Cuídate, flaca. Tú igual, no dejes de venir en diciembre. Ya no soy flaca, soy gorda.

No logro conciliar el sueño, me levanto y tomo el paco de la correspondencia intacta del escritorio. Con delicado esmero abro los sobres, uno por uno, saltan a mis ojos las caligrafías extrañadas de mis amigos. La primera pertenece a José Ignacio. Sabes, Mar, debes perdonarme por tantas idioteces, quiero que sepas que nunca he dejado de pensar en ti. Lástima lo tarde que me enteré de que yo te gustaba, habríamos sido una pareja envidiable. La gente se reía mucho con nuestros pujos. Pero, Mar, *el tiempo pasa y nos vamos poniendo viejos,* como en la canción de Pablo; me casé, tengo dos chamitas, por ellos me bato día a día, para darles de jamar, para que no les falte nada, no voy a hablarte de las miserias, no deseo engorrionarte. Los pocos que quedamos te recordamos milímetro a milímetro. La Carmen Laurencio se volvió a casar, con un magnatón, tiene dos fiñes del primer matrimonio y uno con el nuevo, seguimos en contacto ella y yo. No tengo mucho que contarte, no me bajo de las guaguas de turistas, hablando inglés hasta por los codos, pero en cada esquina hay un cartel que nos recuerda que aquí somos ciento por ciento cubanos. No olvido cuando me llevaron preso en la plaza de la Catedral por hablar idioma enemigo. El policía era de Oriente, como todos. En la vida había visto una delegación extranjera, ni a un guía; salió del bohío directo al atrio de la iglesia. Así es la vida. Si puedes envíame aerosoles para el asma, mis chamacos son crónicos... La voz de José Ignacio, ¿cómo era? Creo que se vanagloriaba de cierta fañosidad, detalle que resultaba atractivo pues aliñaba los chistes; sí, era una voz de payaso.

La carta de Daniela está llena de frases incoherentes: No me adapto. Mis padres cayeron en desgracia, ya no son embajadores. Ya crecí, soy adulta, y debo integrarme a la sociedad, o *suciedad*. Como al fin no terminé ninguna carrera, ¡pensar que pisé las universidades más importantes del planeta!, pues no me gradué ni de taqui-mecanógrafa, estoy pensando dedicarme al tráfico de tabaco, conocí un socio en Partagás, allí donde trabajaba tu padre. No tengo edad para meterme a jinetera, la competencia es terrible, si vieras las niñas de once o doce años, apenas tienen tetas, somos el foco principal de turismo pederasta. No te rías, es lamentable. Visito bastante a menudo a tu antigua compañera de escuela, la Mina, ya sé que es una hija de puta, pero así, al menos, obtengo noticias de Monguy. Tanto me hablaste de él que estoy loca por conocerlo personalmente. Sigue en cana, y aunque renegó del Plan de Reeducación hay esperanzas de que lo liberen pronto, puesto que ya sus causas no tienen sentido, la tenencia de divisas dejó de ser penada por la ley, claro, él falsificó billetes, no es lo mismo ni se escribe igual. Y después que la gente se tiró al mar en el noventa y cuatro hay que estar loco para reincidir en el intento. ¡Caballero, pensar que hace ya años de la crisis de los balseros! Aquí nadie se acuerda, borrón y cuenta nueva, que la vida está muy dura y hay que lanzarse, no al mar, sino a zancajear los frijoles. La última noticia es que están desalojando a los guajiros que se mudaron obligados a la capital, figúrate, han aparecido carteles: «Cuando Tú te vayas me iré yo», «Yo me iré, pero Tú irás manejando la guagua». ¿Tendré que descifrarte el Tú con mayúscula? El Tú gobernante. Yocandra sigue más o menos, haciendo como que trabaja en la revista fantasma. Renunció a escribirte porque anda deprimida, para variar. Continuamos solapeadas, solteras y sin compromiso, los hombres escasean, la mayoría se han ido del país o se han metido a pingueros. Nos va a coger la rueda de la historia. En el último aguacero, aclaro *aguacero*, no ciclón, se desplomaron como veinte edificios entre La Habana Vieja y Centro Habana. Del campo, qué te voy a contar, soy alérgica al verde manipulado en honor de la miseria. Escríbeme sobre tus viajes, extraño mi vida anterior de hija de embajadores sólo por eso, pero no es menos cierto que necesitaba enraizarme, presiento que escogí el peor sitio del universo, pero una no escoge dónde nacer. *¿Qué culpa tengo yo de ser cubana?*, como canta Albita, quien, como comprenderás, está prohibida. Si puedes mándame libros franceses, y unas sandalias baratas, ando con los mismos zapatos del invierno parisino del ochenta y siete, no les cabe un remiendo más. Besos míos y de Yocandra. Hasta aquí la letra de Daniela, apretada, acostada en trazos desmayados. Decido escoger una carta no proveniente de la isla. Pues si continúo leyendo de allá, entonces sí que terminaré en un sanatorio tipo el de *La montaña mágica*.

Silvia envió una nota muy escueta en una postal de felicitación por fin de año. En ella me desea salud, dinero y amor, y por último la posibilidad futura del regreso, en la próxima dará una dirección distinta, es como la novena vez que se muda. Otra postal de Ana en la que la pintura simboliza a una madre lactando a su crío. Una simple frase: Parir es lo más grande. En el interior hay una foto del bebé soleándose, acostado sobre un pañal, a su vez estirado encima de un césped de un parque cualquiera de Buenos Aires, en el dorso de la foto escribió los meses de edad de la criatura y también me recuerda que en esa época del año en Buenos Aires tocaba verano, pero que ningún verano podía competir con el nuestro, que por extrañar hasta extrañaba el calor achicharrante y asqueroso del Caribe. Igor escribió desde Barcelona: Estoy de paso, no puedo comunicarme contigo porque no tengo un quilo y aquí sí que no es fácil robar líneas telefónicas. Dentro de unas horas estaré en el avión, rumbo a La Habana, la gente del barrio te manda cariños. En cuanto pueda me facho una línea de cualquier hotel de allá y te llamo. ¡Coño, ojalá estés, porque cada vez que consigo una no doy pie con bola! Saúl dio un concierto fabuloso en la sala Avellaneda, Bach y Lecuona, lo dedicó a los ausentes, el teatro se vino abajo. El público no es bobo y entendió a la perfección quiénes eran los ausentes, aunque cada cual le dio la interpretación personal que quiso, por ejemplo, muchos creyeron que se refería a los balseros. También. ¿Por qué no? Tengo que darte una mala noticia, Papito se emborrachó el Día del Aniversario de los Comités, se acostó en un muro que no estaba tan alto, pero se cayó y se fracturó el cráneo. Lo llevaron al hospital en seguida, lo abrieron, pero en lugar de ponerle una placa C4 le pusieron una C5, le dio un repeluco, un temblequeo del tipo pollo con el pescuezo retorcido. Fue como un terepe, y ahí mismo quedó. Era de esperar que el día menos pensado cantara *El manisero*; el nivel desproporcionado de alcoholismo lo llevó a la tumba. No te atosigo más, caramba, no paramos de hablar de lo mismo. Diera lo que no tengo por volver a ser niño... O por no poseer memoria.

Caigo rendida; la fiebre se encharca en mi espalda. Duermo alrededor de quince minutos, despierto con los dientes arenosos, como si hubiera tragado un buche de caracoles, la garganta cerrada. Al dirigirme hacia el baño con la intención de tomar una ducha advierto una amplitud fuera de lo normal en los espacios, como si percibiera los rincones a través de un ángulo ancho. Parada en la bañera abro la pila y el agua helada contrae mi piel, hasta puedo ver un humillo que se desprende de ella como cuando llueve sobre el chapapote derretido del asfalto de Carlos Tercero. El champú corta la grasa de mis cabellos. Los pies amoratados y hormigueantes apenas logran sostenerme. Froto mi cuerpo como si planchara un pantalón almidonado, con una esponja anticelulítica, hasta que mi carne se pone lisa y roja, saco tabaquitos de churre de las costillas y de los entremuslos, librándome de las cortezas que ha ido guardando mi cuerpo, corazas de la reminiscencia. Me visto lo más rápido posible; ya arreglada pido por minitel una cita urgente con el médico.

En el 5 de la calle Saint-Antoine, el doctor Jeanson asegura que hice bien en ir a verlo, que tengo unas anginas sumamente complicadas, receta antibióticos, pastillas para chupar y un aerosol para bajar la inflamación. Es bueno ocuparse de una misma cuando se está enferma, es agradable asumir la responsabilidad individual, admitir que si quisiéramos podríamos abandonarnos a nuestra suerte, y no depender, salvo de las decisiones propias. Delirando, sin embargo de vuelta a casa me siento más aliviada. Compro los medicamentos en la farmacia cercana a la calle del Petit Musc. A media cuadra me tropiezo con el Pachy. Opina que me he puesto verdosa. ¿Te has vacunado contra la hepatitis? Por supuesto que no. ¿Y qué esperas? Oye, por cierto, tengo varios recados de Samuel, todo parece indicar que nos visitará pronto, no hay una puñetera llamada en que no pregunte por ti. No puedo evitar una sonrisa. ¿Tienes noticias de César?, pregunto para embarajar el tema. Anda por Santo Domingo, ¿necesitas que te acompañe hasta que te cures? Tengo una recepción en la Embajada de Colombia, pero puedo ir cinco minutos, hacer acto de presencia, y volver a quedarme contigo. Hago unas sopas de pollo que le ronca el querequeté. Se quedará Charline, miento para salir del paso. No puedo creer que Samuel haya dicho que vendrá. Coño, por la Pureta que sí, para qué te voy a comer a guayabones. Dice que no ha podido comunicar con tu teléfono, cuando no está ocupado pues está la máquina puesta. Bueno, te dejo ahí en la puerta.

Paso cinco noches en cama, en semivigilia, bebiendo leche o sopa Campbell's de pollo que Pachy me compra en Thanksgiving. Al sexto día me reanimo, incorporada como gallo de pelea a la sinrazón diaria. Invito a Charline al teatro de Châtelet, bailará Pina Bausch; al terminar la función nos acercamos a la plaza de Bourg Tibourg, a un bar-café que permanece abierto las veinticuatro horas. Charline pide un kir y yo un vino blanco bien frío. Está más bella que nunca, se lo digo y se ruboriza. No saltes la valla que te partes las canillas, pensé, mira que ella siempre ha sido muy respetuosa, pero no más darle una uña y se coge el brazo completo.

En otra mesa una pareja se besuquea, él tendrá unos cincuenta y pico de años, pero da el plante, por los ojos de carnero degollado que pone cada vez que ella le acaricia los vellos del antebrazo se nota que mea dulce de deseos por esa mujer. A juzgar por la situación aún no han hecho el amor, a él se le cae la baba, y a ella se le marcan los pezones erizados por debajo de la blusa verde de seda. En evidencia se trata de un tarro. La mujer contará unos cuarenta y cinco, lleva el pelo teñido de castaño cobre, los productos que utiliza para maquillarse son de primerísima calidad, pero adivino que el bronceado de su piel es artificial, por la tendencia al sonrojo anaranjado zanahoria; viste una falda negra ajustada con un cinturón Moschino, las uñas son postizas pues se las muerde con extrema delicadeza, es un tic estudiado para dar la impresión de inseguridad, sin embargo no se siente para nada insegura. Hace rato decidió que se acostará con el hombre, pero aún no lo ha hecho, prefiere ponérselo difícil, calentarlo al máximo, gozar hasta las últimas consecuencias del preámbulo.

—Deja de mirarlos. Ya se han dado cuenta —interrumpe Charline—. Debieras irte a Nueva York, cambiar de aire por un tiempo, o mudarte definitivamente. Necesitas reunirte con tus amigos.

—No todos viven en Nueva York.

—Están Mr. Sullivan, Lucio, Andro, Samuel...

—Andro en Miami.

—Es cierto. ¿Por qué no se van todos a Miami?

—Estás loca. Cada cual tiene su vida.

—Tengo la impresión de que no es la vida que quisieran tener.

—Eso ya lo sabemos.

—No dejes vencerte por el cinismo. —Bebe el fondo de la copa de un trago y pide otro kir.

—Lo intento. ¿Y tus amigos de juventud, dónde los metiste?

—Aquí. —Se toca la sien con el dedo índice—. Nunca más he visto a ninguno, pero yo diría que ustedes los cubanos son casos excepcionales, dependen demasiado de la familia, de la madre, de las antiguas amistades. Tienen que aprender a aceptar a otras personas, a ampliar el círculo, nadie nace pegado a nadie, las amistades se sustituyen por otras. Desde que te conozco no dejas de mencionar los mismos nombres. Y peor es Samuel, sus facturas de teléfono eran monstruosas. Las mentes de ustedes se han transformado en planisferios. Hablas de fulanita, la de Argentina, o de zutanita, la de Ecuador, o de esperancejo, el de Miami, etc. Como si el mundo fuera un barrio de La Habana; no es normal. Vas a caer en coma.

—Parece que Samuel viene —murmuro como una autómata mientras me enjuago la boca con el primer sorbo de la segunda copa de vino blanco.

—¡Eso sí que es un notición! —exclama con acento estilo Alejo Carpentier, sincera en su alegría—. ¿Sabes la fecha?

—No, fue Pachy quien habló con él.

—Ya te llamará antes de tomar el avión —aseguró mi amiga pestañeando repetidas veces.

Entonces me invade una nueva inquietud, lo hará y no estaré, a lo mejor el respondedor no funciona en ese instante, creerá que no he querido atender el teléfono. ¿Y si se aparece por sorpresa y no me encuentra? No, no vendrá a mi casa. Se hospedará con algún otro amigo, o en un hotel. Preferirá no verme. Es cierto que debí haber respondido a su mensaje, el de hace unos días, donde decía que tenía noticias de Monguy.

—Charline, disculpa, debo regresar a la casa.

Pago la cuenta. Antes le planto dos besos en ambas mejillas a mi amiga, queda desconcertada. No tanto, ella sabe que ha sembrado el bichito del desespero en mí.

Es triste ver las tiendas apagadas, la acera del bazar del Hôtel de Ville, tan frecuentada durante el día y desolada en la noche. Me da terror no volver a tener tiendas, ni nada. Es una noche siniestra como todas las noches de películas siniestras porque llovizna y no traje el impermeable de poliéster negro brilloso. Sin embargo arriba reina la luna llena, avanza al compás de mi paso. Cuando era pequeña me ilusionaba con la idea de un día poder transformarme en flecha y atravesar la luna. En un noticiero del cine Payret vi cuando los americanos pisaron la luna, yo era muy chiquita pero me emocioné a la par que mi abuela que lloraba, porque ella también de niña soñaba con ser una flecha y atravesar la luna. Su abuela lo mismo, su tatarabuela también. Abuela auguró, un día tendrás la luna en el vientre, aquí, y puso su mano encima de mi ombligo. Años más tarde volví a ver esa imagen en la televisión, era un documental sobre naves espaciales y cohetes, yo estaba leyendo a Federico García Lorca, entonces lloré doblemente porque la luna del poeta había sido visitada, pero yo sabía que el poeta había estado en ella con mucha mayor ventaja que los cosmonautas. Nadie como Lorca para conocer cada resquicio de la luna. Corro veloz por la calle de Rivoli, cuentan que Martí vivió en esta calle, la luna jadea al ritmo de mis pulsaciones. Es raro que llovizne con una luna tan inmensa, tan embarazada de poesía, parece que estallará de un minuto al otro. Mis senos igual. De un tiempo a esta parte cuando voy a tener la menstruación me pesan los senos y me duelen un horror, no es fácil correr con dolor de tetas, ellas brincan y el dolor también. Un mendigo me dice, señorita, por favor, necesito una pieza de diez francos. Estoy apurada, señor, mi amigo, mi amante, no, perdón, no es mi amante, o sí, lo único que faltó fue lo principal, conocernos a la manera bíblica, mire es que el hombre del cual estoy enamorada llamará y tengo miedo que no me encuentre en casa. Hágalo esperar, señorita. No soy señorita. Bueno, señora. Me cago en la mierda, no tengo una moneda de diez francos, tome dos de cinco, es dinero de todas formas. Gracias. Ese tipo navega con suerte de que usted, tan generosa, lo ame así, con desasosiego. Casi resbalo en la esquina con un mojón de perro, aquí los perros cagan como bueyes, de lo bien alimentados que están, el color de la caca es terracota fuerte, o amarillo candela, es que comen vegetales, carne molida, de postre casi les dan helado Hägen Dazs. Un lujazo estos perrazos. No los resisto, no hacen más que cagar a todo lo largo y ancho de esta maldita ciudad. Ahora, atrévanse a poner a un niño a cagar en una esquina, no faltará quien les retuerza los ojos y les diga hasta del mal que se va a morir. Hay una preferencia por los perros que me aterra. Esta gente va muy amargada, fíjense en las dependientas del Monoprix, venden con un disgusto, rojas de ira, los ojos botados, las flemas manchándoles las pecheras de las blusas. Hay una china en el Monoprix que queda frente por frente al hotel Sully que en lugar de contestar ladra. Corro, me falta la respiración, es que fumo una caja y media por día, ya metí las dos patas en un charco, mejor, así me quito la caca de las suelas. Samuel, ¿habrá llamado? Tengo la certeza de que ya lo hizo, no me halló y me mandó al carajo. No, él no es así. Si no llama recomenzaré con la lectura de Proust, no tengo escapatoria. ¡Ah, por momentos le cojo un amor a estas calles! Ya sé que no son las mías. Soy una extraña, hablo francés con acento, hay días en que articulo mejor, otros me canso, los mando para la pinga en cubano, y ellos se ríen, en verdad es cuando único se ríen, les fascina que les traten a patadas por el culo. Pachy me lo advirtió, a éstos no puedes bajarle la cabeza como no sea para embestirlos, tiene razón. En cuanto les alzas el tono de voz, te le botas para el solar, le subes la parada, vaya, se ponen a raya, cogen el trillo, vena'o. Casi llego al edificio, en el restaurante Le Beautreillis hay un fiestón del carajo, se cumplen veinte años de la muerte de Jim Morrison, de todos los rincones del planeta desembarcan jóvenes a emborracharse y a drogarse en honor al príncipe de las puertas, The Doors, las puertas a otros mundos recreados por los alucinógenos. Sigo de largo, no quiero jodiendas, y por lo que veo de refilón dentro de un rato se armará la gorda, de seguro desembarcarán los CRS a desintegrar la marcha. Marco los botones del código de entrada, siete tres cero cinco ocho, subo los peldaños de dos en dos.

No hay mensajes en el respondedor, ni faxes, me tumbo en el sofá con los pulmones en la garganta. Debiera dormir, debiera soñar que estoy en Nueva York viendo a Samuel por el ojo de la cerradura. Prepara la maleta, me ha comprado unas postales en la Galería Mary Boome, ahora envuelve un regalo de Mr. Sullivan para mí, una vieja cámara soviética de fotografía, las que vendían antes en Cuba por una casilla de la libreta de la ropa a treinta y cinco pesos, Lubitel se llamaba. No sé cómo Sully pudo haber conseguido ese tipo de cámara, o bien la adquirió durante su estancia en La Habana, pero en los tiempos que corren encontrar un objeto así es como hallar una aguja en un pajar, de esas cámaras quedan pocas, aunque Igor me informó que las seguían vendiendo en Trinidad, a buchitos. Puede que se la haya pedido a Mina, a Nieves, a Saúl, o a al propio Igor... Lucio y Andro ayudan a Samuel a empaquetar. Andro le recomienda que no olvide entregarme en seguida el disco compacto de Las D'Aida, incluso entona desacopladísimo un fragmento de una de las canciones, *Profecía*:

Tu corazón sin latidos
vendrá a buscar mi calor,
tus labios mustios y fríos
preguntarán dónde estoy.
Y oirás el eco de esta melodía
que cada noche se repetirá
y pensarás que ha sido fantasía
la realidad de hoy.

Lucio, por su parte, desenrolla un plano antiguo de La Habana, se deshace de él con los lagrimales desbordados. Es para Marcela, sé que es el mejor obsequio que puedo ofrecerle. No, Lucio, no pierdas ese tesoro. De pronto, también aparece Silvia en el apartamento de Samuel en Manhattan, aquí tienes, un presente de Quito, un poncho para los días invernales, es decir, para el año completo. Ana hace su entrada con el bebé colgado de un cargador: Estoy segura que le hará ilusión esta cajita de música, Marcela colecciona miniaturas. Pero, ¿se fijaron? Ésta tiene una melodía de Lecuona, la ubiqué en una tienda de antigüedades, ¿no es una monada? Saúl hace entrada. ¿Cómo llegó Saúl desde Alamar? Trae unas partituras de Joaquín Nin, el padre de Anaïs y de Joaquín Nin Culmell para sumarlas al paquete de ofrendas. Igor aporta cascos de dulce guayaba y queso crema. Monguy y Mina un disco de Paquito D'Rivera, conseguido de trasmano. Luly una botella de ron Bacardí. Enma ruega a Samuel que acepte la cesta donde dormita una gata que se llama *Sissí*, Randy ha dibujado la más bella historieta en la cual representó nuestra infancia, Pachy pintó un cuadro gigantesco con un rostro empotrado en bronce de Diana Cazadora transmutada en Yemayá, César a su vez hizo un paisaje donde la arquitectura y la naturaleza imbricadas, por fin, brindan un homenaje al habitante... Samuel está seguro de que me arrebataré de alegría con todos esos agasajos. De repente, mis amigos no están más en el apartamento de Samuel en Manhattan, sino en una terraza, en la de Andro en el Vedado, la picuala ha florecido, los platiserios caen en racimos y en los troncos prenden orquídeas desorbitadísimas, los helechos gotean extasiados de rocío, el rosal henchido de capullos, la enredadera forma un techo de sombras, la arboleda penetra desde la calle al interior. No hay más taladradores desmochando ramas. Ellos juegan a colocarse naricitas de Pinocho con las corolas verdosas de los mar-pacíficos. Esto merece una buena música, reclama Monguy; cuando va a colocar la aguja del viejo tocadiscos encima del *long-play* escucho un chirrido terrible. La imagen se desvanece. Me despierta el timbre del teléfono. ¿Espero a que mi voz falseada salga en el contestador? Buenos días, su mensaje o su fax, por favor. Gracias.

Hola, Mar, soy yo. Es Samuel. Atrapo el auricular como si fuera a huir de mi alcance cual ardilla asustada. Sí, hola, ¿cómo estás? Desesperado por verte. Tengo noticias de Monguy y de Mina, sobre todo de Mina, pero pienso dártelas en persona. En la noche salgo para París. ¿Vienes sólo por un tiempo o definitivo? Aún no lo sé. Ya me dirás tú. ¿Yo, qué tengo yo que ver? Depende de ti, ya verás. ¿Qué estabas haciendo ahora? Seguro leyendo a tu Marcel, o viendo en la tele «Qu'est-ce qu'elle dit, Zazie?» y bebiéndote una jarra de coca-cola *ligth*. Ni lo uno ni lo otro. Soñaba con ustedes. ¿Ustedes quiénes? Todos, todos los amigos. Ya te contaré, coño, apúrate, yo también me muero por abrazarte. ¡Flaca, qué lindo que me digas esas palabras! No soy flaca, soy gorda. Estaba muy nervioso, no tenía idea de cómo irías a recibirme. Te he extrañado cantidad, Samuel. En tu ausencia he repasado mi vida, nuestras vidas, allá en Cuba, este exilio tan recondenadísimo, he imaginado el regreso. Pero, ¿has pensado en mí dentro del marco general de la nostalgia, o de una manera más personal? Hablo como en una reunión de balance, «en el marco de esta reunión, compañeros»... ¿Podríamos amarnos? Ven pronto y no resingues más. ¿Cómo que no resingue más? Si ahora es cuando iniciaremos la función. Déjate de gracia, hablo en serio. Yo también. Eso espero. Hasta mañana, amor.

Al instante disco el número de Charline. No contesta. Contesta, Charline, porfa. ¿Aló? ¡Qué bueno que estás ahí! Acabo de entrar, salí a las rebajas de Printemps, ¿qué sucede, te noto excitadísima? Pues, al fin, Samy llamó, llega mañana. Te lo dije, que lo haría, es un excelente chico, qué alivio, uno menos que me decepciona. Escucha, mañana te dejaré unos vinos en casa, ¿necesitas algo más? No te preocupes, querida amiga. Puedo comprar frijoles, así te dedicas a lo más esencial, a reflexionar sobre el futuro, quiero decir, no seas mal pensada. No sé, frijoles hay aquí, los compré hace menos de una semana, no te inquietes. Como quieras, cariño.

¡Uf! Esto merece un trago de ron. Primero derramo un chorrito a los muertos en una esquina de la cocina, para que luego no digan que no les brindé, no vayan a ponerse bravos conmigo, miren que yo siempre me acuerdo de ustedes: Jorge, el padre de Samuel, Ansiedad, aunque a ella la conocí a través del diario de Samuel, parece mentira, tengo dos muertos muy relacionados con él. Papito, se me aparece en la playa de Guanabo, con la mota lacia y negra cayéndole sobre los ojos, él se la acotejaba con la mano, o echando la cabeza hacia atrás, o de un simple soplo; no era muy velludo, pero le gustaba dejarse crecer un bigotico ralo, tenía los ojos más negros de la tierra, parecidos a los de Samuel, pero sin la pepita dorada en el centro, jugaba al voleibol con nosotras las hembras, se aprovechaba y nos repellaba por detrás con su mandado suelto dentro de la trusa, no tenía gracia para contar chistes, pero igual hacía un esfuerzo, y nosotras fingíamos que nos despatarrábamos de la risa, fue novio de unas cuantas muchachas del grupo, era pendejón, no se fajaba ni con su abuela. Una tarde, cogiendo la guagua de refuerzo para regresar a La Habana, en el paradero de Guanabo, un negrón le bajó tronco de galletazo, él le respondió muy sereno luego de masajearse la mandíbula, no te mato, asere, porque no quiero que digan que soy racista. Por eso Viviana se peleó con él, sólo porque Papito se amarilló delante de nosotras, y ella toda acomplejada lo puso para su cartón, recoge los cheles, papi, no estoy puesta para tu número, tu cuarto de hora pasó, no entiendo cómo no le picaste la cara cochina a ese cacho de tizón. Viviana se desvivía por los guaposos, los de dientes de oro, con la uña del dedo chiquito del tamaño de una navaja gitana, los que se secan el sudor de la cara con un pañuelo almidonado, y no emiten sonido gutural, sino que se cubren la dentadura, dorada también, con el mismo trapo de los mocardios, mocos, digo. Papito, en tu honor, hombre a todo, mi socio, yo te quiero aunque ya no existas y te estén devorando los gusanos mordidita a mordidita. Brindo por ti, consorte, que afrontaste la vida nadando el estilo mariposa en Guanabo, en pleno Norte, tú decías que las mujeres se abollan y

328

los hombres se empingan. Nunca te empingaste, te encabronabas cinco segundos y lo olvidabas en un santiamén. Querías ser ingeniero, esa carrera viste bien, apuntabas. Te quedaste en eso, en el deseo.

Mi otro muerto es el babaloche de Regla, nunca supe el nombre porque a él ya lo conocí muerto, coge, mi viejo, un traguito de ron en tu honor, no te me marees mucho. Después de él he visto otros espíritus, pero ninguno ha conversado conmigo, además no eran personas que había conocido en vida, bueno, el de Regla tampoco. Lo primero que vislumbro es una luz azul, después huelo el perfume que les gustaba untarse, al rato escucho ronquidos, suspiros y palabras; en ese orden, en seguida me rozan o me pellizcan. Hubo una muerta que no me dejaba en paz el cuello, la tenía cogida con mi nuca, hasta me clavaba alfileres, una jodida celosa; más tarde me sube un buche amargo desde el estómago, desde allí donde siento como si una decena de arañas tejieran sus nidos. Los muertos saben a rayos, tienen un gusto amarguísimo, aunque hay algunos que son expertos, se las ingenian de maravilla y engañan embadurnándose con una brocha gorda de mermelada o miel de abeja. Otro chorrito de ron para todos ellos, ¡siá cará! Andro auguró un día, a los cuarenta años se nos van a empezar a morir los seres queridos. Falta poco.

Madrugo, a las ocho ya ataco la calle, tomo el metro en Sully-Morland y desciendo, más bien asciendo, en Pont-Neuf, retrocedo unas cuadras, siempre avanzando en dirección a Saint-Michel; necesito comprar un vestido, alguna cosa a la moda, pero es que mi moda es siempre igual, el mismo largo de saya, los colores de tonos invariables, zapatos cómodos. En el Cluny bebo dos cafés bien fuertes aclarados con unas gotas de leche, mordisqueo un *croissant* demasiado mantequilloso. Una vez que los establecimientos han abierto, los recorro uno a uno. Después de entrar y salir de Naf-Naf, Côte à Côte, Etam, entre otros, por fin escojo algo de mi gusto, un vestido de flores azules y blancas, picado a la cintura, una chaqueta celeste, unas ballerinas negras, bien sencillas. Transpiro contentura y la gente me lo nota, no puedo disimularlo, ando como si me hubiera ganado la lotería, el tiraje millonario del sábado pasado. En la esquina de enfrente al café, siempre en los bulevares de Saint-Germain y Saint-Michel, un africano ha tendido en el suelo un mantel de retazos y se dispone a vender aguacates medio negruzcos, no importa, compro tres, a Samuel le encanta la ensalada de aguacate con bastante cebolla blanca, cruda y cortada en rodajas. Pretendo colarme en un cine, para ver cualquier filme competidor en Cannes, pero me da dolor de cabeza ir al cine de día, además se me borra la película porque con la luz del sol no logro salvar la información de imágenes en movimiento con una mínima calidad respetable. Soy astigmática. Por fin decido visitar el Museo Cluny, las termas de la Edad Media, ya he ido en ocasiones anteriores, pero hoy tengo una cierta propensión favorable a los sitios en penumbras.

Desde que cruzo el umbral el olor a alfombra raída y polvorienta me conduce a antiguos castillos góticos, una corona en oro macizo, tosca en su diseño, incita a imaginar el cráneo que la llevó puesta, encajada en los rizos castaños dorados. Ahí están los anillos inmensos, oro tejido como con agujetas para confeccionar las boticas de canastillas de los bebés, auténticas obras de orfebres milagrosos. Las cruces talladas para las frentes, o los cuerpos repujados para ser clavados en las cruces. Enormes y gruesas cadenas pendiendo sobre pechos altivos o heridos, puedo adivinar las cicatrices abiertas cual rosas espesas, después prietas y coaguladas en el filo de las espadas. No me seducen las imágenes religiosas, emblemas del sacrificio, quejidos congelados, tajazos en las costillas por donde sangra la historia, muslos podridos de llagas supurosas, ojos virados en blanco y rodando por el mármol del salón de los banquetes. De otros ojos, pertenecientes a damas acongojadas debido a la eterna fidelidad impuesta por parte de sus guerreros, corren lágrimas de pavor y adulterio. Algunas discuten entre ellas, con las cabelleras perfumadas, dispuestas a traicionar hasta el asesinato, los escotes entreabiertos pesan más que un ataúd, a causa de los bordados en hilos de oro y en pedrería preciosa. Otras se desviven en sonrisas malévolas, enmascaradas detrás de muecas de éxtasis. ¡Ah, la angustia y el desparpajo de las doncellas medievales! Copas descomunales donde bebieron parejas en noches de arrebato nupcial, de gansos salvajes. Olifantes de marfil, algunos despedazados, pero si pegamos la oreja, ahí retumba el llamado de su dueño, un alarido perdido en los bosques, que va de siervo a ciervo, de esclavo a venado, de venado a ave, de ave a árbol, de árbol a hada, de hada a montaña, de montaña a eco. El eco de la gloria de los antepasados del hombre.

En el piso inmediato existe un salón circular forrado en terciopelo negro con la intención de abrigar a los espectadores; allí me dan la bienvenida los seis tapices de *La dama con unicornio*. La riqueza de los colores embriaga, el fondo rojo contrasta con el azul avispado sombrío, creando así una armonía

331

de las más rebuscadas. El tejido evoca decoraciones vegetales inspiradas en flores, hojas y árboles diversos, los pinos, los naranjos, los robles, los acebos, entre otros. La fauna trepida en sus precisas posiciones de acecho, el zorro, el perro, el conejo, el pato, la perdiz alternan con el exotismo de animales leales en furor a su especie, el león, la pantera, la onza... La avaricia del ojo acapara a ese ser fabuloso imaginado por la más alta antigüedad, un cuerpo de caballo, una cabeza de cabra, un cuerno que no es más que un diente de nerval. Ahí se me enfrenta el unicornio, con sus poderes tan asombrosos como irreales. Cuentan los historiadores que fue una escritora quien descubrió este hermoso conjunto, nada menos y nada más que George Sand, en un castillo de una oscura sub-prefectura de la Creuse, en Boussac. En cuanto a las leyendas pretendidamente representadas en cada uno de los tapices, existen sus divergencias. Críticos sospechan que nos habla de un Oriente maravilloso, en la época del príncipe Zizim, hijo de Mahomet II y hermano de Bajazet; hecho prisionero en Bourganeuf, en la Creuse, cuentan que los mandó fabricar para la dama de su corazón. Otros expertos opinan que en la obra sólo figura una alegoría matrimonial. Sin embargo, hay quienes creen que la joven no es otra que la célebre Margarita de York, tercera esposa de Carlos, el Temerario.

En el tapiz número uno, *La vista*, la muchacha de párpados caídos y leve gesto de disgusto en el labio inferior aproxima un espejo repujado al unicornio, el cual descansa sus patas delanteras sobre el regazo de ella, el león deslumbrado se relame con la mirada. *El oído*: Dos damas, una de ellas toca un antiquísimo órgano, la otra escucha acompañada de los embelesados león y unicornio. *El gusto*: La doncella toma una golosina que una segunda arrodillada le tiende en una bandeja de oro; el unicornio nos contempla invitándonos a degustar esa especie de merengue parecido a un suspiro de monja; el león se enorgullece airado. *El olor*: La muchacha, envuelta en fina muselina, juguetea con los pétalos de una flor; la mucama observa hipnotizada, el león y el unicornio aparecen enternecidos por el perfume de la estancia, sobre un taburete el mono huele un clavel. *El tacto*: La dama acaricia con la mano izquierda el cuerno lechoso del unicornio, con la derecha mantiene en firme una lanza, la devoción en las pupilas del animal por la joven constituye una de las más bellas y poéticas inscripciones amorosas. Sexto y último tapiz, *A mi único deseo*: Enigma, la criada adolescente brinda a la dama un cofre abierto, no es que ella tome el collar, es lo contrario, se ha desembarazado de la joya que hasta ese momento pendía de su cuello. No se trata de una ofrenda, sino de una renuncia en el acto de guardar. El unicornio y el león aparecen apoyados en las lanzas. Los críticos han relacionado este acto con el *liberum arbitrium* de los filósofos griegos, quienes veían con buenos ojos el hecho de escapar de las pasiones que desencadenan en los seres humanos sentimientos incontrolables, desorganizando así el orden de los sentidos.

Sentada en el banco de mármol, puedo pasar horas y horas admirando la esbeltez de los cuerpos femeninos, la fineza de los rostros, o bien, el porte elegante de ciertos animales. La vivacidad de los colores, incluso opacados por el paso del tiempo, demuestra que las seis obras fueron tejidas por las manos de hábiles artesanos muy seguros de su oficio, sabios de la imagen. Los terciopelos, las sedas, las joyas, las pieles, los brocados fueron traducidos a la lana con exquisita devoción. La fotografía del alma es esto, la belleza pensada y trabajada con paciencia de siglos, lo que ninguna cámara podrá jamás captar. Debo traer a Samuel: es una tontería lo que expresa sobre su predilección de continuar soñando con los originales, de negarse a disfrutarlos en toda su autenticidad, en todo su bendito esplendor.

No bien abandono la sala redonda de los tapices en dirección a otro recinto me llama la atención una voz familiar. Miro en torno mío; un poco adelantados, una pareja muestra a un niño la escultura que simboliza a un bebé de pesebre. Es el hombre quien lleva en brazos a la criatura, con toda seguridad es su padre, es él quien intenta explicarle de manera sencilla cada pieza del museo. La mujer desaparece ahora por la puerta de una tercera habitación contigua. El hombre se voltea hacia mí, ensancha una sonrisa sorpresiva, no sin embarazo de cruzarse conmigo.

—¡Marcela, no puedo creerlo! —Es Paul.

Voy hacia él; antes de abrazarnos coloca al niño en el suelo. Ya camina, tendrá unos dos años.

—¡Paul, qué alegría! Adiviné, la intuición me susurraba que te habías casado y que... ¿es tu hijo? —Él asiente—. Es precioso, se parece a ti.

—¡Qué va! Es idéntico a la madre. Por cierto, anda por ahí adelantada, no te presentaré con tu nombre, no se le quitan los celos de ti —explica nervioso.

—Pero si nunca me conoció, y lo nuestro fue mucho antes de que ella existiera en tu vida, creo yo.

—Bueno, sí, pero le conté de nuestra relación, y

334

ya eso bastó para que se le metiera en la cabeza que tú eres la mujer de mi obsesión. Ya ves, yo sólo quise ser sincero.

—No te preocupes, por el momento me llamaré Sofía.

—¿Sigues de fotógrafa?

—De manera personal; me gano los frijoles maquillando vedettes políticas, ¿qué te parece?

—Mientras no te contagies. Yo he abierto un restaurante en el Sur. No vivo en París, estoy de paso. Tampoco he viajado a Nueva York. Senté cabeza.

—Ya veo, me parece que era lo que necesitabas. ¿Cómo va tu cicatriz?

Me refiero a la puñalada en la frente, recibida de manos de unos ladrones en el Harlem hispano, y de la cual le queda una mancha hundida y violácea.

—¡Bof! Dolores periódicos, sigo al pie de la letra un tratamiento médico, nada del otro mundo.

La esposa viene a buscar a su pareja y al niño, quien ya está haciendo de las suyas toqueteando las esculturas. La guardiana lo reprende con dulzura, retorciéndole los ojos al padre en desaprobación por el descuido. La mujer de Paul carga al hijo y se encima a nosotros.

—¿Eres Marcela? Lo adiviné por tu nariz. Paul no deja de hablarme de tu nariz.

—No, no soy Marcela, soy Sofía, encantada. Trabajé con Paul en el restaurante Priscilla Delicatessen, en Manhattan. Fui novia de uno de sus mejores amigos, un neurótico que vendía perfumes en Macy, la tienda famosa.

Miento con una teatralidad digna de Mina, inquieta por lo que puede haber comentado Paul de mi nariz.

—Ah, disculpa. Encantada, me llamo Nathalie.

—Y avergonzada retrocede dos pasos, no muy convencida; el niño comienza a meter tremenda perreta pidiendo ir a los brazos del padre—. Paul, nunca me has hablado de ella.

—¿Cómo es eso, Paul? ¿No le has contado que si no fuera por ti me habría suicidado, por culpa del sanaco de tu amigote? Me halló con dos puñados de pastillas, en la mano y en el estómago, echando espuma por la boca.

Paul no se recupera del asombro.

—¿Cómo voy a contar esas cosas? Lo único que hice fue llevarte a un hospital... No le veo ningún mérito, cualquiera habría hecho lo mismo...

—¿Vendrás a visitarnos a Arles? Es una región muy bonita —recomienda ella—. Paul, dale nuestra tarjeta.

Paul saca como un autómata una tarjeta de su billetera, advierto que posee varias Visas doradas. Leo la dirección atentamente, en espera de que uno de ellos decida emprender la despedida. El niño, ya en los brazos de Paul, arremete con el llantén y la gritería deseando mudarse a los brazos de la madre.

—Bueno, ha sido un placer, de seguro bajaré al Sur. —Anoto mi dirección en un marcador que había comprado en la *boutique* del museo—. Aquí tienen su casa. —Lo digo suplicando para mis adentros que no se tomen a pecho esa frase.

Nos besamos cuatro veces en cada mejilla, en total fueron doce besos, cuatro de Paul, cuatro de la esposa, cuatro míos. Al niño le pellizco con suavidad el cachete, por fin sonríe y se tira sobre mi cuello. Tengo sangre para los niños. Lo cargo unos segundos, Paul observa derretido como diciendo tú hubieras podido ser la madre. Lo devuelvo a la verdadera. Ellos avanzan delante de mí, pero muy pronto les gano en ventaja, no es nada fácil mostrarle un museo medieval a un chama de dos años. Confieso que tropezarme con Paul me dio un escalofrío en el páncreas, pero al instante se interpuso la imagen de Samuel, y mi estado sentimental recuperó su normalidad. Más bien, si hago un balance global, no surtió ningún efecto fulminante en mí el haber encontrado a Paul. Samuel acapara todas mis expectativas; a pesar de que continúo pensando que constituyó mi última prueba, todavía no me seduce la idea de empatarme con él. Ni siquiera de vivir un romance. ¿Por qué entonces, ayer, me atreví a dar esperanzas?

Avanzo meditativa por las salas restantes del museo: doseles, retablos y más retablos, reclinatorios, muebles cuya dimensión de los siglos sobrepasa el aspecto físico de la madera arañada, barnizada con un esmero ancestral, superviviente a la tala de los bosques, a los banquetes donde sin lugar a dudas ocurrieron trifulcas amorosas o combates desprevenidos, a los bailes y a sus propios coreógrafos o diseñadores de castillos. Damas encopetadas, guerreros aderezados con pulseras de cuero tachonadas con clavos de oro me espían desde los nichos. El *Libro de horas* del Duque de Berry, página a página el tiempo ilustrado, agonizando en el zodíaco, renaciendo, eternizado por la mano mía, ahora que lo hojeo, inmortalizado por el contacto con infinitos espectadores. Me entristece que termine la visita, que el museo haya tocado a su fin, al menos por hoy.

Regreso caminando a casa, hubiera podido tomar el bus ochenta y seis, el cual me conduce directo hasta el bulevar Henry IV, pero siento deseos de navegar de forma imaginaria en ese barco endemoniado que es la isla Saint-Louis. Me tomaré un helado Berthillon, ésos sí que son los mejores helados del mundo, nada de Coppelia. Éstos son mucho más cremosos, chocolate puro, fresa con trozos aspavientosos, vainilla, hasta helado de ron y de whisky, una verdadera delicia. Paso por delante del número cuatro del *quai* Bourbon, donde vive la escritora Alba de Céspedes, biznieta de Carlos Manuel de Céspedes; estuve en varias oportunidades en su casa. Es una mujer enérgica, las pupilas le saltan sin descanso dentro de las cuencas oculares; me habló de Céline y me mostró su fabulosa biblioteca. Atravieso el Pont-Marie; la perspectiva del río observada con nostalgia (¿cómo me sentiría si un día me impidieran ver este río?) obliga a que me olvide un poco del Malecón habanero. El mar siempre será el mar, pero este paisaje es la confirmación de que una isla en medio de un río resulta mucho más segura, sin duda alguna, al menos suaviza el salvajismo del concepto de isla, en el centro del océano, a la deriva total.

Ya en casa inicio los preparativos para recibir a Samuel, faltan apenas unas seis horas para su aterrizaje. Por lo visto Charline me ha dejado los vinos prometidos, es un amor esta Charline. Pongo los frijoles en remojo, coloco la medida de arroz en un tazón, haré una ensalada de tomates con queso mozzarella, de postre una torta de peras. El teléfono se pone a sonar, tres timbrazos, es un fax, leo el encabezamiento, el remitente es de Quito, es Silvia quien lo envía.

Querida Marcela:
Lo menos que me propongo es entristecerte, pero

*no te pierdas estas noticias. Y el mundo sordo y ciego.
No me voy a meter en ninguna batalla perdida de
antemano, pero he repartido este fax a todos los amigos, debemos estar enterados. No tengo ánimos para
escribirte largo, léelo y tómalo con calma, como yo,
pero frente a estas barbaridades no deberíamos dar
las espaldas. Las copié de Internet. Besos.*

RESUMEN DE NOTICIAS A MEDIDA QUE VAN LLEGANDO:

*Un incendio de «pequeñas proporciones» destru-
yó parcialmente el restaurante de comida italiana Vía
Veneto, ubicado en La Habana Vieja, cuando estaba
casi lleno, informó* Tribuna de La Habana. *El incendio no causó víctimas, el negocio estaba con sus cincuenta y dos mesas ocupadas. Hubo grandes pérdi-
das materiales entre víveres, equipos y el edificio.*

*Una explosión de mediana proporción ocurrió en
la madrugada del sábado 12 de abril en la discoteca
Ache ubicada en el hotel de cinco estrellas Meliá
Cohiba. Daños materiales visibles desde el exterior,
no se informó de heridos.*

*Un muerto y seis desaparecidos en el hundimien-
to del buque tanque* Pampero, *ocurrido el 14 de abril
a unas cinco millas de la playa de Guanabo. Tres tripulantes desaparecidos. Testigos vieron cómo la explosión fragmentó el casco, y luego su hundimiento.
Dieciocho tripulantes fueron rescatados. El* Pampero
*hacía cabotaje para trasladar petróleo entre puertos
cubanos y regresaba del puerto de Matanzas.*

Otro barco petrolero cubano, el Gulf Stream,
*naufragó en las costas orientales de Venezuela. Pri-
mero tuvo una rotura en uno de sus tanques centra-
les, después sobrevino el incendio y por último el
hundimiento. El* Gulf Stream *navegaba de Cuba hacia Venezuela para cargar petróleo. Las autoridades*

venezolanas no negaron ni afirmaron que hubiera habido un sabotaje.

Un turista danés resultó muerto cuando guardias de una unidad militar abrieron fuego contra él. Joachim Loevschell, de veintiséis años, fue balaceado por soldados cuando entró en zona prohibida.

Dos guaguas Escania para turistas fueron quemadas en La Habana.

Un niño de ocho años, Roberto Faxa, fue pateado por sus compañeros cuando el maestro los instigó a que cometieran este acto de violencia porque el niño no quiso firmar la Ley 80 (de lealtad al régimen y en contra de la Ley Helms-Burton).

En la comunidad López Peña desconocidos sacrificaron a cinco reses y tres caballos. Hubo arrestos. También en la misma comunidad el busto de Martí fue removido del parque y apareció en un teatro con consignas antigubernamentales.

En el Central 30 de Noviembre desconocidos apedrearon la tienda que vende sólo en dólares. En este mismo Central se efectuaron candeladas en los campos de caña.

En La Habana del Este sólo quedan doscientos maestros para impartir enseñanzas a unos doscientos mil estudiantes. El resto de los maestros fueron separados de sus puestos por motivos políticos.

El espacio cuadrado que se forma desde Santa María del Mar, San Miguel del Padrón y Rancho Boyeros carece de agua potable. Los barrios interiores sufren de la escasez de este precioso líquido. Según fuentes oficiales el manto freático y las represas no pueden brindar agua a la población, por hallarse en estado de absoluta sequedad.

En Mayarí se quemaron 60 caballerías de cultivo de caña.

Fueron robados de un almacén del Cerro materiales por un valor de 141 000 dólares. En Campo Florido interceptaron a un camión cargado con 17 000 dólares en zapatos que habían sido sustraídos de una fábrica de calzado.

En Fomento, Pedrara y Caibarién se reportaron quemas de caña en distintas cooperativas.

En Manatí y Puerto Padre también se reportaron más de 30 caballerías quemadas por desconocidos.

En Jobabo, el Frente Popular Oriental informó de la quema de 12 caballerías de caña.

Abril 22.

El Noticiero Nacional de Televisión hizo una crítica a José Stalin, diciendo que Lenin no debió haberlo aceptado.

El turismo alemán, al parecer, no alcanza las cifras deseadas por el gobierno cubano, pues se está llevando a cabo una promoción en ese país para elevarlo a un 60 por ciento.

Los ingenios sólo muelen a un 60 por ciento de su capacidad y la única provincia que cumple su plan de azúcar, según informe del Ministerio del Azúcar, es Santiago de Cuba.

Informan de buena cosecha de naranjas alrededor de la provincia de Matanzas y de la compra de doce mil búfalos para mejorar la industria lechera.

El Primer Ministro de Granada fue llevado a visitar la Planta Electro-Nuclear de Cienfuegos.

Las matas de tabaco en Pinar del Río se secan por falta de cuidado.

La gasolina oficial se vende a 90 centavos, la de la bolsa negra a 50 centavos.

Los trabajadores de 1 400 panaderías se reunieron para tratar los siguientes puntos: mala calidad

del pan, peso reducido, robo de los ingredientes e in-
disciplina laboral.

Se derramaron en la bahía de Cárdenas cientos de
toneladas de petróleo cuya mancha fue a parar a Va-
radero.

Espera el gobierno, para el próximo año, más de
mil millones por concepto de turismo.

La cosecha tabacalera de Los Palacios, Pinar del
Río, está teniendo dificultades. Según datos oficiales,
deficiencias en el cultivo y mal mantenimiento.

Isla de Pinos denuncia que las cajetillas de ciga-
rros vienen incompletas, los cigarros cortos y de mala
calidad.

Abril 25.

Sólo 114 ingenios trabajando; anuncian que mayo
será la fecha para acabar la zafra.

Un accidente en el km 43 de la autopista na-
cional; hubo cuatro muertos. Señalan la causa como
el mal estado de los vehículos.

En Caibarién, unos muchachos encontraron
un obús de artillería, que les explotó, habiendo un
muerto.

Abril 30

Un ministro importante denunció la indisciplina,
la falta de interés, el despilfarro y la corrupción como
razones para que la economía no alcanzara los objeti-
vos fijados para este año.

Otro ministro importante dio las gracias a los
santiagueros por haber cumplido sus metas, siendo
los únicos en toda la isla que recibieron dicha distin-
ción.

Se han situado tropas en todos los lugares estraté-
gicos de La Habana para garantizar que no ocurran
disturbios el día primero de mayo, debido a la con-
centración que se hará dicho día en la plaza de la Re-

volución. En los hoteles Tritón, Cohiba, Neptuno, en el Malecón y en otros sitios la presencia militar es algo fuera de lo común.

Mayo 5

En el pueblo de Aguada de Pasajeros hubo un tiroteo que despertó a toda la población. También se informó de incendio en el polvorín con sus naturales explosiones. Algo parecido a lo de Limonar hace ya dos meses. También en este mismo pueblo la población protestó por el reparto de leche en mal estado y pérdida de frijoles que se dejaron arrasaran los gorgojos; culpan a los dirigentes del Partido.

En Consolación del Norte la planta eléctrica está fuera de servicio.

Hubo visitas de altas figuras del Ejército, del Partido y del gobierno chino.

Empieza el retorno de orientales para su provincia después del discurso del Comandante que anunció las devoluciones por la fuerza de todos aquellos que se hubieran mudado para La Habana sin consentimiento del gobierno. Esta medida incluye a los de otras provincias también.

Formación de campamentos provisionales en los parques Céspedes, Martí y Serrano en Santiago de Cuba para albergar a los reubicados que vienen de la capital.

Denuncia Cuba la utilización de una avioneta con matrícula en los Estados Unidos para rociar productos químicos sobre campos de cultivos. Acusan directamente al gobierno norteamericano por la plaga Thrips Palmi *que afecta a la provincia de Matanzas.*

Se anuncia de forma oficial la inauguración de cuatro zonas francas Wajay, La Habana (Valle de Berroa), Mariel y Cienfuegos. Los concesionarios son

Almacenes Universales S. A. y Havana in Bond de la coorporación Cimex.

En Santa Cruz del Norte, en la planta eléctrica hubo una explosión, sin dar las causas, que afectó las plantas de petróleo, y que mantiene inactiva a toda la unidad.

En la ciudad de Camagüey se informa de plaga de mosquitos y de su correspondiente movilización.

Se señala un barrio donde hay casos de dengue hemorrágico.

Continúa la seca en las provincias de Holguín y de Tunas, aunque no ha parado la zafra.

Se está haciendo un censo de viviendas.

Campos de concentración en Santiago de Cuba para los devueltos de La Habana. Sigue la campaña contra los ilegales, la indisciplina y los delitos a nivel nacional.

Anuncian de escasez de dinero para comprar en las placitas oficiales que cobran precios elevados. El frijol negro se paga a ocho pesos la libra, el colorado a nueve pesos.

El azúcar adquiere un precio de once centavos de dólar en el mercado mundial.

Anuncian oficiales del régimen que el arroz está costando 440 dólares la tonelada en el extranjero, alrededor de 20 centavos la libra, y que se necesitan 350 000 toneladas para el consumo interno anual, que serán alrededor de 150 millones de dólares a gastar este año sólo por este concepto. También esperan una producción nacional de 150 000 toneladas para el consumo interno con asesoramiento chino y vietnamita.

El Festival Mundial para la Juventud y los Estudiantes comenzará el 28 de julio. Aparte de La Habana, Santiago de Cuba será también sede de este evento.

En un anuncio de última hora el gobierno pide voluntarios para sembrar cuatro mil caballerías de cañas en diez días. Se señala en el mismo comunicado la mala semilla, la chapucería en los trabajos realizados, los espacios que dejan sin sembrar y las lluvias que entorpecen los trabajos.

Anuncian que no habrá impuestos en las remesas que sean enviadas desde el extranjero para familiares en Cuba.

Plantea el gobierno que a pesar de los impuestos y el desempleo existen alrededor de 9 000 millones de pesos en circulación en toda la isla.

Accidente en Jatibonico, 21 heridos, dos de ellos residentes en Estados Unidos.

En Cienfuegos se informa que oficiales del gobierno se robaban las multas que pagaba la población.

Sin excepción, a la pregunta de rigor a los hermanos que luchan dentro de la isla: «¿Qué podemos hacer por ustedes?», he recibido una respuesta unánime: «Continúen las denuncias de todas las violaciones, llamando la atención a los gobiernos amigos y a los Organismos Internacionales encargados de velar el respeto a los Derechos Humanos, para que no cesen de vigilar muy de cerca lo que está sucediendo.»

Como ves, Mar, el horno no está para galleticas. Ya sé que estás harta de la política. A todos nos sucede igual. Pero esto es la vida de la gente. No hay derecho, no creo que debamos insensibilizarnos. Hacer, no podemos hacer nada, pero al menos estamos enterados. Es la razón principal por la cual mandé el fax a los aquellos-isleños desperdigados por el mundo, a quienes todavía soñamos en positivo. Adiós. Te quiere

SILVIA

Estoy bañada, perfumada, acicalada, en sus marcas, listos, ¡fuera! para recibir a Samuel, para comérmelo a besos, o por el contrario, a mentiras, y aún me retumba en la cabeza el mensaje de Silvia. No nos desembarazaremos jamás del peso agónico de la isla, ni aunque vivamos en París, en Nueva York, en México, en Argentina, en Ecuador, en Miami, no nos libraremos ni así volvamos a vivir en La Habana. Algún día.

Los frijoles no quedaron estupendos pero huelen divino y se pueden comer, el arroz luce desgranado, el vino lo puse a enfriar porque ya va haciendo calorcito, no mucho, pero algo es algo. El postre lo he guardado en la nevera, en la bandeja azul que le gusta a Samuel. ¡Dios, olvidé la carne! ¡Ni siquiera se me ocurrió asar un trozo de puerco, hacer un picadillo o freír un pescado! ¡Y lo más terrible es que no tengo nada en el congelador, todo está cerrado! Ahora no puedo salir a buscar una tienda de árabes que esté abierta. Mejor espero a Samuel, no vaya a ser que no me encuentre; una vez en confianza me excusaré por mi entretenimiento y saldré a zapatear alguna carne. Podría encargar un pollo a McChicken. Pero es que, esos pollos no tienen gracia, resultan insípidos, asados en su propio pellejo.

Estoy tan nerviosa, las manos me sudan, tengo el hígado a millón. Abro un tomo de Proust, qué va, ni eso, las letras brincan, no logro concentrarme en la lectura. Enciendo la televisión desde el sofá, con ayuda del telecomando, paseo por todos los canales, hasta el cuarenta, ninguna programación me interesa. Aunque en el canal dos están pasando *El regreso de Martin Guerre*, pero ya he visto esa película como tres veces; no hay duda de que me sigue apasionando. Tocan a la puerta. Maniobro en la cerradura sin disimular mi contentura. Son las diez menos cuarto de la noche. Es él. Los ojos le brillan, intensos con las pepitas doradas incrustadas en dos azabaches nadando en dos océanos de leche. Se ha pelado bajito, no tiene sombra de barba a pesar de las nueve horas de viaje, seguro se afeitó en el avión. Sonríe medio alterado. Ha enflaquecido, anda vestido con un pitusa azul, una camisa blanca, un saco también azul a cuadritos negros, unos mocasines color marrón, sin calcetines. Trae una valija nueva, con rueditas, e inmenso maletín de mano. Abandona el equipaje junto a la chimenea. Viene hacia mí luego de acomodar el pasaporte y los periódicos sobre el pedestal donde se decolora una banderita cubana de seda.

Te quiero, Mar.

Me abraza, su pecho ronronea, similar al de los gatos. Yo correspondo con vibraciones incómodas, denunciadoras. Evitamos encontrarnos las caras. No entiendo por qué, de repente, no deseamos investigarnos las desventuras en las pupilas. Huele a sábanas limpias, no se ha perfumado, es una esencia natural.

Pasados unos segundos decidimos mirarnos a los ojos. Nos observamos muy en el interior, como queriendo averiguar qué ha cambiado en nosotros durante la separación. Me besa posando sus labios en los míos, no más, no hay lengüeteo, ni intención de legitimar el sensualismo, hay calma, seguridad de su parte, y eso me pone más indecisa. Estoy otra vez cuestionándome las acciones inmediatas, reprimiendo cualquier posible desmesura en mi comportamiento, debo ser sigilosa. ¿Cual gata al acecho de un canario, o «sobre un tejado de zinc caliente»? No debo descentrarme de mi eje, el de la cordura. Él, por lo visto, se percata de mi contracción, pero nada lo inmuta, sólo me suelta, sonríe tranquilo; sentado en el sofá estudia mis movimientos. Voy a la vitrina en busca de dos copas para brindar con vino blanco.

—Por tu regreso —digo; las copas tintinean en el brindis.

—Por la vida. —Él acostumbra a brindar por la vida—. Tengo muchos regalos para ti, de parte de Andro, Lucio y Sully...

—¿Ya le llamas *Sully*?

–Desde que tú lo bautizaste con ese diminutivo él no acepta que lo nombren de otra manera. Ese tipo es súper buena gente. En otro momento desempacamos, ¿quieres?... ¿Cómo estás? Tus amigos se quejan de que no escribes, ni respondes a sus llamadas. Conocí a tus padres, por separado, claro. Se preguntan si pasarás las Navidades con ellos, o si viajarás pronto a Miami. Son gente chévere también.

—¿Cómo conseguiste las direcciones?

—Andro. —Sorbió un trago de vino—. Tengo que contarte la mejor noticia, no quiero dejarla para lo último, a ver si te relajas un poco, estás muy rígida.

—Es que se me olvidó comprar carne, o pollo, o pescado, o puerco... Hice frijoles negros, arroz, ensalada, postre, olvidé lo principal.

—No importa, nos comeremos a nosotros —bromeó—. Me contaron que hace tiempo, aquí en París, un japonés se jamó a la novia. La mató, la cortó en pedazos, la congeló, y día a día iba confeccionando diferentes menús: Novia asada con habichuelas, Novia al tomate con papas salteadas, Novia a la plancha con puré de zanahoria, Novia rellena con raviolis...

—¡Para, para, qué asco! —exclamé a punto de vomitar.

—En fin, tengo noticias tremendas de la isla —afirmó enseriándose.

—Espero que no sean del tipo fax que esta tarde recibí de Silvia. Calamidades y más calamidades.

—Nada de eso, es algo que nos concierne directamente.

No pudo impedir frotarse las manos en señal de regocijo.

—Monguy salió de la cárcel —saboreó la frase.

—¡Coño, Samy, coño, ¿pero cómo has esperado tanto tiempo para decírmelo?! ¡Virgencita de Regla, gracias, vieja! ¡Ay, mi madre, qué alegría! —Sin embargo, lloro en lugar de reír—. ¿Hablaste con él? ¿Está bien?

Asiente.

—No en perfectas condiciones, pero tampoco es nada grave, no hace más que hablar de Dios y del perdón. Ya se le pasará. Mina y él van a misa todos los domingos. No los conocerías.

—Bueno, mira, pero Monguy está libre. —Encendí un Marlboro.

—Eso de libre... habría que verlo. Está menos preso.

—¡No fastidies! Él está en la calle, ella se redoma, por lo menos la prefiero en la iglesia que echando p'alante en un comité de base.

—No creo que haya mucha diferencia.

—*Okey*. Me refiero a que están juntos, se cuidarán el uno al otro...

—La que está en cana es la negra, Nieves. La cogieron en una redada de jineteras, aunque parece que las soltarán pronto.

Suspiro hondo. No hay escape, cuando no es uno es otro.

—Tengo una mejor. —Se relame—. Hablé bastante con Mina, demasiado. Lloró como un torrencial cuando le conté que me había enamorado de ti, peor cuando le anuncié, como te dije por teléfono, que me habías confesado lo de las cartas dirigidas a mi padre, y tu complejo de culpa, y la imposibilidad de acoplarnos tú y yo... Lloró tanto que me hizo sospechar.

—No debiste haberla atormentado con esa historia. Ya con nosotros tenemos suficiente. Y yo la dañé haciéndola testigo.

—Te equivocas, fue ella quien te jodió a ti todos estos años... —Puse cara de qué te traes entre manos, ¿a qué carajo te refieres?—. Lloró, y lloró, suplicó mil perdones, hizo alusión a que debía haberse matado hace mucho tiempo, cuando lo del asesinato de mi padre. Mina, no entiendo ni pinga, ¿qué estás queriendo decir?, pregunté a punto de estrangularla, la salvó el satélite por el que estaba filtrando la llamada. ¡Ay, Samy, no fue Marcela la querida de Jorgito! Cuando pronunció el nombre de mi padre en diminutivo me dio un fuetazo en la espina dorsal, lo había dicho demasiado familiarmente. Fui yo, declaró en un hilo. Hacía rato que se acostaba con él cuando tú lo fichaste desde su balcón; de hecho si él me llevaba a ese parque era para controlarla, aunque fuera desde lejos. Cuando ella supo que te gustaba ese hombre, su hombre, aceptó ser tu confidente...

—No te creo, Mina puso reparos. Estás engañándome para que a mí se me quite de la cabeza el problema...

—Escucha. Lo tramó todo. Primero se hizo la reacia, luego te dio cordel, tú te lanzaste y ella te explicó cómo debías hacer, pondrías las cartas en un canasto de mimbre y se lo tirarías desde la baranda.

De esa manera yo sería testigo, y como buen fiñe, celoso de su papá, y fiel a su madre, nada más sencillo: esperaba que me fuera de lengua, así la atención de mi Vieja se viraba contra otra, en ese caso contra ti. Pues todo parece indicar que ya mi Pureta estaba sobre la pista. No me fui con el chisme, aún no sé por qué, pude haber contado a mi madre de las raras visitas de mi padre a un edificio sospechoso en San Juan de Dios, la posada. No lo hice. Fue Minerva quien, cansada de esperar que se produjera el escándalo, mandó un anónimo a mi madre incitándola a que registrara bien en los escondites de mi padre, ya que poseía cartas de amor de una amante. Mi madre descubrió las cartas, pero ahí no para la cosa, puso a una amiga a perseguir a mi Viejo. Claro, ésta lo cogió en el brinco cuando salía de la posada, por suerte ese día yo me hallaba donde mi abuela. La mujer llamó a la vecina del edificio, la única que tenía teléfono. Ésta, a su vez, fue a buscar a mi madre, ella se limitó a escuchar lo que le trompeteaba la otra. Descríbemela, pidió mi Pura. Parece que su amiga advirtió que eso no lo haría. Mi madre insistió. Bueno, vaciló, es una muchachita, una colegiala de la secundaria. Esto último lo sé porque esa señora se lo contó a mi abuela. Esa misma tarde, cuando mi padre se tumbó a dormir la mona, mamá lo empastilló. Lo que ocurrió minutos después ya lo sabes...

—Todavía no puedo creerlo, no puedo. Mientras Mina conversaba contigo, ¿Monguy estaba delante? —Samuel afirmó con un gesto—. ¿Cómo reaccionó?

—Él lo sabía, Mar. A él Mina no podía engañarlo.

—¿Qué pruebas tienes? Ella puede estar mintiendo para que tú y yo nos empatemos, para quitarme la carga de encima. Cuanto y más ahora se ha metido a católica, ya sabes, los católicos reaccionan siempre con el sacrificio...

—Acabo de recibir la prueba. Una foto de Mina semidesnuda sentada en la cama revuelta del cuarto de la posada, de una silla cuelga la ropa de mi padre. Están mi bate y mi guante de béisbol, el reloj de pulsera de él sobre la mesita de noche, hasta la billetera abierta donde guardaba dos retratos tamaño carnet de mi madre y el mío.

—¿Cómo no destruyó esa huella?

—Le ha costado trabajo recuperarla. Como comprenderás, mi padre no podía entregar ese rollo en cualquier tienda de revelado. Le había comentado a ella que un socio fotógrafo se la revelaría, en un estudio particular. Mina lo acompañó hasta el laboratorio clandestino del tipo, ubicado en su propia casa, a veces se atrevían y salían juntos, hasta fueron a la playa en varias ocasiones. Cuando ocurrió el accidente, ella se disparó como una loca a apoderarse del rollo. El tipo no estaba, se había marchado del país. Ella se ha sentido peor que tú y que yo, ha vivido todo este tiempo pendiente de la foto extraviada.

—¿Cómo la consiguió entonces?

—*La vida tiene cosas caprichosas, que nunca se podrán profetizar...* —canturreó victorioso—. ¿No sabías que Sully fue a La Habana?

—No jodas, lo supe por tu diario.

—Pues una vez allí, Sully se dedicó a recorrer los antiguos estudios fotográficos, se hizo socio de un fotógrafo ambulante del parque Central. Le manifestó que estaba interesado en comprar fotos antiguas. El otro le respondió que se iba a poner las botas, pues había heredado dos o tres archivos de cúmbilas de él que se habían largado del país hacía años. Se los vendió por cien dólares. Mientras Mina hablaba yo nada más pensaba en esos archivos, Sully me había hablado de ellos. Había dicho: Hay cosas geniales, pero también mucha basura, hasta fotos pornográficas, no me interesan. Terminé de hablar con Mina y llamé a Sully, me autorizó a pasar el tiempo que deseara revisando los archivos. Al fin y al cabo te pertenecen más a ti que a mí, es la memoria de tu país, de tu gente. Las palabras de Sully hicieron que me estremeciera. Me metí toda una noche en la agencia buceando en las cajas de zapatos, quince en total. Cuenta Sully que cuando salió por la aduana del aeropuerto los guardias se burlaron de él por toda la mierda, papelería amarillenta, que sacaba de la isla. En la caja número doce vi subliminalmente la foto, pero la pasé por alto, por nerviosismo. Es en blanco y negro, el original está borroso. Llegué al final y empecé de nuevo. Lo que me llamó la atención fue, claro, la adolescente semidesnuda, en blúmer y ajustadores, un bate recostado a una silla, el guante encima. Fijándome bien reconocí a Mina, no sonreía, más bien tenía un rictus de amargura mezclado con terror. ¡Un cabrón mi Viejuco! Encerrado horas en el laboratorio reconstruí la escena en la posada, parte a parte, hice varias tiradas a partir del original ampliando los detalles, de esa forma pude comprobar que los retratos carnet de la billetera eran los de mi madre y el mío. De inmediato regresé a casa, llamé a Mina, le expliqué cómo había encontrado la dichosa foto. No podía creerlo, hasta sospechó que tú la escondías con celo, que por alguna vía la habías recuperado para joderla en un futuro. Acabo de enviarle una copia. Siempre tuvo la duda de si tú te habías enterado de algo o no, como también por momentos creyó que mi padre pudo haberla engañado contigo. ¡Uf, qué historia tan rocambolesca!

—¿Tienes la foto? —pregunté con un nudo rabioso en la garganta.

Abrió el maletín de mano, sacó un sobre inmenso encartonado, extrajo las distintas impresiones. En efecto, era Mina; el bate, el guante, el reloj, la ropa de mezclilla azul, las zapatillas blancas impecables testimoniaban con infalible precisión. Yo percibí otro detalle: Mina lucía unas medias altas hasta las rodillas, tejidas en hilo grueso, con unas listas rojas anchas a la altura de los elásticos que las sujetaban a sus piernas. Eran mis medias, me las había confeccionado mi tía, gozaban de un éxito enorme en la secundaria. A todas mis compañeras se les caía la baba con ellas, pues estaban a la moda. Mina me las pedía prestadas constantemente.

—Son mis medias gordas con listas anchas. A Minerva le fascinaban, decía que. con ellas podía embarajar las canillas flacas.

—Y éstos son los retratos carnet que mi padre llevaba en la billetera. Lo único que me empeciné en recuperar para mí. Abuela estaba renuente a dármelos. El día que me fui de allá accedió y me los entregó.

Correspondía a la perfección con el detalle ampliado de la billetera abierta y las fotos colocadas en el portarretrato de plástico.

—No sé qué decir, Samuel, no sé... ¿La perdonas?

—¿Por qué no iría a hacerlo? Andaba cogí'a con el Puro como una perra, se arrebató. Mi madre, por su parte, lo mismo. Así sucedió.

—¿Por qué no le escribes a tu madre? ¿Por qué no le das un chance a ella?

—Nada justifica lo que hizo.

—¿Ni siquiera el amor?

—Eso no es amor.

—Mira el japonés, amaba mucho a su novia, la mató y se la comió, de esa manera creía él que ella no lo abandonaría jamás.

—No tiene que ver. El japonés era un loco de mierda.

—Ella no se quedó atrás —observé irónica.

—Nadie enloquece en dos horas. El japonés venía ideándolo todo desde hacía un buen rato, desde que la novia le amenazó con que se marcharía.

—Tu madre también sospechaba; en silencio fue acumulando traiciones y rabia.

—No es cierto. Por la noche templaban como mulos, yo los oía. Ella nunca preguntó nada a mi Viejo, jamás fue capaz de señalarle el más mínimo reproche con respecto a los chismes que corrían, no parecía más celosa que cualquier otra mujer...

—Eso que tú sepas...

—No viene al caso, Marcela. Fue terrible, además, estaba yo por el medio. ¿No pudo pensar en mí? ¿Tanto amó a mi padre que prefirió privarle de la vida antes que renunciar a él? ¿O tanto lo odió?

—Ella misma no se daba cuenta. La pasión procede por vías innombrables, entre ellas el suicidio, o el crimen...

—Por favor, tengo hambre, ¿cenamos o no?

Extiendo el mantel sobre la mesa y coloco las servilletas de motivos florales, me vienen a la mente los seis tapices de *La dama con unicornio*, descripción que reservo para más tarde, pues me he propuesto invitar a Samuel al Museo Cluny; no es justo

355

que se autocensure esas obras de arte en nombre de un viejo sueño, aquel en que mirando las reproducciones en un catálogo prestado imaginaba que la dama serena junto a un unicornio accedería, en el más allá, a convertirse en su amante. Dispongo los platos azules, los cubiertos con mangos igual de azules, en juego con la vajilla, los vasos altos color flamingo y las copas transparentes. Traigo la olla con frijoles, el caldero de arroz, el pan, la ensalada. Sirvo porciones más o menos iguales en cada plato, un cucharón de más a él. Estamos hambrientos, sedientos y deseosos. Sirvo el vino, obsequio de Charline.

—Es una lástima comerse esto a capella, sin carne que lo acompañe. Deberíamos hacer un homenaje a Virgilio Piñera —comento y Samuel sonríe malévolo.

El deseo desordena los sentidos. El anhelo erótico se transforma en glotona pesadilla denunciada por la semivigilia. Vaciamos los platos, enjugamos la salsa con mendrugos de pan. Volvemos a servirnos frijoles negros y arroz blanco, ensalada. El vino hace que los ojos brillen irreales. Samuel traga un bocado, se limpia la boca con la servilleta. De repente se levanta de la silla y se me encima, inclinado besa mis labios. Yo lo incito a que tome el cuchillo de cortar la carne, doblo en cuatro partes la manga de la blusa, él serrucha una tajada de mi brazo. En la cocina, aliña y después fríe el rosbif en la sartén, añade más limón y sal. Regresa a su plato, picotea mi carne en trocitos y la devora. Sangro a borbotones. Entonces soy yo quien se dirige a él, cuchillo en ristre, rebano una lasca de su costilla, pues con exquisita gentileza se ha abierto la camisa, y señala el sitio que desea que yo le ampute, en

356

el costado izquierdo, incluso me llevo la tetilla de un filón. El corazón y las arterias aparecen expuestos al aire libre. Pongo el trozo de carne en la parrilla, antes lo espolvoreo con sal, ajo molido, pizquitas de comino y orégano, lo rocío con vinagre. Cuando está a punto lo sirvo en mi plato. Ha quedado cocinado a la francesa, aún chorrea sangre cuando encajo mis dientes. Su corazón late frenético, puedo constatarlo visualmente. Me subo la falda, yo misma saco un buen filete de mi muslo, los músculos y tendones quedan al descubierto. Adobo el pedazo con perejil, ajo, cebolla, limón concentrado, sofrío el manjar vuelta y vuelta. Tapo la sartén, espero unos minutos. Obtengo un gigantesco bistec en cazuela. Samuel exclama que está delicioso, con esa crema lograda con los coágulos terracotas batidos con el sofrito. Consume el último bocado de mi entrepierna, repite el gesto de enjugar la grasa de las comisuras de los labios con la servilleta, la manteca humana espesa más rápido. Luego encaja el tenedor en su bajo vientre y entresaca una lámina de su tejido, justo antes de llegar al sexo. Es una corteza fina, transparente, como el *carpaccio*. Rocía la membrana delgadísima con vino tinto, forma un sandwich colocando la piel entre dos trozos de queso mozzarella, me lo da a probar. ¡Qué sabroso! Ahora me apetece un bocado de tu cuello, después los pezones, suplica glotón. Sería muy agradable probar tu sexo, como menú especial, murmuro. Apartamos los platos, las bandejas, las cacerolas. Acostados y entrelazados encima de la mesa, él arranca de un mordisco mi vena aorta, justo donde lucía un lunar heredado de mi madre, mientras mastica y mastica yo boqueo, apenas puedo respirar. Al rato desciende a los poros erizados de mis pezones morados y palpitantes, succiona con la venganza de un recién nacido, desprendiéndolos de un tirón, dos chorros de leche densa enchumban el mantel. Con mi boca recorro su costado sanguinolento, beso la masa apresurada colgando de la sístole y la diástole, bajo a la ingle, raspo con los colmillos la próstata, los testículos. Envuelvo el pene con la boca, la cabeza del glande se parapeta en mi garganta y trago, es como si me atorara con un cacho de morcilla a la manzana. Aprieto las mandíbulas y los dientes seccionan en los límites del miembro extirpándolo de cuajo. En su lugar ha quedado un hueco, igual que cuando en un bosque desarraigan un frondoso árbol. Observo, en el interior, el manto freático, más abajo un océano negro, después se retira la cuenca celular y aparece un vacío luminoso de tan blanco, semejante al pus que acumula un rasponazo en una rodilla infantil. Introduce su garra en la epidermis, a la altura de mi hígado, revuelve y revuelve, sus uñas fragmentan aquí y allá, extrae un mazacote de bilis, ovarios, útero, intestinos. Engulle con hambre milenaria. Entretanto he empezado a roer sus huesos, pero me llama poderosamente la atención la inflamación de las pleuras pulmonares, las zampo en un pestañazo. El corazón se ha puesto a brincotear en suculenta arritmia, la masa estalla en mis muelas. Mientras, él ha abierto un huequito al mío, traspasa un tubo de plástico y absorbe como si de un narguile se tratara, dejando el pellejo reseco. Dame tu boca, solicita en un quejido herrumbroso, una vez que ha acabado de succionar mi corazón. Nos poseemos aún más entremezclados, anudados por tendones y clavículas, uno vertiéndose dentro del otro, cerebros triturados y confundidos con partículas de tímpanos, cartílagos, pelos, quistes, virus, parásitos; con los ojos, semejantes a deliciosos huevos de aves exóticas; los excrementos ensalsando y aromatizando tal picadillo. Su lengua amputada adquiere libertad propia, transita dentro de mi boca, la mía, tijereteada, serpentea, enredada con cuajarones, restos procedentes de la mutilación infligida a su páncreas. La dentadura de Samuel se alinea en fila india, encima de las fronteras de los restos de mi pulpa labial. Escucho un desgarrón como propiciado a una seda muy fina. Esto ocurre en el preciso instante en que pienso declararle, antes de que sea demasiado tarde, antes de que seamos un burujón de sobras: «Te am...». Suena el teléfono. Nuestros cuerpos inician, más apresurados que discretos, un proceso de recomposición. Sólo que en lugar de recuperar mi corazón me apodero del suyo; él hace lo mismo con el mío. Sin tiempo para reinsertarnos los órganos, cada cual toma lo que puede, sin prestar atención, en medio del sangriento desorden. Ya no distinguimos más si él soy yo, si yo soy él. La vigilia nos propicia el estado hiperrealista al que debemos ser sometidos.

Riiing. Bonjour, votre message ou votre fax: Merci: Hola, Mar, es Andro. Contesta si estás ahí. Tremenda sorpresa que voy a darte. ¿Respondes o no?... Seguro andas de parranda con el Samy... ¡Cucú!... Déjense de templadera y salgan al teléfono... Bueno, nada, veo que no hay nadie... En cuanto puedan llámenme... Adelanto mi sorpresa... Estoy metiendo tremendo güiro. ¿A que no adivinan a quiénes tengo en casa? Y todo por casualidad. Resulta que Ana se mudó a Miami. Sin ponerse de acuerdo con ella, pues, también aterrizó Silvia, anda cerrando un ne-

gocio con una empresa discográfica de aquí y otra de Ecuador, se quedará sólo una semana. Lucio cogió vacaciones y bajó a pasarlas conmigo. ¿No saben a quién arrastró hasta acá? ¿Cómo van a enterarse si no se los digo? A quien menos se imaginan, ¡a Mr. Sully! También invitamos a Winna y Félix, ya saben que ellos con sólo cruzar la calle están aquí, pues son vecinos... Claro que faltan Monguy, Mina, Luly, Enma, Randy, Nieves, Igor, Saúl, José Ignacio, Carmucha, César, el Pachy, Viviana, Kiqui, Dania, incluso Isa, Roxana, Carlos... ¡Y ustedes! Tú y Samy. Hace tres días que no me acuesto, sentado en la ventana hipnotizado con el flamboyán de enfrente. Me he vuelto hasta místico. Los llamábamos para decirles que les queremos mucho, que dondequiera que estemos no debemos dejar que nos venza el dolor, mucho menos el odio. No podemos permitir que el odio nos gane la partida, Marcela, Samuel, no podemos. Odio que tengan aquéllos, los responsables de toda la mierda que vivimos y a la que hemos sido condenados. Hay que quererse, caballero, quererse con cojones. Y no estoy en pea, para que se sepa. Estoy más claro que un manantial del Valle de Viñales. ¿En Viñales hay manantiales? Ya ni sé. ¡Ay, diera lo que no tengo por ver los mogotes! Aunque he aprendido a conformarme con un mínimo huerto donde se me permita cultivar una lechuga y criar una gallina. Ahora me nutro con lechugas orgánicas, aunque cuando me baja el gorrión voy para la calle Ocho y me embuto de papas rellenas bien grasientas. No se figuren que esto por acá es jamoneta, a veces regreso con el prana por el suelo, entonces me hago tres pajas seguidas para conseguir dormir, o me enchufo a la corriente para recargarme como una lámpara halógena y seguir adelante. Nada, me siento como el Tío Alberto de la canción de Serrat, yo creo que él la escribió pensando en mí. En fin, insisto en lo del amor. ¡La juventud fue un sueño cabrón! Dejémonos de bobería. A cantar con Xiomara Laugart y con Albita: «¡Qué manera de quererte, qué manera!» Pienso cerrar la librería y abrir un sitio de encuentro, donde la añoranza no constituya la flagelación permanente, sino un impulso para reivindicar la alegría. Pienso fundar una especie de salón para apaciguar la agonía de la espera, y mientras tanto se baila, se canta, se goza, se quiere. Le pondré Café Nostalgia. Todos les mandamos besos del tamaño del «cocodrilo verde», ¿se acuerdan del poema de Nicolás Guillén? Mar, ¿ya oíste el disco de Las D'Aida que te envié? Dímelo cantando, un, dos, tres, ¡métele asere!:

«La vida tiene cosas caprichosas
que nunca se podrán profetizar...»

París, junio de 1997.

Índice

Este libro se imprimió en los talleres
de Printer Industria Gráfica, S. A.
Sant Vicenç dels Horts
Barcelona